suhrkamp taschenbuch 5181

W0059305

Adam Gordon geht auf die Topeka-High-School, er steht kurz vorm Abschluss. Seine Mutter Jane ist eine berühmte feministische Autorin, sein Vater Jonathan ein Experte darin, »verlorene Jungs« wieder zum Sprechen zu bringen. Sie beide sind in einer psychiatrischen Einrichtung tätig, in der Therapeuten und Patienten aus der ganzen Welt zusammenkommen. Adam selbst ist ein bekannter Debattierer, alle rechnen damit, dass er die Landesmeisterschaft gewinnt, bevor er auf die Uni geht. Er ist ein beliebter Typ, cool und ausschreitungsbereit, besonders sprachlich, damit keiner auf die Idee kommt, er könnte auch schwach sein. Adam hat ein Herz für Außenseiter, und so freundet er sich mit Darren an – er weiß nicht, dass Darren einer der Patienten seines Vaters ist –, und führt ihn in seine Kreise ein. Mit desaströsen Folgen …

Ben Lerner wurde 1979 in Topeka, Kansas, geboren. Als Schüler war er US-Meister im Debattieren. Lerner ist der Autor von zwei international gefeierten Romanen – *Abschied von Atocha* und *22:04* –, drei Gedichtbänden, dem Essay *Warum hassen wir die Lyrik* sowie verschiedenen kollaborativen Arbeiten, u. a. zusammen mit Thomas Demand und Alexander Kluge. Lerner hat zahlreiche Preise und Auszeichnungen erhalten, u. a. das Guggenheim Fellowship und das MacArthur Fellowship. Er ist Professor für Literatur am Brooklyn College und lebt mit seiner Frau und den beiden kleinen Töchtern in New York City.

Nikolaus Stingl, geboren 1952, übersetzt erzählende Literatur aus dem Englischen, u. a. Werke von Cormac McCarthy, Thomas Pynchon und Colson Whitehead. Stingl wurde u. a. mit dem Heinrich Maria Ledig-Rowohlt-Preis, dem Paul-Celan-Preis und dem Übersetzerpreis der Kunststiftung NRW ausgezeichnet.

Ben Lerner
Die Topeka Schule

Roman

Aus dem amerikanischen Englisch
von Nikolaus Stingl

Suhrkamp

Die amerikanische Originalausgabe erschien 2019 unter dem Titel
The Topeka School bei Farrar, Straus & Giroux, New York.

Erste Auflage 2022
suhrkamp taschenbuch 5181
© der deutschen Ausgabe Suhrkamp Verlag Berlin 2020
© 2019 by Ben Lerner
Suhrkamp Taschenbuch Verlag
Umschlagfoto: The Hesston Tornado. From The Wichita Eagle,
© 1990 McClathy. All rights reserved. Used under license.
Umschlag: Rothfos & Gabler, Hamburg,
nach einem Entwurf von Rodrigo Corral
Druck und Bindung: CPI books GmbH, Leck
Printed in Germany
ISBN 978-3-518-47181-4

DIE TOPEKA SCHULE

Für meinen Bruder Matt

INHALT

Darren malte sich aus, wie er mit seinem Metallstuhl den Spiegel zerschmetterte. Aus dem Fernsehen wusste er, dass dahinter im Dunkeln möglicherweise Leute waren, dass sie ihn sehen konnten. Er glaubte den Druck ihrer Blicke auf seinem Gesicht zu spüren. In Zeitlupe ein Glasregen, die heimlich Anwesenden zum Vorschein gebracht. Er hielt den Glasregen an, spulte zurück, sah zu, wie er erneut fiel.

Der Mann mit dem schwarzen Schnurrbart fragte ihn ständig, ob er etwas zu trinken wolle, und schließlich sagte Darren: heißes Wasser. Der Mann ging das Getränk holen, und der andere, der keinen Schnurrbart hatte, fragte Darren, wie er sich fühle. Darfst dir ruhig die Beine vertreten.

Darren blieb sitzen. Der Mann mit dem Schnurrbart kam mit dem dampfenden braunen Pappbecher und einer Handvoll roter Trinkhalme und kleiner Beutel wieder: Nescafé, Lipton, Sweet'n Low. Such dir was aus, von irgendwas muss man ja sterben, sagte er, aber Darren wusste, dass das ein Scherz war; sie würden ihn nicht vergiften. An der Wand hing ein Poster: KENNE DEINE RECHTE, darunter Kleingedrucktes, das er nicht lesen konnte. Sonst gab es nichts anzustarren, während der Mann ohne Schnurrbart redete. Die Lampen im Raum waren so, wie die Lampen in der Schule gewesen waren. Schmerzhaft grell bei den seltenen Gelegenheiten, bei denen er aufgerufen wurde. (»Erde an Darren«, Mrs. Greiners Stimme. Dann das vertraute Gelächter seiner Altersgenossen.)

Er senkte den Blick und sah in das Holzfurnier gekratzte

9

Initialen, Sterne und Ziffern. Er zeichnete sie mit den Fingern nach und hielt dabei die Handgelenke beieinander, als trügen sie noch Handschellen. Als einer der Männer Darren aufforderte, ihn anzusehen, tat er es. Zuerst in die Augen (blau), dann auf die Lippen. Die Darren anwiesen, die Geschichte zu wiederholen. Also erzählte er ihnen erneut, wie er auf der Party die Billardkugel geworfen hatte, aber der andere Mann unterbrach ihn, wenn auch sanft: Darren, du musst ganz von vorn anfangen.

Obwohl er sich ein wenig den Mund verbrannte, nahm er zwei Schlückchen von dem Wasser. In seiner Vorstellung versammelten sich Menschen hinter dem Spiegel: seine Mom, Dad, Dr. Jonathan, Mandy. Was Darren ihnen nicht begreiflich machen konnte, war, dass er die Kugel niemals geworfen hätte, nur hatte er es eben schon immer getan. Lange bevor ihn die Neuntklässlerin wie gewohnt beschimpft hatte, bevor er die Kugel aus der Ecktasche genommen, ihr Gewicht und die Kühle und Glätte des Kunstharzes gespürt, bevor er sie in die überfüllte Dunkelheit geschleudert hatte – hing die Spielkugel schon in der Luft und drehte sich langsam. Wie der Mond war sie schon sein Leben lang da gewesen.

SCHNELLSEN
(ADAM)

Sie trieben im Boot von Ambers Stiefvater mitten auf einem ansonsten leeren künstlichen See, der von großen Reihenhaussiedlungen umgeben war. Es war Frühherbst, und sie tranken Southern Comfort aus der Flasche. Adam saß vorn im Boot und betrachtete ein unstetes blaues Licht am Ufer, wahrscheinlich ein Fernseher, gesehen durch ein Fenster oder eine Glastür. Er hörte das kratzende Geräusch ihres Feuerzeugs, dann sah er Rauch über sich schweben und zerfasern. Er redete schon eine ganze Weile.

Als er sich umdrehte, um festzustellen, welche Wirkung seine Rede gehabt hatte, war Amber verschwunden, Jeans und Sweater auf einem Häufchen mit Pfeife und Feuerzeug.

Er sagte ihren Namen, war sich plötzlich der ihn umgebenden Stille bewusst und tauchte die Hand ins Wasser, das kalt war. Gedankenlos hob er ihren weißen Sweater an und roch den Holzrauch von früher am Abend am Clinton Lake, den synthetischen Lavendelduft, der, wie er wusste, von ihrem Duschgel stammte. Wieder sagte er ihren Namen, lauter diesmal, dann blickte er sich um. Ein paar Vögel strichen über die glatte Oberfläche des Sees; nein, es waren Fledermäuse. Wann war sie aus dem Boot gesprungen oder gestiegen, und wieso hatte es nicht geplatscht, und was, wenn sie ertrunken war? Jetzt schrie er; in der Ferne reagierte ein Hund. Suchend hatte er sich so hektisch um sich selbst gedreht, dass ihm schwindelig wurde, und er setzte sich. Dann stand er wieder auf und blickte an den Rändern des Bootes entlang; vielleicht war sie ja direkt daneben und verbiss sich das Lachen, war sie aber nicht.

Er würde das Boot ans Ufer zurücksteuern müssen, wo sie bestimmt schon wartete. (Alle zwei, drei Wohneinheiten gab es einen Anleger.) Er meinte am Ufer das langsame Blinken eines Leuchtkäfers zu sehen, aber dafür war es zu spät im Jahr. Er spürte eine Welle von Zorn in sich aufsteigen und hieß sie willkommen, wollte, dass sie seine Panik überwältigte. Er hoffte, Amber war vor seinem weitschweifigen Gefühlsbekenntnis ins Wasser gesprungen. Er hatte gesagt, sie würden zusammenbleiben, wenn er erst einmal zum Studium aus Topeka wegging, aber nun wusste er, dass das nicht passieren würde; er war begierig darauf, seine Gleichgültigkeit zu demonstrieren, sobald er sie wohlbehalten an Land wusste.

Wie der Außenbordmotor im Mondlicht glänzte. Für jeden seiner Freunde wäre es ganz einfach, das Boot zu bedienen; alle, sogar die anderen Kids der Foundation, wiesen eine für den Mittelwesten typische technische Grundkompetenz auf und konnten einen Ölwechsel selbst machen oder ein Gewehr reinigen, während er nicht einmal mit Schaltgetriebe fahren konnte. Er entdeckte einen Seilzug, den er für den Handstarter hielt, und zog daran; nichts passierte; er schob den Hebel, bei dem es sich um den Choke handeln musste, in eine andere Position und versuchte es erneut; nichts. Als er sich bereits fragte, ob er wohl schwimmen musste – er wusste nicht recht, wie gut er schwimmen konnte –, sah er den Schlüssel in der Zündung; er drehte ihn, und der Motor sprang an.

So langsam wie möglich fuhr er ans Ufer zurück. Als er sich dem Land näherte, schaltete er den Motor aus, doch es gelang ihm nicht, parallel zum Bootssteg anzulegen; das laute Krachen, mit dem das Fiberglas gegen das Holz prallte, brachte die Ochsenfrösche in der Nähe zum Schweigen; offenbar war nichts beschädigt, nicht, dass er wirklich nachsah. Er beeilte sich, die im Boot liegenden Leinen um die an den Steg genagelten Klampen zu werfen, improvisierte rasch ein paar Knoten und zog sich dann aus dem Boot. Er betete, dass ihn niemand von einem Fenster aus beobachtete. Ohne die Schlüssel, ihre Kleider, ihre Pfeife oder die Flasche mitzunehmen, sprintete er die Steigung hinauf durch das feuchte Gras auf das Haus ihrer Eltern zu; falls das Boot wieder aufs Wasser hinaustrieb, wäre das ihre Schuld.

Die große Glasschiebetür, die auf den See ging, war stets unverschlossen; leise schob er einen Flügel auf und schlüpfte hinein. Erst jetzt spürte er den kalten Schweiß. Auf dem Sofa konnte er die Gestalt ihres Bruders ausmachen, der, ein Kissen über dem Kopf, im Schimmer des großen Fernsehers schlief; die Nachrichten waren stumm geschaltet. Im Übrigen war das Zimmer dunkel. Adam überlegte, ihn zu wecken, zog stattdessen aber seine Timberland-Boots aus, die vermutlich schmutzig waren, und schlich durch das Zimmer zu der mit weißem Teppich belegten Treppe; langsam stieg er hinauf.

Die zwei, drei Mal, die er schon über Nacht geblieben war, hatte sie ihren Eltern gesagt, er habe zu viel getrunken; sie hatten geglaubt, er habe im Gästezimmer geschlafen; sie hatten zutreffenderweise geglaubt, dass er zu Hause angerufen hatte. Aber die Aussicht, jetzt auf jemanden zu treffen – da er sich noch nicht einmal vergewissert hatte, dass sie da war –, machte ihm eine Heidenangst. Ihre Mutter nahm Schlaftabletten, er hatte das übergroße Medikamentenfläschchen gesehen, wusste, dass sie vorher jeden Abend Wein trank; ihr Stiefvater hatte kürzlich trotz eines lauten Streits auf einer Party weitergeschlafen; sie wachen nie und nimmer auf, beruhigte er sich, du darfst bloß nichts umstoßen; er war froh, auf Socken zu gehen.

Er erreichte den ersten Stock und warf einen Blick in das dunkle, weitläufige Wohnzimmer, ehe er die nächste Treppe zu den Schlafräumen hinaufstieg. Fast konnte er die große exemplarische Jagdszene an der gegenüberliegenden Wand ausmachen: Hunde, die bei Sonnenuntergang Wild aus einem Wald neben einem See aufscheuchten. Er sah das rote Lämpchen am Bedienelement der Alarmanlage blinken, die sie zum Glück nie scharf schalteten. Und ein bisschen Licht sammelte sich um die Silberränder der gerahmten Familienfotos auf dem Kaminsims: Teenager, die in Sweatern auf einem laubübersäten Rasen posierten, ihr Bruder, einen Football haltend. In der riesigen Küche tickte etwas und kam zur Ruhe. Er ging nach oben.

Ihre Tür war die erste, offene auf der rechten Seite, und er konnte, ohne Licht zu machen, von draußen sehen, dass Amber zugedeckt in ihrem Bett lag und regelmäßig atmete. Seine Schultern entspannten sich; die Erleichterung war groß, und sie ließ mehr Raum für Zorn; sie sorgte außerdem dafür, dass ihm bewusst wurde, wie dringend er pinkeln musste. Er drehte sich um, ging über den Flur ins Badezimmer, schloss behutsam die Tür und klappte, ohne Licht zu machen, die Brille hoch. Dann überlegte er es sich anders, klappte sie wieder herunter und setzte sich. Draußen fuhr langsam ein Auto vorbei, die Scheinwerfer erhellten durch eine offene Jalousie hindurch das Badezimmer.

Es war nicht ihr Badezimmer. Die elektrische Zahnbürste, der Haarföhn, diese speziellen Seifen – das waren nicht ihre Toilettenartikel. Einen Augenblick lang dachte, hoffte er verzweifelt, sie gehörten vielleicht ihrer Mutter, aber es gab zu viele weitere Diskrepanzen: Die Duschtür war anders, das Glas mattiert; jetzt roch er auch die nach Zitrone duftenden Badeperlen in einem Glas über der Toilette; aus einem lila Säckchen an der Wand hingen fremdartige getrocknete Blumen. In einem einzigen Erinnerungsschauder änderten sich seine Eindrücke von dem Haus: Wo war das Klavier (das keiner spielte)? Hätte er nicht den elektrischen Leuchter sehen müssen? Der Teppich auf der Treppe – war der Flor nicht zu dicht gewesen und im Dunkeln zu dunkel, um wirklich weiß sein zu können?

Neben dem blanken Entsetzen darüber, sich im falschen Haus wiederzufinden, stellte sich, während er dessen Andersartigkeit wahrnahm, auch das Gefühl ein, er wäre gleichzeitig in sämtlichen Häusern am See, denn sie glichen einander vollkommen; das Erhabene identischer Grundrisse. In jedem Haus lag sie oder jemand wie sie in ihrem Bett und schlief oder tat so, als schliefe sie; ein Stück weiter den Flur entlang schliefen Erziehungsberechtigte, beleibte, schnarchende Männer; Gesichter und Posen auf den Familienfotos auf dem Kaminsims mochten wechseln, gehörten jedoch allesamt der gleichen Grammatik von Gesichtern und Posen an; die Elemente der gemalten Szenen mochten variieren, nicht aber der Grad von Vertrautheit und Öde; wenn man irgendeinen der riesigen Edelstahlkühlschränke öffnen oder einen Blick auf die Kücheninseln aus Kunstmarmor werfen würde, träfe man auf übereinstimmende modulare Produkte in geringfügig unterschiedlichen Konfigurationen.

Er war in sämtlichen Häusern, doch eben weil er nicht mehr an einen klar umrissenen Körper gebunden war, konnte er auch über ihnen schweben; es war wie ein Blick auf die Modelleisenbahn, die Klaus, der Freund seines Vaters, ihm als Kind geschenkt hatte; aus den Zügen machte er sich nichts, konnte sie kaum zum Laufen bringen, aber er liebte die Landschaft, die grün beflockte Platte, die winzigen und dennoch hoch aufragenden Kiefern und Laubbäume. Wenn er die unwahrscheinlich detailgetreuen Bäume betrachtete, nahm er gleichzeitig zwei Blickwinkel ein: er sah sich selbst unter ihren Ästen und betrachtete sie zugleich von oben; er schaute hinauf zu sich selbst, wie er hinabschaute. Damals konnte er rasch zwischen diesen beiden Perspektiven, diesen Maßstäben, hin- und herspringen, in einer Schaltung, die ihn von seinem Körper löste. Jetzt war er in diesem speziellen und zugleich in allen Badezimmern vor Angst erstarrt; aus hundert Fenstern schaute er auf das kleine Boot auf dem ruhigen künstlichen See hinab. (Weiße Farbtupfer auf dem getrockneten Akryl fügten der Oberfläche einen Eindruck von Bewegung und Mondlicht hinzu.)

Er wurde wieder eins mit sich. Es kam ihm vor, als wäre irgendwo ein Zeitmesser gestartet worden und ihm blieben nur noch Minuten, vielleicht nur noch Sekunden, um aus dem Haus, in das er unabsichtlich eingebrochen war, zu fliehen, ehe ihm jemand eine Schrotladung ins Gesicht jagte oder die Cops eintrafen und ihn vor dem Zimmer eines schlafenden Mädchens vorfanden. Die Angst erschwerte das Atmen, aber er sagte sich, dass er auf Zurückspulen drücken und leise wieder hinausgehen würde, wie er gekommen war, ohne jemanden zu stören. Und das tat er auch, obwohl ihm die kleinen Unterschiede jetzt ins Auge sprangen, während er hinunterstieg: Da war ein großes L-förmiges Sofa, das er vorhin nicht gesehen hatte; er erkannte, dass der Couchtisch hier aus Glas und nicht aus dunklem Holz war wie bei Amber. Am Fuß der Treppe zögerte er: Die Haustür war gleich daneben und lockte; er wäre frei, aber seine Timberlands waren unten, wo er sie zurückgelassen hatte. Um sie wiederzubekommen, würde er an dem schlafenden Fremden vorbeimüssen.

Trotz seiner Angst, er könnte jeden Augenblick entdeckt werden, entschied er, dass er seine Boots holen musste, nicht so sehr, weil sie Beweismaterial waren und zu ihm zurückverfolgt werden konnten, sondern weil er das Gefühl hatte, er würde Spott und Demütigung riskieren, wenn er barfuß zu ihr zurückkehrte. Er konnte die Form der Geschichte ahnen, konnte spüren, dass sie sich herumsprechen würde – wie sie ihn alleingelassen und er zuerst das Boot malträtiert und dann zu allem sonstigen Unglück auch noch seine Scheißschuhe hatte verschüttgehen lassen. Hey, Gordon, hast du deine Schuhe auch schön festgebunden? Hast du deine Schlappen dabei? Eine Erinnerung aus der Mittelschule blitzte vor ihm auf: Sean McCabe, der unter Tränen in Socken nach Hause kam, nachdem man ihn überfallen und ihm seine Air Jordans abgezogen hatte. Sean bekam deswegen immer noch dumme Sprüche zu hören, dabei schaffte er inzwischen beim Bankdrücken hundertfünfunddreißig Kilo.

Der junge Mann, der ihr Bruder gewesen war, lag jetzt mit dem Gesicht zur Sofalehne; das Kissen war auf den Boden gefallen. Auf dem Bildschirm bewegte der riesige Kopf von Bob Dole die Lippen, während Adam vorbeischlich. Er hob seine Boots auf und schob langsam den Türflügel zur Seite; die Gleitrollen klemmten leicht; er musste Kraft aufwenden, was ein lautes Quietschen hervorrief; der Körper auf der Couch rührte sich und begann sich aufzusetzen. (Überall in der Lake Sherwood Housing Community rührten sich die Körper und begannen sich aufzusetzen.) Ohne die Tür zu schließen, flitzte Adam, die Boots in der Hand – gleichgültig gegen Unebenheiten, Stöcke und Steine –, in einem Tempo, das er vielleicht nie wieder erreichen würde, über das feuchte Gras, und sein Körper war dankbar, dass er mit seinem Adrenalin etwas zu tun bekam. Niemand schrie hinter ihm her; zu hören waren nur seine Schritte, das in seinen Ohren rauschende Blut; er löste ein paar Leuchten mit Bewegungsmelder aus und bewegte sich deshalb näher ans Wasser; eine Zeitlang rannte er mit voller Kraft, ehe ihm aufging, dass er gar nicht wusste, wohin er eigentlich lief. Mit brennender Lunge ließ er sich auf ein Knie sinken und blickte zurück, um sich zu vergewissern, dass er nicht verfolgt wurde. Er zog seine Boots an, über seine feuchten Socken. Dann stand er auf und sprintete zwischen zwei Häusern hindurch, bis er die Straße erreichte.

Sein einziges Ziel war jetzt, seinen roten 89er Camry, der bei ihr in der Einfahrt geparkt war, zu finden, nach Hause zu fahren und sich ins Bett zu legen. Er hatte immer noch Angst – jeden Moment könnte er Sirenen hören –, doch weiter weg vom Wasser und vom Schauplatz seines lächerlichen Vergehens hatte er das Gefühl, das Schlimmste überstanden zu haben. Er klopfte die Taschen ab, um sich das Vorhandensein seiner Schlüssel zu bestätigen, und ging rasch am Bordstein entlang – es gab keine Bürgersteige –, rannte jedoch nicht, um für den unwahrscheinlichen Fall, dass er gesehen wurde, möglichst wenig Verdacht zu erregen. Er ging und ging, schämte sich, dass er zu Fuß unterwegs war; er konnte seinen Wagen, das Haus nicht finden; er musste das Boot genau in die falsche Richtung gesteuert haben. Nachdem er fast eine halbe Stunde lang gesucht, den halben See umrundet hatte, sah er – und war überglücklich – seinen Wagen dort stehen, wo er ihn einige Stunden zuvor geparkt hatte. Das Geräusch der sich öffnenden Türverriegelung war zutiefst beruhigend. Er stieg ein, fand auf dem Beifahrersitz sein Päckchen roter Marlboros und klopfte sich eine heraus; er drehte den Schlüssel auf »On«, ließ aber nicht den Motor an. Er kurbelte das Fenster auf seiner Seite herunter, zündete sich mit einem gelben Bic, das er aus dem Getränkehalter nahm, die Zigarette an, und tat, so kam es ihm vor, seinen ersten vollen Atemzug, seit er auf dem Boot ihre Abwesenheit entdeckt hatte.

Er ließ den Motor an, schaltete die Scheinwerfer ein und stellte fest, dass sie – offenbar schon eine ganze Weile – in einem übergroßen Sweater auf der Schwelle der Haustür stand. Ihr fast hüftlanges, dunkelblondes Haar war heruntergelassen. Reflexartig schaltete er Motor und Scheinwerfer aus. Barfuß kam sie auf den Wagen zu, öffnete die Beifahrertür und stieg ein. Sie nahm sich eine Zigarette, zündete sie an und sagte, als wäre er ein paar Minuten zu spät zu einer Verabredung gekommen: Wo hast du denn gesteckt?

Er war wütend. Er konnte nicht zugeben, dass er Angst gehabt hatte, konnte nicht sagen, dass er nicht in der Lage gewesen war, das Boot zu bedienen, oder dass er beinahe die falsche junge Frau in einem anderen Haus zur Rede gestellt hätte. Er verlangte eine Erklärung: Scheiße, was ist los mit dir? Ich hatte Lust zu schwimmen, sagte sie, zuckte die Achseln und rauchte, als er nachhakte, sodass sich der Tabakgeruch mit dem Duft ihrer Pflegespülung vermischte. Geistesabwesend begann sie mit seinem Haar zu spielen.

Mein Stiefvater hat beim Essen immer so endlose Reden gehalten. Jetzt sagt er kaum noch was, und wir essen sowieso nicht mehr zusammen. Ich glaube, er hat Depressionen, bräuchte eigentlich einen Therapeuten, müsste mal zu deinen Eltern in die Foundation. Ziemlich unheimlich jetzt, wo er still ist, weil vorher hat er jedes Essen zu einer endlos langen Diskussionsrunde gemacht, obwohl, eigentlich nicht, weil ja keiner irgendwas diskutiert hat; er hat bloß in unsere Richtung gelabert. Ab und zu hat er meinem Bruder mal eine Frage gestellt, aber das war immer wie so eine Art Quiz: Was habe ich gesagt, warum die Luftfahrtbranche so in Schwierigkeiten geraten ist? (Du weißt ja, er ist mit der Erfindung von jemand anders reich geworden. So eine Art Schraube, die nichts wiegt.) Und mein Bruder musste nie antworten, weil mein Stiefvater seine Scheißfragen jedes Mal selber beantwortet hat. Die Antwort lautete grundsätzlich immer China. Dann war da dieser eine Abend letzten Sommer: Meine Mutter hat mich ein bisschen Weißwein trinken lassen, mein Bruder war nicht da, also war ich beim Essen diejenige, die vollgelabert wurde, und es ging mir tierisch auf die Nerven. Vielleicht lag es ja daran, dass ich ein bisschen besoffen war oder dass ich inzwischen einfach älter bin und irgendwie mehr Verständnis für meine Mom habe. Was sie durchgemacht hat, angefangen mit meinem Dad. Egal, jedenfalls habe ich was echt Bescheuertes, aber auch irgendwie Geiles gemacht. Ich habe mich auf meinem Stuhl ganz, ganz langsam nach unten sinken lassen, mich davon runterrutschen lassen, während er seine Ravioli gegessen und über irgendwas gequatscht hat. Meine Mom war schon in der Küche und hat die Spülmaschine eingeräumt; sie isst ja nie was. Sich so langsam runterzulassen brauchte viel Körperspannung. Die ganzen Sit-ups. Das ganze Crystal (Scherz). In Tanz sagen sie mir immer, ich soll mir eine Bewegung bildlich vorstellen, während ich sie mache, und ich habe mir vorgestellt, ich wäre eine Flüssigkeit, die vom Stuhl runterfließt. Ganz vom Stuhl runter, bis ich buchstäblich unterm Tisch lag, und mein Stiefvater hatte immer noch nichts mitgekriegt, und meine Mom war in der Küche am Aufräumen, und ich habe mir das Lachen verbissen.

Oder vielleicht das Weinen?, fragte Adam, und sie sah ihn an.

Darüber, wie scheißjämmerlich dieser Typ ist, vielleicht. Oder, ja, wegen meiner Mutter, die mit ihm verheiratet ist. Und er merkt immer noch nicht, dass das Publikum nach Hause gegangen ist, während er einfach immer weiterlabert. Ich halte den Atem an und robbe ganz langsam unterm Tisch vor und über den Teppich in die Küche. Meine Mom hat mit Aufräumen aufgehört, steht inzwischen auf der anderen Seite der Kücheninsel und sieht mich nicht, und ich stehe ganz leise auf. Sie hat ihren Rosé in der Hand und schaut zum Fenster raus auf den See oder eher auf ihr Spiegelbild in der Scheibe, weil es ja dunkel ist. Ich nehme die Flasche aus der Kühlschranktür, gieße mir den größten Teil in einen Plastikbecher und gehe mit meinem Riesenschluck zu ihr, und sie kommt vom Mars zurück und will was zu mir sagen, aber ich bringe sie mit einem Finger auf den Lippen zum Schweigen und flüstere: Hör mal. Wir hören meinen Stiefvater im Esszimmer, wie er niemandem irgendwas über Ross Perot erzählt. (Er war auf Ross Perot fixiert. Auf Ross Perot und auf China.) Und meine Mom kapiert vielleicht noch nicht, was hier läuft, aber wir schleichen auf Zehenspitzen zum Durchgang und schauen von dort aus ins Esszimmer, wo er wie das Radio in die leere Luft quatscht, und mir kommt fast der Wein aus der Nase. Wir stehen eine Ewigkeit da, bis er endlich aufblickt, als hätten wir ihn dabei erwischt, wie er sich einen runterholt. Er schaut auf meinen Stuhl und dann auf uns, und jetzt schmeißen meine Mom und ich uns weg vor Lachen. Dann kriegt er dieses abgefuckte Lächeln, das die reine Wut ist. So in der Art, was fällt euch Fotzen ein, über mich zu lachen. Aber ich gebe ihm das Stieftochter-Lächeln zurück, und ich lächle und lächle. Im Grunde geht es darum, wer als Erster wegguckt, und das Lachen meiner Mutter wird total nervös, bis sein Gesicht sich endlich entspannt und alles ein großer Witz ist.

Adam sollte zwanzig Jahre brauchen, um die Analogie zwischen diesen beiden heimlichen Fluchten, der aus dem Esszimmer und der von dem Boot, zu begreifen. Er stellte ihr einige Fragen über ihren Vater, und sie beantwortete sie. Er erwog, ihr zu erzählen, dass er in das falsche Haus eingedrungen war – vielleicht konnte er das Poetische daran hervorheben –, tat es dann aber doch nicht, wollte es nicht riskieren. Um sich zu schützen (wovor, wusste er nicht recht), stellte er sich vor, er blicke aus einer vage imaginierten Stadt an der Ostküste, wo seine Erlebnisse in Topeka sich nur mit viel Ironie nacherzählen ließen, auf die Gegenwart zurück.

Aber er war wieder in seinem Körper, als sie sich zum Abschied küssten und er ihre Haare im Gesicht und ihre Zunge in seinem Mund hatte, wo sie über seine Zähne fuhr, Tabak und Pfefferminz, Crest-Zahnpasta. Der Kuss wurde intensiver, und während er seine Hände unter ihr Sweatshirt schob, sah er vor der schwarzen Rückseite seiner Augenlider kleine, beleuchtete Muster aufflammen. Phosphene, winzige, verblassende Rohrschach-Tests, gebildet von den elektrischen Ladungen, die die Netzhaut im Ruhezustand erzeugt, ein Lichterlebnis bei nicht vorhandenem Licht. Er kannte diese Formen von der Gehirnerschütterung in seiner Kindheit, von seinen Migräneanfällen und in jüngerer Zeit von dieser Art Kontakt; er kannte sie von seinen Einschlafversuchen als kleiner Junge, bei denen er zugesehen hatte, wie graue Kreise über die Dunkelheit wanderten; wenn er nahe den Schläfen gegen die geschlossenen Augen drückte, wurden die Formen heller. Er hatte sich gefragt, ob diese Muster nur bei ihm auftraten, Anzeichen irgendeiner Besonderheit oder eines Schadens, oder ob sie universell waren, ob jeder sie sah. Aber sie waren so schwach und so schwer zu beschreiben, dass er nie dahinterkam, ob seine Eltern oder Freunde dieses knapp oberhalb der Wahrnehmungsschwelle liegende Erlebnis teilten; unter dem Gewicht der Sprache lösten sich die Muster auf, blieben unantastbar privat. Er hatte Leute vom »Sterne-Sehen« reden hören, wenn sie sich den Kopf gestoßen hatten, aber er sah keine Sterne. Er sah Ringe aus rotem oder gelbem Licht oder tessellierte Federformen, die zu zittern begannen, wenn er sich ihnen widmete, oder stumpfe Goldspiralen, die durch sein Blickfeld trudelten – oder was auch immer man Blickfeld nannte, wenn man die Augen geschlossen hatte. Anstatt die Hand wie erwartet auf die Innenseite ihres Oberschenkels zuzuschieben, bewegte er jetzt beide Hände auf ihr Gesicht zu; er hielt ihren Kopf und strich mit den Daumen über ihre geschlossenen Augenlider, wobei er vorsichtig spürbaren, aber unregelmäßigen Druck ausübte; sah sie ebenfalls ein paar rote Funken, ein Netz schwacher Linien?

Lachend wich sie ein Stück zurück. Was machst du denn da? Er sagte ihr das Wort dafür, das er von Klaus gelernt hatte, dem zufolge Phosphene Auslöser psychotischer Halluzinationen sein könnten. Einige Leute hätten versucht, sie zu zeichnen, und die Zeichnungen hätten seltsamerweise wie Höhlenmalereien, die älteste Kunst, ausgesehen. Er hoffte, ihr gefiel die Poesie, die er daraus machte, und wie sehr er sich wünschte, sie sähe, was er sah, und stellte sich vor, er sähe mit ihr oder als sie; die subtilsten Feuerwerke der Welt, die vom Problem des Bewusstseins anderer kündeten. Bald küssten sie sich wieder, und er wusste nicht, ob sie vögeln würden. Doch an jenem Abend in Topekas nobler, in bequemer Entfernung zur West Ridge Mall gelegener Siedlung löste sie sich sanft, aber entschieden von ihm; vielleicht hatte sie ihre Tage. Vielleicht machte sie sich in Wirklichkeit gar nichts aus ihm. Sie stieg mit einer seiner Zigaretten und dem Feuerzeug auf der Beifahrerseite aus; sie ging vorne um den Wagen herum und gab ihm das Feuerzeug durchs Fenster zurück. Wo ist das Boot? Er sagte, er sei eine Zeitlang um den See herumgefahren und habe getrunken, wisse nicht mehr genau, wo er es geparkt habe; er war wieder angespannt, machte sich Sorgen, er würde seine diversen Navigationsfehler eingestehen müssen, aber sie blieb gelassen.

Gewinn mir morgen eine Medaille, sagte sie lächelnd, als er den Motor wieder anließ. Bald flitzte er weg von den McMansions an der Urish Road, und kühle Luft knatterte durch das Sonnendach, das er geöffnet hatte. Wo die Urish auf die 21st traf, hielt er vor einem blinkenden roten Licht und sah zu seiner Rechten das Rolling Hills Nursing Home, einen einstöckigen Fertigbau, wo sein inzwischen verstummter Großvater mütterlicherseits Bewohner, Patient, Gefangener war, seit er vor zwei Jahren von Phoenix hierhergezogen oder hierhergebracht worden war; seine Großmutter war in guter Verfassung und lebte ein paar Kilometer südlich in Topekas führender Einrichtung für betreutes Wohnen. Er schnippte seinen Zigarettenstummel aus dem Fenster, sah zu, wie die Glut auf dem schwarzen Asphalt zerstob, und zwang sich, das Gebäude anzusehen. Helle Straßenlaternen auf dem fast leeren Parkplatz; ansonsten war es dunkel. Sonderbar, an den kleinen alten Mann zu denken, der jetzt da drin schlief. Eine kurze, aber widerliche Analogie zwischen dem technisierten Krankenhausbett und dem verstellbaren Fahrersitz fiel ihm ein, war gleich wieder weg. Er schob *All Eyez on Me* ins Tapedeck, drehte es sehr laut auf und fragte sich, ob irgendwer im Pflegeheim es hören konnte. Dann fuhr er weiter.

—

Vier Stunden später klingelte sein Wecker. Im Halbschlaf duschte er und zog den schwarzen Anzug an, den er mit seiner Mom in West Ridge gekauft hatte. Er band sich eine der beiden Krawatten seines Vaters um. Er fuhr das kurze Stück bis zur Topeka High und hielt neben seinen Trainern, Spears und Mulroney, die eine Straßenkarte studierten, ihr Atem im Straßenlicht sichtbar. Ersterer trank Kaffee aus seiner großen Thermosflasche; Letztere nippte wie immer an ihrer Cola Light. Andere förmlich gekleidete Jugendliche rollten große Plastikwannen aus der Schule und luden sie in zwei nahebei stehende Vans. Er ließ sich nicht dazu herab, seine Wanne selbst zu transportieren; darum würde sich ein jüngerer Schüler kümmern. Er sah seine Partnerin Joanna und nickte ihr grüßend zu; sie waren nicht befreundet; ihre Allianz war rein taktischer Natur. Sobald sie im Van saßen, wollte sie über Strategie reden, aber er lehnte den Kopf an das kühle Fenster, sah dem Auf und Ab der Telefonkabel im Dunkeln zu und bewegte sich in seinen Träumen bald durch Reihenhäuser. Er wachte auf, als sie vom Highway abfuhren, um in einem McDonald's zu frühstücken: vertraute Konturen der Formstühle.

Die Dämmerung brach an, als sie die Russell High School erreichten. Normalerweise hätte er so ein kleines Turnier ausgelassen, aber weil Russell Bob Doles Heimatstadt war und Bob Dole für die Präsidentschaft kandidierte, würden dieses Jahr die besten Teams aus dem gesamten Staat beim Einladungsturnier in Russell antreten; die Logik erschloss sich ihm nicht so ganz, aber Mulroney hatte darauf bestanden, dass sie teilnahmen. Aus ähnlichen, von den jeweiligen Stadtverwaltungen gestellten Vans und Bussen luden andere steif kostümierte Jugendliche ihre Wannen und schleppten sie über den kalten Parkplatz zum Haupteingang der Schule. Als er und Joanna durch die Tür gingen, machten ihre Möchtegern-Konkurrenten Platz.

Er fand die Highschools an den Wochenenden seltsam verändert, die von Lehrern und Schülern geleerten Räume verwandelt und von den Rhythmen eines normalen Tages abgekoppelt. Die Klassenzimmer mit ihren anspornenden Postern – SEI DIE VERÄNDERUNG, DIE DU ERLEBEN MÖCHTEST –, den Reihen leerer Bänke, den an Kreide- oder Trockenlöschtafeln übriggebliebenen Gleichungen, Jahreszahlen oder Standardausdrücken ließen Adam an verlassene Theaterkulissen oder Fotos von Tschernobyl denken. Gelegentlich nahm er einen Hauch von Speed-Stick-Deo oder duftendem Lipgloss oder andere Spurenelemente einer vorübergehend suspendierten Sozialordnung wahr. Während sie den Hauptflur der Russell High entlanggingen, probierte er verschiedene Kombinationen an den Spindschlössern. Mit der Distanz eines Anthropologen oder eines Gespensts berührte er eine im Foyer hängende Fahne, Trophäe einer Staatsmeisterschaft im Ringen.

Sie versammelten sich zu einer kurzen Begrüßung in einer fluoreszierend hellen Cafeteria, die nach Bleichmittel in Industriestärke roch. Der Trainer des gastgebenden Teams machte verschiedene Ankündigungen, während sie sich ansahen, wer in ihrer Wettkampfklasse antrat. Dann verteilten sich die Teams, Wagen mit Unterlagen im Schlepptau, auf die ihnen zugewiesenen Klassenzimmer, wo ein Punktrichter und ein Zeitnehmer warteten.

Er ließ sich von Joanna zu ihrem Zimmer führen. Sie war die Tochter zweier Neurologen der Foundation, eine kleine, kluge, für eine Elite-Uni bestimmte Zwölftklässlerin, die im Zulassungstest für Hochschulen die Höchstpunktzahl erzielt hatte, wie sie einen wissen ließ. Sie stellte fast das ganze Material für den Wettkampf zusammen und hatte den Sommer über ein »Debattierinstitut« an der University of Michigan besucht, um sich gegenüber der Konkurrenz einen Startvorteil zu verschaffen. (Thema dieses Jahres war, ob die Bundesregierung zur Senkung der Jugendkriminalität eine neue Politik verfolgen solle; Joanna und er argumentierten, dass dies in verschiedener Hinsicht durch eine bessere Durchsetzung von Kindesunterhaltsansprüchen erreicht würde.) Adams Beitrag zur Vorbereitungsarbeit bestand darin, während des Debattierunterrichts den *Economist* zu überfliegen. Seine Stärke war, schnell und entschlossen zu reagieren und Fehlschlüsse bloßzustellen; seine Kreuzverhöre waren weithin gefürchtet.

Die ersten Runden waren bloße Formsache; vor Laienschiedsrichtern, oftmals die unwilligen Eltern anderer Wettkampfteilnehmer, fertigten sie unterklassige Teams ab. An jenem Wochenende in Russell versuchten zwei Zehntklässler, sie zu überraschen, indem sie eine Version ihrer eigenen Argumentation gegen sie zum Einsatz brachten; sie hatten sie aus Notizen rekonstruiert, die sie während der Ausscheidungsrunden gemacht hatten, bei denen Zuschauer erlaubt waren.

Adam stand auf und strich die Krawatte seines Vaters glatt, um den offensichtlich nervösen ersten Pro-Redner ins Kreuzverhör zu nehmen; in seinem weißen Hemd und der schwarzen Hose ähnelte sein Gegner einem Kellner. Sie standen mit dem Gesicht zum Punktrichter – Debatter sahen einander nicht an –, der kaum in die Schulbank hineinpasste; die Brille auf den kahlen Kopf geschoben, saß er mit verschränkten Armen da und machte sich widerwillig Notizen auf einem Block.

»Könntest du das diesjährige Thema bitte noch einmal wiederholen?«

»Wiederholen?«

»Ja bitte.«

»Thema: Die Regierung –«

»Die *Bundes*regierung«, sagt Adam, als sei es ihm peinlich, dass er ihm helfen muss. »Lass dir Zeit«, fügt er hinzu, denn er weiß, dass das für den Punktrichter nach Höflichkeit und für seinen Gegner nach unerträglicher Herablassung klingen wird.

»Thema: Die Bundesregierung soll ein Programm zur deutlichen Senkung der Jugendkriminalität in den Vereinigten Staaten einführen.« In seiner Stimme liegt ein ganz leichtes Zittern.

»Warum wurde der Kindesunterhalt eingeführt?«

»Na, um den Unterhalt der Kinder zu sichern« – der Ursprung des Sarkasmus ist Angst –, »wenn ihre Eltern geschieden werden.«

»Tatsächlich unterliegen unverheiratete Eltern in den meis-

ten Staaten den gleichen Kindesunterhaltsverpflichtungen.«
Adam hat keine Ahnung, ob das, was er da sagt, auch stimmt.
Er lässt auf subtile Weise erkennen, dass er den Ton seines
Gegners ignoriert, dass er darübersteht. »Aber lassen wir das
beiseite. Es hört sich so an, als bist du der Meinung, dass das
Programm, das du zu stärken vorschlägst, gar nicht in erster
Linie dazu gedacht ist, die Jugendkriminalität zu senken.«

»Nein, ich meine, das gehörte zu seinen Absichten.«

»Hast du Belege für diese Behauptung?« Sein Ton macht
deutlich, dass er hofft, sein Gegner hat Belege, dass er die
Debatte darüber willkommen heißen würde; zugleich vermittelt er dem Punktrichter, dass die Runde andernfalls vorbei ist. (Das Auswertungsblatt weist den Juror an, dass das
Pro-Team »Themenbezogenheit« nachweisen muss. Er und
Joanna können diese Debatter auf verschiedene Weise fertigmachen, aber er wird erst einmal abwarten, ob sein Gegner
sich bei dieser Frage des Anscheinsbeweises selbst ein Bein
stellt.)

»Der Beleg ist, dass es die Kriminalität senkt. Deswegen
sind die Vorteile unseres Plans –«

»Du behauptest also, dass alles, was den Effekt hat, die Kriminalität zu senken, themenbezogen ist?«

»Nein, es muss bundesweit sein, ein Bundesprogramm.«

»Wenn ich also befürworte, dass die Bundesregierung
Atomkraftwerke baut, und sie konstruiert sie schlampig, und
das verursacht eine schreckliche Umweltverschmutzung, und
die Umweltverschmutzung hat katastrophale gesundheitli-
che Auswirkungen, und es folgt ein Massensterben, und das
reduziert die Kriminalität, ist das dann eine themenbezogene
Lösung?« Der Juror lächelt – sowohl über das, was Adam gesagt hat, als auch über die Art der Darbietung. Und er hat den

Juror an dessen Misstrauen gegenüber den Bundesbehörden erinnert.

»Natürlich nicht«, jetzt wütend.

»Warum nicht? Weil es ein *beabsichtigter* Effekt der Politik sein muss?«

»Okay, klar.«

»Hast du irgendeinen Beleg dafür, dass das ein beabsichtigter Effekt war?«

»Das sagt uns der gesunde Menschenverstand.« Er müsste argumentieren, dass – unabhängig davon, *warum* der Kindesunterhalt im Allgemeinen eingeführt wurde – sie, das Pro-Team, jetzt beabsichtigen, die entsprechende Politik dahingehend auszuweiten, dass sie die Kriminalität senkt, und damit ja wohl die Bedingungen der Themenbezogenheit erfüllen. Aber er ist zu durcheinander.

»Ich glaube, der gesunde Menschenverstand sagt uns eher, dass der Kindesunterhalt die finanziellen Lasten der Eltern nach einer Trennung gerecht verteilen soll. Und selbst wenn diese gerechte Verteilung die Bemühungen zur Senkung der Kriminalität irgendwie *erschweren* würde, gäbe es immer noch gewichtige Argumente für seine Bedeutung. Und« – ihm geht auf, dass er in den Augen des Durchschnittsbürgers von Russell, Kansas, soeben vielleicht ein feministisches Argument vorgebracht hat; sein Schwenk erfolgt ohne Zögern – »mir fallen starke Argumente gegen diese Art von Einmischung des Bundes in Privatbeziehungen ein. Die Sache ist aber die, dass das nicht das Thema der diesjährigen Debatte ist.«

»Ich – hör mal, ihr vertretet diese Position ständig, und Themenbezogenheit war nie –«

»Entschuldigung, hier muss ich dich unterbrechen – du

möchtest, dass der Punktrichter dir diese Runde zuspricht, weil *wir* mit einer ähnlichen Position andere Runden gewonnen haben?« Er nimmt im Interesse des Debattierens schlechthin Anstoß.

»Das habe ich nicht gesagt. Ich –«

»Das ist ein interessanter Gedanke: dass das, was in früheren Runden vorgebracht worden ist, relevant sein soll und gegen uns verwendet werden kann; sollst du diese Runde, bei der du für die Pro-Seite argumentierst, verlieren, da du bei einer früheren Debatte vermutlich für die Kontra-Seite argumentiert hast?« Wieder lächelt der Punktrichter.

»Nein, natürlich nicht, aber –«

»Und da du nicht imstande bist, die Themenbezogenheit deiner Politik vor dem Kontra-Team zu verteidigen« – jetzt meint er es todernst, ein Staatsanwalt aus *Law & Order*, der zum entscheidenden Schlag ausholt –, »bringst du den Umstand aufs Tapet, dass ihr eure Argumentation von unseren Pro-Runden abgekupfert habt.« Kurzes Innehalten. »Dass du das Grunderfordernis der Themenbezogenheit nicht erfüllen kannst, verteidigst du mit einem Plagiat?«

Kurzes Schweigen, in dem der Punktrichter sich mit hochgezogenen Augenbrauen etwas notiert.

»Ich sage bloß, dass es ein themenbezogener Plan ist«, sagt der andere kleinlaut, da die Runde bereits verloren ist.

An der Russell High begann der Wettkampf eigentlich erst in den Halbfinals, in denen die Bewertung durch eine aus drei College-Debattern bestehende Jury erfolgte. Er und Joanna vertraten die Pro-Seite und bekamen es mit einem ziemlich beachtlichen Team von der Shawnee Mission West zu tun. Der Raum – ein Saal für den naturwissenschaftlichen Unterricht: auf einem Tisch in der Ecke Mikroskope, mehrere Spülbecken – war voll: ausgeschiedene Debatter und ihre Trainer waren zum Publikum geworden. Kurz vor Beginn der Runde senkte sich Schweigen herab; zum ersten Mal hörte Adam das Geräusch des Filters in einem Aquarium an der Wand, das ihm zuvor nicht aufgefallen war. Er konnte bloß ein paar langsam treibende gelbe Formen ausmachen.

Und jetzt steht Joanna auf, um den ersten Pro-Redebeitrag zu liefern. Ein paar Sekunden lang klingt es mehr oder weniger wie Rhetorik, doch bald steigert sie das Redetempo fast bis zur Unverständlichkeit, und Tonhöhe und Lautstärke nehmen zu; sie schnappt nach Luft wie ein auftauchender oder vielleicht auch untergehender Schwimmer; sie versucht, ihre Gegner »zu schnellsen« (ein Portmanteau aus »schnell« und »lesen«), so wie das ihre Gegner umgekehrt auch mit ihnen versuchen werden – das heißt, so viele Argumente und Belege aufzubieten, dass das gegnerische Team in der vorgesehenen Zeit nicht auf alle eingehen kann, denn unter ernsthaften Debattern gilt die Regel, dass ein »übergangenes Argument« ungeachtet seiner Qualität oder seines Inhalts als zugestanden gilt. (Wettkampf-Debatter verbringen Stunden mit Geschwindigkeitstraining – lesen laut mit einem zwischen die Zähne geklemmten Bleistift, wodurch die Zunge mehr arbeiten und der Mund übertrieben artikulieren muss; sie üben das Rückwärtslesen von Belegstellen, um den physischen Akt der Vokalisierung von der Verständnisanstrengung, die einen langsamer macht, abzukoppeln.) Die Punktrichter beugen sich über ihre Notizblöcke und fertigen ebenso wie die Teilnehmer ein Ablaufdiagramm der Runde, indem sie in Kurzschrift Argument und Gegenargument festhalten, wobei sie nur wenig oder gar keinen Blickkontakt zu den Sprechern aufnehmen. Während der kurzen Zeitspannen, in denen ihre

Stifte untätig sind, wirbeln sie sie um ihre Daumen, eine für Debatter charakteristische Angewohnheit.

Einem Anthropologen oder einem Gespenst, das die Flure der Russell High School durchstreifte, käme das schulübergreifende Debattieren weniger wie ein Redewettstreit als wie ein rituelles Zungenreden vor. Siehe den mit zystischer Akne geschlagenen ersten Kontra-Redner von der Shawnee Mission, der – in lässigerer Kleidung, typisch für die reichen Kids aus Kansas City – mit einer Geschwindigkeit von 340 Wörtern pro Minute Belegstellen für seine Behauptung vorliest, dass der Plan der Pro-Seite die Familiengerichte überlasten und damit eine katastrophale Ereigniskette in Gang setzen werde. Er lässt jede Seite auf den Boden fallen, wenn er damit fertig ist, dazu Schweißtropfen. Er atmet scharf ein, brüllt einen neuen Leitsatz – »Überlastung der Gerichte führt zum Zusammenbruch des Systems« –, liest dann weitere Belege vor und verheddert sich kurz in einem Stottern, das seinen Vortrag bei dieser Lautstärke und Geschwindigkeit so klingen lässt, als hätte er einen Krampf- oder Schlaganfall. Während die Zeit abläuft, fasst er seine Argumente zusammen, obwohl nur wenige Uneingeweihte ihn verstehen könnten: *Gregor belegt Überlastung der Gerichte infolge zunehmender Durchsetzung von Kindesunterhaltsansprüchen Überlastung der Justiz führt zu Zusammenbruch des Systems Zusammenbruch führt zu Atomkonflikt chinesischer oder nordkoreanischer Atomschlag in folgendem Machtvakuum wiegt schwe-schwe-schwerer als sämtliche etwaigen Vorteile des Pro-Plans und und und und Stevenson beweist dass Pro-Plan in jedem Fall keine Lösung weil Widerstand innerer Kräfte Du-Durchführung blockiert Nein-Votum allein schon wegen nachteiliger Auswirkungen zwingend aber aber auch wenn man Plan als Plan betrachtet keine Lösung weil Hauptquelle für*

Gerichte in Georgia nicht nicht anwendbar auf Bundesprogramm
nur auf Einzelstaat also keine andere Möglichkeit als negatives
Votum.

Das »Schnellsen« war umstritten; erfolgte es vor Laien-
punktrichtern, sorgte es für Entsetzen und für Beschwerden.
Mehr als ein hochklassiges Team hatte seine Punktrichter
falsch eingeschätzt und war schon in den Anfangsrunden
wegen vermeintlichen Faselns ausgeschieden. Altgediente
Trainer sehnten sich nach der Zeit zurück, als Debatten noch
echte Debatten waren. Die häufigste Kritik, die am »Schnellsen« geübt wurde, war, dass es die politische Debatte von der
wirklichen Welt löste, dass kein Mensch Sprache so verwendete wie diese Debatter, außer vielleicht Auktionatoren. Aber
sogar die Jugendlichen wussten, dass das nicht stimmte, dass
juristische Personen ständig eine Version des Schnellsens
nutzten: Denn sie hörten die gesprochenen Warnhinweise
am Ende der zunehmend häufigeren TV-Werbespots für ver-
schreibungspflichtige Medikamente, in denen Informationen über Risiken in einer Geschwindigkeit gegeben wurden,
die darauf abzielte, das Verständnis zu erschweren; sie hörten
die Aufzählung von Regeln und Vorbehalten, die am Ende
von Rundfunkwerbeaktionen im Schnellfeuertempo herun-
tergerasselt wurden; sie waren zumindest vage vertraut mit
dem »Kleingedruckten«, das man von Finanzinstituten und
Krankenversicherungen bekam; das Letzte, was man mit diesen Tausenden von Wörtern anfangen sollte, war, sie zu verstehen. Derartige Offenlegungen waren zur Verschleierung
gedacht; sie setzten einen Informationen aus, die, sollte man
die betreffende Institution herausfordern, wie ein »übergangenes Argument« in einer schnellen Debattierrunde behandelt würden – man hat die Stichhaltigkeit des Arguments

bereits zugestanden, indem man nicht darauf eingegangen ist, als es vorgebracht wurde. Dass man keine Zeit dazu hatte, ist keine Ausrede. Schon vor dem 24-Stunden-Nachrichtenzyklus, den Twitter-Stürmen, dem algorithmischem Handel, den Tabellenkalkulationen und der DDoS-Attacke wurden Amerikaner in ihrem Alltagsleben »geschnellst«; unterdessen sprachen ihre Politiker weiter ganz langsam von Werten, die mit ihrer Politik überhaupt nichts zu tun hatten.

Joanna war zu schnell für die Kids von der Shawnee Mission; Adam brachte den größten Teil des Halbfinales damit zu, darauf hinzuweisen, auf welche ihrer Argumente seine Gegner nicht eingegangen waren. Im Finale, als sie wieder die Kontra-Seite vertraten, trafen sie auf Rivalen von der Lawrence High. Wenn sie früher gegen Rohan und Vinay verloren hatten, war es Adams Schuld gewesen; die beiden waren genauso gut vorbereitet wie Joanna. Aber an jenem Tag arbeitete sein Verstand aus welchem Grund auch immer besonders schnell.

Und während er an jenem Tag in der Russell High in sich beschleunigender Abfolge aufzählte, auf welche verschiedenen unvorhersehbaren Weisen die Durchführung des Plans seines Gegners zu einem nuklearen Holocaust führen würde (fast jeder Plan, und sei er noch so unbedeutend, würde zu einem nuklearen Holocaust führen), überschritt er wie so oft eine geheimnisvolle Schwelle. Es kam ihm weniger so vor, als hielte er eine Rede, sondern eher so, als hielte die Rede ihn, als begännen der Rhythmus und die Intonation seines Vortrags den Inhalt zu diktieren und er müsste seine Argumente nicht mehr so sehr ordnen, als sie vielmehr durch sich hindurchfließen lassen. Plötzlich war die physische Spannung, unter der er stand, ganz konzentrierte Energie, eine Verwandlung, die die Veranstaltung leicht erotisch färbte. Wenn auch die Sprache, die durch ihn hindurchströmte, von den angeblich katastrophalen Auswirkungen handelte, die ein Ende des staatlichen Stingray-Überwachungsprogramms mit sich brächte, oder davon, dass sein Kontrahent den Nachweis der Schlüssigkeit schuldig geblieben war, befand er sich gleichwohl eher im Reich der Poesie als der Prosa, und seine Rede wurde von Tempo und Intensität überdehnt, bis er spürte, wie sich ihre Sachbedeutung in reine Form auflöste. In einer öffentlichen Schule, die für die Öffentlichkeit geschlossen war, und in einem Anzug, der ihm wie ein Kostüm vorkam, wurde er, während er so tat, als diskutierte er über Politik, wenn auch nur kurz von einem prosodischen Erlebnis ergriffen.

Dann war er zur Preisverleihung zurück in der Cafeteria, aß Erdnuss-M&Ms, die ihm ein Neuntklässler aus dem Automaten geholt hatte, und hörte mit halbem Ohr zu, wie Trainer Spears ihn davon zu überzeugen versuchte, dass professionelles Wrestling echt sei: Ich habe das Blut gesehen; ich war ganz nah am Käfig. Adam nickte, während er kaute. Alles verstummte, als die Trainer des gastgebenden Teams erschienen, um die Endergebnisse bekanntzugeben und Medaillen zu überreichen.

Doch am Eingang der Cafeteria entstand Unruhe. Die Tür schwang auf, und mehrere Reporter kamen hereingestürzt; ein Kameramann baute rasch ein Stativ mit einem hellen Scheinwerfer auf und schulterte seine Kamera. Dann betraten zur wachsenden Verblüffung der versammelten Debatter Männer den Raum, bei denen es sich unverkennbar um Bodyguards handelte, und blickten sich um, in den Ohren Stöpsel, an denen Spiralkabel baumelten. Er sah Trainerin Mulroney an, die ein wissendes Lächeln zur Schau trug. Schließlich erschien Senator Bob Dole, der dreiundsiebzigjährige Sohn Russells, der knapp einen Monat später von Bill Clinton vernichtend geschlagen werden sollte, ein Erdrutschsieg für den Demokraten, der bestätigen würde, dass der Kulturkonservatismus dabei war, der Herrschaft der liberaleren Babyboomer zu weichen, ihr praktisch schon gewichen war. Er würde bestätigen, dass die Geschichte geendet hatte.

Vereinzelt hörbares Lufteinziehen, als er erkannt wurde, spärlicher Applaus. Dole hielt wie stets einen Stift in der Hand seines weitgehend gelähmten rechten Arms und vollführte mit dem linken seine ungelenke Winkbewegung. Von Helfern flankiert, kam er nach vorn und schüttelte dem gastgebenden Trainer die linke Hand; dieser sagte strahlend, der nächste Präsident der Vereinigten Staaten werde den Gewinnern des diesjährigen Einladungsturniers der Russell High School die Medaillen überreichen. Ehe die Medaillengewinner aufgerufen würden, wolle Senator Dole ein paar Worte sagen.

»Ich selbst bin kein großer Debattenredner«, sagte er, rechnete vielleicht mit einem Lacher, der jedoch nicht kam, »aber ich lege großen Wert auf die Fähigkeiten, die ihr alle hier heute entwickelt.« Dole sprach selbst für einen Politiker stockend. (Von seinem Stuhl im Publikum aus stellte Adam ihn sich unwillkürlich mit zwischen den Zähnen klemmendem Stift vor, wie er rückwärts las; er stellte ihn sich vor, wie er versuchte, den Stift mit der kalten, untauglichen Hand herumwirbeln zu lassen, und wie es ihm misslang. Dann stellte er sich den gelähmten linken Arm seines Großvaters in Rolling Hills vor.) »Ihr seid die künftigen Führungskräfte Amerikas, und ich bin sehr froh, dass ihr alle hier seid und eure

Kommunikationsfähigkeiten, eure Überzeugungsfähigkeiten verbessert. Das ist so wichtig. In unserer Demokratie. Entscheidend. Und dass ihr so viel über Staat und Politik lernt. Wunderbar. Ich fühle mich geehrt, hier sein zu dürfen und euch wissen zu lassen, dass ihr wegen der hervorragenden Leistungen, die ihr erbringt, in meinen Augen alle Gewinner seid. Damit werdet ihr es weit bringen. Einige von euch werden wir auf dem Capitol Hill sehen.«

Man gab ihm eine Karteikarte, von der er die Namen des drittplatzierten Teams ablas, die Teilnehmer standen auf, um ihre Medaillen entgegenzunehmen, und blieben für Fotos mit dem Senator kurz stehen. Er verhunzte die Nachnamen von Rohan und Vinay; die Art, wie sie aufstanden, hatte fast etwas Entschuldigendes.

Ich zeige dir jetzt ein Bild und möchte gern, dass du dir dazu eine Geschichte ausdenkst. Wir nennen das den Thematischen Apperzeptionstest oder TAT. Eine Geschichte mit Anfang, Mitte und Ende. Es ist ein Schwarz-Weiß-Foto, das auf der Titelseite des *Topeka Capital-Journal* erschienen ist. (Wer ist dieser ernst dreinschauende Siebzehnjährige, dessen Haar zu einem Pferdeschwanz zusammengebunden ist, während die Seiten seines Schädels rasiert sind, ein katastrophaler Frisurenkompromiss zwischen seinem links angehauchten Elternhaus und dem republikanischen Staat, in dem er aufwuchs? Seine linke Hand berührt beinahe Doles Rechte, die den Stift umklammert; um den Hals trägt der Teenager eine Medaille, die er gewonnen hat, indem er in Höchstgeschwindigkeit eine nahezu private Sprache sprach. Der Senator, der häufig in der dritten Person von sich spricht und sich in seinem Wahlkampf von Paul Manafort beraten lässt, wird der einzige ehemalige Präsidentschaftskandidat sein, der am Republikanischen Parteitag 2016 teilnimmt.) Was denken diese Leute auf dem Foto? Was empfinden sie? Fang damit an, dass du mir erzählst, was zu dieser Szene geführt hat.

—

Adam hatte Kenneth Erwood schon seit eh und je flüchtig gekannt. Dr. Erwood – einer der wenigen offen schwulen Männer in Topeka und daher häufig Zielscheibe von Reverend Fred Phelps und seinen Jüngern – war öfter zum Essen gekommen oder Gast auf Partys gewesen. Er war ein stiller, lächelnder, freundlich aussehender Mann, der zugleich älter und jünger wirkte, als er tatsächlich war (vorzeitig gebeugt, dann einfach nur gebeugt, aber ein jungenhaftes Gesicht, das sich nie zu ändern schien), und dessen kurzgeschnittenes graues Haar nichts Militärisches hatte (obwohl er sogar einmal auf der Naval Ordnance Test Station in Point Mugu gearbeitet und die optische Beurteilung von Lenkflugkörpern studiert hatte). Erwood hörte genau zu, schwang aber keine Reden wie andere Männer. Adam konnte sich zwar nicht daran erinnern, aber seine Eltern hatten ihn in den Wochen nach seiner Gehirnerschütterung zu einer Konsultation in die Praxis von Erwood gebracht, die im selben Gebäude lag wie die seines Vaters; man hatte ihnen einige Meditationsübungen gezeigt, die die Heilung fördern und die posttraumatische Belastung reduzieren sollten. Er meinte sich zu entsinnen, wie er mit seinen Eltern auf dem gebrochen weißen Wohnzimmerteppich saß, die Hände mit nach oben gedrehten Handflächen im Schoß.

Einmal hatte Adam seine Mom gefragt, ob sie jemanden kenne, der übernatürliche Fähigkeiten besaß, ob sie an dergleichen glaube. Sie hatte ohne zu zögern »Kenneth

Erwood« gesagt. Obschon Erwood darauf achtete, sein Forschungsgebiet gegenüber der Verwaltung in der Terminologie der Neurowissenschaften zu rechtfertigen, sprach er mit Freunden und Kollegen ganz offen darüber, dass er als Kind in einem Wachtraum aufgesucht worden sei und man ihm gesagt oder zu verstehen gegeben habe, dass er unter spiritueller Führung stehe. Als Student habe er seinen spirituellen Führer mit Hilfe eines berühmten Mediums wiedergefunden, und während er gleichzeitig seine Doktortitel in Physik und in Psychologie erwarb, habe er eine Vision gehabt, in der er Bilder von einem Uhrenturm gesehen habe. Als er 1965 zur Foundation gefahren sei, habe er das Gebäude mitten auf dem Campus wiedererkannt; er habe gewusst, dass es ihm bestimmt war, dort seine Arbeit durchzuführen.

Erwood studierte, wie psychische Vorgänge physiologische Reaktionen beeinflussten. Besonders interessierte ihn die Fähigkeit von Menschen, das elektromagnetische Feld, das den Körper umgibt, zu verändern. Kurz nach seinem Eintritt in die Foundation richtete Erwood eine kleine Abteilung für Psychophysik und Psychophysiologie ein. Deren Herzstück war die Kupferwand-Initiative. Erwoods Forschungen wiesen nach, dass anerkannte Heiler und Meditierende unterschiedlicher Traditionen aus mehreren Metern Entfernung erhebliche Spannungsänderungen in einer wandgroßen, aus Kupfer bestehenden Elektrode herbeiführen konnten. Die Wand wurde im Keller des Uhrenturms der Foundation errichtet.

Jetzt, als Highschool-Schüler im vierten Jahr, kehrte Adam gegen seinen Willen zu Erwood zurück. Seine Eltern hatten mit seltener Entschiedenheit darauf bestanden, dass er entweder Erwood konsultierte oder eine konventionelle Gesprächstherapie begann. Die Heftigkeit, sagten sie, sei außer

Kontrolle: wie schnell er in Wut gerate, auch wenn er sich relativ rasch wieder beruhige. Er brauche »Strategien«. So bat ihn etwa seine Mutter, das schmutzige Geschirr im Wohnzimmer wegzuräumen, wo er eigentlich sowieso nicht essen sollte. Mach ich später, sagte er dann; ich hätte aber gern, dass du es jetzt machst, antwortete sie; worauf ein gewaltiger Hagel lächerlicher, aber irgendwie unwiderleglicher Argumente aus ihm hervorbrach, Argumente über ihr Gemeckere, ihre Heuchelei, ihre Unfähigkeit, sich an die Prinzipien zu halten, die sie in ihren Büchern befürworte, ihr bizarres Beharren auf herkömmlicher häuslicher Ordnung zu Lasten der Autonomie anderer; wieder und wieder misslang es ihr, Themenbezogenheit nachzuweisen. Das Geschirr blieb, wo es war.

Oder er bat seinen Vater, ihm sein Auto zu leihen, weil beim Camry die Motorkontrollleuchte an war und er verdächtige Geräusche machte, und wenn sein Vater sagte: Nein, tut mir leid, ich habe heute Abend Männergruppe, aber morgen kann ich dir helfen, dein Auto in die Werkstatt zu bringen, drosch er plötzlich mit bösartiger Eloquenz auf die ganze Vorstellung einer Männergruppe ein, obwohl seine Argumente widersprüchlich waren. Das ist Robert-Bly-Macho-Scheiß, behauptete er etwa, denn er hatte im Haus spöttische Zusammenfassungen von *Eisenhans* gehört, doch wenn sein Dad ganz ruhig sagte: Das hast du falsch verstanden, wie du weißt, handelt es sich um eine Gruppe profeministischer Freunde, warf er ihnen vor, sie seien ein Haufen Yuppie-Schlappschwänze, die glaubten, hohle Phrasen über das Vatersein zu dreschen mache sie schon zu aufgeklärten Menschen. Wahrscheinlich solltet ihr tatsächlich eher in den Wald gehen und improvisierte männliche Rituale aufführen. Ein bisschen trommeln, ein paar Eichhörnchen schmoren. Je ruhiger sein Vater blieb, desto wütender wurde Adam: Kräche aus nichtigem Anlass brachten ihn dazu, mit Türen zu knallen; zweimal schlug er ein Loch in die Wand seines Zimmers.

Seine Eltern waren nicht nur entnervt, sondern auch besorgt, aber *so* besorgt nun auch wieder nicht; als Psychotherapeuten hatten sie viel weniger Angst vor offenem Konflikt als vor der Aussicht, dass ihr Kind sich zurückzog, in sein Zimmer, in sich selbst verschwand, ein verlorener Junge. Solange gesprochen wurde, fand auch eine Verarbeitung statt; und wenn er sich beruhigt hatte, entschuldigte er sich jedes Mal für seine Heftigkeit und bot dabei sein Foundation-Vokabular auf; oft dachte er mit ihnen zusammen über Ursachen nach. Wenn er sich nicht wie ein Arschloch aufführte, war er witzig, neugierig, freundlich; man musste sich nur ansehen, wie wunderbar er mit seiner Großmutter umging, wie viele gute Fragen er den Freunden seiner Eltern stellte, wenn man ihn dazu bringen konnte, sich zum Essen zu ihnen zu setzen. Folksänger, Gemeinwesenarbeiter, Sexperten, Schriftsteller und feministische Wissenschaftlerinnen wohnten in dem großen viktorianischen Haus seiner Eltern, wenn sie durch den Mittleren Westen kamen; er war stets interessiert, eignete sich rasch neue Arten zu denken und zu reden an. Sie waren stolz auf seine politischen Ansichten. Er schrieb nur Bestnoten. (Sie ahnten nicht, dass er in Mathe spickte.) In »Rhetorik« war er ein Star. Er las und schrieb Gedichte. Wahrscheinlich würde er auf einer Elite-Uni landen, obwohl sie auch die KU in Ordnung fänden. Sie gingen zu Recht davon aus, dass seine Labilität zum Teil daher rührte, dass er Angst davor hatte, von zu Hause wegzugehen.

Dann waren da die Migräneanfälle, ihre zunehmende Häufigkeit und Schwere. So schaute er etwa auf eine Seite mit

Text oder auf ein Schild an einer Wand und fand es mit einem Mal unmöglich zu lesen, weil die Buchstaben wie Zweige im Wasser davontrieben. Dann große blinde Flecken, als hätte er in grelles Licht geschaut. Auf die optischen Symptome, die Leseunfähigkeit, folgte rasch eine Taubheit in den Händen und Teilen des Gesichts, manchmal auch der Zunge, die zur Folge hatte, dass er lallte. Eine so schwere Lichtempfindlichkeit, dass ein bisschen Sonne, das an dem Verdunkelungsrollo vorbeigelangte, ihm wie ein Blitzlicht in die Augen stach, auf die Welt losgelassene Phosphene. Er hatte das Gefühl, seine Gliedmaßen wären ausgerenkt, er könne sie nicht mehr kontrollieren; er griff nach einem Glas Wasser und verfehlte es um mehrere Zentimeter oder stieß es um. Wenn er sich den Imitrex-Autoinjektor gegen das Bein drückte, um sich eine Spritze zu geben, konnte er Bein, Hartplastik und Hand nicht auseinanderhalten; sie waren allesamt taube, fremde Objekte; das Medikament richtete sehr wenig, vielleicht gar nichts aus. Binnen einer halben Stunde nach Auftreten des Prodroms bekam er so starke Kopfschmerzen, dass er sie vorwiegend als Übelkeit wahrnahm. Wenn das Erbrechen anfing, hörte es stundenlang nicht auf; mehr als einmal musste er ins Krankenhaus, um gegen Dehydrierung behandelt zu werden. Da wären wir wieder, Schwester Eberheart. Grüßen Sie Darren von uns. Überlagert wurden diese Symptome von seiner Angst vor ihnen, vor dem Umstand, dass die neurologischen Verzerrungen ihm seine Gehirnerschütterung ins Gedächtnis zurückriefen; sein Orientierungsverlust wurde verschlimmert von seiner Panik vor Orientierungsverlust, und jeder Migräneanfall, der in der Regel zwischen acht und zwölf Stunden dauerte, kam ihm wie eine kleine Wiederholung jenes Traumas vor.

Dass die Migräneanfälle so schrecklich waren, hatte auch mit seiner Überzeugung zu tun, dass er selbst sie hervorgerufen hatte. Du wirst dir eine Migräne einhandeln, hörte er häufig, warnte er sich häufig. Wenn die Ursache der Kopfschmerzen Stress war, dann kehrte jeder intensive Gedanke, jedes falsche Verlangen, jeder wirkliche oder eingebildete Konflikt in Form von Schmerzen wieder. Der ständige Druck, sich als echter Mann auszugeben, sich erwartungsgemäß zu verhalten – das ständige Gewichtheben, der Kampf mit Worten –, machten ihn schließlich wieder zum Kind, das vom Bett aus nach seiner Mutter rief. Die Migräneanfälle waren seine regelmäßig wiederkehrenden, rückhaltlosen, unwillkürlichen Geständnisse, dass er ein Weichling war, ein Poser. Und er hatte zwar nie mehr als einen alle sechs Wochen, meinte aber hundert Mal am Tag, einen kommen zu spüren: Jedes Mal, wenn er den Blick von einer Lichtquelle abwandte und bunte Flecken seine Sicht trübten, jedes Mal, wenn ihm ein Körperteil einschlief oder sich aufgrund einer ungeschickten Haltung leicht taub anfühlte oder, was sehr selten vorkam, wenn er stotterte oder beim Reden kurz den Faden verlor – stieg panisches Entsetzen in ihm auf. Weil jeder falsche Alarm Angst auslöste, brachte er ihn einem wirklichen Anfall näher.

Erwood war ein Pionier in Biofeedback – insbesondere brachte er Menschen bei, sich die Hände anzuwärmen, um auf diese Weise automatische körperliche Vorgänge unter bewusste Kontrolle zu bringen. Das Ziel bestand darin, Kampf-oder-Flucht-Reaktionen zu dämpfen, den Blutfluss in die Extremitäten zu steigern und Kopfschmerzen, die durch den Aufbau vaskulärer Spannung hervorgerufen wurden, zu lindern. Adams Eltern hatten zu Recht vermutet, dass er eher bereit sein würde, Erwood wegen Migräne aufzusuchen, als mit einem Psychotherapeuten über sein Gefühlsleben zu sprechen. Da Erwood zu unkonventionellen Zeiten arbeitete, konnte er samstagnachmittags zu ihm in die Foundation gehen.

Das Sprechzimmer ähnelte dem seines Vaters, außer dass es keinen Schreibtisch gab; es gab zwei einander gegenüberstehende Stühle für Gespräche, außerdem Meditationskissen und -matten in einer Ecke. Eine Klangschale aus Kupfer und ein Hämmerchen. An den Wänden hingen ein paar gerahmte Bilder, die, so vermutete Adam, berühmte orientalische Heiler zeigten – hauptsächlich Männer in weißen, roten und safrangelben Gewändern. Die erste Sitzung bestand darin, dass Erwood eine detaillierte Beschreibung der Migränesymptome und ihres Einsetzens erbat, sodann erklärte, wie und warum Biofeedback funktionierte, einen kleinen Temperatursensor an Adams Hände anschloss und ihn aufforderte, die Augen zu schließen und sich vorzustellen, was er, Erwood, beschrieb. Als Erstes sollte er sich seinen Atem bewusst machen, tief ein- und langsam ausatmen. Dann sollte er sich vorstellen, von seinen Zehenspitzen breite sich langsam Wärme nach oben und in seinen ganzen Körper aus, ehe er sich auf seine Hände konzentrierte. Obwohl es Adam wie eine halbe Stunde vorkam, dauerte diese Anfangssitzung weniger als zehn Minuten, und nachdem Erwood ihn aufgefordert hatte, die Augen aufzumachen, zeigte er ihm, dass er seine Körpertemperatur leicht erhöht hatte. Erwood bat ihn, in der ersten Woche täglich zehn Minuten dieser Übung zu widmen, gab ihm den Sensor und fragte dann: Möchtest du gerne die Wand sehen?

Im Keller des Uhrenturms ging Adam zögernd in den Raum, den Erwood für ihn aufgeschlossen hatte, und setzte sich, weil er annahm, dass er das sollte, im Schneidersitz auf den großen Glaskubus; Erwood ging hinaus und schloss die Tür. Adam blickte auf, um die Wand zu betrachten, während seine Augen versuchten, sich an die Dunkelheit anzupassen, die er zunächst als total erlebte. Er meinte, einen schwachen Kupfergeruch wahrzunehmen, aber das musste Einbildung oder sein Schweiß sein. Bald wurde die Farbe in der Mitte der Wand schwach für ihn erkennbar. Er konnte Erwood hören, der hinter der Wand Geräusche machte; warum hatte er keine Lampen eingeschaltet? Etwas Umgebungslicht, das vielleicht unter der Tür hindurchdrang, war im Raum vorhanden, und jetzt konnte er auch einen Nebel aus Rot, Orange und Braun deutlicher von der Umgebungsschwärze unterscheiden. Obwohl seine Augen in einem dunklen Raum geöffnet waren, kam es ihm so vor, als wären sie geschlossen, während er auf eine Lichtquelle schaute, als durchdränge Licht seine Augenlider und nähme die Farbe des Blutes an, das es durchschien. Unwillkürlich versuchte er, seine bereits offenen Augen zu öffnen.

»Wie geht's dir da drüben?«, hörte er Erwood von hinter der Wand fragen, entweder durch sie hindurch oder über ein Mikrofon, und er hörte sich antworten: »Prima«; seine Stimme klang gelangweilt, aber er langweilte sich nicht; er tat einen Blick in die geheime Kraftquelle der Foundation, die im Keller des Uhrenturms schwach schimmerte, das Ding hinter dem ganzen Gerede oder jenseits davon, die unnennbare Energie, die seine Eltern und so viele andere von den Küsten hierhergelockt und dazu beigetragen hatte, Klaus und die alte Garde der Analytiker aus ihrem Exil zu holen. Er schaute auf den Goldgrund eines mittelalterlichen Gemäldes, dann war er in dem Gemälde und schaute von dort aus in ein Museum bei Nacht. Er setzte sich anders hin, bemerkte, wie heiß ihm war, und verlangte beinahe, dass Erwood Licht machte, falls es überhaupt welches gab, doch dann dachte er, dass sich das anhören würde, als hätte er Angst, was ja auch stimmte, wenn auch nur ein bisschen. Weil er im Garten der Bright Circle Montessori School die Pflanze mit besonderen Kräften gepflückt hatte, weil er sich den Kopf gestoßen und die Zeit angehalten hatte, weil er sich die entpersönlichenden Kopfschmerzen selbst zuzuschreiben hatte. Er war alle Altersstufen zugleich, während er im Dunkeln vor der Wand saß, oder er wechselte zwischen ihnen, bewegte sich durch jedes Haus am See.

Jetzt machte Erwood überhaupt kein Geräusch mehr. Es war zu still; sie hatten den Raum so gründlich schallisoliert, dass er nahezu schalltot war. Er hörte Wasser durch die Rohre des Uhrenturms rinnen und das Summen der Elektrizität in den Kabeln, aber das war nur Blut, das durch seinen Kopf zirkulierte, das Rauschen von Hörnerven im Leerlauf. Er stellte sich Erwood tot vor, zusammengesunken über irgendeinem Steuerpult auf der anderen Seite der Wand, die eine Million Kilometer weit weg war – er trieb jetzt im All, war gegen seinen Willen in eine Umlaufbahn geschossen worden; Erwood war die Bodenkontrolle gewesen. Er schloss die Augen, um die Panik zu unterdrücken, und die Wand war immer noch da, Phosphene kreisten darüber hin; unwillkürlich versuchte er die Augen erneut zu schließen. Und nun kamen, um die Leere zu füllen, Wut und Sprache. Wut über den Streich, den Erwood ihm da spielte, den Test, dem er ihn unterzog, darüber, dass er ihn für Minuten, die Stunden waren, hier alleinließ; er stellte sich vor, wie er dem sanften Doktor einen Kniestoß ins Gesicht verpasste, ihm die Nase zertrümmerte, den Kupfergeruch von Blut. *Ich habe dich gewarnt, Arschloch; Lass es, habe ich gesagt. Ich habe gesagt, Pro-Plan wird auf breiter Front Wutpartikel auslösen, die Erklärung des Ausnahmezustands der Migräne zur Folge haben was den demokratischen Institutionen dauerhaften Schaden zufügt zum Zusammenbruch der NATO und der vernünftigen guten Regeln führt die Tausende in die Lage versetzen würden im Rolling Hills Nursing Home mit Darren und Dole zusammenzuleben.* Waren seine Augen offen und / oder geschlossen? Er hatte Lust, die vollkommen glatte Kupferfläche zu verunstalten, seine Schlüssel über das Metall zu ziehen wie über die Autotür eines Feindes von der Topeka West, irgendeine noch so minimale Markierung zu hinterlassen, aus der sich ein Alphabet ergeben könnte.

Erwood öffnete die Tür; Licht strömte herein und zersprengte Adams Gedanken, wenn es denn welche waren. Was meinst du?, fragte Erwood. Cool, sagte er, Gleichgültigkeit in der Stimme. Erwood näherte sich und legte ihm zu seinem Erstaunen und Unbehagen eine Hand in den Nacken, der schweißnass war, dann strich er mit beiden Händen über Adams Trapezmuskeln bis zu den Schultern, die vom jüngsten Training im Popeye's Gym in der 21st noch schmerzten. Du bist furchtbar verspannt, sagte Erwood. Hier und hier. Du bist doch so ein großer Redner, warum versuchst du nicht mal, mit diesen Muskeln zu reden? Bitte sie – mit viel Freundlichkeit und viel Demut –, sich zu entspannen.

Gegenüber dem Uhrenturm stand eine schmiedeeiserne Bank, wo er darauf wartete, dass sein Vater ihn abholte. Laut der Uhr war es kurz vor fünf. Für November war es ungewöhnlich warm, doch die Kürze der Tage kündigte den nahenden Winter an. Das rote Laub der Ahornbäume nahebei und das gelbe Laub der Esche schienen in der Dämmerung zu schimmern, als brächten sie ihr eigenes Licht hervor. Er brauchte eine Zigarette. In der Ferne zog eine Sirene vorüber; in ihrem Nachhall hörte er das abfallende Pfeifen eines Kardinals irgendwo in den Bäumen. Er versuchte sich vorzustellen, wie es wäre, dort Patient zu sein, auf dem Campus zu leben, obwohl so gut wie niemand mehr aufgenommen wurde, da die Krankenversicherungen inzwischen kaum mehr bezahlten. Dann versuchte er sich ein riesiges Debattier-Turnier auf dem Gelände der Foundation vorzustellen: sämtliche Teilnehmer Patienten, die meisten psychotisch, einige von ihren Medikamenten zitternd und sabbernd, unwillkürlich die Zunge herausstreckend, mit den Lippen schmatzend. Er stellte sich vor, wie sie Belege aus ihren Plastikwannen nahmen, doch anstelle von Texten zogen sie Zufallsobjekte hervor: einen Regenschirm, ein Hufeisen, ein Päckchen Baseball-Karten, seltsame Vorrichtungen. Die Juroren, die Seelenklempner, darunter auch Jonathan und Jane Gordon, würden ergründen müssen, welche Argumente vorgebracht und welche übergangen worden waren. Thema: Ein paar rote Funken, ein Netz schwacher Linien.

Die Turmuhr begann zu schlagen. Langsam fuhr ein Auto vorbei, darin laute, aber unverständliche Radiostimmen. Der Fahrer, ein bärtiger Mann, den er nicht erkannte, erkannte ihn und winkte. Er bemerkte eine kleine Bronzetafel, die an der Bank befestigt war und sie im Namen des Stadtrats von Topeka dem Andenken an Thomas Attison widmete. Seine erste, seine lebhafteste Erinnerung an Dr. Tom war falsch; es handelte sich um ein Bild, das er aus einem der Filme seines Dads geklaut hatte; deshalb war die Erinnerung auch schwarz-weiß und in seinem Kopf mit Klaviermusik unterlegt. Hingegen erinnerte er sich daran, wie er Dr. Tom mit acht oder neun Jahren zusammen mit seinem Vater in seiner Praxis besucht hatte, um ihn für ein Schulprojekt zu interviewen. Er sah den großväterlichen Mann vor sich, wie er ihm eine Glasschale mit Erdbeerbonbons hinhielt, die mit dem weichen Kern. Er hatte seine Fragen von einem gelben Notizblock abgelesen: Haben Sie schon immer gewusst, dass Sie Psychiater werden wollten? Wie fühlt es sich an, weltberühmt zu sein? Ein, zwei Jahre später war er aus keinem bestimmten Grund noch einmal dort gewesen. Wieder hatte man ihm aus der Glasschale angeboten. Jetzt, auf der Bank, berührte er mit der Zunge die Decke seiner Mundhöhle und erinnerte sich, wie die Bonbons seinen Gaumen aufgeraut hatten. (Nach der Sitzung bei Erwood war er sich seines Körpers ungewöhnlich stark bewusst.) Wie viele seiner kleinen Gesten und Haltungen in der Gegenwart waren im Körper verankerte Echos der Vergangenheit, knapp unterhalb der Bewusstseinsschwelle erfolgende Wiederholungen? Was würde mit der Vergangenheit passieren, wenn man diese unwillkürlichen Muskelerinnerungen unter seine Kontrolle brächte und sie redigierte, sie wegredigierte? Jetzt spürte er die sehr präsente Abwesenheit der Zunge seiner Babysitterin, jenen ersten metallischen Kontakt vor Jahren. Jetzt neuere Spuren von Tabak, künstlicher Minze. Während sein Vater am Bordstein anhielt, biss Adam auf einen Phantom-Stift.

Brechen mein Gebein doch Worte. Prallt an mir ab bleibt an dir kleben. Die Erwachsenen hatten ihn mit schwachen Zaubern ausgestattet, die er gegen die Beleidigungen wirken konnte. Doch der Bedarf an den Sprüchen widerlegte sie, und während er größer wurde, pflegten sie das Gelächter allenfalls noch zu verstärken. Netter Versuch, Darren. Wenn er diese Dinge oder andere persönliche Sätze manchmal immer noch zu sich sagte, dann nur, um die schädlichen Gedanken zu unterbrechen, ehe es zu spät war und er irgendeinem Feind auf einem Highway oder einer Landstraße eine Falle gestellt hatte. Es ist, als läuft in seinem Kopf ein Videospiel, nur wird das, was dort passiert, auch hier passieren. In letzter Zeit basiert es auf Spy Hunter, das zu Darrens Lieblingsspielen in Aladdin's Arcade in der West Ridge Mall gehört. Die gleiche elektronische Musik. Von oben sieht er einen Streifen Asphalt, der vertikal durch eine vereinfachte Landschaft verläuft. Das Bild ist so vage, dass es Darren schwerfiele zu sagen, ob er sich eine Grafik oder echtes Terrain vorstellt. Aber er kann den silbernen Fiero, der sein Avatar ist, unten dahinrasen sehen, und er weiß, wenn er in Gedanken einen Knopf drückt, wird der Wagen einen Ölfleck oder einen Rauchschleier hinter sich freisetzen. Zwar lässt sich unmöglich sagen, wann seine Feinde auf diese tödlichen Gefahren stoßen werden, aber fest steht, sie werden darauf stoßen und durch die Windschutzscheibe fliegen. Einmal, nachdem sie über seinen Dad gesprochen hatten, fragte Dr. Jonathan, ob Darren wisse, wie er solche Kräfte erworben habe. Darren verneinte.

Dabei wusste er es. Es war im Bright Circle Montessori-Kindergarten in der Oakley Avenue, als er vier Jahre alt gewesen war, noch das gleiche Alter gehabt hatte wie sein Körper. Für Ende September war es warm, und der Himmel war wolkenlos, als seine Mom ihn absetzte. Okay, mein Schatz. Zu diesem Zeitpunkt klammerte oder weinte Darren nicht mehr. Er ging einfach zu Mrs. Caldwell, umarmte sie zur Begrüßung, baute dann still und friedlich Türme aus Holzklötzchen, die er immer wieder umstieß, und wartete darauf, dass Adam Gordon und Jason Davis kamen. Dann folgte er ihnen auf Schritt und Tritt, und sie ließen ihn. An jenem Tag waren sie während des freien Spiels in dem Sandkasten im Hintergarten, und Adam sagte, er habe eine Pflanze mit besonderen Kräften, die er am Maschendrahtzaun gepflückt habe. Wie Giftefeu, Gifteiche oder Spinat, der Popeye stark macht, war das eine Pflanze, die Adam zwischen den Händen zerrieb, bis sie eine Art Macht freisetzte. Man muss sie nicht essen. Adam gab die Kräuter Jason, der sie an Darren weiterreichte, der sich damit die Hände ein bisschen fleckig machte und sie dann, wie von Adam angewiesen, im Sand vergrub. Dann sagte Adam, man wünscht sich etwas Bestimmtes, und das passiert dann. Darren weiß nicht mehr, was Adam oder Jason sich wünschten, aber er war geradezu besessen von Tornados und sagte, er würde seine Kraft dazu verwenden, einen Tornado zu machen, und dann spielten sie irgendein anderes Spiel.

Fünfzehn Kleinkinder mit sich hebender und senkender Brust auf Liegen in dem Raum mit dem beigefarbenen Teppichboden, während aus der in der Ecke eingestöpselten tragbaren Stereoanlage schlecht simulierte Wellengeräusche dringen. Nebenan in der Küche bereiten Mrs. Caldwell und ihre Assistentin Pam einen Snack zu, kleine Pappbecher mit Trauben, der Länge nach halbiert, um die Erstickungsgefahr zu mindern. Darren erwacht

von dem Regen, der auf das Metalldach der Schule trommelt.
Leise steht er auf, tritt mit seinem Plüschhasen ans Fenster, teilt
den Vorhang und sieht ungewöhnlich dunkle Wolken, die sich,
meint er, herabsenken. Eicheln von der Roteiche im Vorgarten
der Schule schlagen gegen das Fenster, und er fährt zusammen.
Erst allmählich begreift er, dass er sein Werk vor sich hat. Mitt-
lerweile sind seine Hände sauber, Mrs. Caldwell hat sie ihn vor
dem Mittagessen schrubben lassen, aber sie fühlen sich zugleich
wund und taub an, wie damals, als er an den Küchenherd fasste.
Unter dem künstlichen Zitronenduft der Seife ist noch der Ge-
ruch der Zauberpflanze wahrnehmbar. Er eilt zu seiner Liege
zurück, zieht sich die Peanuts-Decke über den Kopf und versucht,
den Sturm, den er heraufbeschworen hat, rückgängig zu machen.
Zu seinem Hasen, dessen Name in Vergessenheit geraten ist, sagt
er immer wieder, dass es ihm leidtut. Und dann hören wir die
Sirenen loslegen.

SPEECH
SHADOWING
(JONATHAN)

teilter Versuch, im Gefolge dieser beiden Todesfälle ein Gefühl von Familie zu stärken; wir hatten eine Vorgeschichte und die Trauer gemeinsam, und nicht viel mehr.

Unsere Hochzeit, unsere Nicht-Hochzeit, fand, mit einem etwas fahrigen Freund als Trauzeugen, in der City Hall statt, gefolgt von einem Festessen in einem unangenehm edlen italienischen Restaurant. Von einem plötzlichen Regenguss durchnässt, kamen wir ziemlich derangiert, mit triefendem Haar dort an, in meinem Revers eine ruinierte ironische Nelke. Der Kellner goss mir zum Probieren ein wenig Rotwein ein; einen Moment lang dachte ich, er machte sich über mein Alter lustig und gäbe mir eine Kinderportion. Dann schwenkte ich den Wein zu heftig und kleckerte etwas aufs Tischtuch. Ich versuchte, eine chaplineske Darbietung daraus zu machen, aber das Ganze hatte etwas Alptraumhaftes – zwei Kids, die verzweifelt auf erwachsen machen. Ein Jahr voller Nächte, die ich damit zubrachte, an die Decke zu starren, während Rachel neben mir schlief und die Risse in dem vom Licht der Straßenlaternen gelben Putz sich vor meinen Augen auszubreiten schienen.

Wegen des Fremdgehens fühlte ich mich beschissen – jedenfalls, wenn ich nicht gerade von Jane berauscht war –, und es kam mir, wahrscheinlich weil mein Versuch einer Ersatzfamilie fehlschlug, so vor, als hätte ich meine Mutter noch einmal verloren, als wäre die Nachricht ganz frisch – nicht, dass sie alt war –, wobei die Analyse fraglos alles aufrührte. Ein Kinoplakat mit einem Hauptdarsteller, den sie mochte, am New Yorker in der West 88th, eine in der U-Bahn zufällig gehörte Formulierung, die sie auch hätte verwenden können – »Grüß deine Schwester von mir« – Rachel, die auf eine bestimmte Weise auf ihren Tee pustete – plötzlich fühlte ich mich völlig verlassen, aber nur kurz, wie ein Schwindelanfall, als hätte sich in meinem Innenohr ein Kristall gelöst. (»Besonders respektierte [Ziegler]«, schreibt Hesse, »die Krebsforschung, denn sein Vater war an Krebs gestorben, und Ziegler nahm an, die [...] Wissenschaft werde nicht zulassen, dass ihm einst dasselbe geschähe«; ob Samuels an diese Passage gedacht hatte?) Dann war da die Außenwelt: es war 1969, überall in Manhattan explodierten kleine, selbstgebastelte Bomben, ständige Studentendemos; es herrschte Empörung, aber auch ein Gefühl von Gemeinschaft, von Karneval; wir empfanden die Geschichte als lebendig. Jane und ich engagierten uns zunehmend in der Antikriegsbewegung; mein jüngerer Bruder, dem es lieber wäre, nicht in einem Roman vorzukommen, schloss sich dem gerade entstehenden Weather Underground an; mein Vater und ich sprachen nach unserem letzten Krach wegen des Krieges kaum noch miteinander; sämtliche Ordnungen, die privaten wie die politischen, bröckelten.

Hätte ich Samuels jemals geschildert, worüber ich für meine Doktorarbeit forschte, wäre ich davon ausgegangen, dass dies die Ziegler-Empfehlung veranlasst hatte, doch ich sprach zwar offen über Verlangen und Trauer – ein neues Liebesleben mit Jane, der wiederkehrende Traum von meiner Mutter, der, in dem sie in die Kamera winkt –, erwähnte in der Analyse aber niemals meine akademische Arbeit, ein Umstand, der Samuels nicht aufzufallen schien. Falls meine Forschungsarbeit Bestandteil unserer Sitzungen würde, falls sie sich mit dem Reden über meine Affäre, meine Mutter etc. verschränkte, dann, glaubte ich, würde ich blockiert, gelähmt, zumal wenn Samuels – hartnäckig, mit einer langen Publikationsliste, sehr schweizerisch – Missbilligung auch nur andeutete; die Hälfte der Zeit kam ich mir bereits wie ein Hochstapler vor. Ich vermutete, dass Samuels mich – bestenfalls – für »nicht dumm, aber auch nicht begabt« hielt.

Seit Monaten führte ich Versuche durch, die mit der Technik des »Speech Shadowing« zu tun hatten, bei der ein Proband Gesprochenes unmittelbar nach dem Hören wiederholt. Ich ließ die Teilnehmer klobige schwarze Kopfhörer aufsetzen und die Aufnahme eines Textes anhören, den ich mehr oder weniger willkürlich ausgewählt hatte (ein Handbuch für Fahrschüler, das ich Ecke 109th und Columbus zwischen anderen ausgesonderten Büchern gefunden hatte). Während der Proband die Aufnahme nachsprach, erhöhte ich allmählich – fast unmerklich – die Abspielgeschwindigkeit; zu meinem Entsetzen stellte ich fest, dass eine bedeutende Anzahl der Probanden ab einer bestimmten Schwelle zu faseln begannen, dabei aber die ganze Zeit glaubten, sie gäben die aufgenommene Passage klar und deutlich wieder. Als das zum ersten Mal in meinem Wohnzimmer passierte – zwei Tonbandgeräte und ein Mikrofon auf dem länglichen Couchtisch aus Rosenholz, den mein Vater uns zur Hochzeit geschenkt hatte –, dachte ich, der Proband (mein im Erdgeschoss wohnender Nachbar Aaron, der uns außerdem Drogen verkaufte) habe einen Schlaganfall. Rachel kam ins Zimmer gestürzt, um nachzusehen, was zum Teufel da vor sich ging. Doch Aaron saß einfach nur da, während er in Glossolalie absank – oder aufstieg? –, allerdings ohne jedes Anzeichen von Ekstase; in seiner einzigen, mottenzerfressenen Strickjacke wirkte er so gelangweilt wie eh und je.

Meine Theorie war, dass die Sprechmechanismen bei Überlastung durch Informationen zusammenbrechen – doch das war, wie Jane rasch zu bedenken gab, eher eine grundlegende

Beschreibung des Faselns als dessen Erklärung. Mir war das letztlich egal; ich brauchte ein wissenschaftlich klingendes Thema, aber ich wusste, dass ich Therapeut werden wollte, und bezweifelte, dass irgendwer von der Fakultät die Dissertationen gründlich las; dem Vorsitzenden des für mich zuständigen Ausschusses ging alles am Arsch vorbei. (Auf eine auditive Verfahrensweise hatte ich mich überhaupt nur konzentriert, weil ich für die Kurzfilme, die ich in meiner Freizeit drehte, schon einiges an rudimentärer Soundtechnik angeschafft hatte.) Von der wissenschaftlichen Bedeutung einmal abgesehen war das Shadowing faszinierend zu beobachten, zugleich verstörend und leicht komisch, ein Effekt, der durch den Bombast des Fahrschüler-Handbuchs, das klang, als wäre es von Hesse verfasst, noch verstärkt wurde:

Nachgesprochene Passage, Aufgabe 1, 180 Wörter pro Minute, Eingespielt ins linke Ohr (*Sportliches Fahren*, S. 105–106)

Haben Sie bei der Betrachtung eines glänzenden neuen Automobils schon einmal überlegt, dass in all den zigtausend Generationen, die diesem Jahrhundert vorausgingen, nicht einmal die mächtigsten Könige auf Erden so ein Fahrzeug hätten besitzen können? Ebenso wenig hätten sie in einem Flugzeug fliegen, Radio hören oder fernsehen können.
Natürlich wissen Sie, warum. Es brauchte diese Tausende von Generationen des technischen Fortschritts, die jeweils auf den Leistungen der ihnen Vorangegangenen aufbauten, um diese alltäglichen modernen Artikel möglich zu machen.

Die Medizin hat eine ähnliche Geschichte. Gewaltige Seuchen rafften durch alle Zeiten hindurch viele Tausende dahin. Das Wissen des Menschen wuchs mit jeder neuen Generation, die auf der Vergangenheit aufbaute, bis er schließlich Möglichkeiten entwickelte, diese ansteckenden Krankheiten zu besiegen.

Intelligenten Menschen käme es niemals in den Sinn, diese schwer erkämpften Errungenschaften in Technik und Medizin zu zerstören oder auf die überaus wertvollen Vorteile, die wir ihnen verdanken, zu verzichten. Weniger bewusst macht man sich vielleicht, welch langen, langen Kampf der Mensch zu bewältigen hatte, um sich gute, vernünftige Regeln zu geben, die es Hunderten, Tausenden, ja Millionen von Menschen ermöglichen, zusammenzuleben.

Es war, als hätte Samuels irgendwie geahnt, dass ich in meiner Wohnung im dritten Stock ohne Fahrstuhl Ecke 108th und Amsterdam eine Art Ziegler geworden war. Dieser kommt auf Kosten seines Verstandes dazu, die Sprache der Tiere zu verstehen, während ich die menschliche Sprache zerstörte, um den Strom von Unsinn zu entlarven, der direkt unter ihren »guten, vernünftigen Regeln« verläuft.

Jedenfalls spielte meine Forschungsarbeit eindeutig eine Rolle bei meinem »Ziegler-Schub«, wie Jane und ich den Vorfall immer noch nennen. Anstatt eine geheimnisvolle, in einem Museum gefundene Pille zu schlucken, warfen wir etwas von Aarons Acid ein, ließen uns im Crosstown-Bus den Zucker im Mund zergehen und fuhren zum Met. Es war Ende Januar, die Stadt voller schmutzigem Schnee, die Fußgänger hielten zum Schutz gegen den Wind die Köpfe gesenkt. Wir gaben unsere dicken Mäntel ab, stiegen die großartige Treppe hinauf und spazierten in die Abteilung für mittelalterliche Malerei: Tempera auf Holz, Goldgrund, in die Länge gezogene Engel und Jungfrauen, bleiche Christusse. Zuerst kam mir alles ein wenig lächerlich vor: der Ernst der Wärter, der Schwulst der Wandtexte; die wie kleine alte Männer aussehenden Säuglinge, die an Brüsten nuckeln, die aus den Schultern der Jungfrauen hervorspringen.

Dann kamen wir vor Duccios *Madonna mit Kind* an, wo wir mehrere Minuten lang stehen blieben und ich immer wieder unwillkürlich die Zähne zusammenbiss, während wir es betrachteten. Normalerweise langweilten mich alte Gemälde; dieses hier ging mir unter die Haut. Das Vorwissen im Gesichtsausdruck der Frau, als könnte sie die ferne Wiederkehr eines Ereignisses erahnen. Die merkwürdige Brüstung unterhalb der Gestalten und wie sie die heilige Welt mit der Welt der Betrachter verband. Mal sah ich den goldenen Hintergrund als kontrastlos, mal sah ich Tiefen. Doch was mich wirklich faszinierte, mich wirklich bewegte, war nicht auf dem Gemälde: Es war der Umstand, dass der untere Rand des Originalrahmens Beschädigungen von Kerzenflammen aufwies. Spuren eines älteren Mediums der Beleuchtung, der Schatten der Andacht. Der Wandtext behauptete, das Bild sei ein Schlüsselwerk der Frührenaissance, weil Duccio die Muttergottes und das Jesuskind mit einer lebensnahen Darstellung neuinterpretiert habe. In diesem Sinne handelte es sich also um einen Schritt gegen das Heilige, hin zu Verhältnissen, in denen Gemälde Gegenstände ästhetischer Betrachtung werden und, losgelöst von Religion, losgelöst von Altären, die Freiheit besitzen oder dazu verdammt sind, in Museen, auf dem Markt zu zirkulieren. Doch die Verbrennungen waren wie die Fingerabdrücke einer älteren Zeit – bevor Ziegler und seine Brüder beschlossen, dass herkömmliche Quellen von Wert lediglich Aberglaube seien. »Diese Tausende von Generationen des technischen Fortschritts« vernichteten den Ritus, entleerten ihn jedes Sinns: Glossolalie ohne das Göttliche. Ich kam zu dem Schluss, dass es das war, was die gemalte Muttergottes vorhersah, dass sie dem Kerzenlicht Lebewohl sagte, dass sie wusste, sie war in einem Gemälde gefangen, das sich an die Zukunft wandte, wo es, wie großartig auch immer, nur ein Fall von Technik sein konnte. Neue Risse entstanden auf der Oberfläche, während ich darauf starrte. In meiner Erinnerung kommen mir die Tränen.

Wir verließen die Gemäldesammlung und gingen die Treppe hinunter zu den antiken Skulpturen, die Jane liebte. Als wir in dem Saal mit dem Oberlicht ankamen, stellte ich fest, dass ich irgendwie die Farben der Gemälde aufgenommen hatte und sie nun auf den glatten Marmor der Statuen projizieren oder über die hohen Wände des Museums spielen lassen konnte; es war wie eine Art Laterna magica. Diese hübsche Halluzination beschrieb ich Jane, die überhaupt nicht auf Trip zu sein schien und mir mit ihrer »Barnard-Stimme«, wie ich sie nannte, erzählte, römische Marmorstatuen seien tatsächlich farbenfroh koloriert gewesen, das Bild von der reinen, klassischen Form, das wir von der Renaissance geerbt hätten, sei falsch; damals habe es kunstvolle polychromatische Bemalung, Vergoldung, Versilberung, Einlegearbeit gegeben. Und die Skulpturen hätten Augen gehabt, erklärte sie mir, keine leeren, glatten Stellen, sondern eigens aus Quarz und Obsidian gefertigte und in die Augenhöhlen eingesetzte, lebensechte Sehorgane: blaue oder grüne Iris; pechschwarze Pupillen. Während Jane diese Augen beschrieb, materialisierten sie sich in hundert Marmorköpfen, und bald war der Innenhof ein riesiges Geflecht aus einander kreuzenden Blicken – wie die Laser-Bewegungsmelder, die man in Thrillern sieht; jedes Mal, wenn ich die Sichtlinie eines der Römer durchschritt, spürte ich einen fast unmerklichen Druck auf meinem Gesicht, als ginge ich durch Nebel oder eine Aufeinanderfolge winziger Spinnennetze.

Richtig auszuticken begann ich, als ich sie auffing, die Blicke, als der Blick dieser oder jener Skulptur sich mit meinem traf und ich die Verachtung wahrnahm, die »überlegen ernste Verachtung [...], eine furchtbare Verachtung. Für diesen stillen, majestätischen Blick, so las Ziegler, war er samt Hut und Stock, Uhr und Sonntagsanzug nichts als ein Geschmeiß, ein lächerliches und widerliches Vieh.« Wenn ich anstelle eines Sonntagsanzugs und eines sorgfältig gepflegten Backenbarts einen Schnurrbart in meinem Kollektivgesicht trug, schulterlanges Haar, ein Kordjackett aus zweiter Hand über einem karierten Button-down-Hemd und verblichene Jeans hatte; wenn ich anstelle einer unkritischen Hochachtung vor Geld und Wissenschaft an die Befreiung unterdrückter Triebe und an die Neuordnung der gesellschaftlichen Kräfte glaubte, zu glauben behauptete, so war die von den Statuen vermittelte Verachtung immer noch überwältigend, und ihr Spott galt einzig mir, meiner Heuchelei. Dein angelesener Jargon betreffend die Psyche und ihre Funktionen; der Widerspruch zwischen der normalisierenden Kraft der Therapie und deinem angeblichen Glauben an die Revolution; dass du den Tod deiner Mutter dazu missbrauchst, dein Verhalten gegenüber Rachel zu rechtfertigen, ein Verhalten, das du bei Jane einfach wiederholen wirst. Das alles las ich in ihren Augen und wusste zugleich, dass ich es nicht tat, sah immer noch den unbemalten Marmor unter meinem Blick; ich begriff, dass die Droge irgendeine Ader von Selbstekel angezapft hatte, die sie jetzt externalisierte. Das ist nicht wirklich, sagte ich mir immer wieder, atmete tief und begann mich zu beruhigen.

Bis ich die Stimmen des älteren Paars in meiner Nähe hörte; der Mann, schwarzer Rollkragenpullover unter blauem Jackett, beugte sich vor, um laut von einer Tafel neben der Büste einer beeindruckend aussehenden Gestalt mit Lockenkopf, irgendeines unbedeutenden Kaisers, vorzulesen. Zuerst dachte ich, der Mann spräche eine Fremdsprache, vielleicht Hebräisch, das ich ein bisschen konnte, doch während ich zuhörte, kam ich zu der Überzeugung, dass es sich um die entstellte Wiedergabe des Wandtextes handelte. Dann ging mir auf, dass der Zerfall des Sinns allgemein war: Das Mädchen im karierten Rock, das an uns vorbeihüpfte, sodass seine Sattelschuhe auf dem Mosaikboden klickten, richtete an die Erwachsenen in seinem Kielwasser einen Strom von unverständlichem, wenn auch geformtem Geräusch. Eine rothaarige Frau mit einer Cateye-Brille, die auf irgendein Detail eines griechischen Grabreliefs hinwies, sagte etwas zu ihrer Freundin, das wie eine rückwärts abgespielte Aufnahme klang. Ich wandte mich an Jane, doch anstatt mich zu beruhigen, machte sie den Mund auf und gab mit Ausnahme eines oder zweier erkennbarer Wörter den hastigen Nonsens meiner wissenschaftlichen Untersuchung von sich. »Benommen und aus allen seinen Denkgewohnheiten gerissen« – Samuels Stimme in meinem Kopf –, »wandte sich Ziegler in seiner Verzweiflung den Menschen wieder zu. Er suchte ein Auge, das seine Not und Angst verstünde, er lauschte auf Gespräche, um irgendetwas Tröstliches, Verständliches, Wohltuendes zu hören.« Ich versuchte, mich zusammenzureißen – ich hatte nicht zum ersten Mal einen schlechten Trip –, doch am Rand meines Blickfeldes bewegten sich Museumswärter; sie hatten meine Gemütserregung bemerkt; sie würden mich ins Bellevue verfrachten. Chlorpromazin und Elektroschocks.

An die nächsten Stunden des Schubs erinnere ich mich sowohl in der ersten als auch in der dritten Person, wahrscheinlich weil ich sehr auf Janes Schilderung angewiesen war. Als es passierte, war es furchtbar, doch es sollte zu einem liebenswerten Teil unserer Vorgeschichte werden, zu einer Komödie – Buster Keaton, schwarz-weiß, die Handlung zugleich holprig und beschleunigt. Man unterlege sie in Gedanken mit Klaviermusik: Ich fliehe das Museum, ohne Jane Zeit zu geben, unsere Mäntel zu holen; sie eilt mir hinterher die Treppe hinunter, folgt mir frierend in den verschneiten Park; ich führe uns unbeabsichtigt am Nordeingang des Central Park Zoo vorbei (die Tiere lachen über meine Not – obwohl seit jenem Nachmittag 1969 weltweit über die Hälfte der Tiere verschwunden sind); irgendwann verlassen wir den Park an der 59th, und der plötzliche Geruch nach Mist lenkt Janes Aufmerksamkeit auf Kutschpferde in der Nähe, deren Scheuklappen die majestätischen Blicke der Tiere verdecken; von der dicken Decke angelockt, wirft Jane einen Blick in eine der weißen Kutschen und zwingt mich mehr oder weniger, einzusteigen; sie weist den Kutscher an, uns hinzufahren, wo er will, ganz gleich, wohin, er solle bloß nicht anhalten, bis sie es ihm sage, und wir fahren los, kuscheln uns unter der rauen Decke aneinander, auf dem Pflaster der anachronistische Hall von Hufen, ein Geräusch, das Ziegler in der Brauergasse in Basel oder Berlin vermutlich oft hörte, während ich über Samuels, Alchemie, Krebs, Könige, Autos und die Lügen von Fortschritt und Zivilisation plappere, die Pferde und Statuen so mühelos durchschauen, und Jane mir übers Haar streicht und versucht, den künftigen Vater ihrer Kinder zum Schweigen zu bringen.

—

Zum ersten Bruterfolg eines Steinadlers in Gefangenschaft kam es 1971 im Zoo von Topeka; aufgrund dessen zeichnete die American Association of Zoological Parks and Aquariums den Zoo mit dem Edward-H.-Bean-Preis für die bedeutendste Tiergeburt des Jahres aus; sie erlaubte dem Zoo außerdem, sich offiziell in den weltberühmten, den World Famous Topeka Zoo umzubenennen, ein Titel, den nur die Association verleihen kann (und den sie dem Zoo etwa zwanzig Jahre später, nach einer Kette von tierischen Todesfällen und nicht bestandenen Gesundheitskontrollen, aberkennen sollte). Als wir nach Topeka kamen, um unsere Postdoc-Stellen in der Foundation anzutreten, machte der Aufstieg des Zoos Schlagzeilen, neben bezaubernd unbedeutenden Verbrechen, Ernteberichten und Vieh-Termingeschäften. (Ich erinnere mich an einen Besuch der »Kinderfarm« des Zoos und an Janes Gelächter, als die schwarze Zunge des Schafs ihr die Pellets von der Handfläche leckte.) In unserem ersten Jahr in Topeka bestand mein Standardwitz darin, alles als Weltberühmt zu bezeichnen: das ist das Weltberühmte Howard Johnson's Motor Lodge and Restaurant von Topeka; zu ihrer Rechten sehen Sie gleich die Weltberühmte Westboro Beauty Plaza und so weiter. Wie die meisten Mitarbeiter der Foundation – die tatsächlich ein weltberühmtes psychiatrisches Institut und Krankenhaus war – sahen wir Topeka anfangs als erschwingliche und fast schon exotisch langweilige Kulisse unseres Berufslebens. Die meisten unserer Kollegen kamen ebenfalls von den Küsten oder, im Falle etlicher einflussreicher leitender Mitarbeiter, aus Europa, von wo sie, auf welchen Umwegen auch immer, vor dem Krieg geflohen waren. Wir passieren soeben Dillon's, das Weltberühmte Lebensmittelgeschäft. Das Weltberühmte Kaw Valley Leihhaus und Waffengeschäft. Das ist die Weltberühmte Miniatureisenbahn, die Kinder durch den Weltberühmten Gage Park fährt.

Wir hatten vor, unsere zweijährige Assistenzzeit zu absolvieren und dann nach New York zurückzukehren, doch wir lernten Eric und Sima, zwei hierher verpflanzte Berkeley-Gewächse, kennen, uns gefielen Topekas Mangel an Exklusivität, der unverstellte Himmel; wir sahen uns auf der umlaufenden Veranda des maroden viktorianischen Hauses, das wir kauften, ohne meinen Vater um einen Dime bitten zu müssen, gemeinsam Gewitter an. (Ozongeruch nach einem Blitz; die Wolken mit einem Grünstich.) Jane fiel es leichter, in der von ihr so erlebten Ruhe zu schreiben, leichter, sich die Gründung einer Familie vorzustellen, wo man uns nur als Paar kannte – keine Erinnerung an Rachel, keine vorbestehenden komplizierten sozialen Netzwerke, keine potentiell schwierigen Beziehungen in der Nähe. Ich wollte unbedingt Kinder, zum Teil vielleicht, um deutlich zu machen, wie sehr sich meine zweite Ehe von der ersten unterschied.

Jane befürchtete, die Bewohner von Topeka wären allesamt Mitglieder der John Birch Society oder dergleichen, doch die Einheimischen begegneten uns eher mit Neugier als mit Argwohn, und obwohl ich ein langhaariger jüdischer Hippie aus New York war, verstand ich mich darauf, die Leute aus der Reserve zu locken. Ich fing ein Gespräch mit dem Nachbarn an, der gerade am Starterseil seines Rasenmähers ziehen wollte, oder mit dem Dachdecker, der kam, um ein paar Flickarbeiten zu erledigen, oder mit einem alten Herrn an einem Imbisstresen, und am Ende redeten wir über die Antikriegsbewegung oder die Frauenbefreiung; entscheidend war, so respektvoll anderer Meinung zu sein, dass der Gesprächspartner gar nicht umhinkonnte, sich hinlänglich geehrt zu fühlen, um neu über diejenigen nachzudenken, die er als Feind gesehen hatte. (Das war, bevor Reverend Phelps von der Westboro Church seinen hässlichen Kreuzzug startete und sich mit seiner Familie und ein paar Gemeindemitgliedern an Straßenecken stellte, wo sie Transparente hochhielten, auf denen GOTT HASST SCHWULE stand, und Topeka damit weltberühmt für Homophobie machten.) Dergleichen widerte meinen radikalen Bruder an – »Faschisten das Gefühl geben, dass man ihnen zuhört – das machst du wirklich klasse« –, aber eben darauf basierte meine Praxis als Therapeut: eine Möglichkeit zu finden, Menschen, besonders wortkarge Jungs und Männer des Mittleren Westens, zum Reden zu bringen.

In der Foundation war ich erfolgreich, weil es mir an Ehrgeiz fehlte: Ich war ein gewissenhafter Therapeut, aber ich hatte null Interesse daran, aufzusteigen, wollte keine Macht über meine Kollegen oder fachlichen Ruhm, und in einer Institution mit reichlich Intrigen hieß das, dass ich mir keine Feinde schuf. Meine Doktorarbeit war längst eingereicht – die Erkenntnisse faszinierend, meine Analyse eingearbeitet –, und ich hatte kein wirkliches Verlangen zu publizieren, was bedeutete, dass ich im Gegensatz zu Jane niemals Anhängern dieser oder jener theoretischen Glaubensrichtung öffentlich auf die Zehen treten musste. Infolgedessen gehörte ich zu den wenigen Leuten, die sich in der nie offen erklärten Hierarchie der Foundation – ganz oben Psychiater (»richtige Ärzte«) und Analytiker, gefolgt von uns Psychologen, die über den Sozialarbeitern standen; dann kamen die Schwestern, Pfleger und Beschäftigungstherapeuten: Kunst, Musik, Bewegung – mit allen gleich gut verstanden.

Ich war beliebt, und aus Gründen, die ich nie ganz verstand, mochte Thomas Attison mich sehr und bat mich unter dem einen oder anderen Vorwand ständig in sein Büro, dessen Wände mit Regalen voller Erstausgaben und antiquarischer Bücher bedeckt waren. (Gerüchten zufolge befand sich darunter auch eine in Menschenhaut gebundene Ausgabe der *Anatomie der Melancholie.*) Eigentlich wollte er über Filme reden. Ich glaube, Dr. Tom, wie jedermann ihn nannte, sah in mir einen nicht bedrohlichen Vertreter einer bedrohlichen Gegenkultur, welche auf die Kanons der Psychiatrie zurückgriff und sie zugleich attackierte. Ich gehörte zu den Studenten, die 68 an der Columbia das Büro des Dekans gestürmt hatten, aber ich sei, sagte er mir, »keiner von diesen jungen Burschen, die mit jeder Autoritätsfigur ein ödipales Drama ausagieren mussten«. Wir unterhielten uns über Sturges oder Hitchcock (*Ich kämpfe um dich* war sein Lieblingsfilm; »Haben Sie gewusst, dass Gregory Peck und Ingrid Bergman am Set eine Affäre hatten?«), und unsere Gespräche drifteten in Dr. Toms Reminiszenzen ab, wobei sein Kansas-Tonfall wegen der leichten Gesichtslähmung, die dazu führte, dass er weitgehend aus dem linken Mundwinkel sprach, noch vernuschelter klang.

Ich kannte die Diskussionsthemen der Foundation – dass Dr. Tom nach seinem Studium der Neuropsychologie in Harvard 1919 nach Topeka zurückgekehrt war und zusammen mit seinem Vater, einem Arzt, ein Familienzentrum, so etwas wie eine kleine Mayo-Klinik für die Psyche, eröffnet hatte; dass sein jüngerer Bruder sich ihnen 1925 anschloss und sich in zunehmendem Maße um den Alltagsbetrieb kümmerte, während Tom durch seine Veröffentlichungen zu Ruhm gelangte; dass infolge der Katastrophe in Europa ganze Wellen von emigrierten Analytikern eintrafen; dass die Begegnung mit Freud im Jahre 39 – »obwohl er ein arroganter Kotzbrocken war« – für seine und die Orientierung seiner Einrichtung eine Schlüsselrolle spielte; dass die Foundation im Lauf der Jahre von einem kleinen Sanatorium zu einem Kraftzentrum der Milieutherapie und der Ausbildung wurde. Aber ich wurde auch mit Aspekten seiner frühen Lebensgeschichte traktiert, die Dr. Tom nicht jedem erzählte: »Wissen Sie, auf der Geburtsurkunde meines Bruders steht ›Marie‹; Mutter wollte unbedingt ein Mädchen; sie hat ihn jahrelang in Mädchenkleider gesteckt.« Erzählte mir Dr. Tom tatsächlich einmal ganz nebenbei, wie sehr er es gehasst habe, dass seine Mutter ihn als Kind häufig gezwungen hatte, sich Klistiere verabreichen zu lassen?

Jeder war sich des ständigen Kampfes zwischen den Brüdern Attison bewusst; als Jane und ich dorthin kamen, hatte Dr. Tom zwar noch einen gewissen Einfluss auf den Vorstand und die Marke, war jedoch weitgehend eine Galionsfigur. Und es gab die geläufigen Verfehlungen – Mitarbeiter, die miteinander schliefen (Dr. Tom selbst ließ sich wegen einer Kollegin von seiner ersten Frau scheiden), mindere Fälle von Unterschlagung und so weiter; in dieser Hinsicht erzählte mir Dr. Tom wenig, was ich nicht schon von anderen gehört hatte. Skandalöser als die Skandale waren die Normen, besonders die Praxis, dass sich Mitarbeiter Analysen bei ihren höhergestellten Kollegen unterzogen und so dafür sorgten, dass sich Grenzen stets verwischten, dass unweigerlich Über-tragungsvorgänge stattfanden oder vermutet werden konnten, dass es in einer Besprechung niemals nur um deren vordergründiges Thema (neue, staatlich vorgeschriebene diagnostische Versicherungsformulare) gehen konnte, sondern zwangsläufig auch um unterdrückte Triebe und Aggressionen (was sagte der Umstand, dass Dr. Gibson nicht genügend Formulare mitgebracht hatte, über ihr Verhältnis zur Gruppe aus?). Und wer würde es sich nicht zweimal überlegen, einen Vorgesetzten zu kritisieren, dem man Angstträume geschildert hatte (meiner bestand seinerzeit darin, dass ich hemmungslos über einen suizidalen Patienten lachte) und mit dem man den Ursprüngen des Gefühls der eigenen sexuellen Unzulänglichkeit nachgegangen war. Die Lage der Foundation am Nordwestrand von Topeka, in Verhältnissen, die man je nach Temperament als rückständig oder bukolisch empfand, machte die Institution nur noch totaler; es gab keine Großstadt, in die man per Kutsche flüchten oder seinen Arbeitstag, seine Widersprüche auflösen konnte.

Dr. Toms Vertrauter zu sein hatte trotzdem seine Vorteile; die Foundation war zwar groß – der Campus bestand aus über zwanzig vorwiegend roten Ziegelsteingebäuden; es gab über tausend Angestellte –, hatte aber immer noch gewisse Anmutungen eines Familienbetriebs, in dem die Zuneigung des Patriarchen ins Gewicht fiel. Für mich bedeutete das, dass ich, nachdem wir feste Mitarbeiter geworden waren, mit Dr. Toms Unterstützung eine winzige »Film- und Videoabteilung« – d.h. ich und eine Teilzeitsekretärin – ins Leben rufen konnte, mit dem erklärten Ziel, zu Lehrfilmen über therapeutische Themen und Techniken zu recherchieren und schließlich selbst welche zu produzieren.

Anfangs war das nur ein kleiner Teil meiner Tätigkeit; in meiner Arbeitszeit widmete ich mich Patienten, vorwiegend Jungen im Teenageralter. Manche Jugendliche (und gelegentlich auch ihre Eltern) aus der Einwohnerschaft Topekas behandelte ich ambulant, außerdem gehörten zu meinen Fällen etliche stationäre Patienten. Trotzdem war ich dankbar für jede Gelegenheit, Film und Foundation miteinander zu verbinden; das lieferte mir einen Vorwand, vom Geld der Einrichtung einiges an Ausrüstung zu kaufen und Filme als Teil meines Berufs und nicht bloß als Hobby zu sehen. (Zu Hause wurde gewitzelt, dass ich, auch wenn ich bloß kiffte und mir auf unserem neuen Zenith Wiederholungen von *Bonanza* ansah, »Forschung« betrieb.)

Doch ich sah in meiner Weltberühmten Film- und Videoabteilung zunehmend einen echten therapeutischen Wert. Ich begann, Vorführungen auf dem Campus der Foundation zu kuratieren. Die Milieutherapie basierte auf der Vorstellung, dass Patienten und Mitarbeiter sich untereinander mischen, bei der Behandlung zusammenarbeiten sollten; beispielsweise aßen wir alle gemeinsam in der Cafeteria, wenn auch an getrennten Tischen (an den Wänden wurden Bilder von Patienten – Sonnenuntergänge, Stillleben, Winterszenen – ausgestellt); jüngere Mitarbeiter und Patienten spielten gelegentlich in der Sporthalle miteinander Basketball, wobei beide Gruppen auf fast schon komische Weise darauf achteten, nicht zu foulen; leitende Mitarbeiter ließen sich in dem eigentlich für stationäre Patienten bestimmten Friseurladen die Haare schneiden, um zu demonstrieren, wie ernst sie diese Vorstellung von Integration nahmen; Dr. Tom witzelte vor seinen Patienten ständig darüber, dass »Dr. Beatnik« dringend einen Haarschnitt brauchte. (Die Foundation –

renommiert, vergleichsweise kostengünstig, weit entfernt von den Küsten – zog ein ungewöhnliches Spektrum der ortsansässigen Bevölkerung an. Als Postdocs hatten wir die Aufgabe bekommen, die Rorschach- und die Thematischen Apperzeptionstests an neuen Patienten durchzuführen; in meiner ersten Woche evaluierte ich einen Star des Vorabend-Fernsehens, ein peripheres Mitglied der katarischen Königsfamilie und einen Vietnamveteranen, der, wie sich herausstellte, ein paar Häuserblocks von uns entfernt in der Woodlawn Avenue wohnte.) Meine »Festivals« – das erste zeigte Filme, die in Kansas spielten; den obligatorischen *Zauberer von Oz, Der Sheriff schießt zurück* und, neueren Datums, *Paper Moon* – wurden hauptsächlich von Patienten besucht, doch es fanden auch immer wieder einige Mitarbeiter dorthin; ich sehe Dr. Toms weißes Haar während einer Vorstellung von *Der Regenmacher* in der ersten Reihe matt schimmern.

Noch wichtiger war, dass ich meine Abteilung bei Jugendlichen, die auf anderem Wege schwer zu erreichen waren, als Zugang benutzen konnte. Einige meiner Patienten waren schwer traumatisiert oder schizophren, oder sie kamen aus Familien, die in extremen Konflikten oder unter enormen Zwängen standen; welcher Art die Probleme dieser Patienten waren, ließ sich ungeachtet ihrer Komplexität feststellen. (Die Psychiater – Eric gehörte zu den jüngsten – setzten diese Kids oft auf Haldol; mehr als einer kam zu mir und wies infolge der geheimnisvollen Pille eine »Spätdyskinesie« auf – streckte unwillkürlich die Zunge heraus, biss immer wieder auf die Zähne, schmatzte mit den Lippen.) Aber ich traf auch immer öfter auf Patienten, deren Leiden nicht eindeutig mit ihren Lebensumständen zu tun hatte oder deren Lebensumstände sich vor allem durch ihre Normalität auszeichneten –

intelligente, weiße, bürgerliche Kids aus intakten Familien, denen es gutging, bis es ihnen nicht mehr gutging: die verlorenen privilegierten Jungen.

Jacob, der erste »Praktikant« meiner Film- und Videoabteilung, war ein sechzehnjähriger Schlaks aus einer Vorstadt von Chicago, der nach Jahren als Musterschüler binnen Wochen zum Schulversager geworden war; er hörte auf, seine Hausaufgaben zu machen, begann den Unterricht zu schwänzen, begann nach Gras zu riechen und ganz allgemein zu riechen; er zuckte die Achseln, wenn man ihm mit Bestrafung drohte. Anfangs gaben seine Eltern – zwei erfolgreiche Immobilienmakler – seiner Peergroup, seinen nicht gerade überwältigenden Lehrern die Schuld. Doch als sie Jacob auf eine Privatschule schickten, wurde er zu einer Art Heavy-Metal-Bartleby (er mochte Black Sabbath), der, ohne Freunde und zunehmend unerreichbar, Pentagramme in seine Schulbank ritzte. Wenn sie beim Essen Erklärungen von Jacob verlangten, hörte er auf, bei Tisch zu essen, hörte vielleicht überhaupt auf, richtige Mahlzeiten zu sich zu nehmen. Wenn sie vorschlugen, sich gemeinsam, als Familie, *Star Wars* anzuschauen, sah er sie an, als gäben sie Gefasel von sich. Er verschwand in sein Zimmer, wenn er nicht gerade Skateboard fuhr, wobei seine Verletzungen auf einen zunehmenden Hang zu vorsätzlicher Selbstbeschädigung hindeuteten. Er kam, ein Patchwork aus nässenden Abschürfungen, zur Küchentür herein, und wenn sie ihn fragten, wie es ihm gehe, ob er Wasserperoxid brauche, ob er Hunger habe, ich kann dir eine Pizza warmmachen, rief das nur wieder dieses Achselzucken hervor; er griff sich eine Pepsi aus dem Kühlschrank, ging nach oben, und sie warfen sich über ihre Kücheninsel hinweg verständnislose Blicke zu, während der gedämpfte Zorn seiner Musik einsetzte. (Ich stellte mir vor, dass diese Szene sich gleichzeitig in Küchen überall in der Vorstadt abspielte, eine gewaltige Darbietung, deren sich die Akteure nicht bewusst sind, gelenkt von einer geheimnisvollen Kraft, die unter dem Namen oder der Falschbezeichnung »Kultur« läuft; es war die Eröffnungssequenz eines meiner nicht gedrehten Filme.) Alle sind bei bester Gesundheit; er ist nie geschlagen, geschweige denn missbraucht worden; wir haben ein gutes Auskommen; es fehlt ihm an nichts; wir glauben nicht, dass er schwul ist, und wenn, würden wir ihn trotzdem lieben. Doch bald versteckt Jacob seine Marlboros nicht einmal mehr. Bald kriegt man ihn morgens nicht mehr aus dem Bett, und nachts plündert er die Hausbar. Sie verbannten sämtlichen Alkohol aus dem Haus, doch Jacob hatte eine Plastikflasche mit irgendeinem Fusel in seinem Schrank, leerte sie größtenteils an einem Abend, klaute den Cutlass seiner Eltern und knallte ein paar Straßen weiter in einen geparkten Wagen. Für Eltern wie für Patienten scheint alles furchtbar schnell zu gehen: eben noch fährt man im Minivan nach dem Baseballtraining zum Dairy Queen und singt misstönend »We are the champions« mit, und am nächsten Tag hört man zu, wie ein Richter erklärt, Jacob habe die Wahl zwischen einem längeren Aufenthalt im Jugendgefängnis oder psychiatrischer Behandlung. Der Freund eines Freundes empfiehlt die Foundation; damals übernahm eine anständige Versicherung noch fast sämtliche Kosten.

Eines wusste ich ebenso sehr instinktiv wie aufgrund meiner Ausbildung: Wenn ein Junge wie Jacob in deinem beengten, aber lichtdurchfluteten Sprechzimmer erscheint, dann solltest du ihn unter keinen Umständen auffordern, sein Verhalten zu erklären (oder die Radiergummi-Verbrennungen überall an seinen Unterarmen, obwohl parasuizidale Rituale bei Mädchen sehr viel verbreiteter waren); Jacob wäre der Letzte, der zu einer solchen Erklärung imstande wäre; wenn er die Sprache dafür hätte, müsste er sich nicht mit Symptomen ausdrücken. Und bis er sich dabei ertappt, dass er über meine Schulter hinweg meine Diplome (in den Anfangsjahren verlangte man noch von uns, sie aufzuhängen), den silbergerahmten Chagall-Druck meiner Mutter und das Bild von Orson Welles mit seinem Kampfgewicht von *Im Zeichen des Bösen* betrachtet, wird Jacob diese unmögliche Forderung nach einer Erklärung von Eltern, Lehrern, Trainern, Beratern, Richtern und mittelmäßigen Seelenklempnern schon so oft gehört haben, dass er sich irgendeine andere Möglichkeit der Interaktion mit den angeblich Sachverständigen und Besorgten gar nicht mehr vorstellen kann. Mein Ziel – meine Gabe, wie Jane beharrlich behauptete – bestand darin, solche Gespräche, die jugendliche Patienten nur noch tiefer ins Schweigen getrieben hatten, von einer unerwarteten Seite aus aufzuziehen. Anfangs brachte ich so wenig Worte aus Jacob heraus – konnte ihn nicht einmal dazu bringen, dass er sich darüber beschwerte, in der Foundation zu sein (»Es ist bestimmt nervig, dass sie dich auf dem Zimmer nicht rauchen lassen«; Nicken) –, dass ich meine eigene Version von Beschäftigungstherapie startete.

Als ich im zweiten Monat von Jacobs Klinikaufenthalt eine neue Betamax-Kamera kaufte, bat ich ihn, mir dabei zu helfen, sie auszuprobieren; wir verbrachten eine Sitzung damit, Aufnahmen von den Weißwedelhirschen zu machen, die immer am Südende des Geländes herumsprangen, wo vor einigen Jahren eine Salzlecke eingerichtet worden war. Von Westen zog rasch ein Unwetter auf, und wir mussten zu meinem Gebäude zurückrennen und wurden dabei von warmem Regen durchnässt. Ich versuchte unbeholfen, die Kamera unter meiner Jacke zu schützen; Jacob, der sich unter dem Vordach verschnaufte, lachte ein bisschen über mich; wir lachten gemeinsam über mich. Nach einigen weiteren Bemühungen um Zusammenarbeit bat ich Jacob, Praktikant in meiner Abteilung zu werden, eine Stelle, wie ich eigens hervorhob, von der man Eltern und Freunden erzählen und die man bei künftigen Bewerbungen angeben könnte. Dann machten wir einen Ausflug in die Innenstadt, zu Wolfe's Camera and Video, um uns anzusehen, was an neuer Ware eingetroffen war. Zu Forschungszwecken sahen wir uns eine Vormittagsvorstellung im Gage Theater an: Wie fandst du die Schlusseinstellung? Da ist ein Buch über die Geschichte des Fernsehens, ich dachte, das könnte dich vielleicht interessieren. Da ist eine Broschüre über den neuen Studiengang Filmproduktion an der University of Kansas, den sollte man für die Zukunft im Auge behalten. Eine therapeutische Allianz, wie unkonventionell auch immer, hatte sich gebildet.

Dann konnten Sprache und bedeutsames Schweigen ihr Werk tun. Jacob, wer ist besser, Led Zeppelin oder Judas Priest? Ich höre zwar den Blues-Einfluss bei Zeppelin, aber Judas Priest klingt einfach scheiße für mich; vielleicht bin ich ja schon zu alt. (Ein paar Kraftausdrücke konnten viel dazu beitragen, eine Verbindung zu schmieden, auf einen Wortschatz jenseits der Einrichtung hinzuweisen.) Jacob, waren die Kids in der Privatschule weniger cool als die in der staatlichen? Inzwischen antwortete Jacob wenigstens – er war der erste Jugendliche, der mich Dr. J nannte –, und wenn ich den Rhythmus der Stille richtig hinkriegte, konnte ich ihn ein bisschen aus der Reserve locken. Ich war nicht daran interessiert, ihm latenten Inhalt zu entlocken, irgendeine tiefere Wahrheit erkennbar zu machen, die Jacob zum Sprechen motivierte; ich wollte dem Jungen *das Gefühl geben, dass er gehört wurde.* Ich hatte nichts gegen das Klischee. Vielmehr bewunderte ich den Ausdruck und wie gut er passte: eine Mischung aus Somatischem und Semantischem; vielleicht erklärte er das Verlangen nach Heavy Metal, das man ebenso sehr als Berührung wie als Geräusch wahrnimmt. Wie viel einfacher wäre es, wenn die Texte, spielte man sie langsam rückwärts ab, tatsächlich, wie von manchen hysterischen Eltern befürchtet, satanische Botschaften offenbarten; wenn es eine derart maskierte geheime Ordnung, wie finster auch immer, anstelle von Wut auf Leere gäbe.

—

Die Jungen sah ich tagsüber, die Alten abends. Nach dem Essen pflegte sich Jane in ihr Arbeitszimmer zurückzuziehen, um ein paar Stunden zu schreiben. (Anhand des Geräuschs der Selectric durch die geschlossene Tür konnte ich abschätzen, wie es mit dem Buch voranging; da sie inzwischen unter dem Termindruck ihrer Schwangerschaft arbeitete – in Adams Mark bildeten sich rote Blutzellen; mittlerweile war er imstande, in ihr die Augen zu öffnen –, hörte ich einen stetigen Hagel von Tastenanschlägen.) Während sie arbeitete, zog ich durch Potwins kopfsteingepflasterte Straßen, zusammen mit Klaus, einem knapp eins neunzig großen, unkonventionell eleganten Berliner und leitenden Analytiker der Foundation, der zwei Blocks entfernt wohnte und Ende der Fünfziger aus Zürich, wo er mit Jung zusammengearbeitet hatte, nach Topeka gezogen war. Als junger Mann war Klaus ein aufstrebender Dramatiker und aktiver Amateurboxer gewesen, dem schon zweimal das Nasenbein gebrochen worden war, bis er neunzehn war, das Alter, in dem er Elke heiratete, die in Künstlerkreisen für ihre Experimente mit Fotomontage bekannt war. 1937 bekamen sie einen Sohn mit Namen Fritz; 1940 versuchte Klaus, die beiden aus Berlin hinauszuschmuggeln, und ließ sie gegen Bezahlung von einem Lastwagenfahrer mitnehmen, der Trockengut nach Holland beförderte, wo sich Klaus mit den beiden treffen wollte. Erst nach dem Krieg konnte er rekonstruieren, wie sie verraten worden waren; zwei Gewehrschüsse, die für immer im Wald, in seinem inneren Ohr widerhallten. Klaus selbst versteckte sich den größten Teil des Krieges über in einem Hühnerstall, wo er von der Wiedervereinigung mit seiner Familie träumte (obwohl Fritz, wie er mir einmal erzählte, in seinen Träumen ein Mädchen war) und zum Zeitvertreib im Kopf Dramen verfasste, wobei die beengten Verhältnisse dem großen Mann ständige Schmerzen bereiteten. Wenn man Klaus nach diesen Jahren fragte – die meisten Leute fragten nicht –, bekam man Witze, hauptsächlich über Hühner, zu hören: was man an anregenden Gesprächen, an Beiträgen zu den Theaterstücken, von ihnen erwarten könne. Seine Eltern und seine drei Schwestern starben in Auschwitz. Nur wir Hühner haben überlebt, erzählte mir Klaus, nunmehr ohne zu lächeln, als ich nachhakte.

Man stelle sich uns beide vor, kurz beleuchtet von den Scheinwerfern eines vorbeikommenden Lkws beim Durchfahren des Kreisverkehrs in der Greenwood Avenue: ein dreiunddreißigjähriger Psychologe aus New York, der einmal in der Clinton Street eine Zigarette mit Bob Dylan geraucht hatte, und ein knapp eins neunzig großer, bebrillter Analytiker aus der Alten Welt, der mit Einstein befreundet gewesen war. Wir spazierten durch die mörderische August-Feuchtig-keit und sprachen vor einer Kulisse von Zikadenlärm über meine Praktikanten. Einerseits konnte Klaus, mit Sicherheit der einzige Mann in Topeka, der in weißes Leinen gekleidet war, diese Kids – mit ihren Kühlschränken voller Essen, mit ihren Klimaanlagen und ihrem Fernsehen, ihrer Freiheit von Stigmatisierung und staatlicher Gewalt – nicht ernst neh-men; was könne offensichtlicher sein als die Tatsache, dass sie gar nicht wüssten, was Leiden sei, und dass es, falls sie über-haupt an irgendetwas litten, eben dieses fehlende Leiden war, eine Art Neuropathie, die von zu viel Bequemlichkeit, zu viel Zucker herrühre, eine Art existentielle Gicht? Dann wieder nahm Klaus sie andererseits überaus ernst; ständig erzähle man ihnen, erzähle ihnen die Kultur, obwohl Kultur wohl kaum das richtige Wort sei, sagte Klaus und betupfte sich mit einem Taschentuch, das aus dem gleichen Leinen geschnit-ten war wie sein Anzug, die Stirn, dass sie Individuen, gar ausgeprägte Individuen seien, dabei seien sie entleert, isoliert, Massenmenschen ohne Masse, zudem natürlich gar keine er-wachsenen Menschen, sondern Jungen, ewige Jungen, Peter Pans, Mann-Kinder, da Amerika Jugend ohne Ende sei, Jungen ohne Religion einerseits und ohne charismatischen Führer andererseits; sie hätten nicht einmal einen Vater – Präsident Carter! –, den sie töten könnten, oder einen Vater, der ihnen sagen könne, sie sollten den Juden töten; sie hätten keinen Juden; sie würden libidinös zur Massenkapitulation gedrängt, ohne dass es etwas gebe, wovor sie kapitulieren könnten; sie glaubten nicht einmal mehr an Geld oder an die Wissen-schaft, oder dieser Glaube sei unzureichend; ihr Land habe den letzten richtigen Krieg, den es geführt habe, verloren; mit einem Wort, sie seien überfüttert; mit einem Wort, sie seien am Verhungern. Diese Kids, sagte Klaus, bräuchten bloß eine ordentliche Tracht Prügel und körperliche Arbeit; diese Kids, sagte Klaus außerdem, durchlebten eine tiefgreifende archaische Regression. Jungs seien eben Jungs, tat Klaus sie ab, und verwöhnte Jungs seien verwöhnte Jungs, doch dann, das Taschentuch in den Nacken gedrückt: Der Abgrund von Nicht-Glauben, das Vakuum, lasse sich nicht mit irgendwelchem *Zeug* füllen (Klaus liebte das amerikanische Wort *stuff*, das für mich deutsch klang, es aber nicht war; es kommt vom griechischen *stuphein*, »zusammenziehen«), und die Gewalt werde regelmäßig wiederkehren – wie die Zikaden. Dann werden wir von einem rotierenden Rasensprenger bestrichen, und ich spüre den angenehmen Schock von kaltem Wasser an meinen Schienbeinen.

Wenn ich sagte: Klaus, du behauptest, das Problem sei, dass sie es zu leicht haben, aber zugleich sagst du, es zu leicht zu haben sei zu schwer; du sagst, das sei schon immer so gewesen, sei aber auch ein Zeichen eines konkreten imperialen Niedergangs, dieses Vakuum im Zentrum der Privilegiertheit, dann antwortete Klaus mit seinem ganz persönlichen Niels-Bohr-Zitat, dem Zitat, das er immer anführte, wenn er sich scheinbar widersprach, einem Ausspruch, auf den jedes Gespräch mit ihm unaufhaltsam zusteuerte und den er so sehr liebte, dass er stehen blieb und lächelte, um ihn anzubringen: »Das Gegenteil einer trivialen Wahrheit«, zitierte Klaus, »ist einfach falsch. Das Gegenteil einer großen Wahrheit« – effektvolle Pause, Geräusch von Rasensprengern, Insekten, Handrasenmähern, deutlich empfundenes Fehlen von Großstadtlärm, Kenny Rogers aus einem vorbeifahrenden Auto – »ist auch wahr.« Es ist entweder August, oder es ist nicht August (Klaus nimmt seine unzeitgemäße Brille mit den runden Gläsern ab, wischt sich das Gesicht, setzt sie wieder auf, geht weiter); wenn ich behaupte, es sei August, wenn gar nicht August ist – schlicht falsch; doch wenn ich sage, das Leben sei Schmerz, ist das wahr, zutiefst wahr; genauso wie die Aussage, das Leben sei Freude; je profunder die Aussage, desto umkehrbarer; die tiefen Wahrheiten schlagen sich in der Syntax nieder, die Begriffe lassen sich umkehren, und es gibt kein Prinzip von Nichtwidersprüchlichkeit, kein Gesetz vom ausgeschlossenen Dritten, welches das Unbewusste regelte. Dann berührte Klaus, ganz kurz ernst, meine Schulter: Ein solches Zitat kann dein Leben retten.

Ich war mir nicht sicher, wie sehr Klaus seinen Patienten half – seine Analysanden waren in aller Regel Frauen im gehobenen mittleren Alter oder älter, obwohl auch Sima, die noch in der Ausbildung war, von Klaus analysiert wurde –, aber ich war mir sicher, dass er keinen Schaden anrichtete, denn er überließ die meiste Arbeit seinem Akzent, den seine Patienten mit großer psychoanalytischer Autorität assoziierten. Bekannt war Klaus in der Foundation für seine »Fallberichte«, die alle Mitarbeiter in regelmäßigen Abständen vorlegen mussten – zwei- bis dreiseitige Dokumente, die dann verteilt und in Besprechungen diskutiert wurden. Die von Klaus waren wegen ihrer Literarizität berühmt oder berüchtigt; sie brachten einen Hauch von Weimarer Feuilleton in die Bürokratie der Foundation. Wenn er kein Analytiker wäre, wenn Stanford nicht seinen Briefwechsel mit Anna Freud gekauft hätte, wenn er nicht vier Sprachen spräche (obwohl er sein Jiddisch erstaunlich geringschätzig abtat), wenn er nicht alt und elegant, wenn er kein Überlebender wäre, hätte man ihn getadelt; stattdessen konnten meine Kollegen und ich uns auf die Dokumente freuen, die seine Sekretärin mit einfachem Zeilenabstand tippte, die Klaus dann jedoch häufig noch in seiner verschnörkelten Handschrift abänderte – nicht um Tippfehler oder sachliche Irrtümer zu korrigieren, sondern um ein zusätzliches Adjektiv einzufügen oder einen Satzrhythmus zu verbessern. »Wenn in Topeka der erste Schnee fällt und das Draußen in ein riesiges Interieur verwandelt, dann wendet B--- ihren Kopf den Flocken zu, die sich auf der Fensterbank ansammeln, und ihre Erinnerungen richten sich auf ihr mit weißem Teppichboden belegtes Wohnzimmer in Ann Arbor, auf die Urszene ihrer Kindheit.« – »Wenn eine Forelle, die nach der Fliege schnappt, anbeißt und sich außerstande sieht, frei umherzuschwimmen, so beginnt sie sich zu wehren, was zu Zappelei und Geplatsche führt; auf vergleichbare Weise zappelt G--- am Haken seiner infantilen Persönlichkeitsstörung.« Manchmal erinnerten sie mich an eine Kreuzung von *Sportliches Fahren* mit Freud: »Die Menschheitsgeschichte lässt sich ebenso wie die Geschichte des Individuums als langsames Durchleben von Konflikten sexuell-aggressiver Natur verstehen. K---s hemmungslose und egoistische Züge müssen wir als Teil dieser Reise durch Jahrtausende auffassen« etc. Ich konnte Klaus' Stimme gut imitieren und brachte damit Jane und Eric und sogar seine ihm ergebene Analysandin Sima zum Lachen (»Man könnte sagen, diese Marinara-Sauce sei aus einem Glas gekommen; aber hat nicht das Glas in einem tiefen, vielleicht tieferen Sinne seine Identität von der Sauce empfangen?«), doch Klaus' Charme bestand zumindest für mich darin, dass seine Stimme bereits wie eine Imitation ihrer selbst klang; Klaus war ein Schauspieler, der davon irritiert war, sich selbst zu spielen. Und doch hatte diese Verdoppelung einen großzügigen, selbstironischen Effekt; sie erinnerte mich daran, wie

Charlie Chaplin – als die reiche Frau, die er liebt, das Bistro betritt – aus Verlegenheit so tut, als spiele er bloß zu ihrer Belustigung einen Kellner.

Klaus machte immer Witze; Klaus machte nie Witze – was die Ironie verbürgte, war ein Gefühl der Absurdität seines Überlebens, oder der absurden Vorstellung, dass überhaupt irgendwer überlebt, selbst wenn er weiteratmet, oder der Absurdität, dass Sprache nach dem Hühnerstall, nach den Lagern viel mehr als bloßes Geräusch sein konnte. Einmal sah ich in der Cafeteria der Foundation zu, wie er zur Wand ging, um das leicht schief hängende Bild einer Sonnenblume, das Werk eines Patienten, geradezurücken. Irgendwie – erneut wurde ich an einen Star des Stummfilms erinnert – brachten Klaus' Gesten zum Ausdruck, dass das Ganze Theater war; ohne einen Laut von sich zu geben, zog er die Blicke der an den Tischen Essenden auf sich. Er überkorrigierte das Bild – jetzt war es links zu tief; er kratzte sich am Kopf; leises Gelächter ertönte; dann überkorrigierte er es rechts, tat so, als fiele es ihm nicht auf, rückte seine Fliege zurecht und mimte Selbstzufriedenheit, was weiteres Gelächter hervorrief; dann, als machte nur das Gelächter ihn auf seinen Fehler aufmerksam, stützte er das Kinn in die Hand und dachte nach. Plötzlich schoss ein Zeigefinger hoch; anstatt weiter an der Sonnenblume herumzufrickeln, ging er zu den anderen drei Bildern (Glockenblumen, Geranien, Sonnenhut) an der Wand und rückte sie am linken Rand tiefer, bis alle Rahmen gleich schief hingen; unter allgemeinem Beifall setzte er sich wieder.

—

Das Licht erlischt im Kinosaal der Foundation, der bis auf den letzten Platz mit Mitarbeitern, Patienten und diversen externen Einwohnern Topekas, die zur Premiere eingeladen wurden, besetzt ist. Zu einem schwarzen Vorspann von einer halben Minute sind Klänge aus Friedrich Baumfelders *Berceuse pour le Piano* zu hören, die Aufnahme ein bisschen statisch, verrauscht, der Ton leicht verzerrt. Nun beugt sich in einem Museum mit dem Rücken zur Kamera ein hoch gewachsener Mann mit rundem Rücken, einen Homburg und einen Spazierstock in den Händen, vor, um zwei kunstvoll gravierte Türflügel aus Bronze zu betrachten. Es handelt sich um das Stadtmuseum Berlin, circa 1909; es handelt sich um das Nelson-Atkins Museum in Kansas City, circa 1983. Eröffnungssequenz. Der hochgewachsene Mann, der Hesse in Basel begegnet sein könnte, schauspielert und schauspielert nicht; seine Kleidung ist einfach nur seine Kleidung; Europa zu Beginn des zwanzigsten Jahrhunderts wohnt in seinem Körper in Kansas gegen Ende des zwanzigsten Jahrhunderts; wie oft ihn seine Mutter in einem Kinderwagen die Brauergasse entlanggeschoben hat. (Der Film ist mit einer französischen Sechzehn-Millimeter-Kamera gedreht, die ich in meinem dritten Jahr in Topeka auf einem Flohmarkt gefunden habe. Wolfe's Camera and Video hat den Film gespendet – hochempfindlichen Film, den das Geschäft für Leute vorhielt, die Highschool-Basketballspiele bei schlechten Lichtverhältnissen filmen wollten; es ergibt sich der Effekt einer körnigen, historischen Anmutung, die Bewegung ist zugleich beschleunigt und ruckelnd, Spuren eines älteren Mediums von Beleuchtung.)

Ich, Ziegler, erscheine links im Bild; die Kamera, die von einem Praktikanten bedient wird, folgt mir durch den Mar-

morsaal, im Publikum leises (warmes) Gelächter, meine Annäherung an historisch korrekte Kleidung ist weniger exakt,
für die Rolle habe ich mir meine Koteletten wachsen und
zum ersten und letzten Mal im Erwachsenenalter die Haare
schneiden lassen, um einem guten Bürger nahezukommen.
»Er gehörte zu denen«, sagt Klaus aus dem Off, »die uns jeden
Tag und immer wieder auf der Straße begegnen und deren
Gesichter wir uns nie recht merken können, weil sie alle miteinander dasselbe Gesicht haben: ein Kollektivgesicht.« Im
nächsten Saal, wo ich auf einer Glasvitrine die Pille entdecke
(wir bekamen die Erlaubnis zu filmen, durften aber nichts
anfassen), werde ich von einem Wärter mit einer Schirm-
mütze überrascht, die wir im Armyshop in der Huntoon
Street gekauft hatten; im Übrigen ist die Uniform des Wär-
ters anachronistisch, aber so unbestimmt, dass sie die Szene
nicht beeinträchtigt. Schwarzblende.

Debussy, eine Passage aus *La Mer*, Aufblende im Inneren
eines Restaurants, in Wirklichkeit die Cafeteria der Foundation, die langen Tische ersetzt durch ein paar runde, auf die
meine Praktikanten weiße Tischdecken gelegt und die sie
mit Besteck und Geschirr (nicht zusammenpassend; teils aus
zweiter Hand gekauft, teils geliehen) gedeckt haben, obwohl
Hesse ein weniger gehobenes Lokal andeutet. Die Zeitung,
die Ziegler durchblättert, zu lesen vorgibt, ist *The Topeka
Capital-Journal* (der Dow Jones hat zugelegt; das umstrittene
Vietnam Memorial ist eingeweiht), aber sie ist auch der *Berliner Lokal-Anzeiger*. An dem Tisch hinter dem von Ziegler
sitzen Dr. Console und seine Frau, die Eltern des künftigen
Dichters, und essen Würstchen; die beiden Tee trinkenden
Frauen in halbwegs der Mode der Zeit entsprechenden
Kleidern sind Patientinnen; die eine, mit der Jane eng zu-

sammenarbeitete, sollte sich drei Jahre nach Entstehung des Films durch einen Sprung vom höchsten Gebäude Omahas das Leben nehmen. Allein an einem dritten Tisch essend – seine Gesten ungekünstelt, die Gesten des Unbeobachteten –, ein Patient, der beinahe einen Tony gewonnen hätte, ehe die Trinkerei außer Kontrolle geriet (es braucht jahrelanges Studium, so zu agieren, besonders so zu essen, als wäre man unbeobachtet); anfangs hatte ich vorgeschlagen, er solle Ziegler spielen. Eric, der mit weißem Tuch überm Arm unbeholfen einen Kellner spielt, serviert mir das Bier, mit dem ich die Pille hinunterspüle, die ich in der Brusttasche meiner Weste wiederentdeckt habe; in Wirklichkeit handelt es sich um ein Pfefferminzbonbon, ein Placebo. Ich kratze mit dem Fingernagel an der Pille, rieche daran, versuche sie mit den Fingern zu zerkrümeln, berühre sie mit der Zunge und stecke sie mir dann, wie von mir selbst ein bisschen überrascht, in den Mund. Was hat es mit dem ausgelassenen Gelächter des Publikums in diesem Moment auf sich? Ein Beleg für meinen Aplomb als Komiker? Vielleicht, aber es muss auch etwas Karnevaleskes, Kathartisches haben, einem Psychologen dabei zuzusehen, wie er eine geheimnisvolle Pille befingert und mit Hilfe eines Psychiaters der Foundation einnimmt; die meisten Patienten nehmen noch keine Serotonin-Wiederaufnahmehemmer, die bald die gröberen Medikamente ersetzen werden. »Intelligenten Menschen käme es niemals in den Sinn, diese schwer erkämpften Errungenschaften in Technik und Medizin zu zerstören oder auf die überaus wertvollen Vorteile, die wir ihnen verdanken, zu verzichten.« Ziegler kaut zufrieden seine Kohlwurst, in Wirklichkeit eine Oscar-Mayer-Jumbo-Stadionwurst.

»Um zwei Uhr« – Klaus' Stimme im Dunkeln – »sprang

der junge Mann vom Straßenbahnwagen« – wir hatten vergeblich versucht, für diesen Übergang die Bahn des Gage Park zu bekommen – »und nahm eine Sonntagskarte.« Aufblende am Eingang des Weltberühmten Topeka Zoo, gelegen im Tiergarten, zu dessen Hauptattraktionen 1909 ein kürzlich aus Äthiopien eingetroffenes Spitzmaulnashorn zählte, am Himmel über Berlin Zirruswolken, die fast unmerklich durch die Aufnahme treiben. Jenseits des Haupteingangs Menschen am Sonntag: Paare flanieren; alle sind in Wochenendstimmung. Vor dem Impala-Gehege gehen Arm in Arm die lächelnden Dres. Caplan vorbei, beide Analytiker, die bald geschieden werden, da Allen Caplan mit der Psychologin Samantha Gibson schläft, die er supervidiert hat und die er nun durch Antippen seiner Mütze grüßt, als sie in dem Empirekleid mit Federhut vorübergeht, die sie im Topeka Rep ausgeliehen hat. (Seltsam für Allen und Samantha, die im Kinosaal ein paar Reihen voneinander entfernt sitzen, sich auf der Leinwand die falsche Förmlichkeit reproduzieren zu sehen, die sie im öffentlichen Alltagsleben wahren.) Da geht Dr. Anwal mit Dastar und in traditioneller Kleidung. In seinem Kielwasser der Biopsychologe Dr. Erwood, der eine Art Filzhut trägt. Da geht unser Nachbar Donald Person mit Zylinder und Cape, an seiner rechten Hand seine achtjährige Tochter Anna, die aus irgendeinem Grund als Junge mit kurzer Hose und Mütze verkleidet ist. Donald wird von dem stattlichen, fettleibigen J. M. passiert, dem Besitzer von Mass Street Music in der Innenstadt von Lawrence; er geht Arm in Arm mit seiner guten Frau Laura, deren Gesicht von einem großen, mit einer Zentifolie bestickten Fächer verdeckt wird.

In einem Käfig im Affenhaus springen Schimpansen von künstlichem Ast zu künstlichem Ast. Nun sehen wir Ziegler von hinten, wie er, den lackierten Spazierstock und einen Strohhut in den Händen, die Affen betrachtet. (Wo kommt der Strohhut her? Ein Anschlussfehler.) In Nevada und in New York versuchen Psycholinguisten, Schimpansen Zeichensprache beizubringen – sie halten sie für sprachfähig, wenngleich physisch außerstande, eine ausreichende Bandbreite von stimmhaften Lauten von sich zu geben –, doch in Topeka, in Berlin »blinzelte ihn [der große Affe] an, nickte ihm gutmütig zu und sprach mit tiefer Stimme die Worte: ›Wie geht's, Bruderherz?‹« Es geht ziemlich gut; ARPANET hat TCP/IP als Standard übernommen und ermöglicht damit das Internet; in der Fifth Avenue hat soeben der Trump Tower eröffnet, vom Soldier Field in Chicago aus wurde der erste kommerzielle Anruf mit einem Mobiltelefon getätigt; Alexander Graham Bells Urgroßenkel nahm den Anruf in Deutschland entgegen, dem Deutschland von Wilhelm II., dessen Zeitungsfoto Elke in ihrer kleinen Wohnung für eine Collage zerschneidet, auf der sein Schnurrbart durch die Beine eines Ringers ersetzt ist; Freud ist zum einzigen Mal in Amerika, Proust hat mit *La Recherche* begonnen, wird mit der alten Technik der Prosa sein erstes Telefongespräch beschreiben, seine erste Begegnung mit einem Flugzeug und was das Automobil der Landschaft antut. »Haben Sie schon einmal überlegt, dass in all den zigtausend Generationen, die diesem Jahrhundert vorausgingen, nicht einmal die mächtigsten Könige auf Erden so ein Fahrzeug hätten besitzen können?«

Ziegler flieht von Käfig zu Käfig; jetzt hören wir die unheilschwangere *Scheherazade* von Rimsky-Korsakov. Die Aufnahmen von dem stattlichen Elch sind gefundenes und eingearbeitetes Material; der Zoo von Topeka hatte keinen. Die schreckliche Würde von Tieren im Film. Aber Ziegler schaut durch dickes Glas hindurch einem Löwen ins Auge und er-fährt, »wie weit und wunderbar die Welt ist, wo es keine Kä-fige [...] gibt« und keine Persönlichkeitstests. Zuerst quittiert das Publikum Zieglers Kapriolen mit Gelächter, wenn er, zu-nehmend verzweifelt, seinen Stock ins Gebüsch wirft, seinen Kragen lockert (wo ist sein Hut?), doch die sanfte Traurigkeit, mit der Klaus' Stimme Zieglers Entpersönlichung beschreibt, verleiht der hektischen Komödie Pathos. Alle wissen, wie diese Geschichte endet; dass man von einer Weltberühmten Einrichtung in eine andere transportiert wird; sie wissen, dass es kein Draußen, sondern nur ein riesiges Drinnen gibt, selbst wenn der Patient hinter der Kamera, dem diagnosti-schen Auge, steht, selbst wenn die Tiere sich über das Vieh vor den Gitterstäben, vor dem Hühnerstall, lustig machen. Und jetzt hat sich eine Schar von Einwohnern Topekas um Ziegler versammelt, der seinen Glauben an die Zivilisation verloren hat, die noch fünf Jahre von den Materialschlachten des Ersten Weltkriegs entfernt ist; er hat den Glauben an das Bild der Antike verloren, das er von der Renaissance geerbt hat (ein Anschlussfehler), den Glauben an Religion und Wis-senschaft und die »jüdische Wissenschaft« der Psychoanalyse; er hat den Verstand verloren. Zwei weiß gekleidete Pfleger (sie werden von Physiotherapeuten der Foundation gespielt) zerren mich aus dem Bild, das stellenweise in Flammen auf-geht.

Von dem zwölfminütigen Film bleibt noch eine Minute. Die Menge zerstreut sich, die Kamera schwenkt nach links und zeigt uns zwei in ein lebhaftes Gespräch vertiefte Män-ner (keine Stimmen mehr, dafür erklingt wieder der Baum-felder), die vermutlich das Spektakel schildern, das sie gerade mitangesehen haben. Einer der Männer ist Klaus, den wir in der ersten Einstellung von hinten gesehen haben; der andere ist Dr. Tom in Tweed. Sie sehen aus wie Würdenträger, Präsidenten; sie geben einander die Hand, vielleicht zum Abschied, vielleicht um irgendeinen geheimnisvollen Pakt zwischen der Psychiatrie der Alten und der Neuen Welt zu besiegeln, dann gehen sie in verschiedenen Richtungen aus dem Bild. Und hier, es bleibt noch eine halbe Minute, kommen zwei lächelnde Frauen in Reifröcken, Sima und Jane, wahrscheinlich Gouvernanten, die jeweils zwei Kinder an der Hand führen. Jason (Simas Sohn) und Adam, Darren Eberheart und ein Mädchen, dessen Name vergessen ist. (Ihre freudige Erregung, als man sie vom Bright Circle abholte, wo sie ihren Mittagsschlaf schwänzen durften.) Sie gehen schnell und langsam auf uns zu, in der Gegenwart und in der Vergangenheit.

Dinge, die Darren träumte, tauchten nach und nach im Gebüsch auf – die Plastikfigur von einer Fallschirm-Feuerwerksrakete, das kleine stumpfe Sägeblatt, das er als Wurfstern sah –, und er steckte diese Dinge ein. Seine Taschen waren groß: das ganze Jahr über trug er eine von den drei Cargohosen, die er sich von seinem eigenen Geld in dem Armyshop in der Huntoon gekauft hatte. Wüstentarn. Wohlgemerkt, er hatte über vierhundert Dollar, hauptsächlich in Zwanzigern. Er hatte ein Dutzend Buck-Klappmesser. In derselben Schublade wie Geld und Messer lag auch eine Luftpistole, von der er oft behauptet hatte, es sei ein echter Revolver, und die er einmal auf das Halbblut Jason Davis richtete, worauf dieser ihm eine Platzwunde über dem Auge verpasste. Der Kokosnuss-Geruch war so stark, dass er ihn als Duftnote der jungen Schwester erlebte, die die Wunde nähte, und jetzt erschien ihm das dünne Goldkettchen auf ihrem Schlüsselbein in seinen Träumen, aber das sei okay, sagte Dr. Jason, problematisch ist es, wenn es in die andere Richtung geht. Es war wie bei diesem TOPEKA-HIGH-SCHOOL-Banner aus Papier, das die Cheerleader hochhielten, damit die Spieler beim Einlaufen hindurchspringen konnten. Das hatte er sich mehr gewünscht, als tatsächlich zu spielen, hatte es sich vorgestellt, als er in der Mittelschule Wasserträger gewesen war (man muss ihn nur sehen, wie er in reiner Freude die Seitenlinie entlangsprintet, wenn sich einer unserer Running Backs löst.) Das Banner zwischen Schlafen und Wachen war zerrissen, und inzwischen gingen Menschen und Dinge durch es hindurch.

So ist er etwa im McDonald's am Gage Boulevard, bekommt sein heißes Wasser und weiß plötzlich, dass der Mann, der vor ihm bestellt, Dad ist, Splitter von der Windschutzscheibe im verkrusteten Haar. Also geht er mit gesenktem Kopf gleich wieder hinaus, schwingt sich auf sein Schwinn Predator und strampelt mit Höchstgeschwindigkeit zu dem Gebüsch im Westboro Park, wo er atmen und verirrte Gegenstände aus seinen Träumen einstecken kann. Was an dem Gebüsch vermittelt dir ein Gefühl von Sicherheit?, fragt Dr. J ihn jedes Mal, wenn er davon spricht, dass er dort Schutz sucht. Wohlgemerkt, die riesige Geißblattmasse ist von einem Tunnelnetz durchzogen, und er hat Vorräte, einen Plastikeimer voller kleiner Snickers und PayDay als Energiespender und ein bisschen Dörrfleisch, locker an einer Stelle im Gestrüpp vergraben, die er nicht verraten wird, nicht einmal unter der Folter. Gibt es noch andere Orte wie das Gebüsch? Wie wär's, wenn du dir diesen Ort hier als eine Art Gebüsch denkst, Darren?

Vielleicht könnte er das ja, wenn Dr. J nicht am Ende jeder Stunde Kommen Sie herein, Ms. Eberheart sagen würde und sich Darren dann anhören muss, wie seine Mom sich beklagt. Zuletzt darüber, wie er den perfekten Job bei Dillon's vermasselt hat, den Dr. J ihm hatte besorgen helfen, indem er einen Gefallen einforderte. Weil Darren unehrlich und unzuverlässig war, und vom GED-Test wollen wir erst gar nicht reden. Was Darren zwingt, bewusst seine Atemgeschwindigkeit zu verlangsamen, ist der Umstand, dass ihre Stimme, unmittelbar bevor sie zu weinen anfängt, ganz schrill wird, fast ein Quieken, wie bei einem Tier mit Schmerzen, und dann wieder tief: Ich weiß nicht, wie viel mehr / Ich davon / Noch ertragen kann. Seine Lügen. Meinen Diabetes. Die Arbeit in der Nachtschicht im St. Francis. An dieser Stelle kommt sich Darren so vor, als fängt er gleich selbst zu weinen an oder als erwürgt er sie gleich, doch stattdessen sieht er sich das Clowns-Bild an der Wand in Dr. Js Sprechzimmer so intensiv an, dass die Farben anfangen, sich zu verändern. *Gefällt es dir? Das ist von einem Maler namens Marc Chagall.*

Es kann nicht wie das Gebüsch sein, wenn diese Bitch hier ist. Anfangs sagte Dr. J noch: *Wir benutzen hier keine Wörter wie Bitch, Schwuchtel, Pussy,* aber seit Darren immer mal wieder seinen Vater zu Gesicht bekommt, gibt es eigentlich keine Regeln mehr. Denn wohlgemerkt, Darren ist keine Schwuchtel und keine Pussy, egal was Nowak oder Davis oder Dad gesagt haben, bevor er gegen die Mittelplanke prallte und durch die Windschutzscheibe in den Untergrund rauschte. Darren hatte mehr als einmal gestanden, ihn umgebracht zu haben, worauf Dr. J ganz langsam, als läse er es aus einiger Entfernung von einer Anschlagtafel ab, sagte: *Nein, Darren, du bist nicht – auf keine Weise – für den Tod deines Vaters verantwortlich. Wenn man schlechte Gedanken über jemanden hat, führt das nicht dazu, dass derjenige einen Autounfall hat.* Aber im Kopf hatte Darren den blauen Honda sich vor dem Unfall immer wieder überschlagen lassen, hatte Zurückspulen gedrückt, ihn sich wieder überschlagen lassen. Im Kopf hatte er gelangweilt und schwitzend die Trauerfeier in der vordersten Bank der Potwin Presbyterian über sich ergehen lassen, ehe die Highway Patrol ihn und seine Mom überhaupt benachrichtigt hatte. Den gestärkten Kragen an seinem kürzlich rasierten Hals gespürt.

Seit seiner Kindheit trank er morgens heißes Wasser, um zusammen mit seiner Mom und seinem Dad so zu tun, als trinke er Kaffee: *Da ist dein Kaffee, Darren, schwarz, kein Zucker, gleich musst du zur Arbeit.* Seltenes gemeinsames Gelächter. Der Witz war, dass er ein Mann sei, doch jetzt ist er einer, achtzehn, und tut morgens genau das. Bei McDonald's kriegt man heißes Wasser umsonst, aber manchmal ist es anstrengend zu erklären, dass man ihren Lipton-Tee nicht haben will. Mehr als einmal musste er den Beutel kaufen, den er dann wegwarf. (Am Gage Boulevard gaben sie ihm den dampfenden Styroporbecher meistens anstandslos, aber das eine Mal, als er es in der 21st probiert hatte, sagte einer von den Köchen, vielleicht jemand, den er kannte: Sag dem Spast, er soll sich verpissen.) Als er mit dem Job bei Dillon's angefangen hatte, war sein Dad noch nicht durch das zerrissene Banner zurückgekehrt, und Darren saß öfter auf einem der roten Plastikdrehstühle nahe der vorderen Glasfassade und beobachtete durch sein eigenes wässriges Spiegelbild hindurch die Phelps', wie sie ihr Transparent hochhielten. Er nippte an seinem dampfenden Wasser, rührte mit einem Plastiklöffel um, nippte daran. Dann stand er mit einer Zielstrebigkeit auf, von der er glaubte, dass die anderen Männer sie spüren konnten.

Wenn man zur Arbeit fährt, organisiert sich die Landschaft um das Fahrrad herum anders, während man sie durchquert, Ulmen und Silberahorn stellen sich respektvoll in Reihen auf, um einen durchzulassen. Stacy, die Bekannte von Dr. J, hatte ihm gezeigt, wo er gleich hinter dem Seiteneingang sein Predator anlehnen und wo er sich eine grüne Schürze von einem Haken nehmen konnte. Binde sie dir hinten, so. Dann fragst du mich einfach, und ich sage dir, an welcher Kassenschlange du zuerst helfen sollst. Hier kommen die Broccoli die Schachtel mit gefrorenen Waffeln Wonder Bread die Zweiliter-Dr-Pepper langsam auf dem schwarzen Warentransportband heran und werden eingetippt, worauf er sie in jeweils zwei ineinandergesteckte hohe Papiertüten packen und, wenn er darum gebeten wurde, zu den Kofferräumen von Autos oder den Ladeflächen von Pick-ups tragen oder mit dem Einkaufswagen fahren musste. Oft transportierte er die Lebensmittel von Leuten, die er kannte, gekannt hatte, und sie sprachen mit ihm, und das ging in Ordnung. Eier und Milch kommen in gesonderte Plastiktüten, frag mich nicht, warum. Die Befriedigung, den leeren Einkaufswagen an der Sammelstelle in einen anderen Einkaufswagen zu schieben. Vier fünfundzwanzig die Stunde mal dreißig war mehr Geld, als er sich vorstellen konnte, sobald man dreißig mit der Anzahl der Wochen malnahm, die sich in den Jahren ergeben würden, die er zu arbeiten vorhatte. Eines stand fest: Er würde Ron Williams' silbernen Fiero kaufen und sogar seine Mom damit fahren lassen, wenn sie sich an bestimmte Regeln hielt.

Mitten im ersten Monat spricht der Scanner an der Kasse nicht auf eine große Dose mit irgendwas an, und Mike, der Kassierer, für den er einpackt, sagt ihm, er soll den Preis nachsehen, was bedeutet, zuerst den richtigen Gang zu finden, dann das richtige Regal, dann rauszukriegen, welche Zahl auf welchem Etikett der fraglichen Dose entspricht, das alles dann im Kopf zu behalten und damit zu Mike zurückzugehen, der die anderen Lebensmittel längst eingetippt haben wird, und der Kunde ist garantiert sauer. Stacy hat nie gesagt, dass das Nachsehen von Preisen zu seinem Job gehört. Bis er den richtigen Gang ausfindig gemacht hat, sieht er sich bereits zur Kasse zurückkehren, außerstande zu erklären, dass sich das Etikett mit dem Preis mitten zwischen zwei ähnlichen, aber verschiedenen Tranchen von Dosen befand, dass diese Unterschiede sich verwischten, als er genau hinsah, und die Farbe der Etiketten sich änderte, sodass er keine Grenze mehr feststellen konnte zwischen dem, was dies, und dem, was jenes kostet. Er würde die Worte zuordnen, wenn Buchstaben und Zahlen sich nicht in Ameisen verwandelt hätten, die übers Pflaster wimmeln, in Zweige, die auf Wasser davontreiben, während er dastand, und wenn die anderen Kunden nicht angefangen hätten, über ihn zu lachen, bis er sich umdrehte, um sie zu fangen. Erst als er, in kalten Schweiß gebadet, vor den Regalen steht, nimmt er die Berieselungsmusik wahr, die das ganze Jahr 1996 durch Dillon's zirkuliert.

Und dann verlangt Mrs. Lewis in der vierten Klasse, dass er laut aus Wie der Grinch Weihnachten gestohlen hat vorliest, buchstabiere ruhig, wir haben den ganzen Tag Zeit, das Gelächter, dann packt ihn Trainer Stemple während des Probespiels in der siebten an der Gesichtsmaske und wirft ihn zu Boden, weil er scheißdämlich ist, ihm klingen die Ohren, Geruch von gemähtem Gras. Außerdem sitzt er in einem Sprechzimmer, während Dr. Nelson zu seinem Vater sagt: Stellen Sie sich einen Neun- oder Zehnjährigen im Körper eines Teenagers vor, und ein paar Jahre später legt ihn Carter mit der Behauptung rein, er hätte Becky Miller befummelt, weißt du überhaupt, was befummeln heißt, das gleiche Gelächter ums Feuer herum, während vom Osagedornholz knisternd Funken aufstieben. Alle diese unzähligen Momente sind jedes Mal gegenwärtig, wenn es ein einziger ist, kleine mimische Zuckungen um seinen Mundwinkel spiegeln das wider.

Man muss weg von der Stelle, wo sich diese Momente im Raum sammeln, also geht er mit gesenktem Kopf ins Lager, hängt die Schürze an den Haken und radelt die vier Blocks bis zum Armyshop, wo er ganz hinten sitzen und immer wieder einen Blechkanister für MG-Munition auf- und zuschnappen lassen kann, bis Stan hinterm Tresen schließlich Lass das sagt, ohne aufzublicken. Darren liebte den Geruch von Waffenöl. Auch wenn Stan fett und kurzatmig ist, und trotz des fehlenden Daumens, könnte er einem, wie alle Marines, die gewölbten Hände so gegen die Ohren schlagen, dass es einen umbringt, oder einem mit dem Handballen das Nasenbein ins Gehirn treiben. Manchmal glaubte Darren, er habe sich diese und andere Nahkampffähigkeiten angeeignet, und er hoffte, sie niemals anwenden zu müssen. Desgleichen hatte er das Gefühl, ein bisschen von dem erlebt zu haben, was Stan so erzählte, so wie ein Lehrer ihm einmal gesagt hatte, dass etwas zu riechen bedeute, ein Teilchen davon in sich aufzunehmen. Wenn Stan also sagte, Huren gebe es überall, man müsse sie selten bezahlen, sondern bloß auf seinen Schwanz spucken, damit es flutschte, fand Darren nicht, dass er log, wenn er einer Gruppe von Mittelschülern, die auf dem Hof der Randolph School Basketball spielten, erzählte, er hätte eine gevögelt, draufgespuckt etc. Er hätte sie nicht bezahlen müssen, dabei hätte er es gekonnt: Ich habe über vierhundert Dollar. Wenn man etwas sagt, was so, wie man es sagt, schlüssig klingt, dann stimmt es auch, also hatte er nicht das Gefühl, dass er log, obwohl er später oft dieses Gefühl hatte. Sein Leben lang verlangte seine Mom, dass er zugab, wenn er unehrlich gewesen war, ehe jemand anders davon erfahren konnte.

War der Armyshop wie das Gebüsch? Ja und nein. Ja, weil kein Gordon, kein Nowak und kein Davis hier an ihn herankamen, wo Stan, der Darrens Dad gekannt hatte, das Kommando führte. Du kannst hier rumhängen, aber sei ruhig. Ja, weil dies wie das Gebüsch ein dunkler Ort war, wo Darren taktisches Wissen besaß, sogar wusste, wo hinterm Tresen die alte, aber geladene Luger eingeschlossen war. Nein, weil Teilchen von Stans Wut in ihn gelangten. Die Mädchen sagen alle, sie wollen nette, sensible Typen, und dann bumsen sie das ganze Team, stimmt's, Darren? Ich bin kein Rassist, Darren, aber sind sie etwa nicht hinter ihnen her und betteln darum? Immer geriet sein Name in diese Sätze, wenn Stan in redseliger Stimmung war. Im Sommer vor der neunten Klasse hatten sie ihn gedrängt, Mandy Owen zu küssen, hatten geschworen, sie wolle von ihm geküsst werden, sei bloß zu schüchtern, darum zu bitten, und wie sie rot angelaufen war, geschrien und die zitternden Hände von sich gestreckt

hatte, war genauso gewesen, wie wenn sich eine Biene auf seine
Mutter setzte, die allergisch war. Das Gelächter. Er war schuldig,
noch bevor seine offene Hand ihr Gesicht traf, und während sie
Schläge auf ihn niederregnen ließen und er Dreck in den Mund
bekam, wollte er: Es tut mir leid, Mandy, sagen; er kannte sie
seit dem Kindergarten, sie wohnte nur drei Straßen weiter. Die
haben keine Ahnung, wie schwer es einem fällt, sein eigenes Blut
zu schmecken, den Geruch von gemähtem Gras zu riechen und
nicht nach Hause zu gehen, seine Messer oder seinen Revolver zu
holen oder im Kopf ihre Autos sich überschlagen zu lassen. Und
wenn Stans Wut in ihn gelangte, war Mandy bloß eine Hure, die
das Banner hielt, durch das die anderen sprangen. Wohlgemerkt,
es konnte in seinem Kopf Tage dauern, bis sie keine mehr war.

Dr. J war nicht wütend wegen des Jobs, er hatte keine Wut-
teilchen in sich, Punkt. Mehr als einmal fragte sich Darren, ob
Dr. J deswegen eine Pussy war. Ich habe damit kein Problem, wir
können es irgendwann nochmal probieren, wenn es sich richtig
anfühlt. Was Dr. J beschäftigte, war, dass Darren möglicherweise
zumindest leichte Halluzinationen hatte, was nicht dasselbe ist,
wie Geschichten zu erzählen. Darren, sagte Dr. J, Darren, bis
Darren den Blick von dem Bild abwandte und ihm in die Au-
gen schaute, ich meine damit, dass es irgendwie so klingt, als
sähst du Dinge, die gar nicht da sind, wie dein Dad. Mein Dad
hat keine Dinge gesehen, die nicht da waren, dachte Darren, der
den Blick wieder auf den in seinem Silberrahmen schwebenden
Clown gerichtet hatte. Obwohl sein Dad in einem Zustand, den
Darren als Betrunkenheit zu verstehen lernte, auf nicht anwe-
sende Leute zu fluchen pflegte, mit der Faust ein Loch in die
Rigipswand im Keller schlug. Vielleicht willst du mir ja auch
sagen, dass du an deinen Dad denkst, dass es sich so anfühlt, als
wäre er da, dass du aber eigentlich weißt, dass er das nicht ist.

Wenn du meinst, du siehst oder auch hörst Dinge, die einfach nicht sein können, Darren, dann würde es vielleicht helfen, dir vorzusagen oder vielleicht laut zu sagen, das ist nicht wirklich. Das ist nicht wirklich. Du würdest dich wundern, wie sehr das ein paar anderen Leuten geholfen hat, die ich kenne.

DIE
MÄNNER
(JANE)

Weißt du noch, wie sich im Winter vor zwei Jahren herausstellte, dass ich unsere Florida-Tickets nicht gekauft hatte und erst am Abend vorher, als ich unsere Bordkarten ausdrucken wollte, entdeckte, dass ich es tatsächlich versäumt hatte? Ich hatte eine deutliche Erinnerung daran, dass ich sie über Orbitz besorgt hatte, aber da wir jedes Jahr im Januar nach Sanibel fahren, muss ich mich wohl an eine der früheren Reisen erinnert haben. Als Dad mich in den Monaten davor nach den Tickets fragte – ob es ein Direktflug sei oder ob wir über Chicago fliegen müssten; wie viel sie kosteten –, da log ich nicht, als ich antwortete: Ja, ein Nonstopflug, sie kosten ungefähr so viel wie im letzten Jahr. Aber irgendwie verspürte ich deswegen so ein leichtes Unbehagen, oder vielmehr, ich weiß rückblickend, dass ich es verspürte, als ahnte ich knapp unter der Bewusstseinsschwelle oder als käme es mir manchmal zum Bewusstsein und sänke dann wieder ab, dass ich die Dinger gar nicht gekauft, sondern dass ich es nur vorgehabt hatte und mich dann fälschlich erinnerte, ich hätte es tatsächlich getan. Jedes Mal, wenn von der Reise die Rede war, erlebte ich eine leise Angst, so leise, dass ich sie mir eigentlich gar nicht erklären musste – vielleicht fürchtete ich mich vor etwas anderem; vielleicht hasse ich einfach nur das Fliegen; vielleicht erinnert mich der Gedanke an die Reise daran, wie weit ich von dir und den Kindern entfernt bin. Normalerweise würde ich die Tickets in den Wochen vor den Flügen wie eine brave Neurotikerin mehrmals doppelt überprüfen, nur um die Zeit noch einmal zu bestätigen und dass unsere Plätze nebeneinander lagen, aber diese subtile Angst, dieses Wissen, das kein Wissen war, hielt mich davon ab, in meinen E-Mails nach den Tickets zu suchen, sodass ich erst am Abend vor der Reise, als Dad vorschlug, ich solle schon einchecken, die Bordkarten ausdrucken, entdeckte – die Entdeckung nicht mehr vermeiden konnte –, dass ich sie gar nicht gekauft hatte. Ich kann es nicht fassen, rief ich immer wieder, während ich mein Gmail durchsuchte, dabei hatte ich es in Wirklichkeit auf irgendeiner Ebene schon die ganze Zeit gewusst. Aber das trifft es nicht ganz, oder es war nicht nur das: Ich glaube, ich hatte das Gefühl, dass die Tickets da sein würden, solange ich es vermied, nach ihnen zu suchen; nur falls ich das Archiv durchsuchte, würden sie verschwinden, als ob die Vergangenheit bis zu diesem Punkt unbestimmt wäre und ich ihr davonlaufen könnte. Weißt du, was ich meine? Wir mussten einen Haufen Geld bezahlen, um die Tickets für den nächsten Tag zu bekommen; zum Glück hatten sie noch Plätze, obwohl es normalerweise wohl immer Plätze von und nach Kansas City gibt.

So ähnlich war es, die Erinnerung daran, was mein Vater getan hatte, wiederzuerlangen. Das Wissen war immer da, ich trug es in meinem Körper, aber ich wusste nicht, was ich wusste, obwohl ich wusste, dass ich etwas wusste, und mich davor fürchtete, es voll und ganz zu wissen, mich davor fürchtete, als ob das Ereignis, das ich verdrängte, erst dann wirklich würde, wenn es ins Wissen, ins Gedächtnis träte. Und ich glaube, Sima war der erste Mensch, der die Konturen dieses nicht gewussten Wissens, das ich in mir trug, erahnte; sie half mir zu erkennen, dass das, was fehlte, eine Form hatte, ein Puzzleteil meiner Persönlichkeit war, und sie machte die Ränder sichtbar – wie das, was ich mir nicht zu wissen erlaubte, in andere Bereiche meiner Erfahrung hineinragte. Und sobald seine Ränder in den Blick gerieten, konnte – ja musste – ich mich dem Wissen stellen, das ich schon immer und zugleich nie gehabt hatte.

Du kannst dich nicht wirklich daran erinnern, wie Sima damals war, als du vier oder fünf warst und sie von meiner besten Freundin außerdem noch zu meiner Therapeutin wurde, obwohl wir in diesem Zusammenhang von »konsultieren« sprachen, eine Verwischung von Grenzen, die, unnötig zu erwähnen, problematisch war; wir hätten es besser wissen müssen – taten wir eigentlich auch. Das soll keine Entschuldigung sein, aber unter Foundation-Leuten gab es, was berufliche, private und psychotherapeutische Beziehungen anging, so viele Regelverstöße, dass es uns bis zu einem gewissen Grad einfach normal vorkam. Aber wir fühlten uns auch wie – nein, wir *waren* auch – zwei Feministinnen, die in einem Kontext, in dem solche Regelverstöße typischerweise dazu dienten, patriarchalische Beziehungen zu festigen, eine therapeutische Allianz bildeten. Zuerst war ich bei Allen Caplan in Analyse, an den du dich aus der Nachbarschaft erinnerst, denn *nicht* in Analyse zu sein galt in der Foundation als etwas, was gegen einen sprach, als Zeichen, dass man eine ernsthafte Reflexion über die eigene Psychodynamik oder so etwas vermied, und ich musste mir ungeheuer sexistischen Scheiß gefallen lassen. Einmal brachte ich bei einer Mitarbeiterbesprechung das Problem der Gehaltsunterschiede zwischen Männern und Frauen zur Sprache, und als ich später am Tag bei Caplan auf der Couch lag, forderte er mich auf, darüber nachzudenken, inwieweit meine Bedenken dagegen, dass ich schlechter bezahlt wurde als Männer, vielleicht mit Penisneid zu tun hätten. Er sehe darin einen Hinweis auf »phallische Bestrebungen«. Einmal fragte ich einen anderen leitenden Analytiker, warum er männliche Postdocs mit »Doktor« und weibliche Postdocs mit dem Vornamen ansprach, und prompt bekam ich beim nächsten Mal auf der Couch wieder den Penisneid-Vortrag. Der Diagnose Penisneid zu widersprechen war ein sicheres Zeichen für Penisneid. (Ich müsste das durchgesickerte Memo für dich heraussuchen, in dem ein leitender Analytiker mich Dr. Tom gegenüber als »trompetende Xanthippe« bezeichnete; du könntest in deinem Buch eine leicht redigierte Version davon wiedergeben.) Heute klingt das wie eine Parodie, aber so sah die Realität aus. Mit Sima zu arbeiten kam mir vor wie eine Form von Widerstand gegen diese Kultur, eine Möglichkeit, wie ich bestimmte Aspekte meiner Vergangenheit aufarbeiten konnte, ohne dass diese Aufarbeitung von der ungeprüften freudianischen Tradition der Foundation bestimmt wurde, die die Erfahrung von Frauen pathologisierte, wenn sie sich nicht in die Theorie des großen Mannes einfügte.

Dies vorausgeschickt, war das Ganze ein einziges überdeterminiertes Durcheinander. Sima war bei Klaus in Analyse, der für Dad wie ein zweiter Vater war, oder vielleicht war es eher so, dass Dad wie ein zweiter Sohn für Klaus war; zwischen Eric und uns bestand, obwohl wir ihn mochten, immer eine gewisse Spannung, da wir beide fanden, dass er übertrieben aggressiv war, was die Behandlung mit Medikamenten anging; er hatte einfach diesen unerschütterlichen, unkritischen Glauben an die Psychopharmakologie als Allheilmittel. Und du und Jason, ihr wart natürlich beste Freunde, wart im Grunde von Geburt an ständig zusammen, wart wie Brüder; beide Paare hatten testamentarisch verfügt, dass das jeweils andere für den Fall einer Tragödie zu gesetzlichen Vormunden des Kindes bestimmt werden sollte. (Ihr beide, du und Natalia, müsst übrigens unbedingt ein Testament machen; schiebt das nicht ständig auf.) Und dann war da noch das, was zwischen Dad und Sima vorfiel und wiederum Folgen für deren Verhältnis zu Klaus hatte – du wirst ihn selbst fragen müssen, wenn du Einzelheiten wissen willst; er hat mir Jahre später, etwa zur Zeit der Situation mit Darren Eberheart, davon erzählt –, aber damals hatte ich von alledem nur eine verschwommene Ahnung: auch so etwas, was ich wusste und zugleich nicht wusste. Und wenn ich völlig ehrlich sein soll, bin ich mir nicht sicher, ob meine Beziehung zu Sima – die übrigens der großartigste Mensch, ob Mann oder Frau, von Topeka war – völlig frei von sexueller Spannung war. Mit anderen Worten, sie war es nicht. Dann ist da der Umstand, dass Sima trotz unserer methodologischen Differenzen die einsichtsvollste Leserin meines Manuskripts war, was bedeutete, dass ich mich auch noch auf andere Weise von ihr abhängig oder in ihrer Schuld fühlte; es bedeutete außerdem, dass sie, obwohl sie das bestreiten würde, eine gewisse Mitautorenschaft an dem Buch empfand; jedenfalls hatte sie ganz bestimmt ein sehr kompliziertes Verhältnis zu seinem Erfolg.

Binnen ein, zwei Monaten nach meiner Ankunft in Topeka hatten Sima und ich lange, weinselige Nachbesprechungen über die Woche in der Foundation, etliche Diskussionen über unsere jeweilige theoretische Orientierung, aber auch tolle Gespräche über unsere Vergangenheit, über unsere Kindheit. Zwischen uns ergab sich rasch eine intensive Nähe; das hatte etwas Ausgelassenes; wir waren wie Kids im Sommercamp oder Erstsemester im College, die sich mit einer von Verzweiflung getönten Begeisterung an eine neue Freundin klammern. Wir saßen nebeneinander auf der Veranda-schaukel in der Greenwood Avenue, rauchten Zigaretten (ich erinnere mich, dass bei der indonesischen Marke, die Sima rauchte, ein bisschen Zucker auf dem Filter war), tranken schlechten Wein aus Marmeladegläsern – Sima war sehr elegant, eigentlich war das unter ihrer Würde –, und wir tratschten und lachten und redeten auch ganz offen darüber, wie es gewesen war, in Familien mit starken, wenn auch sich anpassenden Müttern und beschissenen Vätern groß zu werden. Ihr Vater, der sie kein einziges Mal in Topeka besuchte, war ein angesehener Chirurg in Los Angeles, Herzchirurg, glaube ich; er war aus dem Iran emigriert und war fast vollständig von seiner Ursprungsfamilie abgeschnitten. Er konzentrierte sich so ausschließlich auf Simas älteren Bruder Amir, von dem erwartet wurde, dass er in die Fußstapfen seines Vaters trat, dass Sima sich gänzlich unsichtbar vorkam. (Du weißt ja, wie mein Vater Deborah bevorzugt hat, die wahrscheinlich lieber nicht in deinem Buch vorkäme; mein Dad hat sich nicht einmal bemüht, diese Vorliebe zu kaschieren.) Amir war völlig verkorkst, hatte mit Mitte zwanzig einen Selbstmordversuch unternommen – zumindest Sima hielt es für einen Selbstmordversuch, die Familie behauptete steif und fest, es sei nur leichtsinniges Partymachen gewesen, was Sima auf die Palme brachte. Ich weiß noch, dass Sima die schräge Angewohnheit hatte zu lächeln, wenn sie weinte; ich sehe ihre perfekten Zähne vor mir, die in der Dämmerung leicht schimmern, während sie mir davon erzählte, wie die Familie ihren Bruder mit dem Auto von der Klinik der UCLA abholte und ihr Dad hinterm Steuer des Mercedes in einer Tour mit monotoner Stimme davon quatschte, dass ein Medizinstudent eigentlich so schlau sein müsste, Opioide und Alkohol nicht zu mischen – also so über den Selbsttötungsversuch ihres massiv unter Betäubungsmitteln stehenden Bruders redete, als wäre das bloß ein weiteres schulisches Versagen, ein schlechtes Verständnis von Chemie. Ich brachte einfach kein Wort heraus, erzählte Sima mir lächelnd und nippte an ihrem Wein, während ihr Tränen über die hohen Wangenknochen liefen, ich brachte einfach kein Geräusch heraus. Du wirst dich über mich lustig machen, aber als Sima gleichzeitig weinte und lachte – ich sehe ihr Gesicht vor mir, beleuchtet von einer in der hohlen Hand geborgenen Flamme, während sie sich eine Zigarette anzündete –, da musste ich an diese wunderschöne Art von Wetter denken, wenn es regnet, obwohl die Sonne scheint, was vermutlich daher kommt, dass der Wind Regen von Wolken heranweht, die etliche Kilometer entfernt sind.

Erst als Sima und ich beide selbst kleine Kinder hatten – du und Jason, wie weit seid ihr auseinander, vier Monate? –, wurden unsere Gespräche über meinen Vater intensiver. Teilweise lag das sicher daran, dass selbst Kinder zu haben unsere Erinnerung an unsere eigene Kindheit weckte, etwas, was du inzwischen ja selbst kennst, wo du die Mädchen hast. Was aber außerdem noch passierte, ist, dass Grandma und mein Vater öfter aus Phoenix zu Besuch kamen, um dich zu sehen, und Sima einige subtile Merkwürdigkeiten in meinem Verhalten wahrnahm – abgesehen davon, dass ich von der Anwesenheit meiner Eltern genervt war, meine ich. Als wir zum Beispiel sie und Eric eines Abends zum Essen einluden und Dad sein einziges gutes Hähnchengericht kochte, beobachtete sie, dass ich schlicht unfähig war, dir von der Seite zu weichen, wenn mein Vater in der Nähe war. Sie sagte, es sei irgendwie so gewesen wie in diesem Buñuel-Film, *Der Wür-*

geengel, wenn die Gäste der Abendgesellschaft mysteriöserweise außerstande sind, den Salon zu verlassen, in den sie sich nach dem Essen zurückgezogen haben. Nur dass in diesem Fall bloß ich nicht hätte hinausgehen können: du und Jason, ihr lagt in euren Kinderkörbchen in unserem Wohnzimmer, wo wir den Nachtisch aßen. Sima beobachtete, dass ich mehrmals aufstand, ein paar Teller und Gläser abräumte, um sie in die Küche zu bringen, und mich dann, kurz vor dem Verlassen des Zimmers, ebenso plötzlich umdrehte, das Geschirr auf dem Couchtisch abstellte und mich wieder hinsetzte: »Darum kümmere ich mich später.« Das war offensichtlich unbewusst, irrational – selbst wenn ich meinem Vater nicht getraut hätte, wäre ich in diesem Kontext nicht besorgt gewesen –, aber ich konnte euch beide zusammen einfach nicht aus den Augen lassen. Irgendwann fragte ich Sima: Hast du Lust auf eine Zigarette? Ja, sagte sie, und wir standen auf, gingen zur Tür, und dann: Eigentlich ist mir doch nicht danach, aber geh du ruhig; ich setzte mich einfach wieder. Falls Dad irgendetwas aufgefallen wäre und er bemerkt hätte, dass ich mich seltsam verhielt, hätte er vernünftigerweise angenommen, dass es mich stresste, meine Eltern da zu haben, was ja wohl bei jedem normal ist, und mein Vater war auch so schon eine ziemlich schwierige Gesellschaft: Er beklagte sich ständig, hatte wenig Interesse an anderen Menschen. Sima erzählte mir später, sie hätte etwas vermutet, als sie hinausging, um die Zigarette allein zu rauchen – andere Zeiten, stillende Mütter qualmten hemmungslos –, sich auf die Verandaschaukel setzte, durch das große Fenster zu uns allen im Wohnzimmer hineinschaute und beobachtete, wie ich einen Stuhl verrückte, um mich zwischen meinen Vater und deinem Körbchen zu positionieren – und sie hätte außerdem vermutet, dass ich nicht wusste, was ich wusste. Vielleicht verwandelte es der kurze Blick von draußen, mit dem Fenster als Rahmen, in ein Bild oder einen Stummfilm und hob es für sie hervor.

– Du nennst ihn immerzu »mein Vater« anstatt »Grandpa«, obwohl du »Grandma« und nicht »meine Mutter« sagst – als wolltest du mich immer noch davor beschützen, irgendeine Beziehung zu ihm zu haben.

Das ist interessant. Wahrscheinlich hast du recht. Heute erinnere ich mich an diesen Abend in der dritten Person, als würde ich von Simas Warte auf der Schaukel aus ins Wohnzimmer blicken – ich habe das fälschlich als den Moment in Erinnerung, in dem ich anfing, mir vollständiger ins Gedächtnis zurückzurufen, was vorgefallen war, aber das war er nicht. Nach diesem Besuch erwähnte Sima, was sie beobachtet hatte, und ich tat es mit einem Achselzucken ab; es löste nichts in mir aus, ich horchte in mich hinein, doch für mich schien es sich mit keiner Realität zu verknüpfen. Ich glaube, ich konnte es einfach nicht an die Oberfläche treten lassen, solange ich ein Baby stillte. Ich sagte Sima, ich käme mir immer ein bisschen durchgedreht vor, wenn er in der Nähe sei, und agierte bestimmt in verschiedenster Hinsicht symptomatisch, aber ich glaubte nicht, dass in meiner Kindheit irgendetwas vorgefallen sei, und mein Vater sei zwar distanziert und habe keinerlei Zugang zu sich selbst, aber ich könne mir nicht vorstellen, dass er mich jemals auf unangemessene Weise berühren würde. Ich muss es Sima hoch anrechnen, dass sie nicht nachhakte.

Sie und ich unterhielten uns weiter über unsere Väter im Besonderen und über Väter im Allgemeinen, aber die tiefe Vergangenheit machte sich erst ein paar Jahre später wieder geltend. Mein Vater hatte in Phoenix einen Schlaganfall, und wir flogen hin; du warst wohl fünf oder sechs – du warst in der Randolph, nicht mehr im Bright Circle. Ich weiß noch, dass du richtig erschrocken darüber warst, dass sein Gesicht auf der rechten Seite leicht gelähmt war und dass er infolgedessen zwar noch genauso, aber doch anders aussah, als wäre er durch seinen Doppelgänger ersetzt worden; zuerst wolltest du dich ihm nicht nähern, nicht, dass er die Art von Großvater war, dem ein Kind je entgegengerannt wäre. Wie sich herausstellte, war der Schlaganfall nicht sonderlich schwer, aber er war der Beginn des langen Prozesses zur Klärung der Frage, wie mit älter werdenden Eltern umzugehen ist, also lag eine Menge Spannung in der Luft. Und dann gab es diese beiden Vorfälle mit meiner Mom. Damals benutzte niemand das Wort »Triggern«.

Eines Abends gingen Dad und Grandma mit dir ein Video ausleihen. Meine Eltern hatten kein Kabelfernsehen, und du wolltest unbedingt deine Zeichentrickfilme sehen. Wiedergekommen seid ihr mit irgendeinem Disney-Film und mit diesem anderen Video, *Fritz the Cat*. (Ein Analytiker würde vielleicht vermerken, dass Fritz auch der Name von Klaus' ermordetem Sohn war, demjenigen, mit dem Dad, glaube ich, von Klaus immer in einen Zusammenhang gebracht wurde.) Dad schaltete dir das Video auf dem kleinen Fernseher ein, den Grandma in der Küche hatte, damit sie morgens die Nachrichten sehen konnte, und ging dann hinaus. Irgendwann kam ich herein, um nach dir zu schauen, und was ich auf dem Bildschirm sah – ich brauchte eine Weile, um zu begreifen, was ich da sah –, war eine Art anthropomorphe, tierische Gruppenvergewaltigung; es war ein verdammter Zeichentrickporno! Ich hatte nicht mal gewusst, dass es

so etwas gibt. Ich stehe da, vollkommen geschockt und gelähmt – du mampfst einfach dein Popcorn aus der Mikro-
welle; ich glaube nicht, dass du irgendeine Vorstellung davon
hattest, was da dargestellt wurde –, und dann kommt meine
Mutter herein, schaut auf den Fernseher, auf diese Zeichen-
trick-Gruppenvergewaltigung und sagt: »Meine Güte.« Und
geht seelenruhig hinaus. Ich komme zur Besinnung, schalte
das Ding aus, sage dir, du sollst mit Grandma spielen gehen,
was du auch ohne Widerrede tust (du hast gewusst, dass irgendetwas nicht stimmte); ich schreie nach deinem Dad, der
angerannt kommt, und schalte das Video für ihn wieder ein.
Er war entsprechend erschrocken, obwohl er das Ganze auch
ziemlich komisch zu finden schien. Er hatte keine Ahnung,
wie das passiert war; er sagte, er habe nur kurz auf den Titel
geschaut, als du ihm die Kassette gegeben hättest; es tat ihm
sehr leid.

Im dieser Nacht konnte ich nicht schlafen. Und das lag
nicht daran, dass ich mir Sorgen machte, der Film hätte dir
irgendeinen Schaden zugefügt, und auch nicht daran, dass
ich wegen der Verwechslung sauer auf Dad war. Nein, es lag
an diesem »Meine Güte« – es lag daran, dass meine Mom
ins Zimmer kommt, ein Kind vor einer Szene von sexueller Gewalt sieht und ihr Erstaunen in genau dem gleichen
Ton und mit genau dem gleichen Grad von Milde ausdrückt,
die sie auch an den Tag legte, wenn sie auf das Preisschild
an einem Paar Schuhe schaute. Ich war wütend und konnte
mir meine Wut nicht erklären; ich hatte die ganze Nacht
Schweißausbrüche und hörte dir zu, wie du auf der Luftma-
tratze neben unserem Bett im Schlaf vor dich hin murmeltest.
Am nächsten Morgen konnte ich meine Mom kaum ansehen.
Ich sprach mit Dad über meine Empfindungen – ich wusste,

es war verrückt –, und er dachte, es ginge darum, die Verantwortung für das Ausleihen des Videos zu übernehmen; der Schlaganfall, alternde Eltern etc., das alles werde mir einfach zu viel. Aber ich beschloss, es ihr gegenüber anzusprechen, oder vielleicht konnte ich auch nicht anders. Wir saßen in dem kleinen Steingarten, den sie hinterm Haus hatten, mit all den Sukkulenten und Kakteen, die dir so gefielen, und ich sagte: »Mom, warum warst du nicht überraschter, als du dieses schreckliche Video gesehen hast? Warum bist du einfach aus dem Zimmer gegangen?« Und sie sagte, durchaus nachvollziehbar: »Na ja, ich fand, das ist deine Sache, du bist die Mutter.« Ich sagte: »Und wenn ich nun nicht da gewesen wäre?« Auf diese Frage hätte sie eine Million Antworten geben können: Sie hätte sagen können: »Wenn ihr beide, du und Jonathan, nicht hier wärt, wäre dieses Video niemals ausgeliehen worden.« Sie hätte sagen können: »Dann hätte ich es natürlich ausgeschaltet.« Stattdessen wurde sie sehr nachdenklich, schien eingehend über die Sache nachzudenken und sagte dann: »Adam wäre nichts passiert.« Ich kann mich nicht erinnern, was oder ob ich überhaupt darauf antwortete; das Band in meinem Kopf endet einfach.

Zu dem zweiten Vorfall kam es ein paar Tage später, am letzten Tag der Reise. Über die ganze Sache mit dem Zeichentrickfilm war ich mehr oder weniger hinweggekommen – jedenfalls war ich nicht mehr wütend –, und Grandma und ich betrachteten irgendwelche Bilder und Drucke, die sie besaß, aber nie hatte rahmen lassen; sie wollte wissen, ob ich welche nach Topeka mitnehmen wollte. Grandma tat bereits etwas, was du nicht leiden kannst, wenn ich es tue; jedes Mal, wenn ich ein Bild oder irgendetwas bewunderte, sagte sie: »Nimm es, es gehört dir, ich möchte gern, dass du es hast« – als ob sie sich von der Welt verabschiedete, alles abstieß. Das war also keine unbeschwerte Unterhaltung, insofern unser Gespräch darüber, wohin die Kunstwerke vielleicht kamen, zumal vor dem Hintergrund des Schlaganfalls meines Vaters, auch eine Art und Weise war, über Sterblichkeit zu reden. (Wo war mein Vater während dieser Reise? Vermutlich war er einfach in seinem Zimmer, oder er plauderte mit Dad, der, glaube ich, irgendwelche Aufnahmen machte; ich kann mich kaum daran erinnern, dass er überhaupt da gewesen wäre, obwohl sein Schlaganfall ja der Grund für unser Kommen war.) Aber die Kunst war auch ein Thema, über das Grandma und ich furchtbar gern sprachen. Du weißt ja, wie arm sie bis relativ spät im Leben war, wie unglaublich frugal sie lebte, dass sie keinen Highschool-Abschluss hatte; mir gefiel, wie sehr sie die Kunst liebte, dass sie etwas zu schätzen wusste, egal was auf dem Preisschild stand, wie du es formulieren würdest, und ich bewunderte ihren Geschmack sehr – dass ihr, sagen wir 1952, auf einem privaten Flohmarkt in Midwood eine Leinwand ins Auge fiel und uns allen im Lauf der Zeit klar wurde, dass sie ein richtig tolles kleines Gemälde gefunden hatte, etwas, das immer mehr Tiefe gewann, je mehr Zeit man damit verbrachte. Zu meinen schönsten frühen Erinnerungen gehören die Besuche mit ihr im Met; besonders liebte sie die antiken Skulpturen. »Er beruhigt mich«, sagte sie immer; der Marmor beruhigte sie. Wie du weißt, arbeitete sie für verschiedene Künstler – half beim Besorgen von Malutensilien, führte ihnen die Bücher – und wurde mit Gemälden bezahlt. Jedenfalls, wir waren in der Garage und sahen einige Drucke durch, die sie zwischen großen Pappbögen aufbewahrte, als meine Mom plötzlich zu mir sagte: »Ich muss dir ein Geständnis machen.«

»Ich muss dir ein Geständnis machen« – es klang, als zitierte sie etwas, was sie im Fernsehen gehört hatte; es war einfach keine Formulierung, die sie normalerweise verwenden würde. In der Garage war es natürlich unglaublich heiß, aber mir wurde kalt, als sie diese Worte sagte. »Okay, nur zu«, brachte ich heraus.

»Na ja, du weißt ja, dass ich für Lassiter gearbeitet habe.« (Lassiter war der Bursche, von dem das ganze chagallartige Zeug stammt, das bei uns im Haus hängt; Dad mag die Sachen mehr als ich.) »Es gab ein Bild von ihm – bloß ein kleines Aquarell –, das ich besonders bewunderte. Er machte mich sogar selbst darauf aufmerksam, weil es viele rosenrote Töne enthielt; er sagte, er habe, weil ich Rose hieß, gedacht, dass es mir vielleicht gefalle. Und es gefiel mir tatsächlich, sogar sehr – wahrscheinlich, weil es mit so wenig so viel zustande brachte: Das konnte er, aus ein paar Formen und Farben eine ganze Welt erschaffen.«

»Was«, sagte ich, um Geduld bemüht, »musst du denn nun ›gestehen‹?«

»Na ja«, sagte sie, »er zeigte mir dieses kleine rosenrote Bild, es gefiel mir sehr, ich fragte ihn, ob ich es für meine Sammlung haben könnte, und zu meiner Überraschung sagte Lassiter nein, er wolle es aufheben. Ich dachte, dass er es vielleicht für mich aufhob, dass er es mir schenken wollte, damit es nicht nach Bezahlung aussähe, damit es nichts mit einer Verbindlichkeit zu tun hätte. Aber eigentlich weiß ich es nicht, weil das schon ziemlich spät in seinem Leben war und er es nie wieder zur Sprache brachte.«

»Mom«, sagte ich mit unangemessener Gereiztheit, »komm zur Sache.«

»Okay«, sagte sie, »als Lassiter starb, bat mich sein Sohn,

eine Liste seiner Werke zusammenzustellen. Der Sohn gab mir Schlüssel, damit ich kommen und gehen und alles ordnen konnte; es war sehr seltsam, ohne ihn in seiner Wohnung zu sein, die zugleich sein Atelier gewesen war. Und ich – ich habe das rosenrote Bild gestohlen. Ich habe es nicht in das Verzeichnis aufgenommen, das ich erstellte, ich habe es einfach in eine braune Papiertüte gesteckt und mit nach Hause genommen; ich rannte damit die Treppe hinunter wie eine gemeine Diebin, die ich ja auch war. Ich bin mir sicher, sein Sohn hätte es mir ohne weiteres gegeben, so dankbar war er für alles, was ich getan hatte, und vielleicht hatte Lassiter ohnehin gewollt, dass ich es bekam. Bestimmt hätte ich es auch kaufen können; sein Sohn hätte es mir für sehr wenig verkauft, schließlich war Lassiter als Künstler keine große Nummer. Ich hatte noch nie im Leben etwas gestohlen und habe auch seither nie wieder etwas gestohlen. Und ich habe nie jemandem davon erzählt, auch deiner Schwester nicht, die das Bild jetzt hat.«

Ich weiß noch, dass ich mich an ihren großen blauen Volvo-Kombi lehnte, dass ich durch das T-Shirt hindurch das heiße Metall spürte, und ich brauchte dieses Gefühl, um in meinem Körper verankert zu bleiben, während ich versuchte, die Geschichte zu begreifen. Ich war verwirrt, und verwirrt darüber, warum ich verwirrt war; es war, als hörte ich gleichzeitig mehrere Geschichten, als hörte ich mit einem Ohr Grandmas Geschichte und mit dem anderen eine andere. Und dann sagte ich – ich erinnere mich, dass meine Stimme ganz ruhig war –: »Das ist alles, was du zu gestehen hast?« Und sie schaute irgendwie überrascht drein und sagte: »Ja.« Und dann sagte ich, jetzt mit ganz ausdrucksloser Stimme, als spräche jemand anders durch mich: »Ist das das Schlimmste, was du jemals getan hast?« Sie überlegte einen Moment, jetzt nicht mehr überrascht, als wäre das die Frage, mit der sie gerechnet hatte, und sagte: »Ja, ich glaube schon, ich glaube, das ist das Schlimmste, was ich jemals getan habe.«

Als wir nach Topeka zurückkamen, ging ich zu Sima hinüber, stürzte praktisch zu ihr hinüber – Eric war auf irgendeiner Tagung – und erzählte ihr diese Geschichten, erzählte sie so, als verstehe sich ihre Bedeutung von selbst. Ich fläzte bei ihnen auf dem großen gelben Ledersofa, und sie saß mir gegenüber in einem Sessel, die langen, perfekten, olivbraunen Beine über die Armlehne gelegt, und wir tranken unseren Wein und rauchten wie eh und je. Sima hörte einfach nur zu; ich wünschte, ich könnte dir vermitteln, wie wunderbar Sima mit Schweigen umging, wie sie es kalibrierte, wie sie einem irgendwie das Gefühl vermittelte, man finde Gehör, wie sie einen dort abholte, wo man gerade war – vielleicht erscheinen dir alle diese Ausdrücke klischeehaft, aber weißt du, ich finde, du hast das auch manchmal, diese Fähigkeit, wenn du nicht im Diskussionsmodus bist. Sie saß einfach da und lächelte dieses wunderschöne und zugleich tieftraurige und verständnisvolle Lächeln, und es gelang ihr – teils, indem sie gar nichts tat –, mich hören zu lassen, dass meine Aufregung sich keineswegs von selbst verstand, dass meine Wut darüber, dass meine Mom dich nicht vor dem Video »beschützt« hatte, oder meine Wut darüber, dass der Diebstahl des Bildes in ihren Augen das Schlimmste war, was sie jemals getan hatte, noch nicht in ein schlüssiges Narrativ eingebaut worden waren. Sima schuf einen Raum für mich, in dem ich hören konnte, dass unter dem, was ich sagte, Tiefen lagen, die ich noch nicht ausgelotet hatte.

Dann passierte etwas in dem Raum, den ihr Schweigen

schuf: Meine Sprache begann unter dem emotionalen Druck zusammenzubrechen, zu zerfallen, und wurde zu einer Litanei von Zusammenhanglosem, so wie manche Dichter, die du bewunderst, für mich klingen oder wie Sarah Palin oder Trump klingen, die Unsinn von sich geben, als ergäbe er einen Sinn, wäre Argument oder Information, obwohl ich viel schneller redete, als Politiker reden; meine Sprache beschleunigte sich, als jagte ich einer Bedeutung nach, während sie sich auflöste; es war, als hätte *ich* einen Schlaganfall. Sima wies später darauf hin, dass ich immer wieder das Wort »Zug« sagte – zum Beispiel: »Warum gab meine Mutter dieses Bild wohl Deborah? Tja, im Zug meiner Ausbildung habe ich –«, und dann brach ich mitten im Satz ab und fing an, über etwas völlig anderes zu reden.

– Weil es im Zug passierte.

Als mein Vater und ich aus Seattle, wo wir Freunde der Familie besucht hatten, nach Brooklyn zurückkamen; ich war sechs Jahre alt. Als Grandma plötzlich nach L. A. musste, weil ihre Schwester krank war. Und sie nahm Deborah mit und ließ mich mit meinem Vater allein, und das war das Schlimmste, was sie je getan hat. Und dann war meine Sprache an irgendeinem Punkt gar nicht mehr als Sprache aufrechtzuerhalten. Ich löste mich in Schluchzer auf, das Schluchzen überwältigte mich. Es kam völlig unerwartet, war so unwillkürlich und schrecklich wie ein Muskelkrampf. Zuerst lachte ich irgendwie über das Schluchzen, Sonne und Regen, lachte unwillkürlich darüber, wie heftig und unerwartet es war, und dann gab ich ihm völlig nach. Da war dieses unglaubliche Gefühl der Erleichterung, als ich losließ: Diese Sprache hat in reinem Geräusch geendet. Diese Sprache ist an ihre Grenze gelangt, und eine neue wird aufgebaut werden, Sima und ich werden sie aufbauen. Ich weiß noch, wie ich durch meine Tränen hindurch Sima anschaute und sah, dass sie *nicht* zu mir kam, dass sie – inzwischen aufrecht, sehr beherrscht – dort sitzen blieb, zwar voller Mitgefühl war, sich aber nicht nähern und mich umarmen oder in den Armen halten würde, und ich dachte – wie seltsam, dass ich überhaupt denken konnte –, dass sie recht damit hatte, gerade zu sitzen, dort zu bleiben, zu warten: Ich weiß noch, dass ich dachte, wir hätten mit der Therapie angefangen.

—

Aus familiensystemischer Sicht ist mit dem Verschwinden des Festnetzes vieles verlorengegangen. Denk nur daran, wie oft du – bevor es Mobiltelefone oder irgendeine Art von Anrufererkennung gab – als Kind ans Telefon gegangen bist und dich, wie kurz auch immer, mit Tanten, Onkeln oder Freunden der Familie austauschen musstest. Auch wenn es nur die Fünf-Sekunden-Nachfrage war: Wie geht's, was macht die Schule, ist deine Mutter da – es bedeutete regelmäßigen Echtzeit-Stimmkontakt mit einer größeren Gemeinschaft, die dadurch dank häufiger Wiederholung gestärkt wurde. Heute spricht man kaum noch mit jemandem, es sei denn, der Betreffende ruft einen direkt an. Ich trauere nicht einfach der älteren Technik nach, sondern ich glaube, dass es sich tatsächlich um einen tiefgreifenden Wandel handelt, allerdings einen eher subtilen; vielleicht solltest du irgendwo mal darüber schreiben.

Es bedeutete außerdem, dass oft du derjenige warst, der ans Telefon ging, als die *Männer* anfingen, bei uns zu Hause anzurufen, und wahrscheinlich hast du mehr als einmal nicht aufgelegt, als ich sagte: »Adam, ich bin dran.« (Wie fremd das alles deinen Mädchen im Brooklyn des 21. Jahrhunderts erscheinen muss: zwei Menschen, die in einem großen Haus in Topeka in verschiedenen Zimmern den Hörer abnehmen.) Für mich war es eine Frage des Stolzes, dass unsere Nummer weiter im Telefonbuch stand; sie herausnehmen zu lassen erschien mir paranoid oder anmaßend, aber wahrscheinlich hätte ich sie streichen lassen sollen. Ich weiß nicht, wie viele verschiedene Männer es waren, weil ich vermute, dass viele Anrufe von ein und demselben Mann kamen, der bloß seine Stimme verstellte, aber es waren definitiv etliche, besonders nachdem ich bei *Oprah* aufgetreten war; ich habe das Gefühl, wir bekamen durchschnittlich einen Anruf pro Woche. Oft fingen sie ganz höflich an, mit ganz normaler Stimme: »Kann ich bitte Dr. Jane Gordon sprechen?« Aber wenn ich dann sagte: »Am Apparat« oder du mich holtest und ich »Hallo« sagte, sank die Stimme typischerweise zu einem Flüstern oder Zischen ab; dann hörte ich – fast unweigerlich – das Wort »Fotze«. Manchmal wollten sie mich einfach nur wissen lassen, dass ich eine Fotze sei, die ihre Ehe ruiniert habe, oder dass Fotzen wie ich heutzutage das Problem seien, ein Haufen Feminazi-Fotzen, oder dass ich mein Fotzenmaul halten solle (hör auf, mitzuschreiben); sie wurden ihre Nachricht los und legten auf. Aber es gab auch Drohungen mit unterschiedlichen Graden von Konkretheit: ich sei eine Fotze, die sich in Acht nehmen solle, die kriegen werde, was sie verdient habe, die vielleicht abgeknallt werde, wenn sie auf dem Campus der Foundation spazieren gehe (das sagte nur ein einziger Anrufer, aber er rief mehrmals an), und so weiter. Und es gab Variationen zum Thema Vergewaltigung: Ich werde dich vergewaltigen; irgendwer sollte dich vergewaltigen; wahrscheinlich bist du vergewaltigt worden;

wenn du nicht so hässlich wärst, würdest du vergewaltigt werden.

Die Anrufe regten Dad mehr auf als mich. Ich hatte einfach das Gefühl, wenn jemand plante, einen anzugreifen, dann würde er einen nicht, vorher anrufen und es einem sagen; allerdings weiß ich nicht, warum ich das dachte, zumal angesichts meiner Erfahrungen aus der Arbeit mit misshandelten Frauen. Es war natürlich unangenehm, aber diese Typen waren zugleich so erbärmlich – ich stellte mir vor, wie sie in ihren La-Z-Boy-Ruhesesseln saßen und all ihren Mut zusammennahmen, um ihren obszönen Anruf zu machen, und sich hinterher, wenn nicht schon währenddessen, vor lauter Erregung einen runterholten –, ich konnte sie wirklich nicht ernst nehmen oder nahm sie nur als Beispiele für die hässliche Fragilität von Männlichkeit ernst. (Und wenn wir eines gelernt haben, dann natürlich, wie gefährlich diese fragile Männlichkeit sein kann.) Vielleicht ließ ich mir einfach keine Aufregung anmerken, weil ich ihnen unter keinen Umständen die Befriedigung verschaffen wollte, verletzt, wütend oder verängstigt zu klingen. Ich fragte nie: »Wer ist da?«, ich sagte nie: »Unterstehen Sie sich, noch einmal hier anzurufen«, ich sagte nie: »Ich verständige die Polizei«, obwohl Dad darauf bestand, dass wir sie verständigten; sie sagten, sie würden »die Situation im Auge behalten«, was immer das hieß. Doch dann erfand ich diese Technik zum Abblocken der Anrufe, auf die ich immer noch ziemlich stolz bin.

Wenn einer von den *Männern* anrief und ich »Hallo« sagte und er in sein Flüstern verfiel, um mich eine Fotze welcher Sorte auch immer zu nennen, tat ich so, als könnte ich ihn nicht verstehen: »Verzeihung, können Sie bitte lauter sprechen?« Was daraufhin normalerweise passierte, war, dass der

Kerl, leicht verwirrt, etwas lauter wiederholte, was er gerade gesagt hatte, und obwohl ich ihn ausgezeichnet verstand, sagte ich, ohne mir anmerken zu lassen, dass ich Bescheid wusste, um was für einen Anruf es sich handelte, genauso höflich: »Verzeihung, aber die Verbindung ist nicht besonders, können Sie bitte ein bisschen lauter sprechen?« Und das tat ich immer wieder, bat den Loser einfach immer wieder höflich, lauter zu sprechen. Vielleicht wiederholte er seine Botschaft ein-, zweimal, aber irgendwann wurde ihm der Klang seiner eigenen Stimme zu peinlich – vielleicht machte er sich auch Sorgen, dass ihn jemand zufällig hörte; ich frage mich, wie viele von diesen Männern eine Ehefrau oder Tochter im Zimmer nebenan hatten –, und schließlich stockte oder brach allen die Stimme, oder sie legten in plötzlicher Scham, so kam es mir vor, meistens einfach auf. Bei einigen dieser Anrufe hörte Dad mit, und wir mussten uns das Lachen verbeißen, während wir spürten, wie der Drohanrufer vergeblich versuchte, den Mut aufzubringen, mit seiner Erwachsenenstimme zu sprechen.

Dann waren da die *Männer* im Supermarkt, bei Dillon's. Hast du daran irgendeine Erinnerung? Du und ich sind an den meisten Sonntagen bei Dillon's einkaufen gegangen, als du noch im Kindergarten warst – aus irgendeinem Grund hast du das Einkaufen geliebt –, und wir wurden oft angesprochen, während ich unseren Wagen herumschob, entweder von Männern oder von Frauen. Wenn es eine Frau war, kam jedes Mal Dankbarkeit, oft sehr bewegend: »Ihr Buch hat meine Ehe gerettet« – »Sie haben mein Leben verändert« etc. Dann »drückten« die Frau und ich uns die Hand. Ich weiß noch, wie ich in russischen Romanen gelesen hatte, Soundso habe einem Bekannten in einem emotionalen Augenblick

»die Hand gedrückt«, und nie wusste, was es damit auf sich hatte. Aber genau das tat ich mit diesen Frauen; wir umarmten einander nicht, das würde im Mittleren Westen niemals passieren, aber uns einfach nur die Hand zu geben, was sehr männlich, sehr sachlich wirkt, kam uns unzureichend vor. Also ergriffen wir einander bei der Hand und übten einen gewissen Druck aus, bekundeten durch diese Berührung Solidarität – und machten dann mit dem Einkauf weiter. Dagegen die *Männer*: In der Öffentlichkeit nannten sie mich natürlich nicht Fotze, und manchmal sagten sie überhaupt nichts, sondern gaben mir nur durch einen Blick oder ein Kichern zu verstehen, dass sie wussten, wer ich war. Aber einer oder zwei sprachen mich auch sehr höflich an: »Sind Sie Dr. Gordon?« Wenn ich bejahte, kam so etwas wie: »Ich hoffe, Sie sind stolz auf sich, Sie Familienzerstörerin« oder »Ihr Mann tut mir leid«, solche Sachen. Dann sagte ich »Schönen Tag noch«, und das war es. (Dann gab es noch die Faxe, die die Phelps' verschickten: Eines zeigte ein Bild von mir mit Hörnern, bezeichnete mich als »isebelhafte, bisexuelle Hure« und erklärte, ich ermutige von meiner »Kanzel« aus Sodomiten, die todeswürdig seien; ich glaube, wir haben es noch irgendwo. Aber die Phelps' attackierten ja auch jeden von der Stiftung, der öffentliche Beachtung fand, weil wir uns als Einrichtung weigerten, Homosexualität als Übel anzusehen.)

Das war unangenehm, aber viel mehr auch nicht; unnötig zu erwähnen, dass viele Frauen viel Schlimmeres auszustehen haben. Offen gestanden war ich auch geschmeichelt von der Reichweite, die mein Buch hatte, von seiner Wirkung; sogar die hässlichen Aspekte von Anerkennung können einem ein bisschen zu Kopf steigen, und ich war einfach ganz allgemein verblüfft darüber, wie das Buch eingeschlagen hatte. Aber wie eine Geburt oder ein Todesfall verändert auch jede Art von Berühmtheit sämtliche Beziehungen. In dieser Hinsicht war ich zuerst naiv, aber ich sollte lernen. Und ich glaube, ich hätte mehr tun müssen, um dich vor den *Männern* abzuschirmen. Damals gab es bei dir einige Vorfälle, die meiner Meinung nach mit ihnen und mit den Veränderungen im Allgemeinen zu tun hatten.

Einer ereignete sich bei Dillon's. Ich habe dich immer gebeten, Sachen auf der Einkaufsliste holen zu gehen, die wir zusammen gemacht hatten, und sie zum Einkaufswagen zu bringen, wo wir sie dann abhakten – du hast die Verantwortung geliebt, bist dir sehr erwachsen vorgekommen. »Okay, wir brauchen Salz«, sagte ich beispielsweise, »wo ist das Salz?«, und dann schickte ich dich in die ungefähre Richtung, und du hast den Morton-Salzstreuer entweder von zu Hause erkannt oder, falls nötig, mit deiner geübten, niedlichen Förmlichkeit jemanden gefragt, der dort arbeitete: »Ob Sie mir wohl zeigen könnten, wo ich das Salz finde, Sir?« Du hast fast britisch geklungen. Jedenfalls, eines Tages bat ich dich, die Milch zu holen – fettarme, die mit dem blauen Deckel –, und du bist losgegangen. Aber du bist eine ganze Weile weggeblieben, und ich machte mir allmählich Sorgen. Als ich dich fand – wahrscheinlich war es fünf Minuten später, obwohl es mir wie eine halbe Stunde vorkam –, bist du weinend, fast hyperventilierend, in irgendeinem anderen Gang herumgeirrt; so aufgelöst hatte ich dich schon lange nicht mehr erlebt.

»Da sind Männer hinter den Wänden«, brachtest du schließlich heraus, »da in den Wänden verstecken sich Männer, die über mich lachen und versuchen, mich zu packen.« Ich war verwirrt und außerdem in Panik, wütend: »Was für Männer, wer hat versucht, dich zu packen, wer hat dich angefasst?« Ich konnte wirklich nicht verstehen, was du da sagtest, aber irgendwann sagte ich: »Zeig mir, wo das passiert ist«, und du führtest mich zu der Abteilung mit den Molkereiprodukten. »Wo sind die Männer, die dich belästigt haben?«, fragte ich, und du zeigtest einfach auf das Kühlregal mit der Milch. Ich wusste nicht, was vor sich ging. »Da drin sind keine Männer«, sagte ich lächelnd, um dich zu beruhigen, obwohl mir gar nicht ruhig zumute war, und um es dir zu zeigen, öffnete ich die Glastür und nahm eine Gallone Milch heraus. Und in diesem Augenblick hörte ich die Stimmen hinter dem Kühlregal. Mir wurde ganz kurz schwindelig, ein Echo deines eigenen Entsetzens, dann machte ich mir klar, dass es Arbeiter waren, die die Regale von hinten befüllten, dass die Rückseite des Kühlregals eine Art bewegliche Trennwand zum Lagerraum war. Ich weiß nicht, ob sie über dich lachten oder sogar aus Jux an der Milchflasche zogen, die du herausnehmen wolltest, oder ob sie sich einfach nur bei der Arbeit unterhielten und vielleicht untereinander lachten, aber jetzt begriff ich, was du gesehen hattest und warum du so erschrocken warst. Ich beruhigte mich, versuchte dir die Sache so langsam und deutlich wie möglich zu erklären. Du hörtest zu weinen auf, warst aber immer noch ziemlich aufgelöst. Was ich beschrieb – dass hinter den Wänden Männer arbeiteten (und Frauen, wie ich betonte) –, klang für dich immer noch reichlich ominös. Und ich glaube – ist das die Analytikerin in mir? –, es war schlimmer für dich, dass es um Milch ging, dass du, während du den Erwachsenen spieltest, versucht hast, die Nahrung zu beschaffen, die ich dir einmal mit der Brust gegeben hatte.

In den Monaten danach hattest du ein paar einschlägige Alpträume – dass in den Wänden Männer sein könnten. Böse

132

Männer. Und dann waren da noch die Männer, die über die unsichtbaren Kabel anriefen. Klaus hatte dafür eine sehr elegante und lachhafte marxistische Deutung, der zufolge das Ganze auf deine frühreife Ahnung von entfremdeter Arbeit hindeutete, aber es war klar, dass du die ganze toxische Männlichkeit, die in der Luft lag, wahrgenommen hast. Dad fragte sich außerdem, ob du das Gefühl hattest, er könnte die Familie nicht beschützen oder so etwas, ob du anfingst, Dads Sanftheit der uns umgebenden Marlboro-Mann-Kultur gegenüberzustellen, ein Gegensatz, der noch dadurch verschlimmert wurde, dass ich jetzt die Hauptverdienerin war, dass ich berühmt wurde und die Leute ständig fragten, wie das denn für Dad sei, als wäre es selbstverständlich entmännlichend, als wäre es für ihn ein Verlust. Außerdem glaube ich, du wusstest, dass alles, was im Zusammenhang mit meinem Buch passierte, mit der Aufmerksamkeit, die ich bekam, destabilisierend wirkte, dass es große Veränderungen mit sich brachte. Jedenfalls, die Träume waren nicht von Dauer. Dann passierte die Sache mit dem Kaugummi.

Ich wette, das nimmst du nicht in deinen Roman auf. Eines Abends sehen Dad und ich uns einen Film an. Es ist viele Stunden nach deiner Schlafenszeit, und soweit wir wissen, schläfst du tief und fest. Und dann erscheinst du in der Tür, nackt und völlig ruhig, und ich sage: »Was ist denn, Adam?« Und du sagst ganz sachlich, als plaudern wir einfach miteinander: »Ich wollte aufs Töpfchen gehen und habe Kaugummi gekaut, und der Kaugummi ist mir aus dem Mund gefallen.« Du durftest seit kurzem dein eigenes Päckchen haben, unter der Voraussetzung, dass du uns vorher fragen würdest, wenn du einen kauen wolltest; du hast Kaugummi *geliebt*. Dad war irgendwie weggedämmert, sah sich den Film gar nicht richtig an und sagte, ohne die Augen aufzumachen: »Und, hast du ihn weggemacht?« Du gabst keine Antwort. Und ich spürte, dass irgendetwas nicht stimmte, schaltete die Leselampe neben dem Bett an und sagte: »Komm mal her.«

Als du neben mir standest, sah ich, dass du deinen Penis und dein Skrotum sorgfältig in Kaugummi eingewickelt hattest. Ich meine, du musst ihn gekaut, flachgedrückt und dich dann ganz gezielt damit eingepackt haben. Es war nichts mehr entblößt. »Ach du lieber Gott«, sagte ich und berührte den Kaugummi, der hart geworden war. »Was ist denn?«, sagte Dad, jetzt hellwach und besorgt, und drehte sich zu uns herum. Kurze Stille. Dann platzten wir beide heraus, wir konnten einfach nicht anders. Und du lachtest, weil wir lachten; du warst erleichtert, dass es keinen Ärger gab.

»Wie ist denn das passiert?«, fragte ich, hob dich hoch und setzte dich zwischen uns aufs Bett. Und du kamst mit deinem einstudierten Text: »Der Kaugummi ist mir aus dem Mund gefallen und an meinem Körper kleben geblieben.« Du warst in dem Stadium, in dem du mit dem Wort »Körper« fast ausschließlich deinen Penis bezeichnet hast. Wenn du sagtest: »Mein Körper juckt«, dann meintest du deinen Penis. »Adam, der kann dir nicht einfach aus dem Mund gefallen sein«, sagte ich.

»Das hast du richtig gut hingekriegt, das so einzupacken«, sagte Dad, bemüht, den Prozess der Bewusstmachung einzuleiten. »Das hat bestimmt lange gebraucht, und eine Menge Stücke.« Aber du bliebst eisern dabei, du hättest auf der Toilette gesessen, vor dich hin gekaut, und er wäre dir aus dem Mund gefallen, und voilà, hattest du dieses perfekt gepackte Päckchen.

Es war komisch, bis uns klarwurde, dass wir das Zeug nicht

abkriegten. Und da du deine Harnröhre komplett abgedeckt hattest, würdest du auch nicht pinkeln können, und das ist eine ernste Sache. Nach einer Weile – Dad kicherte immer noch vor sich hin, aber ich machte mir allmählich Sorgen – riefen wir bei Eric an, da er ein »richtiger Arzt« war, weckten ihn und fragten ihn, was wir tun sollten. Was folgte, war eine Stunde, in der Komik und Panik sich abwechselten, während wir es mit Vaseline, Erdnussbutter und Olivenöl probierten – ich weiß nicht mehr, was schließlich funktionierte. Aber wir bekamen das Zeug ab, hielten dir eine sanfte Standpauke, sagten dir, dass wir eine Zeitlang alle auf Kaugummi verzichten würden, und gingen zu Bett.

Dad fand, hier habe bloß ein kleiner Junge seinen Körper erforscht, das sei alles. Ich allerdings fragte mich schon, ob es nicht eine Art simulierte Kastrationssache war, ein Versuch, kein Junge mehr zu sein, kein Mann, keiner von den *Männern*. Versteh mich nicht falsch, du warst im Allgemeinen sehr fröhlich, kamst in der Schule prima zurecht, hattest tolle Freunde etc., sodass wir nicht glaubten, dass der Vorfall etwas Spezielles ausdrückte. Aber mir persönlich machte die Sache mit dem Kaugummi sehr zu schaffen; für mich wurde sie immer weniger komisch und immer verstörender, obwohl ich mir das dir gegenüber natürlich nie anmerken ließ. Und dabei ging es auch nicht um dich, sondern um mich – um meine zunehmend intensiven »Konsultationen« mit Sima und das, was sie zutage förderten. Und ich wusste zwar – ich meine, soweit man so etwas als Mutter überhaupt wissen kann –, dass du niemals unangemessen berührt worden warst oder dergleichen, machte mir aber trotzdem Sorgen, dass du irgendetwas mitteilen wolltest, eine Angst, wenn nicht gar ein Trauma. Übrigens glaube ich, dass das alles teilweise erklärt, warum ich die kleine Peterson, Anna, deine Babysitterin, Jahre später so unglaublich zur Schnecke gemacht habe, als ich euch beide beim Knutschen erwischte. Versteh mich recht, man musste ihr schon den Kopf zurechtsetzen, und Konsequenzen musste die Sache auch haben, aber ich habe ihr und ihren Eltern im Grunde eine Heidenangst eingejagt und von ihr geredet, als wäre sie eine gefährliche Kinderschänderin, als hätte sie Glück, dass sie nicht in der Foundation oder im Gefängnis landete.

Dann, als du acht Jahre alt warst, hattest du tatsächlich eine traumatische Erfahrung, was eine merkwürdige Formulierung ist, da ein Trauma ja den Zusammenbruch von Erfahrung als solcher bedeutet. Ich spreche von der Gehirnerschütterung. Jetzt, wo du selbst Vater bist, kannst du dir wahrscheinlich vorstellen, wie das für uns war, oder dir vorstellen, dass du es dir nicht vorstellen kannst. Ich weiß, du erinnerst dich an den Sturz, einen Sturz wie eine Million andere, aber du hast dir eben auf bestimmte Weise den Kopf gestoßen. Es passierte in der Gasse hinter der Woodlawn. Du hast es geschafft, nach Hause zu gehen. Das Erschreckendste daran ist für mich im Nachhinein, dass ich es um ein Haar gar nicht mitbekommen und dich allein gelassen hätte. Weißt du noch, dass ich am Telefon war? Es war ein Interview, ich bin mir nicht sicher, mit wem – mit irgendeiner Zeitung. Ich war an dem Telefon in der Küche, wickelte mir die Schnur um die Hand; du kamst herein, wirktest leicht benommen. Ich deckte mit der Hand den Hörer ab und fragte dich, ob alles okay sei, und du sagtest: »Ich bin von meinem Skateboard gefallen.« Ich fragte, ob du Platzwunden oder Abschürfungen hättest, und du schütteltest den Kopf. Ich musterte dich rasch – du hattest keinen Kratzer, schon gar nicht am Kopf;

du weintest nicht. Ich sagte dir, du solltest dir einen Karton Saft aus dem Kühlschrank nehmen, wenn du wolltest, du könntest oben ein bisschen fernsehen.

Das Interview war kurz. Dann fing ich an, irgendwelche Post durchzugehen, die ich auf den Küchentisch gelegt hatte. Daran erinnere ich mich voller Schuldgefühle, als hätte ich gewusst, dass irgendetwas nicht stimmte, es mir aber nicht eingestehen wollte, weil es damit wahr geworden wäre – wie bei den Tickets für Sanibel –, aber das bilde ich mir wahrscheinlich nur ein. Was ich weiß, ist Folgendes: Als ich schließlich am oberen Ende der Treppe ankam und dort den ungeöffneten Saftkarton auf dem Teppichboden liegen sah, wusste ich sofort mit jeder Faser meines Körpers, dass etwas nicht stimmte; ich sehe den roten Karton noch vor mir, den unberührten Trinkhalm in seiner Plastikhülle. Es war nicht normal. Es war nicht deine übliche Unordentlichkeit; dass du ihn vergessen hattest, konnte auch nicht sein (du hattest ihn dir ja gerade erst genommen); wenn du zu dem Schluss gekommen wärst, dass du ihn doch nicht magst, hättest du ihn wenigstens irgendwo abgestellt oder so etwas. Für mich war es eindeutig darauf zurückzuführen, dass du die Beziehung zu dem Gegenstand verloren hattest – was ist das Ding in meiner Hand? –, vielleicht sogar zu der Hand selbst. Es ist schwer zu erklären, wie einen der Anblick eines aus der Grammatik des Alltagslebens herausgelösten banalen Gegenstandes auf das Hereinbrechen von Gewalt aufmerksam machen kann. Ich rannte.

Du warst in deinem Zimmer, im Bett, vollständig bekleidet, und auf deinem Shirt war Erbrochenes. Ich musste dich wachrütteln – mein Gott, dich zu schütteln war bestimmt das Letzte, was ich hätte tun sollen. Ich muss deinen Namen geschrien haben. Du bist Gott sei Dank zu dir gekommen, und ich habe dich nach unten getragen, direkt zum Auto, dich auf dem Rücksitz angeschnallt und so schnell ich konnte ins St. Francis gefahren. Inzwischen hast du mit geschlossenen Augen vor Schmerzen geschrien. Ich redete unentwegt beruhigend auf dich ein, lenkte unter Tränen so gut es ging, biss mir auf die Zunge, wenn ich gerade nichts sagte, schmeckte das Blut. Dass ich dich selbst fuhr, anstatt einen Krankenwagen zu rufen, kann ich heute noch nicht fassen; mich wundert, dass ich keinen Unfall gebaut und uns beide umgebracht habe.

Was als Nächstes passierte, hat man dir größtenteils erzählt, wahrscheinlich erinnerst du dich in der dritten Person daran. Dad kam von der Foundation herüber, so schnell er konnte. Du brauchtest eine Computertomographie und warst vor Schmerzen und Angst vollkommen außer dir – du glaubtest, alle um dich herum wollten dir wehtun. Du hast dir Infusionsnadeln aus den Armen gerissen. Und deine Sprache löste sich vollkommen auf – die falschen Wörter, gelallte Wörter, dann nur noch Geräusch. Dein Sehvermögen war schwer beeinträchtigt, genau wie dein Gleichgewichtssinn, sodass deine Gesichtsausdrücke und deine Bewegungen seltsam waren, überhaupt nicht zu dir passten. Als klar war, dass du durch gutes Zureden nicht zu beruhigen warst, begannen sie dir Sedativa zu spritzen, meinem kleinen achtjährigen Jungen, weil sie dir auf andere Weise nicht zu verabreichen waren. Drei Erwachsene, die dich festhielten, lange Nadeln. Und irgendwann bist du dann in Bewusstlosigkeit weggesackt, und ich dachte: Okay, jetzt ruht er aus, in ein, zwei Stunden lässt die Wirkung der Medikamente nach, und alles ist gut. Doch dann hörte ich einen Arzt zu Dad sagen: »Jetzt müssen wir einfach abwarten.« Die Tomographie zeigte eine ziemliche Schwellung, und wir wussten nicht, wann und in welchem Zustand du aufwachen würdest.

Bald tat ich etwas, was dem Beten sehr nahekam. Ich machte einer höheren Macht Versprechungen – feilschte mit ihr –, und das hatte ich seit meiner Kindheit nicht mehr getan. Wenn jemand in der Familie sterben muss, dann lass es mich sein; wenn Adam wieder gesund wird, verspreche ich X, verspreche ich Y. Das einzige Versprechen, woran ich mich erinnere, war: Ich werde nie wieder schreiben. Ich hatte das Gefühl – weil ich ein Interview gab, als du in die Küche kamst? Weil es mir trotz meiner politischen Ansichten ein schlechtes Gewissen machte, dass ich Mutter und zugleich berufstätig war? –, es war meine Schuld, dass du in diesem Zustand warst, ich hatte dich im Stich gelassen. »Ihr Mann tut mir leid; Ihr Sohn tut mir leid«, sagten die *Männer* in meinem Kopf. »Wenn Sie nicht von Penisneid dazu getrieben worden wären, dieses Buch zu schreiben«, sagte Caplan, sagte Dr. Tom, sagte ein ganzer Chor männlicher Kollegen, »wäre das alles nicht passiert.« Während ich auf der Intensivstation in diesem schrecklichen, kunststoffgepolsterten Sessel neben dir saß, war ich völlig fertig, verzweifelt: »Ihr habt recht, ihr habt recht, ich bin eine schlechte Ehefrau, eine schlechte Mutter, eine schlechte Tochter, eine Familienzerstörerin (schließlich hatte ich dazu beigetragen, Dads Ehe zu zerstören; und einmal – da war ich noch sehr jung – war ich mit einem anderen verheirateten Mann zusammen gewesen; ergab das ein Muster?); wenn er nur wieder gesund wird, verhalte ich mich anständig.«

Du warst fünfzehn Stunden lang bewusstlos. Das schreckliche Piepen dieser Maschinen. Es gab ein riesiges Gewitter, und irgendwann musste das Krankenhaus auf Notstromversorgung umschalten; ich erinnere mich, dass in diesem Zusammenhang die Lichter auf dem Flur die Farbe wechselten, sich von diesem gnadenlosen Weiß zu einem unheilvollen Rot verdunkelten. Und dann, so gegen zwei Uhr morgens, flüsterte Dad meinen Namen, und ich schaute zu dir hinüber und sah, dass deine Augen offen waren. Du wirktest ganz ruhig. Bevor wir irgendein Wort herausbrachten, sagtest du höflich: »Hallo.« Dad sagte: »Wie fühlst du dich?

»Gut«, sagtest du.

»Weißt du, wo du bist, Schatz?«, fragte ich, darum bemüht zu verhindern, dass mir die Stimme brach.

»Im Krankenhaus«, sagtest du, angesichts der Albernheit der Frage leicht kichernd. An dieser Stelle kam die Schwester herein – entweder weil sie uns hörte oder weil Dad sie mit diesem Summer gerufen hatte oder weil sie gerade ihre Runde machte – und sagte: »Sieh mal an, wer da wach ist.« Und dann stellte sie die gleiche Frage – Weißt du, wo du bist –, und du gabst die gleiche Antwort, und diesmal lachtest du, als wäre das ein albernes Spiel, dich zu fragen, wo du warst, wo das doch offensichtlich war. Und dann deutete sie auf mich und Dad und sagte: »Weißt du denn auch, wer diese netten Leute sind?« Und du sahst uns mit herzlichem Lächeln an und sagtest: »Nö.«

Mir verschwamm alles vor den Augen. Es war, als hätte sich die Welt in eine leicht andere Version ihrer selbst verwandelt, eine, die um mich vermindert worden war. Mein Sohn würde gesund werden, aber der Preis dafür war, dass er nicht mehr mein Sohn sein würde. »Es wird dir wieder einfallen«, sagte die Schwester mit beruhigender Zuversicht, »du wirst dich bald erinnern, dass das deine Mutter und dein Vater sind.«

140

Und du sagtest: »Aha«, überlegtest einen Moment und fragtest: »Wie heißt ihr denn?« Und das war eine unmöglich schwierige Frage. Du nanntest uns ja nie beim Vornamen; für dich waren das nicht unsere Namen, obwohl du sie natürlich kanntest. »Ich heiße Jonathan«, sagte Dad unbeholfen. »Und das ist deine Mama Jane.« Irgendwie klangen sie gar nicht wie unsere richtigen Namen. Und dann sagte die Schwester, an dich gewandt: »Und wie heißt du, Schätzchen?« Du machtest den Mund auf, um es ihr zu sagen, und hieltest dann inne, ein schreckliches Schweigen.

»Du heißt Adam«, sagte ich.

»Adam«, wiederholtest du, als probiertest du den Namen an, probiertest aus, ob er auch richtig passte. Dann sagtest du, du wolltest schlafen, machtest die Augen zu und schliefst wieder ein. Wir sahen die Schwester an, und sie sagte: »Ruhe tut ihm jetzt gut, es kommt alles wieder, er wird wieder gesund; ich piepse den Doktor an.«

Ein paar Stunden später wachtest du wieder auf, setztest dich aus eigener Kraft richtig im Bett auf und sagtest, du hättest Hunger, alles beruhigende Zeichen, aber du fragtest uns noch einmal nach unseren Namen. Diesmal war Holly Eberheart die diensthabende Schwester, und sie kam herein, um dir ein paar Fragen zu stellen. Holly Eberheart war, wie du dich erinnern wirst, eine sehr üppige Frau; ist sie wohl immer noch. Sie hatte einen Pulli an, und in den Pulli war das Alphabet eingestrickt – vielleicht auch nur A, B und C auf der Brust, ich kann mich nicht genau erinnern. Wir wunderten uns, dass sie keine Krankenhauskluft trug, aber wie sich herausstellte, diente der Pulli einem bestimmten Zweck. Sie setzte sich neben dich und sagte: »Adam, mein Lieber, was ist das?« – und deutete auf das riesige A auf ihrer riesigen rechten Brust. Es folgte ein langer Moment, in dem du zuerst auf ihre Brust, die sie dir regelrecht hinhielt, und dann auf uns schautest, als erhofftest du dir einen Hinweis. Und Dad und mir wurde klar, dass du versuchtest, dahinterzukommen, ob sie dich aufforderte, einen Körperteil, nämlich ihre Brust, die sie praktisch in den Händen hielt, oder den Buchstaben zu benennen, und dass du nicht unhöflich sein wolltest. Dad flüchtete sich in Husten, um nicht lachen zu müssen. Wir merkten, dass du den Buchstaben kanntest, aber nicht recht wusstest, wonach du gefragt wurdest, und wir dachten, du würdest »Das ist dein Busi« sagen – das ist das Wort, das du damals verwendet hättest; aber schließlich sagtest du, sehr zaghaft: »A?«

»Richtig«, sagte sie, und daraufhin sahst du sehr erleichtert aus und hast ohne zu zögern alle weiteren Fragen beantwortet. Jetzt musste ich husten und lachen; irgendwie verschaffte uns das große Erleichterung.

Irgendwann, vielleicht am späten Vormittag, kamen Eric und Jason zu Besuch. Jason hatte dir Baseballkarten mitgebracht, das weiß ich noch, diese Spiele mit den Kaugummistreifen drin. Sie brachten außerdem Essen mit, das du nicht essen durftest; die Ärzte sagten, du solltest eine Zeitlang nichts zu dir nehmen. Du warst freundlich zu Jason, aber als wir dich fragten, wer das sei, sagtest du, du seist dir nicht sicher, was Jason lustig fand. Uns Erwachsene verblüffte, wie wenig es euch beide zu stören schien, dass du nicht mehr imstande warst, dich an die Koordinaten deines Lebens zu erinnern. Eric beruhigte uns deswegen, so wie das inzwischen schon mehrere Ärzte getan hatten. Dad fragte dich noch einmal: »Erinnerst du dich, wie wir heißen und wer wir sind?« Und du sagtest: »Jonathan und Jane. Dad und Mom«, aber es war klar, dass du neuerworbenes Wissen wiedergabst, obwohl es ja vielleicht auch anzukommen, sich mit deinen Erinnerungen zu verknüpfen begann, während sie zurückkehrten. (Von wo zurückkehrten?) Du sahst dir mit Jason die Karten an, zeigtest ihm auch ganz stolz deine Infusion, deine Elektroden. Dad und ich merkten plötzlich, dass wir seit einer Ewigkeit nichts gegessen hatten, und wir fielen über die Muffins her, oder was auch immer Eric mitgebracht hatte. Und dann kam Sima – ich weiß nicht, warum sie später kam; vielleicht hatte sie noch den Wagen geparkt –, und wir umarmten einander, eine lange und intensive Umarmung. Und während wir einander in den Armen hielten, hast du von den Karten aufgeblickt und sie so beiläufig, wie es nur ging, mit Namen begrüßt.

—

Du isst mit einer Freundin zu Mittag, die du eine ganze Weile nicht mehr gesehen hast, und sie sagt, mit einem neuen Zug von Bitterkeit in ihrem Lächeln, gleich zu Beginn des Gesprächs: »Wow, nicht zu fassen, dass du es geschafft hast, Zeit für mich zu finden.« Du fragst sie mehrmals, wie es ihr ergangen ist, aber sie lenkt das Gespräch immer wieder auf dich und deine Lesereiseabenteuer und beharrt darauf, dass ihr Leben ganz normal und uninteressant sei. Du kommst fünf Minuten zu spät zu einer Mitarbeiterbesprechung, weil du dir Kaffee auf die Bluse gekleckert und dich auf der Toilette notdürftig mit Papierhandtüchern abgetupft hast, und es gibt Getuschel: »Mich wundert, dass sie überhaupt aufgetaucht ist.« Eine Kollegin erwähnt, dass sie ein großes Stipendium bekommen hat, und du gratulierst ihr, und schon kommt wieder dieses leicht säuerliche Lächeln: »Natürlich,

ich weiß, dir muss das wie Kleingeld erscheinen.« Du widersprichst, aber das macht es irgendwie nur noch schlimmer.
Bei einer Fallbesprechung lässt sich der Zuständige darüber
aus, dass die Patientin sich weigert, eine intensive Therapie zu
erwägen, und der Chefpsychologe witzelt unter allgemeinem
Gelächter: »Wir geben ihr einfach Janes Buch zu lesen; das
heilt sie garantiert, und wir sparen uns einen Haufen Zeit
und Mühe.« Ein Zahnarzttermin muss verschoben werden,
damit du zu einer Eltern-Lehrer-Konferenz gehen kannst; die
Sprechstundenhilfe gibt einen genervten Seufzer von sich:
»Aber wir sind doch immer gern zu Diensten, Dr. Gordon.«
Auf der Konferenz stellst du respektvoll eine Frage nach dem
Lehrplan. »Wir sind vielleicht nicht nobel oder schick, aber
wir wissen, wie wir unseren Schülern Sprache und Literatur
nahebringen.«

Sogar bei Dad, der mich im Allgemeinen so unterstützt
hat und so stolz auf mich war: Wenn ich jetzt einmal vergaß, das Geschirr abzuwaschen, hieß es gleich, das liege daran,
dass ich Hausarbeit für unter meiner Würde hielte – obwohl
ich mein Leben lang eine Chaotin gewesen bin; wenn ich
wegen irgendetwas gereizt war, lag es daran, dass ich mich
verändert hatte, weil alle Welt mir erzählte, wie großartig ich
sei, obwohl ich auch zu hören bekam, ich sei eine Männer-
hasserin und intellektuell bankrott. Er hatte es satt, gefragt zu
werden, wie es sei, »Mr. Jane Gordon« zu sein, oder dafür ge-
lobt zu werden, dass er »eine gute Mutter« war. Die Leute sagen von einer Person, dass »der Ruhm sie verändert hat«, oder
sie loben diese Person dafür, dass sie die Gleiche geblieben sei;
das Problem mit dieser Formulierung ist nur, dass jede Art
von Berühmtheit oder trauriger Berühmtheit alles *um diese
Person herum* verändert, jede Beziehung, in die sie eingebettet

ist, ganz gleich was die fragliche Person beruflich macht. Natürlich kann man sich beim Bewältigen seiner neuen Wirklichkeit besser oder schlechter anstellen. Und Gott sei Dank erreichte meine Berühmtheit, soweit davon die Rede sein kann, ihren Höhepunkt, bevor es das Internet gab, sodass ich nicht herumsaß und mich selbst googelte oder Tweets und Kommentarfelder las – die von den *Männern* verseucht sind.

Doch bis zu der Reise nach New York, die unsere Familien unternahmen – du warst in der sechsten oder siebten Klasse –, kam jedenfalls mir meine Beziehung zu Sima im Grunde unverändert vor. Das Buch war ihr gewidmet. Sie schien sich aufrichtig für mich zu freuen und war zunächst meine entschiedenste Verteidigerin gegen den unvermeidlichen Vorwurf, ich hätte es um des populären Erfolgs willen an theoretischer Strenge fehlen lassen. Ganz sicher verstand Sima besser als jeder andere, warum mir eine verständliche Schreibweise wichtig war; zuallererst war ich überzeugt, dass ich vielen Menschen helfen konnte, indem ich Dreiecksbeziehungen oder Geschwisterdynamiken so klar wie möglich beschrieb, und dass die Übersetzung solcher Konzepte in praktische Ratschläge meine Stärke als Therapeutin war. Außerdem hatte ich, wie Sima wusste, eine tiefe – eine abgrundtiefe – Abneigung gegen alles, was nach Mystifizierung schmeckte, dagegen, wie sich professioneller Jargon – besonders, aber nicht nur der analytischen Sorte – dazu verwenden ließ, Frauen als Hysterikerinnen abzutun; das hatte mit dem zu tun, was mit meinem Vater passiert war, mit der ganzen Heimlichtuerei und dem Gaslighting, die mit Missbrauch einhergehen. Den Hardcore-Akademikern und -Theoretikern fiel es entsprechend leicht, mich abzutun; wenn dein Buch in der *New York Times* gefeiert wird, dann verhökerst du einfach

145

kommerziell neuverpackte Ideologie; man muss dich nicht ernst nehmen. Man könnte natürlich echte Auseinandersetzungen darüber führen, was mit der einen oder anderen Art und Weise des Diskurses zu gewinnen ist oder verlorengeht, und Anti-Intellektualismus kann genauso schlimm sein wie Snobismus, aber eines war doch auffällig: Wenn einer aus dem Klüngel der Foundation oder einer seiner Verbündeten in der *Times* auftauchte, dann deshalb, weil sein Werk herausragend war, aber wenn eine an Penisneid leidende Xanthippe wie ich Aufmerksamkeit bekam, dann deshalb, weil ich alles auf eine Art anspruchslose psychologische Frauenliteratur reduzierte.

Sima und ich hatten mit den »Konsultationen« aufgehört – das heißt, wir hatten keine terminlich festgelegten Sitzungen mehr, in denen wir über meinen Vater sprachen, Sitzungen, für die ich sie bezahlte – darauf hatte ich bestanden –, um deutlich zu machen, was beruflicher und was privater Natur war; inzwischen ist schmerzhaft klar, wie tief unsere Verwirrung reichte. Wir hatten aufgehört, aber wir steckten in unserer jeweiligen Rolle fest: Ich war die Patientin, sie war die Ärztin. Das ließ sich nicht einfach rückgängig machen – ich war diejenige geworden, die redete, sie war diejenige geworden, die zuhörte, sanft anschob, Ratschläge gab. Da hast du Topeka auf den Begriff gebracht: Ich redete mit Sima über meine komplizierten Erfahrungen mit der Rezeption des Buches und wie sich das auf meine Beziehungen, einschließlich der zu Dad, auswirkte; Sima redete auf Klaus' Couch über ihre Beziehung zu meiner Karriere (und ihre Beziehung zu meiner Beziehung dazu); Klaus gab – wenn auch verklausuliert und vielleicht unbeabsichtigt – wahrscheinlich einiges an Dad weiter, entweder auf ihren gemeinsamen Spaziergängen oder, weil Klaus' Mobilität allmählich nachließ, in seinem Wohnzimmer, wo Klaus seine Pfeife rauchte; die Liste ließe sich fortsetzen. Das ist der Hintergrund, vor dem die Beziehung zwischen Dad und Sima aus dem Ruder lief, aber du wirst ihn selbst fragen müssen –

– Wenn ich Einzelheiten wissen will.

Wenn du Einzelheiten wissen willst. Mich würde interessieren, welche Erinnerung du an die Reise nach New York hast. Rückblickend war das eine schreckliche Idee. Ich hatte eine Veranstaltung im Y in der 92nd Street, eine Art öffentliches Gespräch über meine Arbeit, und die Veranstalter fragten mich, wen ich gern als Gesprächspartner hätte. Ich dachte, Sima zu fragen, das Ganze mit einem Familienurlaub zu verbinden – mein Verlag würde ihr Ticket bezahlen –, wäre eine Möglichkeit, ihr meine Wertschätzung zu zeigen, würde viel Spaß machen. Sie sagte sofort ja, als ich es vorschlug, aber ich vermute, dass sie sich praktisch unmittelbar wie meine Stichwortgeberin vorkam, zweite Geige, du kannst dir das Klischee aussuchen. Die Veranstalter ließen einen Flyer drucken, auf dem ihr Name nicht erwähnt wurde (»Jane Gordon im Gespräch«; die Phelps' beschafften sich einen, versahen ihn mit Anmerkungen und faxten ihn herum: »Isebel Gordon nimmt Schwuchteln in Schutz«), und als ich darauf bestand, dass der Name auf dem Flyer stehen müsse, schrieben sie ihn falsch; mein Verlag brachte unsere Familie in einem schicken Hotel unter, und Sima wollte nicht für den Aufenthalt dort bezahlen, wollte ein weniger teures Hotel und war gekränkt, als ich anbot, die Differenz zu übernehmen. Dann wollte ich, dass wir alle in dem billigeren Hotel wohnten, damit wir zusammen wären, aber sie sagte, das sei lächerlich, und bestand darauf, ich solle es gut sein lassen.

Das Y war brechend voll, und das trotz des Wetters; an jenem Abend regnete und schneite es abwechselnd. Ich bin vor öffentlichen Auftritten immer nervös (wahrscheinlich nahm ich ein Lorazepam), aber dass Sima es auch war, überraschte mich doch irgendwie; sie tigerte hinter der Bühne herum, aschte versehentlich in eines der kleinen Schälchen mit gesalzenen Mandeln anstatt in den Aschenbecher, fragte mich – was sie sonst nie tat –, wie sie aussehe, wollte immer wieder alles durchgehen, obwohl wir mehr als genug Themen hatten. (Dad und Eric waren mit euch Jungs unterwegs; ich weiß nicht mehr, wohin ihr gegangen seid – irgendwas Touristisches; vielleicht wart ihr im Hard Rock Café essen.) Nachdem wir vorgestellt worden waren und unsere Plätze auf der Bühne eingenommen hatten – es gab zwei Stühle, die einander schräg gegenüberstanden, einen kleinen Tisch mit einem Krug Wasser, Standmikrophone –, wandte Sima sich mir zu, um die erste Frage zu stellen, und ich sah in dem Augenblick, bevor sie etwas sagte, dass ihr Gesicht sich verändert hatte. Ihr Lächeln hatte jetzt eine Kälte, eine Distanziertheit, Spurenelemente von Bitterkeit. Es war ganz subtil, aber eben deshalb umso tiefgreifender – bei einem Gesicht, das man genau kennt, ist eine Veränderung am verstörendsten, wenn sie nur geringfügig ist; denk nur daran, wie du ausgeflippt bist, als sich Dad zum ersten und einzigen Mal seinen Schnurrbart abrasierte – vielleicht warst du noch zu jung, um dich daran zu erinnern; er tat es für einen Film.

Und dann galt ihre erste Frage meinen Eltern, ein Thema, das wir gar nicht in Betracht gezogen hatten. Sie galt meinen Eltern, aber ich hörte sie als Frage nach meinem Vater: »Wir Psychoanalytiker befassen uns natürlich unentwegt mit Eltern«, sagte Sima, wie sie es eindeutig schon die ganze Zeit hatte sagen wollen,»deshalb dachte ich, ich frage Sie zunächst einmal nach Ihren«, nach meinen frühkindlichen Erfahrungen, wie sie meine Entscheidung, Therapeutin zu werden, und meine Arbeit geprägt hätten. Von außen betrachtet, war das eine vollkommen vernünftige Frage, aber ich fühlte mich überrumpelt. Forderte sie mich etwa heraus, den Missbrauch zu offenbaren? Darüber zu sprechen, wie ich mit ihrer Hilfe die Erinnerung daran zurückgewonnen hatte? Oder war ich einfach nur paranoid? Ich kam mir vor, als würde Sima – oder ihre Doppelgängerin – mich bedrohen, mich daran erinnern, dass sie im Gegensatz zu meinen »Fans« die eigentliche Wahrheit über mich kannte. »Sie werden dir nicht glauben, ich weiß ja nicht mal so recht, ob *ich* dir glaube«, las ich in ihrem Gesicht, so verrückt das auch klingt – und das heißt, ich sah Sima ganz kurz als den missbrauchenden Elternteil, der die Wirklichkeit des Kindes infrage stellt. Ich war sowohl auf dieser Bühne als auch wieder in Brooklyn in den Fünfzigern; ich war ganz kurz wieder in dem Zug.

Aber dann hörte ich mich ihre Frage beantworten, völlig natürlich reden, über die Dynamiken in meinem Elternhaus sprechen, mit denen ich aufgewachsen war, ein paar Witze reißen; das Publikum – das fast ausschließlich aus Frauen bestand – lachte, reagierte warmherzig. Ich wurde wieder eins mit mir. Das Panik- und Schwindelgefühl legte sich, und das Gespräch verlief recht gut; ich weiß noch, dass ich fand, ich hätte mich bei dem Frage- und Antwortspiel prima geschlagen.

Nachdem ich an einem langen Tisch im großen Saal Bücher signiert hatte – Sima saß etwas verlegen neben mir, obwohl es für sie nichts zu signieren gab –, gingen wir hinaus in die Kälte, um irgendwo noch etwas zu essen – in einem griechischen Restaurant, trübe beleuchtet. Sobald wir Platz genommen und unseren Wein bestellt hatten, bedankte ich mich dafür, dass sie die Veranstaltung mit mir bestritten und dass sie es so gut gemacht hatte. »Deine erste Frage hat mich überrascht«, sagte ich nach ein, zwei Minuten, »weil wir gar nicht darüber geredet hatten, so anzufangen.« Und in diesem Augenblick bemerkte ich, dass ihr Gesicht sich nicht normalisiert hatte – sie hatte das neue Gesicht von der Bühne beibehalten, hatte dieses öffentliche Gesicht in unser Privatgespräch mitgebracht. »Wie meinst du das?«, fragte sie.

»Ich habe einfach nicht mit der Frage gerechnet, und für mich war das etwas merkwürdig, wenn man bedenkt, dass du einen Großteil der eigentlichen Antwort kennst, die ich nicht mit der Öffentlichkeit zu teilen bereit bin.« Sie sagte nichts.

»Ich sage nur«, fuhr ich fort, »dass ich überrascht war und gern wüsste, wie du das siehst.«

»Also«, sagte sie und lächelte ihr neues Lächeln – die typische Mischung aus Wärme und Traurigkeit war verschwunden –, »wenn du durcharbeiten willst, inwiefern mein Auftritt heute Abend dich enttäuscht hat und inwiefern es Kränkungsgefühle bei dir hervorgerufen hat, dass ich mit meiner Familie hierher geflogen bin, um dich feiern zu helfen, dann können wir das gerne tun, aber vielleicht warten wir damit bis morgen, okay? Ich bin sehr müde.«

Meine Erinnerung an den Rest der Reise – wir hatten noch zwei Tage Aufenthalt – hat etwas Alptraumhaftes. Dad und ich hatten lange im Voraus beschlossen, dir das Haus in Flatbush zu zeigen, in dem ich groß geworden bin, ganz in der Nähe von da, wo du jetzt unterrichtest; Sima und Eric hatten davon gesprochen, dass sie sich anschließen wollten;

ich versuchte sie von diesem Vorhaben abzubringen – ich wollte nicht, dass es bei dieser Reise noch in irgendeiner Hinsicht um mich ging –, kränkte Sima damit aber nur noch tiefer; vermutlich glaubte sie, ich versuchte sie loszuwerden. Sie kamen mit, wollten aber eigentlich gar nicht dabei sein – wir standen einfach, den kalten Wind im Gesicht, in der Nähe der Avenue J auf dem Bürgersteig der East 9th, betrachteten die Fassade, Dad machte ein Foto, und wir gingen wieder – und natürlich dauerte es eine Ewigkeit, von den Hotels auf der Upper East Side dorthin und wieder zurückzukommen. Dann habt ihr beide, du und Jason, zu streiten angefangen – vielleicht habt ihr etwas von der Energie zwischen den Erwachsenen mitgekriegt – und euch im Grunde in Parodien von Touristenbälgern auf Besuch in der Großstadt verwandelt, habt in der Bahn gequengelt und euch gegenseitig geschubst. Du wolltest in irgendein Geschäft, das mit Baseball zu tun hatte, Jason wollte aufs World Trade Center; ihr habt beide genervt. Es war keine große Sache, aber ich fühlte mich plötzlich wie gelähmt: Wenn ich darauf bestand, Jason nachzugeben, würde Sima sich bevormundet fühlen; wenn ich etwas vorschlug, was deinen Wünschen zu entsprechen schien, wäre das ein Beleg für meinen Narzissmus; wenn ich fand, wir könnten uns eine Zeitlang trennen und später wieder treffen, könnte Sima sich abgeschoben fühlen; also wurde ich einfach still und passiv, was wahrscheinlich als Schmollen rüberkam.

Es war Dads Idee, dass wir am Abend auf Jason aufpassen sollten, damit Sima und Eric essen gehen konnten, und es war auch Dads Idee, dass wir es bezahlen würden, als kleines Dankeschön; ich sagte ihm, mir sei alles recht, es müsse nur klar sein, dass das sein Plan war, nicht meiner. Eric und

Sima stimmten wiederstrebend zu, und ihr Jungs wart begeistert von der Aussicht, auf dem Zimmer zu bleiben, Essen vom Room Service zu essen und fernzusehen. Ich fühlte mich ebenfalls erleichtert – ich brauchte eine Pause von Sima. Nach ihrem Essen – das Restaurant war in der Nähe des Hotels – würden sie vorbeischauen und Jason holen.

Der Streit ging wieder los; vielleicht wolltest du *Terminator* sehen, und Jason wollte *Terminator 2* sehen, ich weiß es nicht. Ich überließ es Dad, für Ruhe zu sorgen, aber Dad schien mir nur halb anwesend zu sein und ignorierte eure Aggressivität. Ich fand euch beide unerträglich und sagte mir: Nicht zu fassen, dass ich die Mutter eines dieser Akne-pickligen, Baseball-Mützen tragenden, sportbesessenen Proto-Heranwachsenden aus Topeka bin; Gott helfe mir durch die nächsten sechs Jahre. Wir bestellten euch sündteure Hamburger, die ein paar Minuten lang für Ruhe sorgten. Dann habt ihr angefangen, herumzublödeln, ein bisschen miteinander zu rangeln, obwohl ihr inzwischen gelacht, euch offenbar gut amüsiert habt. Ich beschloss, ausgiebig zu duschen – das Bad war feudal, der reinste Wellness-Tempel – und euch drei euch selbst zu überlassen.

Zuerst dachte ich, das Geschrei gehöre zu dem Film, aber dann merkte ich, dass irgendetwas nicht stimmte. Ich drehte das Wasser ab, schlüpfte in einen der Hotelbademäntel, machte die Tür auf und sah euch beide aufeinander eindreschen, dass die Fetzen flogen, während Dad versuchte, dazwischenzugehen, ohne dass es ihm so recht gelang; mit einem Mal sah ich dich und Jason nicht mehr als Kinder, sondern als junge Männer, und wie viel echte Kraft in euch steckte, echte Wut, echte Gewalttätigkeit. Inzwischen hattet ihr einander gepackt, versuchtet einander zu Boden zu werfen, und du hast Jason entweder absichtlich oder durch Zufall einen kräftigen Ellbogenstoß gegen die Oberlippe versetzt. Er schrie auf, du bist ein Stück zurückgewichen; Dad packte ihn, legte ihn aufs Bett und musste ihm langsam die Lippe von seiner Zahnspange ablösen; es blutete kräftig; zum Glück hatte die Spange die Lippe nicht komplett durchbohrt. Du hast dich in eine Zimmerecke zurückgezogen und wie ein Bauchredner irgendeinen Wortbrei aus Macho-Sprüchen von dir gegeben – »Ich habe dich gewarnt, Arschloch; Alter, lass es, hab ich gesagt« –, aber du hattest Tränen in den Augen, warst wieder ein Kind.

Anderthalb Stunden später kamen Sima und Eric, beide leicht beschwipst, in die Hotellobby, wo ich schon auf sie wartete. »Alles ist in Ordnung«, sagte ich, »aber Jason und Adam haben gerauft, und Jason hat sich die Lippe aufgeschlagen und muss vielleicht genäht werden; sie sind jetzt im Krankenhaus. Es ist nur ein paar Straßen von hier.« Eric hatte einen Schwall von Fragen, die ich zu beantworten versuchte, doch Sima war nach einer anfänglichen Welle von Besorgnis vollkommen kalt. »Ich hätte euch nie die Verantwortung für meinen Sohn anvertrauen sollen«, projizierte oder deutete ich in die Maske hinein, zu der ihr Gesicht geworden war. Ich entschuldigte mich unentwegt, während wir zum Krankenhaus gingen, ich gierte zunehmend verzweifelt nach irgendeiner menschlichen Regung von Sima, aber sie wiederholte immer nur, als spräche sie mit einer Fremden, die gegen sie gestoßen war: »Aber ich bitte dich, nicht der Rede wert, Jungs sind nun mal so.«

Ihr beide, du und Jason – dessen Lippe grotesk geschwollen war –, habt euch versöhnt und euch für den Rest der Reise vertragen, die ereignislos, für mich aber auch grässlich war. Obwohl ich das damals nicht geglaubt hätte, war es der Anfang vom Ende meiner Freundschaft mit Sima, trotz mehrerer Jahre, in denen ich versuchte, zu ihr durchzudringen, sie anflehte, mir zu sagen, was ich getan hatte, am Telefon oder an ihrer Tür oder beim Essen im Steak and Ale hemmungslos weinte, wenn sie sich herabließ, mich zu sehen – sag mir, wie ich es wieder in Ordnung bringen kann –, oder vorschlug, wir sollten zu einer Therapeutin gehen oder eine Bekannte um eine Mediation bitten, alles, was mir nur einfiel, und alles umsonst: »Jane, du hängst das viel zu hoch; wir sind einfach ein bisschen auf Distanz gegangen, seit du so sehr mit deiner Karriere beschäftigt bist«, etc. Es ist die einzige echte Erwachsenenfreundschaft, die mir je in die Brüche gegangen ist. Ich kann dir nicht sagen, wie viel Schmerz damit verbunden war, immer noch verbunden ist, was zum Teil daran lag, dass es von dem Trauma überschattet war, das sie mir anzugehen half. Ich will damit nicht andeuten, dass das, was mein Vater getan hat, damit, dass Sima mich fallenließ, auch nur im Entferntesten gleichwertig wäre; ich meine lediglich, dass ich so, wie unsere Beziehung beschaffen war – angesichts der verwischten Grenzen zwischen Therapeutin und Freundin –, Letzteres nicht erleben konnte, ohne dass es von Ersterem moduliert worden wäre. Wir hatten ein paar Jahre lang nicht miteinander gesprochen, als der Vorfall mit Darren uns für kurze Zeit wieder in einen Kontakt zueinander zwang.

Vom Rest der Reise habe ich nur noch den Nachmittag und Abend deutlich in Erinnerung, an dem – darauf bestand Sima – sie beide dich und Jason bespaßten, damit Dad und ich ausgehen konnten. »Wir sind schon gespannt, wie sich Jason an Adam rächen wird«, witzelte Dad, »wir können uns dann ja im Krankenhaus treffen«, und alle lachten, allerdings etwas gezwungen. Und die ganze Zeit, die ich mit Dad unterwegs war, stellte ich mir tatsächlich vor, ihr beide würdet euch wieder prügeln und du würdest dir den Kopf an der Kante von irgendwas stoßen, die nächste Gehirnerschütterung.

Dad andererseits wirkte fast manisch begeistert davon, dass wir ein paar Stunden lang allein in der Stadt unterwegs sein würden. Er beschloss, dass wir ins Met gehen sollten, wozu ich keine besondere Lust hatte, vielleicht weil ich als Kind so oft dort gewesen und für weitere Kindheitserinnerungen nicht in der Stimmung war, aber ich hatte auch keine besseren Ideen – um einfach herumzuspazieren, war es zu kalt. Er wollte noch einmal ein paar unserer Lieblingsbilder sehen – die Jeanne d'Arc von Bastien-Lepage; diesen Duccio, der dir so gefällt, auf dem das Kind den Schleier der Mutter zur Seite schiebt. Dad und ich waren öfter im Met, als er noch mit seiner ersten Frau zusammen war, und rückblickend glaube ich inzwischen, dass seine merkwürdige Energie an jenem Nachmittag teilweise mit dem Umstand zu tun hatte, dass er und Sima sich immer näher kamen – schließlich kehrten wir beide an einen wichtigen Schauplatz in der Geschichte unserer Beziehung und in der Geschichte seiner – nun ja –, seiner Mühen mit der Treue zurück. Jedenfalls, das Met spielte eine große Rolle in unserer Folklore als Paar. Es gab da einen besonders denkwürdigen Tag, an dem wir Pilze oder Acid einwarfen, das Museum durchstreiften und er irgendwie ausflippte, aber das ist eine andere Geschichte. Jetzt, zwanzig Jahre später, während wir Arm in Arm durch die Säle gingen, erlebte ich selbst eine Entpersönlichung, und das ganz ohne Drogen – ein überwältigendes Gefühl, dass Bezugsrahmen sich auflösten, dass Vergangenheit und Gegenwart ineinanderstürzten. Ich fühlte mich wie ein kleines Mädchen, das von ihrer Mutter oder von Sima vor ihrem Vater beschützt werden wollte, und wie eine Mutter, der es nicht gelang, ihr Kind zu beschützen, das Gefahr lief, einer der *Männer* zu werden (ich hielt die Versprechen nicht, die ich gegeben hatte, als du bewusstlos warst; ich lernte nicht, mich anständig zu verhalten); ich war dort gleichzeitig mit Grandma, damit der Marmor sie beruhigte (»Jane wird nichts passieren«), ich war dort in der jüngeren Vergangenheit mit Dad, während ich dazu beitrug, seine Ehe zu ruinieren, und in der Gegenwart als berühmte Beziehungsexpertin, die keine Beziehung zu ihren Bezugspersonen mehr herstellen konnte. Aus dem Augenwinkel sah ich ständig Bilder von Lassiter, erhaschte ständig einen flüchtigen Blick von dem rosenroten Bild, Geflüster aus der Vergangenheit. Schließlich fanden wir den Duccio – sämtliche Säle waren umgestaltet worden, glaube ich –, und Dad redete wie ein Buch, und mit einem Mal hörte ich auf, ihn zu verstehen, aber das stimmt nicht ganz. Er beschrieb einen Film, den er gemacht hatte oder machen wollte, ein frühes Foto von seiner Mutter zu Pferde, die Pferdeskulpturen, die seine Eltern besessen hatten, Pferde mit Scheuklappen im Central Park, Pferde in Muybridges *Pferd in Bewegung*, die Beziehung von Standfotos und bewegten Bildern, wie er mit seinen verlorenen Jungs den Thematischen Apperzeptionstest machte (»Ich zeige dir jetzt einige Bilder und möchte gern, dass du dir zu jedem eine Geschichte ausdenkst. Eine Geschichte mit Anfang, Mitte und Ende«) und die Experimente mit »Blindsehen«, die ein mit ihm befreundeter Neurologe durchführte; alle diese Themen überlagerten und trennten sich wie Wellen.

Ein Wärter verkündete, dass die Gemäldesammlung demnächst schloss. In der Gegenwart hatten wir downtown eine Reservierung in einem Restaurant, irgendeinem unangenehm edlen italienischen Laden, den Dad ausgesucht hatte. An der Garderobe erinnerte ich mich daran, wie wir – vor all den Jahren, als Dad seinen schlechten Trip gehabt hatte – so überstürzt das Museum verlassen hatten, dass wir unsere Wintermäntel dort zurückgelassen hatten; damals erfroren wir beinahe. Als ich der Frau die kleine nummerierte Marke reichte, stellte ich mir halb vor, sie würde uns die Mäntel aus unserer Studentenzeit bringen. Wir würden sie anziehen, und zweiundzwanzig Jahre wären ausgelöscht.

Darren half seinem Nachbarn Ron Williams öfter, Sachen von der Garage zum Laster oder zurück zu schaffen, hauptsächlich Werkzeug und Bauholz. Darren, kannst du mir dabei helfen?, erfüllte ihn mit Stolz. Cody Williams war in Darrens Alter, und sie hatten zwar in ferner Vergangenheit miteinander gespielt, aber inzwischen behandelte ihn Cody, ein stiller Athlet, als wäre er Luft. Cody verteidigte ihn nicht gegen Typen wie Carter, Nowak, Davis oder Gordon, aber er tat ihm auch nichts, stimmte nie in das Gelächter ein. Wozu auch immer Cody neigte, er würde sich niemals seinem Vater widersetzen, der wortlos klargemacht hatte, er solle Darren zufriedenlassen. Manchmal be- oder entluden Cody und Darren den Laster zusammen, und Darren empfand ein kurzes Gefühl von Gemeinschaft, eins, zwei, drei und hoch. Wenn Ron und Cody in der Einfahrt Körbe warfen, konnte Darren anhalten und zusehen oder vielleicht absteigen und Rebounds für sie fangen. Wirf auch mal, Darren.

An den Wochenenden war Darren abends mit dem Rad an Rons Haus vorbeigefahren und hatte im gelben Licht der Garage Cody mit seinen Freunden, darunter normalerweise auch Mandy, trinken sehen. Manchmal war Ron dabei, rauchte eine Swisher Sweet und winkte ihm zu, rief ihn aber nie her. Wenn es Sommer war und Darren bei sich zu Hause im Garten stand, hörte er durch den Insektenlärm und das Radio hindurch das Gelächter.

Bis Ron eines Freitags im November, nachdem sie bis zur Abenddämmerung schwere Ausrüstung abgeladen hatten, gegen

Codys stumme Einwände sagte: Bleib noch auf ein Bier. In der Garage stand ein Metallfass in einem mit Eis gefüllten Mülleimer aus Gummi, und er sah Ron dabei zu, wie dieser die Zapfanlage anschloss und zapfte. Cody hat Geburtstag, und mir ist es lieber, die Trinkerei findet hier statt. Er gab Darren einen roten Plastikbecher, der vorwiegend mit Schaum gefüllt war, dann bediente er sich selbst und Cody. Er deutete auf einen Stapel Klappstühle, Darren klappte einen auseinander und setzte sich neben das Fass, während Ron ein paar Werkzeuge an Haken in einer Lochplatte hängte und Cody mit seinem Becher ins Haus ging: Ich geh duschen.

Sich nur zu bewegen, um zu trinken oder sich mit dem Ärmel den Schaum abzuwischen, und sich seine Royals-Kappe so weit wie möglich über die Augen zu ziehen, schien Darren die beste Strategie, um weiterhin willkommen zu sein. Als Ron seinen Becher nachfüllte, füllte er auch den von Darren nach, aber auch ohne den Alkohol hätte Darrens bange Freude so viele Chemikalien in seinem Kreislauf freigesetzt, dass er durch sein Sweatshirt hindurch die kühle Herbstluft nicht spürte. Wie zur Feier des Tages sah Darren die nächste Straßenlaterne flackernd an- und ausgehen, und drum herum schwebte eher mottenartig, als dass er fiel, erster Schnee. Hörte Wagentüren zuknallen und die Stimmen von Nowak-Carter-Gordon-Davis-Typen näher kommen. Ron war da, also rührte Darren sich nicht. Keine Worte, sondern überraschtes, nicht zu deutendes Lächeln wurde an Darren gerichtet, während die Typen Mr. Williams, einen der cooleren Dads, begrüßten und Cody die Hand gaben, der inzwischen in Baggy Jeans und lizensierter Sportklamotte wiederaufgetaucht war. Ron musste Darren den Stapel roter Plastikbecher in die Hand gedrückt haben, weil er sich dabei ertappte, dass er jedem einen anbot, der sich dem Fass näherte. Ein Job, diesmal aber ohne Preise. Der Zapfer vom Dienst, sagte irgendwer, nur dass er sich großenteils über ihn lustig machte.

Wann erschienen die Mädchen, darunter auch Mandy, und woher wusste er, dass sie schwarze Jeans trug, einen roten Sweater mit V-Ausschnitt, straff hochgebundenes Haar, da er sie partout nicht ansehen wollte? Aber sie sagte: Hi Darren, lächelte sachlich, die Lippen frisch geschminkt, und als er ihr den Becher hinhielt, nahm sie einen: Danke. Er kannte entweder von seinen zwei Jahren auf der THS oder von seinen vorherigen Schulen die Namen von fast allen in der Garage, obwohl er selten die Möglichkeit gehabt hatte, sie auszusprechen. Lass dir einen einschenken, sagte Kyle Fulton, und er tat es. Prost, Alter, komm, wir lassen uns volllaufen. Der Metallgeschmack des Light-Biers in Darrens Mund, wie wenn er sich eine Neun-Volt-Batterie an die Zunge hielt.

Von Stan hatte er jede Menge Wut auf Rap und die ganzen Möchtegern-Nigger mitgekriegt, die mittlerweile darauf abfahren, aber was aus der Anlage kam, passte wie die Einkaufswagen, die Schließe des Munitionskanisters oder einer seiner seltenen Sätze, die dauerhaft einen Sinn behaupteten, so genau, dass Darren sein Alter spürte, sich seinem Alter gemäß fühlte, mit seinem Körper identisch, sein Körper jetzt auch in Einklang mit der Nacht. Er hatte sich nicht von seinem Stuhl gerührt, aber der Mützenschirm rutschte ein Stückchen höher, und er sah, dass einige der Mädchen in der kalten Garage zwar nicht tanzten, aber im Takt nickten oder leicht federten. Das heftige Verlangen, das das bei ihm weckte, war seiner Erfüllung näher als alles, was er bisher erlebt hatte. Darren in dieser Garage, auf seinem Stuhl, im vergangenen Jahrhundert, sein Glück. Alle schauen auf mich, sagte die Musik.

Dann bot ihm Davis Zigaretten an, Hey Mann, wie läuft's

denn so. War nicht so gemeint, was letzten Sommer abgegangen ist. Nicken von Gordon. Darren wusste, er musste auf der Hut sein, aber als das Mädchen namens Amber Zeig mal deine Haare sagte, ihm die Mütze abnahm und mit den rubinroten Spitzen ihrer Finger durch oder zumindest über den schwarzen, verfilzten, in letzter Zeit nicht gewaschenen oder geschnittenen Wust fuhr, war er so überwältigt von reiner Empfindung, dass ihm das Gelächter hier und da nichts ausmachte. Andere begannen ihm Worte zu entlocken, Wo hast du die geilen Stiefel her, ist das ein Knutschfleck oder eine Prellung, machst du immer noch Kampfsport. Solltest mehr mit uns rumhängen, Darren. Ja, wir haben die immer gleichen Arschlöcher aus dieser Oberstufenklasse satt. Er lachte einfach jedes Mal, wenn andere lachten, trank ständig aus dem Becher, den sie ständig nachfüllten.

Da sich aufgrund von Alkohol und schierem Hochgefühl eine immer längere Verzögerung zwischen Erleben und dessen bewussten Wahrnehmung ergab, bekam Darren erst dann mit, dass die Party sich aufgelöst hatte, als sie ihn hinten in einen Jeep Cherokee nötigten, am Steuer Nowak, auf dem Beifahrersitz Laura, man sah das Kirschrot ihrer Marlboro Light, hinten neben ihm Davis, der ihm eine Flasche Mad-Dog-20/20-Coco-Loco-Wein hinhielt, und der Bass des Systems, wie Nowak es nannte, wummerte in Darrens Brust, alle schauen auf mich. Bis die kalte Luft, die durch das Schiebedach knattert, das Nowak offen gelassen hat, damit der Qualm abzieht, Darren bewusst macht, dass sie auf der I-70 sind, kommt es ihm vor, als wären sie schon am Clinton Lake, 30 Kilometer weiter, angekommen; hauptsächlich Schüler aus höheren Klassen sitzen trinkend um ein Lagerfeuer, vom knisternden Osagedorn stieben Funken auf, etliche Paare knutschen auf Decken, die gleiche Musik aus einem anderen System. Erst als er sich auf den Rücken wälzt, nachdem er sich irgendwo außerhalb des hellen Kreises von Feuerschein schmerzlos erbrochen hat, hört er sie richtig Darren, Darren, Darren skandieren. Und jetzt, da er die Augen schließt, sieht er die Sterne.

**DIE
CYPHER
(ADAM)**

Hatte man ihnen nicht immer gesagt, sie sollten ihn mitmachen lassen? Der Kapitän der Kickballmannschaft wurde unter Androhung von Strafe gezwungen, ihn in der Pause zu wählen; eine Mutter bestand darauf, ihn gegen die Wünsche ihres Kindes zur Geburtstagsfeier einzuladen, wo er dann allein spielte; Ron Williams sagte Cody am letzten Halloween in der Grundschule: Darren geht mit euch, oder es geht überhaupt keiner, und sein Spiderman-Kostüm lag mindestens ein Entwicklungsstadium hinter den zunehmend sexualisierten, mit Glitter gesprenkelten Dschinns, den Jungs, die unter ihren Trenchcoats Butterfly-Messer befingerten und nur ein paar Tropfen Kunstblut im Gesicht trugen. Also ließen sie, die Klasse von 97, ihn jetzt mitmachen; es fielen ironische Bemerkungen, aber sie waren nicht durchweg grausam. War es denn wirklich so viel anders, fragte sich Adam, als im vorigen Jahr bei Aaron Nagel, einem autistischen Jungen, der sich bei Heimspielen ein Trikot anzog und den Coach Hawn für die letzten Minuten gegen Highland Park einwechselte? Beide Teams bemühten sich, ihm vor dem Abpfiff einen Korb zu ermöglichen, ihn auf die Anzeigetafel zu bringen; sein ungefährdeter Korbleger schaffte es in die Nachrichten. Und wie die Zuschauer ausflippten, aufs Feld rannten, seine Klassenkameraden ihn auf den Schultern trugen. Eine herzerwärmende Episode. Während die Zwölftklässler sich dem Schulabschluss näherten, das Ende ihrer Minderjährigkeit näher rückte, schloss die rituelle Wiedereingliederung von

Darren in ihre Gesellschaft den symbolischen Kreis ihrer Kindheit: Klaus' Stimme im Dunkeln.

Vielleicht stimmte aber auch das Gegenteil: dass sie Darren auf bösartige Weise für das bestraften, was er repräsentierte, das schlechte Surplus. Das Mann-Kind, Nachfahre des Narren und Dorftrottels und von John Clare, dem Dichter, der nach Auflösung der Allmenderechte die Landschaft durchstreift. Die Fortdauer des kindlichen Gemüts – seiner Fülle und Ziellosigkeit – im sexuell reifen Körper, die sich historisch überlebt hat, sich rechtfertigen muss. Das Mann-Kind repräsentierte eine farcenhafte Form von Freiheit, magisches Denken im Gegensatz zum zunehmend verwalteten Leben des jungen Erwachsenen. Ein Erzähler fantastischer Geschichten. Fast jedes Objekt in der Welt des Mann-Kindes spiegelte diesen Schwebezustand zwischen zwei Reichen wider: sein Alkohol, der auch Limonade war, seine Waffen, die Spielzeuge waren, und dass er durchaus imstande war, zwei Dollar aus Papier gegen einen aus Silber zu tauschen, also nicht so sehr Geldwert als vielmehr Glanz schätzte. Er hatte Schwierigkeiten, mit seiner Größe und seiner Gesichtsbehaarung zurechtzukommen, und wenn er tatsächlichen Kindern einen Wrestling-Griff (Wäscheleine, Gesichtshammer, DDT) demonstrierte und sie dabei verletzte, dann war das ein Fall von »Kennt seine eigene Kraft nicht«. Um dem Typus zu entsprechen, musste er nicht nur männlich, sondern auch weiß und körperlich leistungsfähig sein: die pervertierte Form des privilegierten Untertanen des Imperiums. Wäre er eine Frau oder ein rassifizierter oder sonst wie ausgegrenzter Jemand, wäre er unmittelbarer Todesgefahr durch Sexualtäter oder Polizei ausgesetzt. Gerade seine Ähnlichkeit mit dem Vorherrschenden machte ihn zur jämmerlichen Gestalt und zur Provokation: das Mann-Kind war *fast* geeignet für Schule, Arbeit oder Dienst, schaffte es fast, den Führerschein zu machen, das Geländefahrrad endgültig auszurangieren; da er den Normen zu nahe war, um sie durch sein Anderssein zu bestätigen, mussten die eigentlichen Männer – die selbst in Wirklichkeit immerwährende Jungen sind, da Amerika Jugend ohne Ende ist – sich mit Gewalt von ihm absetzen: Klaus' Stimme.

Milieutherapie, sagte Jason, während er Rauch ausatmete; auf der Rückfahrt vom Clinton Lake, wo sie Darren träumend im Gras zurückgelassen hatten, saßen sie auf dem Rücksitz des Jeeps; den Nicht-Foundation-Kids, denen Jason den Joint nach vorne reichte, sagte der Ausdruck wahrscheinlich nichts. Der Witz, insofern es ein Witz war, ging nicht nur auf Darrens Kosten, sondern auch auf Kosten der therapeutischen Kultur, die ihn im Stich gelassen hatte, ihn nicht in das medikalisierte Idyll der stationären Behandlung (wer würde dafür bezahlen?) aufnehmen oder ihn mittels Klinikstunden mit der Welt insgesamt versöhnen konnte. In Jasons Witz lag auch Bitterkeit über die Torheit von Foundation-Eltern: dass sie glaubten, Foundation-Kids wären einfach »so schlau«, nicht besoffen Auto zu fahren, Crystal aus einer zerbrochenen Glühbirne zu inhalieren oder mit Unterarm oder Ellenbogen zuzuschlagen – eine Taktik, die im Nahkampf erheblichen Schaden anrichten konnte und sich gegen Ende des Jahrtausends, während Martial Arts zur Fernsehsportart wurde, unter den Menschen von Kansas immer größerer Beliebtheit erfreute. Natürlich waren sie so schlau, aber Schlausein ist ein schwacher Zustand; man kann nicht davon ausgehen, dass der eigene Sohn sich aus der vorherrschenden libidinösen Ökonomie ausklinkt und aus dem falschen Leben heraus die richtigen Bedürfnisse entwickelt; die Travestie von Einbeziehung, die sie mit Darren – ihrem Praktikanten – aufführten, war auch ein Zitat und eine Kritik der Methoden der Foundation; wenn sie sich zugleich um Darren kümmerten und ihn geißelten, simulierten sie auch ihre Eltern und machten sich über sie lustig.

Aber das stimmt eigentlich nicht; niemand entschied, niemand hatte das Sagen. Darren war in der Garage, weil er Ron half, weil Ron ihn hatte helfen lassen (Großzügigkeit gegenüber dem Mann-Kind nahm oft die Form von Pseudobeschäftigung an); zu dem Jeep bewegte er sich ebenso sehr auf einem Strom von Alkohol und gemeinsamer Energie wie aus eigener Kraft und unter der Regie seiner Altersgenossen. Groll, Empathie, Wehmut und Unbehagen wohnten ohne ihr Wissen in ihren Körpern, ließen sie in einer ganz bestimmten Haltung dastehen, krümmten ihnen auf eine ganz bestimmte Weise die Schultern, machten ihre Gesichter offener oder verschlossener, schnitten ihnen die Haare, flossen in die Prosodie ihrer Gesten, ihrer Sprache ein; kein Einzelner choreografierte die Sequenz, von der Darren aufgesogen wurde. Wie viele von Darrens eigenen kleinen Bewegungen und Posen waren körperlich gewordene Echos der Vergangenheit, Wiederholungen knapp unterhalb seiner Bewusstseinsschwelle? Was in früheren Runden geltend gemacht wird, ist immer relevant. Als Adam aus dem Fenster des Jeeps schaute, während kalte Luft durch das Sonnendach knatterte, war die Billardkugel schon da.

Ihn am See zurückzulassen war grausam, aber es waren eher Gewissensbisse wegen dieser Grausamkeit als deren Fortsetzung, die Mandy einige Tage später darauf bestehen ließen, dass sie bei ihm zu Hause vorbeischauten, für seine Mutter sichtbare Spuren ihrer Gesellschaft hinterließen, eine Form der Entschuldigung. Und man könnte argumentieren, dass es danach zumindest gleichermaßen unfreundlich war, die Fiktion seiner Einbeziehung aufrechtzuerhalten und sie zugleich zu durchlöchern; einfacher, ihn bis zum Schulabschluss Maskottchen sein zu lassen, eine Art Wasserträger, nur dass er anstelle von Wasser Fassbier tragen konnte, mit Sprite gemischtes Everclear. Außerdem war da noch ihre anthropologische Faszination: Er war ihr Victor von Aveyron, ihr Kaspar Hauser. Konnte er ihre Sprache und ihre Gebräuche lernen? Nur fast, und mit seinem Scheitern übte Darren eine wichtige soziale Funktion aus: er naturalisierte ihr eigenes angeeignetes Gerede und Ritual; Darren half ihnen, sich treu zu bleiben.

Keiner hatte das Sagen, aber Jason war die zentrale Figur; er hatte geholfen, Darren bei Cody zum Jeep zu führen, dann hatte er darauf bestanden, ihn am See »schlafen« zu lassen, buchstäblich ein verlorener Junge unter den Sternen; zwanzig Jahre später würde Adam rückblickend glauben, dass der Feuereifer, mit dem Jason mitmachte, mit dessen eigener, vergleichsweise komplexer Identität zu tun hatte. Zwar ähnelte er Eric physisch viel mehr als Sima und galt bei den meisten seiner Altersgenossen als weiß – was bedeutete, dass sich die Frage für die meisten niemals stellte –, aber ein Element von ethnischer Differenz war gleichwohl vorhanden. Den größten Teil seines Lebens war diese Differenz kaum sichtbar; zur Welternährungswoche hatte er mit seiner Mutter mehr als einmal selbstgemachtes Lavasch in die Randolph Elementary mitgebracht (Jane drängte Sima immer, sich auf ihre eigene Geschichte einzulassen, gegen das Abgeschnittensein anzuarbeiten), aber Sima sprach in seiner Gegenwart kein Wort Farsi, und ihre Familie – nicht, dass Jason sie überhaupt kannte – war schon seit Generationen überaus weltlich orientiert; zu Hause feierte Jason, wenn auch nur vage, sowohl Chanukka als auch Weihnachten und war damit, wenn überhaupt, nur geringfügig weniger fremd als diese Foundation-Juden wie Adam, deren Häuser zum Fest keine richtigen Lichtergirlanden zierten. Im Dezember kam einem das dunkle Haus der Gordons so vor, als fehlte der Greenwood Avenue ein Zahn. Phänotypus, Klassenzugehörigkeit und die Unzulänglichkeit verfügbarer Kategorien (in der Topeka High war man in den Augen der meisten Weißen weiß, schwarz, Mexikaner oder Asiate; Pablo Figueroa, der einzige Chilene in der zwölften Klasse, hatte es längst aufgegeben, seine Altersgenossen dazu zu bringen, feinere Unterschiede zu machen) bedeuteten, dass Jason den größten Teil seiner Kindheit über als Weißer durchging, ohne zu wissen, dass er durchging. Aber Desert Shield, Desert Storm, die Autobombe unter dem Nordturm, die Pigmentierung seiner Mutter und ihr ausländischer Name bedeuteten, dass mit Eintritt in die Highschool Lästereien möglicherweise auch den Vorwurf »Araber« enthielten. Im Sommer vor ihrem ersten Studienjahr hatte Jason ein paar von Darrens Lügen widerlegt, worauf dieser ihn als »Halbblut« und so einiges andere aus dem Surplus bezeichnete und dann seine Spielzeugpistole auf ihn richtete; Jason verpasste ihm zwei Schläge, wobei der rechte Cross eine Platzwunde über Darrens Auge zur Folge hatte. Die Gewalttätigkeit war untypisch für Jason; bezog er Darren nun ein, um sie wiedergutzumachen? Ja, und auch das Gegenteil: Er fuhr fort, den pervertierten, privilegierten Untertanen des Imperiums zu bestrafen.

Wie dem auch sei, inzwischen durfte keiner mehr Darren schlagen; seine Peiniger waren zugleich seine Beschützer. Zwei Monate nach seiner langen Nacht am Clinton Lake trank Darren auf Ambers Kellercouch einen Liter Olde English. Er korrigierte immer wieder seine Pose, wenn er das Gefühl hatte, zu tief in die Polster aus weichem braunem Leder eingesunken zu sein. (Jemand hatte ihm eine Zigarette hinters Ohr geklemmt. Er berührte sie regelmäßig, um sich ihr Vorhandensein zu bestätigen – behutsam, wie jemand Benommenes etwa eine Kopfverletzung berühren würde, jedes Mal verblüfft darüber, sie vorzufinden.) Angeschleppt hatten ihn ein paar Mittelstufenschüler, die unbedingt beim zweifelhaften Scherz seiner Einbeziehung mitmachen wollten, aber für viele Partygänger ließ der Reiz des Neuen, den seine Anwesenheit besaß, schon wieder nach; er war einfach auch einer, der sich volllaufen ließ. Bei dieser speziellen Zusammenkunft waren auch ein paar Zwölftklässler von der Topeka West, Ambers ehemaliger Schule, dabei.

In dem dämmrigen Keller stand Darren auf, um nach dem Klo zu suchen. Auf dem Weg dorthin stieß er versehentlich mit Reynolds zusammen, einem rothaarigen Ringer und Landesmeister von der West, der entsprechend der Konvention reagierte, nämlich Darren einen kräftigen Stoß vor die Brust versetzte und dem Arsch sagte, er solle gefälligst aufpassen. Darren bekleckerte sich mit Olde English, gewann sein Gleichgewicht zurück und schickte sich an, ohne Entgegnung oder Entschuldigung seine Suche fortzusetzen. Doch im Nu war er umringt, war sich ganz kurz sicher, dass er eine Verfehlung begangen, alles verdorben hatte und dass man ihn aus seiner neuen Gesellschaft rausschmeißen würde. Er brauchte eine ganze Weile, um mitzukriegen, dass die Leute, die da zusammenrückten, Reynolds bedrohten, ihm sagten, er solle sich verpissen. (Darren war schon öfter verteidigt worden, allerdings fast immer gegen seine Altersgenossen, nicht von ihnen.) Reynolds' zwei Klassenkameraden kamen dem Ringer zu Hilfe, die Flügel der Glastür glitten zur Seite, und das Ganze verlagerte sich im Pulk auf den Rasen, der zu dem künstlichen See hin abfiel. Nur Amber bemühte sich, die Sache zu unterbinden, sich zwischen die Zwölftklässler zu drängen, was Adam die Möglichkeit verschaffte, sie in Sicherheit zu bringen, und damit ein ehrenwertes Motiv, sich herauszuhalten. Die Drohungen sowohl echt als auch nachgeplappert: Lass das, Arschloch, was wird'n das hier?, Reynolds schälte sich in der Kälte aus seinem Sweatshirt und enthüllte ein Sixpack, Rückenmuskeln, als hätte sein Oberkörper eine Haube wie eine Kobra.

In einer Minute wird Sean dem Ringer – ein, zwei Sekunden, bevor dieser mit dem ersten Körperkontakt rechnet – einen Kopfstoß verpassen, der Reynolds die Nase brechen, ja regelrecht zerplatzen lassen wird. Reynolds' Freunde werfen sich ins Getümmel, werden jedoch rasch getrennt und überwältigt. Als Reynolds, sein Gesicht eine Maske aus Blut und Dreck, auf dem Boden liegt, beginnen sie, auf ihn einzutreten und drüberzustampfen, und Darren wird nach vorn gelotst, damit er mit seinen geilen Stiefeln auch einmal zutreten kann. Zu irgendeinem schwer zu bestimmenden Zeitpunkt hörten Prügeleien zwischen weißen Jungs der Mittelschicht im Mittleren Westen, wenn ein Beteiligter zu Boden ging, nicht etwa auf, sondern bekamen neuen Schwung, und die »Jungs sind nun mal so«-Ritterlichkeit des Boxens machte der archaischen Regression des Overkills Platz, ein Begriff, der von 1946 datiert; jeder Gegner muss zur Strecke gebracht werden; jedes Vergehen, wie unbedeutend auch immer, führt zum Holocaust.

Anstatt die Aufmerksamkeit auf die Prügelei zu richten, Zoom auf das faszinierende und absurde Spektakel der Gang Signs, die ihr vorausgehen: Reynolds, der Sohn von Immobilienmaklern, biegt die Finger zu dem Wort »Blut«, zeigt sein »Set«, mimt die manuelle Sprache einer Street Gang in Los Angeles, zu der er keinerlei schlüssigen Bezug haben kann; und Nowak, der eine echte, wenn auch ungeladene Pistole im Bund seiner Baggy Pants stecken hat, antwortet mit einer raschen Abfolge von Fingerbewegungen, basierend auf den Signs der »Folk Nation«, die aus den Sozialbausiedlungen von Chicago hervorging, was in Topeka präsent gewesen sein mag oder auch nicht, aber ganz bestimmt nicht unter diesen weißen, hauptsächlich für das College bestimmten Kids, die außer der ihnen gemeinsamen Privilegiertheit kein *Volk* hatten: Klaus' Stimme. »Als Barack Obama gestern bei einem Gedenkgottesdienst in Johannesburg Leben und Wirken von Nelson Mandela rühmte, vollführte ein Mann, der nur wenige Meter entfernt stand und die Reden in Gebärdensprache übersetzen sollte, stattdessen mit den Händen eine Reihe vollkommen sinnloser Gesten.« – »Während Hurrikan Irma auf Florida zuhielt, veranstalteten die Behörden in einem County an der Westküste des Staates eine Pressekonferenz, um die Einwohner über die Zwangsevakuierung zu informieren. Der Dolmetscher trug ein gelbes Hemd – ein Tabu für hellhäutige Gebärdensprachdolmetscher, die typischerweise dunkle Kleidung tragen, von der sich ihre Hände deutlich abheben. Experten, die das Video begutachteten, sagten, der Dolmetscher habe Kauderwelsch gestikuliert.« – »Er hörte die Stimmen und Worte, sah die Bewegungen, Gebärden und

Blicke, aber da er jetzt alles wie durch ein Tierauge sah, fand er nichts als eine entartete, sich verstellende Gesellschaft«, die vor langer Zeit ihren letzten echten Krieg geführt hat, hat doch die Geschichte irgendwann zwischen 1989 und 1992 geendet.

Jung zu sein und einander beliebig Schaden zuzufügen erfüllte sie mit tiefster Dumpfheit und zugleich mit höchster Ekstase; die Hitze war ihre eigene Rechtfertigung, doch die Kälte war es ebenso – es lag ein Kitzel zweiter Ordnung in dem Wissen, dass man jemandem ohne Emotion gegen die Brust treten konnte. Gewalttätige Auseinandersetzungen zu führen, ohne dass einem Vorstellungen von Anstand, eine Art Surplus, in die Quere kamen. Am Wochenende eine Beschäftigung zu haben. Irgendwann ließen sie zu, dass der halb bewusstlose Reynolds von seinen Freunden, die nicht viel abgekriegt hatten, weggeschleppt wurde; sie brüllten irgendetwas von Rache, während sie den Rückzug antraten.

Wo waren die Eltern? Die meisten schliefen. Einige schauten sich *Friends* oder *Frasier* an, einige schauten sich *SportsCenter* an. Einige erledigten Schreibtischarbeit oder wischten ihre Kücheninseln ab. Einige lasen Rice, einige lasen Clancy, einige lasen Adrienne Rich oder »Nicht-interpretierende Mechanismen in der psychoanalytischen Therapie«. Oder taten so, als läsen sie. Einige kamen vom kinderfreien Abend in Kansas City zurück oder schliefen routinemäßig miteinander oder warteten darauf, dass in einem ansonsten dunklen, mit Teppichboden belegten Kellerbüro der Internetporno hochlud. Einige waren bei einer Tagung in Toledo. Einige saßen auf Heimtrainern oder standen auf dem Stepper oder werkelten in der Garage oder reinigten Schusswaffen. Einige versuchten sich am E-Mail-Schreiben. Einige warteten auf den Piepton des Anklopfens – darauf, dass ihre Kids sich melдеten –, während sie am Schnurlostelefon mit anderen sprachen. Einige machten sich Sorgen und/oder ahnten nichts. Einige redigierten Zeile für Zeile College-Bewerbungen oder machten ihre Runden im St. Francis. Einige aßen, öffneten ein Fenster oder trabten einfach dumpf auf einem Laufband. Einige tranken Gin Tonic in Taipeh, einige schrieben dies hier in Brooklyn, während ihre Töchter neben ihnen schliefen, einige kamen in Träumen mit der Bahn zurück, und einige lagen in Dämmerzuständen in Krankenhausbetten in Rolling Hills.

—

Als Kind verlangte er immer von seiner Mutter, zur Schlafenszeit das folgende Gedicht aufzusagen, ein Gedicht, das sie von ihrer Mutter gelernt hatte:

Hab nie eine lila Kuh seh'n
Und sehe bestimmt auch nie eine,
Auf eines aber muss ich besteh'n,
Mir wär's lieber, ich seh, als ich bin eine.

Dann forderte sie ihn auf, das Gedicht seinerseits aufzusagen; er vermasselte es jedes Mal, anfangs, weil er tatsächlich Schwierigkeiten hatte, sich die vier Zeilen einzuprägen, dann, weil sie Verzweiflung über seine Fehler mimte, was er wahnsinnig komisch fand. Grüne, an der Decke schimmernde Plastiksterne. Der Geruch seiner frisch gewaschenen Peanuts-Bettwäsche. Noch einmal, sagte sie dann mit gespieltem Ernst und rezitierte das Gedicht mit einem Gestus von Förmlichkeit; worauf er es abermals falsch wiedergab – »Und bestimmt seh ich auch nie eine« –, sodass das Spiel weitergehen konnte und er die Schlafenszeit hinausschob, eine kleine Scheherazade.

Es war Unsinn, so etwas wie lila Kühe gab es nicht, aber es *ergab* einen Sinn: Inzwischen sah er vor seinem geistigen Auge die Kühe, die zu meiden waren. (Versuche nicht an eine lila Kuh zu denken.) Das abartige Ding zu sehen war besser, als es zu sein, doch das Gedicht legte nahe, dass das eine mit dem anderen zu tun hatte, dass man das eine vom anderen unterscheiden musste, dass eine Verwechslung möglich war. Zu einem Zeitpunkt, als sein persönlicher Kanon von Gedichten ausschließlich aus Spötteleien und schwachen Zaubern bestand, die man auf die Spötter zurückschleudern konnte – Stock und Stein, Was man sagt, das ist man selber –, erschien ihm »Die lila Kuh« wie ein weiterer prophylaktischer Sprechakt: dieses Gedicht beschützt mich vor dem, was ich vor meinem geistigen Auge sehe. Zwischen den Phosphenen.

Nach seiner Gehirnerschütterung setzte sich das Spiel noch etwa ein Jahr lang fort, doch nun lag darunter eine dunkle Energie, oder das Ritual drehte sich darum, diese Energie zu bannen; sich etwas nicht merken oder auswendig lernen zu können ließ zu sehr an kognitive Schäden oder Gedächtnisverlust denken und war daher nicht mehr nur lustig. Seine Mutter präsentierte das zweite Gedicht:

»Die lila Kuh«, die ist von mir –
Inzwischen tut's mir leid!
Zitier mich nicht, das sag ich dir,
Sonst kriegen wir noch Streit.

Inzwischen hatte er Batman-Bettwäsche. Das Royals-Poster, das die Wand seines Zimmers zierte, zeigte George Brett beim Schlag. Warum war dieses Gedicht bedeutsam für ihn? Da war erstens die Geschichte, die Prosa um das Gedicht, die seine Mutter erzählte, so wie ihre Mutter sie ihr erzählt hatte: Der Verfasser beider Gedichte war ein ernsthafter Schriftsteller, der »Die lila Kuh« aus dem Ärmel geschüttelt hatte, während er an ambitionierten lyrischen und wissenschaftlichen Projekten gearbeitet hatte. Doch das Gedicht wurde so berühmt, dass es seine sämtlichen anderen Werke erdrückte; der ernsthafte Schriftsteller wurde mit diesem Nonsensgedicht vollkommen identifiziert, und das machte seine Bestrebungen zunichte. (Sie sagte niemals den Namen des Schriftstellers, als wäre auch er von dem schwarzen oder dem lila Loch des Versleins verschlungen worden.) Mit acht machte er in dem zweiten kleinen Gedicht echtes Leid, echten Zorn und echte Gewalttätigkeit aus; ihn faszinierte die Vorstellung, dass ein Wortgebilde zirkulieren, berühmt werden, den Menschen vernichten konnte, der es geschaffen hatte, und so zum Auslöser eines zweiten Gedichts wurde, eines Zaubers gegen die paradoxen Effekte – wie man bei Arzneimittelreaktionen sagt – des ersten. Ein Gedicht ist eine geheimnisvolle Pille. Der Autor war zwar nicht zur lila Kuh geworden, wohl aber »Die lila Kuh«; durch Sprache war ihm eine schlechte Besonderheit zugewachsen. Zur Schlafenszeit unter sanft schimmernden Plastiksternen heraufbeschwören, sehen, sein, das (Falsch-)gesehen-Werden des Ruhms, streiten, zitieren, falsch zitieren (um nicht schlafen zu müssen, um Streit zu vermeiden), vergessen und sich falsch erinnern.

»Es war einmal zu einer Zeit und eine sehr gute Zeit war's da kam eine Muhkuh die Straße entlang und diese Muhkuh die da die Straße entlangkam traf ein feinches kleinches Jungchen das hieß Baby Tuckuck«, las er in Mrs. Hacketts Leistungskurs Englisch. »Sein Vater erzählte ihm diese Geschichte: sein Vater kuckte ihn an durch ein Glas: er hatte ein haariges Gesicht.« Der Anfang von Joyce' *Porträt* enthielt alles: die Muttersprache von Milch und Menschen, Namensgebung und Gewalt, innerhalb und außerhalb von Wir-Gruppen – (»Wie ist dein Name? Stephen hatte geantwortet: Stephen Dedalus. Dann hatte Nasty Roche gesagt: Was ist das denn für ein Name?«). Stephens Tante Dante sagt, er müsse sich entschuldigen, sonst kämen die Adler und hackten ihm die Augen aus. Oder waren es Krähen, lila Krähen? Hochtrabende Prosa.

Er wollte Dichter werden, weil Gedichte Zauber waren, geformter, Sinn zunichtemachender und neu stiftender Klang, der Gewalt zufügte und abwehrte, der einen berühmt – und sei es fürs Ausgelöschtwerden – machte und noch andere Auswirkungen auf Körper haben konnte: sie einschläfern oder aufwecken, Tränen oder andere Formen von Lubrikation hervorrufen konnte, Schwellung, das Sichaufrichten kleiner Härchen. Die Pseudogangsta von Topeka bedrohten ständig andere Pseudogangsta, warfen ihnen vor, sie zu zitieren, drohten damit, sie umzubringen. Fast alle – Vorschüler, Mann-Kinder, Familientherapeuten, Analytiker, Biopsychologen, Debatten-Trainer – stimmten darin überein, dass Sprache magische Effekte haben konnte: Bitte deine Muskeln einfach, sich zu entspannen. Selbst wenn er kein Dichter hätte werden wollen, war er schon immer einer, zumindest seit er im Bright Circle die Kräuter zwischen seinen Händen zerrieben hatte. Du bist ein Dichter und weißt es nicht mal.

In der Highschool bestand das Problem für ihn darin, dass

das Debattieren einen zum Nerd und die Lyrik einen zur Pussy machte – auch wenn beides dazu beitragen konnte, einen in die undeutlich imaginierte Stadt an der Ostküste zu bringen, von der aus man mit großer Ironie über seine Erfahrungen in Topeka berichten konnte. Entscheidend war, seine Beteiligung an Debattierwettbewerben als eine Form von sprachlichem Kampf zu erzählen; entscheidend war, zum Rabauken zu werden, geistig beweglich, gemein, jederzeit bereit, einen Gesprächspartner auf die kleinste Provokation hin mit Beleidigungen zu schnellsen. Lyrik ließ sich rechtfertigen, wenn sie einem half, nochmal hochzuschalten, wenn sie Cypher und Flow wurde, wenn sie ein Grund dafür war, dass Amber mit einem vögelte, und nicht mit Reynolds und Konsorten. Wenn sprachliches Können Schaden anrichten und dafür sorgen konnte, dass man Sex hatte, dann konnte man es als Jugendlicher in den Bereich des Sozialen integrieren, ohne von den geläufigen Werten von Intellekt und Ausdruck vollständig abzurücken. Es war keine Versöhnung, aber eine handhabbare Spannung. Sein katastrophaler Frisurenkompromiss. Die Migräneanfälle.

Zum Glück für Adam wurde diese Verlagerung der Aggression ins Sprachliche von einer der Praktiken sanktioniert, die sich die Typen angeeignet hatten: Wenn nach mehrstündigem Saufgelage nicht eine Prügelei oder eine Beschwerde wegen Ruhestörung der Party ein Ende gemacht hatte, kam es mit einiger Wahrscheinlichkeit zum Freestyle-Rappen. Das war in vieler Hinsicht die beschämendste aller Posen, die deutlichste Ausprägung einer Krise weißer Männlichkeit und ihrer Repräsentationssysteme, bei der eine kleine Gruppe privilegierter Weißer sehr oft arhythmisch die vorherrschenden und für sie vollkommen unzutreffenden Klischees des Genres recycelten. Für ihn jedoch war es sozial unerlässlich: die Rap-Battle verwandelte sein Geschick als öffentlicher Redner und aufstrebender Dichter in etwas Cooles. Sein Glück war schwindelerregend: dass es einen rasanten, ritualisierten, poetischen Austausch von Beleidigungen gab, der die Kluft zwischen seinen Samstagnachmittagen in verlassenen Highschools und seinen Samstagabenden bei Leuten, die sturmfrei hatten, überbrückte und ihm einen Übergang von einem Wettbewerb zum anderen ermöglichte.

Im Kopf übte er ständig so etwas wie das Freestyle-Rappen, obwohl er beim Fahren oder Duschen oder wenn er abends im Bett lag gelegentlich auch laut probte. Es war eine typischerweise stumme und gelegentlich nur halbbewusste Synthese von Schnellsen und Lyrik. Eine ungehörte Melodie. In seinem Kopf gab es mehrere Spuren, und er konnte mit Hilfe einer Spur etwa ein Gespräch mit seiner Großmutter führen, während er sich auf einer anderen in einer imaginären Cypher befand, wobei gelegentlich Vokabular aus seinem tatsächlichen Gespräch ins Virtuelle übersprang: *Ich bin das Gedicht, das du lieber verschweigst / das du nie einem zeigst / weil du's immer vergeigst / die Kosten immens / in der Seniorenresidenz* oder was auch immer, während sie darauf warten, dass die Ampel an der 21st grün wird, nachdem er zusammen mit Jane seine Großmutter abgeholt hat, um sie zum Einkaufen zu fahren. Ich brauche nur ein paar Sachen. Doch die Formulierung, er »übe«, impliziert, dass er beschließen könnte, aufzuhören; dabei war er sich zwar oft kaum bewusst, dass er reimte, so wie man sich etwa eines Ticks nicht bewusst ist, aber er hatte nicht das Gefühl, dass er es abschalten konnte.

Er, seine Mutter und seine Großmutter fuhren auf den riesigen Parkplatz des Hypermart, ein Mega-Kaufhaus, Teil des Walton-Franchise, in der Nähe der West Ridge Mall; bei seiner Eröffnung waren sämtliche Regalbefüller auf Rollerskates herumgefahren, was in Adams Vorstellung zu einer Assoziation mit dem Starlite Skating Rink führte. Es war das einzige Geschäft in Topeka, das rund um die Uhr geöffnet hatte. *Hypersmart / Ich bin so richtig in Fahrt / Und deine Mutter geht putzen im Hypermart* oder was auch immer, während er beim Einparken auf einem Behindertenparkplatz gleichzeitig seine Großmutter fragt, wie es eigentlich zur Heirat mit seinem Großvater gekommen ist. Wann habt ihr euch kennengelernt? »In Brooklyn«, sagte sie in Topeka. »Als mein Vater krank wurde, bin ich von der Highschool abgegangen und habe als Schreibkraft gearbeitet, um für die Familie etwas dazuzuverdienen, und dabei bin ich jedes Mal spät nach Hause gekommen, in die Avenue J; ich habe immer den Bus genommen. Und dein Großvater hat dort jedes Mal auf mich gewartet und gefragt, ob er mich nach Hause begleiten darf. Das war 1932«, sagte sie 1997, »und wir haben uns Sorgen darüber gemacht, wie wir über die Runden kommen würden.« Sie hatten das Kaufhaus betreten und begannen die riesigen, turmhohen Gänge voller grell erleuchteter, grell verpackter Waren zu durchwandern. »Schließlich hat er mich gefragt, ob wir zusammen zu einem Tanzabend gehen. Eigentlich war ich eine sehr gute Tänzerin. Aber er selbst wollte nicht tanzen. Und er hat auch keinen anderen mit mir tanzen lassen.« Und dann, als folgte das logisch daraus: »Ein paar Monate später waren wir verheiratet.« Darüber mussten Adam und Jane lachen.

Sie waren mit ihr hierher gefahren, weil das Kaufhaus zwischen ihrem Heim für betreutes Wohnen und dem Haus lag, in dem Jane und er wohnten, und weil es dort alles gab, was das Imperium zu bieten hatte, doch bei einem Blick in die Runde wurde ihm klar, dass das eine alberne Wahl war; seine Großmutter, eine von der Weltwirtschaftskrise zur Knauserin gemachte Frau, die allein lebte – obwohl sie genau darauf achtete, was ihr zunehmend komatöser Ehemann brauchte – und eine Disziplin daraus machte, so wenig wie möglich zu verbrauchen, würde hier in der Masse nichts Kleines oder mengenmäßig hinlänglich Begrenztes finden, was sie kaufen konnte. Es gab Gänge voller Vorratspackungen von Frühstücksflocken: Cheerios, Cap'n Crunch; womöglich würde sie den Rest ihres Lebens brauchen, um eine aufzuessen. Zumindest aber würde sie den niedrigeren Stückpreis infolge der unsinnigen Mengen, des Overkills, bemerken.

Jane fragte seine Großmutter, was sie brauche, und sie sagte, Küchentücher, den Comet-Reiniger, den sie zum Putzen des Badezimmers verwendete, und noch ein paar Haushaltswaren. Im Tempo seiner Großmutter wanderten sie auf eine Pyramide zu, die aus Dreißigerpackungen Toilettenpapier bestand. Sie fanden eine Packung mit sechs Küchenrollen, die sie, wie Jane fand, kaufen sollten: Ich behalte vier, Mom, du kannst zwei mit nach Hause nehmen. Jane brauchte kein Küchenpapier, begriff jedoch, dass ihre Mutter dem Kauf nur unter dieser Voraussetzung zustimmen würde. Aber Rose war sich sicher, dass es irgendwo im Kaufhaus noch ein billigeres No-Name-Produkt gab, und so wanderten sie weiter; Adam checkte seinen Pager, als der vibrierte – alle Zwölftklässler hatten Pager –, und sah Ambers Nummer. Für Jane musste es ausgesehen haben, als spielte ihr Sohn Arzt und tue so, als hätte er Bereitschaftsdienst.

Das Küchentuch-Problem wurde gelöst, aber das Scheuermittel gab es nur in Viererpackungen, und Jane konnte nicht so tun, als bräuchte sie drei Behälter eines Reinigers, den sie, wie ihre Mom wusste, niemals benutzen würde. Er erkannte den ungeduldigen Unterton, der sich in die Stimme seiner Mutter einschlich, als typisches Merkmal ihrer Interaktionen mit Rose, eine Art schnell eintretende Gereiztheit, die ansonsten nicht dem Naturell seiner Mutter entsprach. »Du brauchst diesen Reiniger doch gar nicht; du bezahlst – und wir bezahlen – dafür, dass deine Wohnung gründlich gereinigt wird. Du solltest das Zeug sowieso nicht einatmen. Du solltest dich nicht über die Wanne beugen. Wir nehmen das nicht. Komm, gehen wir.«

»Die machen die Wanne nie richtig sauber. Ich benutze seit fünfzig Jahren Scheuermittel, und es hat noch nie jemandem geschadet.«

Adam las stumm die Etiketten. *Lös dich auf wie einen Schmutzrand / und wie deine Mom tickt, check ich aus dem Stand,* und sagte: »Wir könnten auf dem Nachhauseweg bei Dillon's halten, dort bekommst du es auch einzeln, Grandma«, und warf seiner Mutter einen empathischen, aber sanft tadelnden Blick zu: »Ich weiß, sie ist frustrierend«, sagte dieser Blick, »aber bleib ruhig.« In Gegenwart seiner Großmutter gab er sich besonders reif und war seiner Mutter, wenn sie dabei war, eine Hilfe; großzügig, nachsichtig, besonnen. Es war der Kontext, in dem er seinem Dad am meisten ähnelte.

Er ließ die beiden für einen Moment allein, damit er sich auf die Suche nach dem Kreatin-Ergänzungsmittel machen konnte, das er einnahm, um die Muskelregenerationszeit zu verkürzen. (Gibt es auch Pülverchen, mit denen sich das Zurückgewinnen der Erinnerung beschleunigen lässt? Klaus' Stimme.) Er kam an einem Arbeiter vorbei, der mit einem kleinen Gabelstapler Paletten voll Mineralwasser stapelte.

Über die Lautsprecheranlage wurde irgendetwas bekanntgegeben, und erst als die Berieselungsmusik weiterging, wurde ihm bewusst, dass sie schon die ganze Zeit lief. Seit Anbeginn der Zeit. Er wandte sich nach links und betrat einen riesigen Gang mit Proteinmischungen, Bottichen voller Vitamine und anderen Produkten und erlebte, während er die immergleichen, sich bis zum Fluchtpunkt fortsetzenden Verpackungen betrachtete, einen Kitzel, nicht unähnlich dem, den er in dem falschen McMansion am Lake Sherwood verspürt hatte – die banale, aber durch schiere Vielzahl wirkende Erhabenheit des Austauschbaren. Hier Subjekt zu sein hieß, von Objekten geschnellst zu werden. Später sollte er sich an bestimmte Gänge des Hypermart erinnern, während er sich Donald Judds Boxen ansah. Später sollte er eine ähnliche Empfindung erleben, als er sich bestimmte Fotografien von Andreas Gursky ansah.

Er ging den Gang entlang, bis er die beliebteste Marke des Nahrungsergänzungsmittels fand, und nahm einen Fünf-Kilo-Behälter des mit Schokolade aromatisierten Pulvers vom Regal. Ohne sich an bestimmte Gebrauchsanleitungen zu halten, rührten sie damit vor dem Krafttraining ein Getränk an, weil das angeblich die Intensität des Ganzen erhöhte, und nach dem Gewichtheben rührten sie ebenfalls ein Getränk an, weil es angeblich zur Erholung beitrug und Muskelmasse aufbauen half. Laut Wikipedia schädigte es wahrscheinlich ihre Nieren. Während er denselben Weg zurückging, um wieder zu seiner Mutter und zu Grandma zu stoßen, traf er am Rand eines Waldes aus Holzkohlengrills auf einen von Reynolds' Freunden. Vielleicht steuerte der andere ebenfalls die Nahrungsergänzungsmittel an. Baggy Jeans, Notre-Dame-Football-Hoodie, darüber Collegejacke, Baseballkappe mit dem Schirm nach hinten, auf der rechten Wange eine leichte Prellung, Überbleibsel der Prügelei. Der Gegner von der West war in Begleitung einer Frau, bei der es sich um seine Mutter handeln musste: weißer Rollkragenpullover unter grünem Weihnachts-Sweater. Sie fixierten einander, während die Mutter vor sich hin murmelnd eine Liste konsultierte.

Wie üblich bei zwei Männern oder Mann-Kindern, die sich auf dem Pausenhof oder auf dem Markplatz treffen, kalkulierten sie rasch, beinahe augenblicklich, wer es mit wem aufnehmen konnte. Sie waren annähernd gleich groß und gleich schwer, aber die Collegejacke und die Freundschaft mit Reynolds ließen auf Kraft und Training eines Ringers schließen; man würde nicht gern auf dem Boden landen, und das hieß, man musste den ersten Schlag riskieren, mit einem linken Haken aufs Ganze gehen, es erst gar nicht auf einen Griffkampf ankommen lassen. Sie stellten sich ganz selbstverständlich vor, einander die Nase zu zertrümmern, den Kiefer oder, mit Hebelgriffen, Gliedmaßen zu brechen, einander bis zur Bewusstlosigkeit zu würgen, wobei sie Simulationen ablaufen ließen, die Vermischungen von *Street Fighter II: Championship Edition* mit gelebter Erfahrung waren. Jedes Mal, wenn er im Kopf unwillkürlich solche Berechnungen vornahm, stellte er sich außerdem vor, ein einziger guter Schlag oder Tritt am Boden würde ihn wieder ins St. Francis befördern, seine Sprachmechanismen zusammenbrechen lassen: das Piepen der Maschinen, das Alphabet auf Mrs. Eberhearts Brust.

Er wusste – und war erleichtert darüber –, dass die Anwesenheit der Mutter des Ringers eine körperliche Auseinandersetzung unmöglich machte; er wusste außerdem, dass die Anwesenheit der Mutter auch in diesem Alter nach wie vor eine strukturelle Peinlichkeit war: Na, gehst du mit Mami einkaufen? Adam beschloss, ein Lächeln zu zeigen, das diese Verachtung vermittelte und das außerdem sagte: »Du hast Glück, dass sie dabei ist, sonst würde ich dir die Fresse polieren.« Adam konnte sich ohne Gesichtsverlust rasch zurückziehen. Hab einen Typen von der West beim Einkaufen mit seiner Mutter gesehen, hat sofort den Schwanz eingezogen.

»Adam« – die Stimme seiner Mutter –, »bitte sag deiner Großmutter, dass die Preise seit 1945 gestiegen sind.« Zu seinem Entsetzen stand seine Familie vor ihm. Juden, die um Preise feilschten. Ein rasches, absurdes Verlangen zu leugnen, dass er sie kannte. Der Ringer zeigte ein Lächeln, dessen Gehalt unklar war, aber es erschreckte und erzürnte Adam zugleich. War es schlimmer, in Gegenwart zweier Generationen von Frauen zu sein als in Gegenwart einer? Nahm der Ringer irgendeine Form von Unterschied wahr, und machte er sich darüber lustig?

Nur Sekunden waren seit dem anfänglichen Schock des Wiedererkennens vergangen. Jane merkte, dass ihr Sohn in irgendeiner Beziehung zu dem Jungen stand, der ihn aus mehreren Metern Entfernung fixierte, und sagte daher: »Hallo, ich bin Adams Mom Jane.« Die Mutter des Ringers blickte von ihrer Liste auf und sagte lächelnd: »Oh, hallo«, obwohl sich der Satz an ihren Sohn gerichtet hatte. Die beiden Schüler blieben stumm, zeigten kein Lächeln mehr. »Das ist meine Mutter Rose.«

»Hallo«, wiederholte die Frau. Adams Großmutter sagte hallo. Er stellte sich vor, seine Mutter fing an, davon zu erzählen, wie er seinen Körper in Kaugummi eingepackt hatte. Das ist mein feinches kleinches Jungchen das heißt Baby Tuckuck. Er spürte, dass die Art, wie er das Kreatin mit beiden Armen hielt, wie er es an sich drückte, etwas Verweichlichtes hatte, und verlagerte das Gewicht des Behälters.

Wer von den beiden Zwölftklässlern würde etwas sagen, und was würde er sagen? »Mom, Grandma, das kommt jetzt vielleicht überraschend, aber dieser Typ hält sich für ein Mitglied einer afroamerikanischen Street Gang aus L.A., und meine Clique hat kürzlich einen Freund von ihm bewusstlos geschlagen, weil er einen von unseren stationären Patienten bedroht hat; Darren, den kennt ihr doch.« Und dann sagte die Mutter des Ringers zu Jane: »Kennen wir uns?« Jane sagte, sie sei sich nicht sicher, aber Adam, Jane und Rose wussten, was jetzt kam; sie wussten, sie hatte »Die lila Kuh« geschrieben. »Ach, Sie sind Dr. Gordon«, sagte die Mutter des Ringers. »Sie waren bei *Oprah!*« Rose lächelte, Jane nickte, Adam versuchte zu kalkulieren, was das für seinen Status gegenüber dem gleichermaßen verwirrten Ringer bedeutete, der, um das Abwenden seines Blicks zu rechtfertigen, seinen Pager konsultierte; Adam wünschte, er hätte selbst daran gedacht. War es mehr oder aber weniger entmännlichend, eine berühmte Mutter zu haben? »Sie müssen sehr stolz sein«, sagte die Mutter und sah dabei Rose an, die das bestätigte.

Denn seit er die Zauberpille geschluckt hatte, verstand er die Sprache der Produkte. (Der Film ist in Zeitlupe, aber nur, um das Tempo hervorzuheben, als würden sich die Ereignisse sonst mit unbegreiflicher Geschwindigkeit entfalten.) Von der Kingsford-Grillkohle entfloh er zu den Tostitos, von den Pop-Tarts entfloh er zu den Slim Jims. Insultiert wurde er von diesen allen nicht, aber er wurde von allen verachtet. Er hörte ihnen zu und erfuhr aus ihren Gesprächen, wie sie über die Menschen dachten. Es war schrecklich, wie sie über sie dachten. Adam konnte spüren, dass sämtliche Materialien in den Verpackungen – Verpackungen, so farbintensiv wie römische Statuen – sich zu einer Art Kitt zurückentwickelt hatten, einer Art Gummi, einem abstrakten Stoff, aus dem sie neue Sprachen, neue Körper würden machen müssen. Und jetzt wird das Licht gedämpft. Die Produkte ziehen sich in die Wände zurück, sodass nur eine riesige, eisbahnartige Halle übrigbleibt. Über die Sprechanlage weist Klaus' Stimme – unklar, ob live oder als Aufzeichnung – die Mütter an, sich auf der einen Seite, und die Jungen, sich auf der anderen Seite aufzustellen. Die Menschheitsgeschichte lässt sich ebenso wie die Geschichte des Individuums als langsames Durchleben von Konflikten sexuell-aggressiver Natur verstehen. Jetzt hören wir die unheildrohende *Scheherazade* von Rimski-Korsakov. Jetzt sehen wir einen Aufmarsch von Dingen auf Rädern: Darren auf seinen Chicago-Skates, einen Großvater im Rollstuhl, einen Getränkewagen, einen Raumpflegewagen, große Plastikwannen mit Belegen, die sich, wenn man sie rasch genug liest, in Stoff im Mund zurückentwickeln: Kitt, Lyrik. Und schließlich schiebt ein Praktikant den metallenen Schaukasten heran: darin die Kuh, das Lila des Fells kaum wahrnehmbar, aus den kleinen, von einer 22er gestanzten Löchern sickert Blut, die Ohren sind mit Plastik markiert. Trotz der Tranquilizer scheißt sie sich ein, vor Entsetzen darüber, fast real zu sein.

———

Im Debattieren war er gut, doch in der freien Rede, dem Freestyling der Nerds, war er überragend; man konnte durchaus darüber streiten – und im ganzen Land stritten Trainer und andere Wettbewerbsteilnehmer darüber –, ob er womöglich der beste freie Redner in der Geschichte des Debattierens und der Rhetorik war. (»Rhetorik« bezog sich auf wettbewerbsmäßige Redeveranstaltungen zwischen Schulen mit Ausnahme von Debattierwettbewerben, während »politische Debatte« das beleglastige Debattieren im Team bezeichnete, bei dem das Schnellsen dominierte; beide wurden von der National Forensics League bestimmt. In Kansas begannen die Rhetorikwettbewerbe im Frühjahrssemester.) In seinem dritten Jahr in Fayetteville war er Zweiter bei den Landesmeisterschaften geworden; er hätte das Turnier, das jedes Jahr im Juni stattfand, gewonnen, doch die Punktrichter im Finale – darunter zwei Senatoren – gaben ihm Punktabzüge, weil er zu schnell redete. Der Konsens: Man hatte ihm den Sieg gestohlen. (Beim Finale war so viel Adrenalin durch seinen Körper geströmt, dass er sich an die Rede kaum in der ersten Person erinnern konnte; ein von dem Ereignis aufgenommenes Video hatte seine Erinnerung kolonisiert.) Man rechnete allgemein damit, dass er im letzten Jahr der Highschool alles abräumen würde, eine Erwartung, unter der er litt; Träume, in denen er plötzlich seine Sprachgewandtheit einbüßte, in nervöses Gelächter ausbrach, sich in die Hosen machte, dies alles vor einem Live-Publikum von Tausenden sowie allen, die C-SPAN guckten, den Sender, der das Finale normalerweise übertrug. Er hatte kein Interesse daran, ein national wettbewerbsfähiger politischer Debatter zu werden; dazu hätte er endlose Stunden für Recherche aufwenden, die Plastikwannen mit Belegen und Zusammenfassungen füllen, Sommer-»Institute« besuchen müssen. In seinen Augen hätte das bedeutet, die Gesellschaft der Joannas derjenigen der Ambers vorzuziehen und die Fiktion seiner Männlichkeit aufzugeben.

Wie der Name schon andeutete, rückte die freie Rede, kurz

Extemp, die Improvisation in den Vordergrund: ein Wettbewerbsteilnehmer zieht aufs Geratewohl drei Fragen, sucht sich eine aus und hat dann dreißig Minuten Zeit, eine fünf- bis siebenminütige Rede vorzubereiten, die ohne Notizen zu halten ist. Die Themen konnten erschreckend speziell (»Wird das ukrainische Parlament nächsten Monat die neue Verfassung verabschieden?«) oder erschreckend allgemein sein (»Wie sieht die Zukunft von Mexiko aus?«). Die Extemper hatten ihre eigenen, kleineren Plastikwannen mit länder- oder themenbezogenen Hängeordnern, die sie mit Artikeln aus Zeitschriften und Zeitungen vollgestopft hatten, und man erwartete von ihnen, dass sie in ihren Reden zur Untermauerung ihrer Behauptungen Quellen zitierten, aber dafür war sehr viel weniger aufwändige Recherche erforderlich als für politische Debatten: ein Extemper las pro Woche mehrere Zeitschriften, markierte Textstellen, fotokopierte. Extemp erforderte weniger Vorbereitung, konnte aber so alptraumhaft sein, dass auch ernsthafte politische Debatter Respekt davor hatten. Derweil rümpften sie die Nase über die anderen Aktivitäten: die klassische Redekunst beispielsweise, bei der ein Schüler eine ausgefeilte, auswendig gelernte Rede über irgendein beliebiges Thema hielt. Man stelle sich vor, wie der Sechzehnjährige vor einer Finalrunde in einem »Vorbereitungsraum« zwischen drei Fragen von geradezu sadistischer Unklarheit auswählt. (Bei lokalen Turnieren war der Vorbereitungsraum die Bibliothek der jeweiligen Highschool, wo die Wettbewerbsteilnehmer umherwanderten und wie Geistesgestörte der Foundation oder Bluetooth-Nutzer der Zukunft vor sich hin murmelten, während sie versuchten, sich eine Gliederung einzuprägen.) Er entscheidet sich für die Frage zu den Wasserkonflikten in Dschibuti, weil er zumindest weiß, was Wasser ist, aber wie soll er bei einem Thema, zu dem seine Wanne nichts hergibt, Sprachgewandtheit und Autorität vermitteln? Oder man stelle sich eine Rednerin vor, die in der dritten Minute einer Rede, die gut läuft, zu ihrem zweiten Hauptpunkt kommt, nur um festzustellen, dass sie ihn vergessen hat; sie hat keine Notizen, keine Möglichkeit, eine Auszeit zu verlangen. Adam hatte Anfänger stottern, verstummen, aus dem Zimmer flüchten sehen. Er hatte einen aus nackter Angst kotzen sehen.

Offiziell ging es beim Extemp darum, sich einen derartigen Überblick über das Zeitgeschehen anzueignen, dass man souverän über eine ganze Reihe von Themen reden konnte, aber natürlich ging es ebenso sehr um das Gegenteil: darum, wie ein Teenager in einem schlecht sitzenden Anzug reden konnte, als hätte er wirklich Ahnung von der Krise in Kaschmir, darum, wie Geschliffenheit fehlende Substanz wettmachen konnte, während man über die Realisierbarkeit einer Zweistaatenlösung befand. Man lernte, eine Rede mit Quellen zu spicken, wie ein Politiker auf Statistiken zurückgreift – um eine Anmutung von Autorität zu liefern, und nicht so sehr, um ein Problem zu beleuchten oder einen Sachverhalt zu klären. Das Training und das Üben konzentrierten sich großenteils darauf, wie man seinen Körper einsetzte, um einer Rede Struktur zu verleihen, wann und wohin man trat, um Übergänge zu markieren, wann und wie man Gesten einsetzte: Oper ohne Musik. Anders als bei der politischen Debatte, wo das Schnellsen sämtliche rhetorischen Werte in den Hintergrund drängte, blieben Stil und Darbietung beim Extemp vorrangig, auch wenn das Ziel darin bestand, ein Bild von Belesenheit zu vermitteln. Die Sucht der politischen Debatte nach dem Schnellsen wurde häufig damit gerechtfertigt, dass Schüler, die sich für die Feinheiten des Vortrags interessierten, ja Extemp machen konnten.

Oder »L-D«. 1979 beobachtete ein Vertreter von Phillips Petroleum, damals der bedeutendste Unternehmenssponsor der National Forensics League, beim nationalen Turnier eine Runde des Debattierwettbewerbs und stellte fest, dass es sich um Gefasel handelte. Phillips brachte gegenüber dem Vorstand der National Forensics League seine Besorgnis darüber zum Ausdruck, in welche Richtung sich die politische Debatte entwickelte. Die Folge war die Einführung einer neuen Form von Debattierwettbewerb, der eins gegen eins ausgetragenen Lincoln-Douglas-Debatte, bei der Werte im Vordergrund standen und rednerische Überzeugungskraft Priorität haben sollte. Von den Rednern wurde erwartet, dass sie von einem moralischen, nicht von einem empirischen Bezugsrahmen aus argumentierten. L-D – unter politischen Debattern gab es jede Menge Witze darüber, dass die Initialen für »Lauter Deppen« standen – zeichnete sich durch Themenstellungen aus, die explizit Gerechtigkeit und Moral ins Spiel brachten; z.B. »Ist es moralisch vertretbar, einen unschuldigen Menschen zu töten, um das Leben mehrerer unschuldiger Menschen zu retten?« – »In einer demokratischen Gesellschaft sollten verurteilte Verbrecher weiter ihr Wahlrecht ausüben dürfen«. Der Inhalt der Themenstellungen war letzten Endes weniger wichtig als der Umstand, dass sie sich alle paar Monate änderten, was den Wannen mit Belegen ein Ende machte und Wettbewerbsteilnehmer wie Preisrichter ermutigte, sich auf die Vortragsweise zu konzentrieren. Später sollte Adam eine beängstigende Symmetrie wahrnehmen zwischen dem ideologischen Schubladendenken der Highschool-Debattierwettbewerbe und dem, was als nationaler politischer Diskurs durchging: im Jahr seiner Geburt – dem Jahr der Iranischen Revolution, dem Jahr, bevor »der große Kommunikator« seinen Gegner Carter in einem Fernsehduell vernichtend schlug, indem er Tatsachenbehauptungen abtat (»Nun fangen Sie schon wieder damit an«) und sich stattdessen auf Framing konzentrierte – trug Phillips Petroleum dazu bei, in Debattierwettbewerben zwischen Schulen die Trennung von Werten und Politik zu formalisieren. Die Parallele zur Kultur insgesamt war zwar unvollkommen, aber nicht zu leugnen: die angeblich neutralen Politikstreber debattieren die komplexen Probleme der Gesundheitsversorgung oder der Regulierung der Finanzmärkte in einem Jargon, der darauf angelegt ist, dem Uneingeweihten unverständlich zu bleiben, während die eher präsidialen Redner klar formulierte Werturteile an Bürgern erproben: eine von Petrodollars gesponserte Sparte.

Als Adam Zehntklässler war, konnten ihm weder Spears noch Mulvaney, die beiden Vollzeit-Trainer der Topeka High, noch irgendetwas beibringen. Für sein letztes Schuljahr holten sie Peter Evanson, einen ehemaligen Landesmeister in Extemp, den einzigen Landesmeister in der Geschichte von Topeka – der 1990 den Abschluss an der Topeka High gemacht hatte und nach Harvard gegangen war. Evanson war von der Graduiertenfakultät in Georgetown abgegangen, um nach Kansas zurückzukehren und im Wahlkampf um den Senatssitz mitzuarbeiten, den Bob Dole im Zuge seiner Bewerbung um die Präsidentschaft aufgegeben hatte. Viele, darunter auch Adam, glaubten, dass Evanson der größte Extemper aller Zeiten war. An der Wand des Klassenzimmers hing ein riesiges, gerahmtes Foto von Evanson zwischen seinen Meisterschaftstrophäen. Er arbeitete mit keinem anderen

Schüler; er war Adams Privattutor, obwohl Adam sich nicht sicher war, ob er dafür bezahlt wurde; sein Job bestand darin, dafür zu sorgen, dass sein Schützling die Landesmeisterschaft in Extemp gewann, die in jenem Sommer in Minneapolis stattfand. (Der Austragungsort des Turniers wechselte jedes Jahr.) L-D galt als weniger prestigeträchtiges Ereignis, aber vielleicht würde er ja auch im langsamen Debattieren eine Trophäe mit nach Hause bringen.

Wie alle Wettbewerbsredner der Topeka High hatte er das Video von Evansons Meisterschaftsrede gesehen. Neue Schüler bekamen es am ersten Unterrichtstag vorgeführt, damit sie sahen, welche Größe möglich war; alle bekamen es vor dem landesweiten Qualifikationsturnier im Frühjahr zu sehen. (Adam kannte die Rede auswendig; sein Körper konnte die Gesten ausführen; oft erinnerte er sich fälschlich in der ersten Person daran.) Evanson entschied sich für die mitreißendste der drei Fragen, die er gezogen hatte: »Bedeutet der Fall der Berliner Mauer den weltweiten Triumph der freiheitlichen Demokratie?« In dem Video schreitet er entschlossen zur Bühnenmitte, nachdem ein NFL-Offizieller seinen Namen, seine Schule und das Thema angesagt hat. Evanson hat noch nicht zugenommen, doch sein Gesicht hat etwas jungenhaft Pummeliges. In seinem Anzug mit roter Krawatte – seine Jugend und seine Blässe erinnerten Adam an Harold aus *Harold und Maude* – steht er regungslos da, bis er von einem Zeitnehmer aus dem Off das Zeichen bekommt, anzufangen:

»Sie alle kennen höchstwahrscheinlich die Figur des Willi Kojote und seiner Nemesis, des Road Runner.« Er spricht mit klarer, leicht erhöhter Stimme; Evanson ist ein talentierter Schauspieler, der ganz natürlich agiert. Er hebt beide Arme und breitet sie aus, eine Geste, die Zuversicht anzeigt, Willkommensein, dass er nichts zu verbergen hat. »Immer wieder versucht Willi Kojote den flinken, wenn auch flugunfähigen Vogel zu fangen« – derart leicht zugängliche, aber gleichwohl ziemlich literarische Formulierungen waren ein Markenzeichen von Evanson und würden auch eins von Adam werden –, »und das häufig mit absurd komplizierten Mitteln. In sehr vielen dieser Zeichentrickfilme schießt Willi nach wilder Verfolgung des Road Runner am Ende über den Rand einer Klippe hinaus. Anstatt jedoch sofort hinabzufallen, bleibt er in der Luft schweben und nimmt seine missliche Lage zunächst gar nicht wahr.« Welcher Teenager redete so, schon gar von einem Zeichentrickfilm? »Erst als der Kojote nach unten schaut und sich seiner Situation bewusst wird« – Evanson hebt langsam eine Hand in die Luft –, »stürzt er ab.« Die Hand fällt dramatisch herunter. »Meine Damen und Herren« – kurzes Innehalten, währenddessen die Spannung steigt –, »am neunten November des vergangenen Jahres hat der Staatssozialismus nach unten geschaut.«

Im gesamten Publikum aus annähernd zweitausend Wettbewerbsteilnehmern, Trainern, ehemaligen Schülern und Zuschauern setzt Applaus ein, breitet sich aus, schwillt ohrenbetäubend an. Vereinzelt sind Jubelrufe zu hören. Evanson verwendet genau fünf Sekunden seiner Redezeit darauf, das Ende des Applauses abzuwarten, wobei er die Sekunden zweifellos im Kopf abzählt, dann fährt er fort, als hätte er die Unterbrechung kaum bemerkt: »Die Frage aber, die wir uns heute stellen müssen, lautet: Bedeutet der Fall der Berliner Mauer den weltweiten Triumph der freiheitlichen Demokratie?

Nach meinem Dafürhalten« – er tauscht das naheliegendste Wort (meiner Meinung, Ansicht nach) gegen einen leicht verfeinerten Begriff, was einen eindrucksvollen kumulativen Effekt haben wird – »ist die Antwort auf diese Frage ein überwältigendes Ja, und zwar aus den folgenden drei Gründen.« Evanson hat das Redetempo leicht gesteigert; er kommt in seinen Redefluss. »Erstens, weil der Fall der Berliner Mauer den Zusammenbruch des Warschauer Pakts signalisiert. Zweitens, weil sich die Sowjetunion im Prozess der Auflösung befindet. Und drittens, weil die freiheitliche Demokratie in Verbindung mit dem Kapitalismus amerikanischen Stils das einzig tragfähige Gerüst für eine zunehmend globalisierte Welt bildet.« Evanson wird zwischen jedem Punkt ein paar anmutige Schritte machen und so seine Analysebereiche verräumlichen. Er wird seine Zeit gleichmäßig auf alle Punkte verteilen (für jeden zwei Minuten; er wird kein einziges Mal zum Zeitnehmer schauen; das Schreiten ist längst intuitiv geworden). Der Kojote und der Road Runner werden wiederholt zurückkehren und die Rede zusammenhalten; dass, beispielsweise, die ausgeklügelten, aber nutzlosen Fallen des Kojoten der zentralisierten Wirtschaftsplanung ähneln. Evanson wird eine verblüffende Anzahl von Zeitschriften aus aller Welt zitieren. Das Aufgebot von Eigennamen – nicht bloß Gorbatschow, sondern auch Honecker, Havel, Ceaușescu und Jaruzelski – ist eine Art Lyrik. Evanson spricht geläufig vom Balcerowicz-Plan, von der Souveränitätserklärung Litauens. Nicht, dass das Publikum tatsächlich irgendetwas über diese Menschen oder Ereignisse erfährt; es geht darum, wie natürlich diese fremden Signifikanten dem Teenager über die Lippen kommen. An keiner Stelle seiner sechs Minuten und neunundfünfzig Sekunden dauernden Rede stottert oder verspricht er sich. Während er zum Ende kommt, findet man ihn an exakt der gleichen Stelle auf der Bühne wieder, an der er begonnen hat, ein Kreis, der das Gefühl von Kohärenz und Abschluss noch verstärkt. Das Publikum folgt nicht so sehr einer Argumentation, als dass es einem Hochseilakt zusieht, und als Evanson das Ende seines makellosen Vortrags erreicht, ist im Zuschauerraum vor der donnernden Ovation ein kollektives Atem-entweichen-Lassen zu hören.

Mit Beginn seines letzten Highschool-Jahrs im Januar, als Clinton für seine zweite Amtszeit vereidigt wurde und die künstlichen Seen zufroren, traf sich Adam sowohl während der für die Rhetorik vorgesehenen Unterrichtszeit als auch für ein bis zwei Stunden unmittelbar nach Ende der meisten Schultage mit Evanson. (Danach fuhr er zum Popeye's Gym, um Gewichte zu heben, ehe er zum Essen mit seinen Eltern nach Hause ging.) Nachdem sich das Gebäude weitgehend geleert hatte, suchte Trainerin Mulroney ein leeres Klassenzimmer mit am Fenster zischendem Heizkörper, schloss es auf und überließ es den beiden, »es unter sich auszumachen«, wie sie es formulierte. Adam hielt Übungsreden, die Evanson mit taktischen Ratschlägen unterbrach, über Gestik (»Zähle die einzelnen Punkte an deinen Fingern ab; halte die Hand dabei in Schulterhöhe«), über Sprache (»Du hast am Ende deines ersten Punkts ›abschließend‹ gesagt; sag diesmal ›kurz und gut‹«) oder gar sein Erscheinungsbild (»Schieb deine Brille ganz nach oben, damit es nicht so aussieht, als schaust du über sie hinweg auf einen Preisrichter herab«). Evanson brachte ihm bei, trainierte ihm an, die kleinen Ligaturen von Phrasierung, Übergang und Betonung, die eine gute Rede von einer großartigen unterschieden, in seine Körpersprache einzubauen. Adam fand es viel schwieriger, in seiner normalen Kleidung – Baggy Jeans, Sweatshirts mit Kapuze, eine Kluft, die besser zum Freestyling oder zum Gewichtheben passte – starke Reden zu halten als in seinem Anzug; diese Sitzungen waren körperlich ebenso anstrengend wie sein Programm im Popeye's; die Spannung in seinen Schultern war extrem.

Sie konzentrierten sich auf Extemp, führten aber auch Pseudo-L-D-Debatten, bei denen sie beispielsweise darüber diskutierten, ob Folter moralisch zulässig ist, wenn sie einen Massenangriff verhindert, oder ob der Staat die Aufgabe hat, Vermögen umzuverteilen, wobei sie ihre Kommentare an einen hypothetischen Preisrichter auf einem leeren Schreibtischstuhl richteten und gelegentlich der Bass einer Musikanlage in einem vorbeifahrenden Wagen die Fenster zum Klirren brachte. Hier trainierten sie weniger, als dass sie battleten, und Evanston demonstrierte seine unübertroffene Fähigkeit, zwischen relativer Feinsinnigkeit (etwa einer forschen Widerlegung der politischen Philosophie von John Rawls) und der einfach gestrickten Rhetorik von individueller Freiheit, persönlicher Verantwortung etc. – Themen der Republikaner – hin- und herzuwechseln. Adam hatte schlicht keine Erfahrung darin, dass ihm jemand, der genauere und schnellere Unterscheidungen treffen und in Sprachspielen raschere strategische Schwenks vollziehen konnte, in seiner eigenen Argumentation ein Bein stellte. Es war zum Verrücktwerden, und es war spannend; er war der dumme, aber coolere Typ, der vom supereloquenten Nerd ausgetrickst wurde.

Aber was genau war Evanson eigentlich? Er trug stets khakifarbene Dockers und ein gelbes, graues oder braunes Polohemd; sein Gesicht war jungenhaft geblieben, glatt, doch das zwischenzeitlich entstandene Doppelkinn war ein

Vorbote des mittleren Alters; auch der Standardhaarschnitt ließ sich entweder als juvenil oder als professionell deuten, wenngleich das dunkelrote Haar sich oben schon zu lichten begann. Manchmal erschien ihm Evanson wie ein versierter Älterer – der Harvard-Stallgeruch –, dann plötzlich kam er ihm wie eine Spezies von Mann-Kind vor, ein Fünfundzwanzigjähriger, der an seiner früheren Highschool-Rhetorik trainierte, weil er es »an der Ostküste« nicht gepackt hatte. Als stünde er ständig vor der Kamera und würde beurteilt, hielt Evanson ganz still, sofern er nicht eine zweckgerichtete Geste vollführte; manchmal erschien Adam das wie Disziplin; dann wieder verriet es eine Art Angst, als ob sämtliche Bewegungen von Evanson zu einem choreografierten, auswendig gelernten Ablauf gehörten, ohne den er verloren wäre. Mal empfand er Evanson als frühreifen jungen Mann, der für die Schalthebel der Macht bestimmt war – konservativer Richter, Senator, Vorsitzender der National Rifle Association –, mal schien er ihm dazu verurteilt zu sein, schlafende Debatter, schlafende Fasler, von Junction City nach Hause zu fahren, während an der Windschutzscheibe des vom Bezirk gestellten Vans Insekten zerplatzen und in der Ferne ein einziges Paar roter Heckleuchten schimmerte.

Irgendwann übten sie dann kein L-D mehr, folgten nicht mehr dem Format von Rede und Gegenrede, sondern diskutierten einfach mit den Füßen auf den Pulten ihre eigenen Positionen, während Dunkelheit hereinbrach – stritten über Abtreibung, Fördermaßnahmen zugunsten benachteiligter Gruppen, den Zweiten Verfassungszusatz und andere »heiße Eisen«. Adam war es gewöhnt, Versionen des Arguments, dass Abtreibung Mord sei, zu widerlegen – das hatte er geübt, seit seine Mutter Ende der Achtziger in einem Interview für *The*

Topeka Capital-Journal eine Abtreibung in den Sechzigern offenbart und damit einen dramatischen Anstieg der Anrufe vonseiten der *Männer* hervorgerufen hatte –, aber wenn er mit Evanson debattierte, verheddert er sich unweigerlich in einem Dickicht von Unterscheidungen zur Lebensfähigkeit des Fetus, während er zugleich versuchte, den Begriff der »implizit abgeleiteten Rechte« im Verfassungsrecht zu verteidigen. Evanson konnte ihn in normalem Gesprächstempo schnellsen.

Außerdem war Evanson ein Meister des »Trollens«, wie es später genannt wurde. Als Adam den moralischen Imperativ einer Umverteilung von Reichtum zur Finanzierung eines Wohlfahrtsstaates befürwortete, erklärte Evanson mit brutalem Lächeln, für einen Juden sei das ein überraschendes Argument. Als Adam daraufhin wütend wurde, stellte Evanson mit großen Augen klar, er habe lediglich sagen wollen, es überrasche ihn, dass jemand, der die Übel tyrannischer Herrschaft so genau kenne, dem Staat die Macht zubilligen wolle, individuelle Vermögenswerte einzuziehen. (»Willst du ernsthaft andeuten, ich würde eine antisemitische Bemerkung machen?« Das plötzliche Großwerden der Augen, die animalische Mimikry von Unschuld, war eines von Evansons Markenzeichen.) Doch was Evanson eigentlich »gewollt« hatte, fand Adam, war eben gerade, seine Emotionen zu manipulieren und ihn als paranoiden Juden dastehen zu lassen. Evanson hatte eine Begabung dafür, die glaubhaft abstreitbare Tabuverletzung zu begehen, dann taktisch Anstoß zu nehmen und die moralisch überlegene Position zu behaupten. Adam wurde selten, wenn überhaupt je, von einer anderen Position umgestimmt, und was grundlegende Wertfragen anging, änderte sich seine Meinung nur wenig, aber er eignete sich mit jeder verstreichenden Stunde einen zwischenmenschlichen Stil an, den vollständig abzulegen er Jahrzehnte brauchen würde: die verbale Entsprechung von Unterarmen und Ellbogen.

Was der Überlegenheit von Evanson als Debatter den Stachel nahm, war Adams unangebrachte Gewissheit, dass Evanson, auch wenn er immer die richtigen Worte fand, auf der falschen Seite der Geschichte stand, die mit Dole endete. Keiner konnte die Phelps' leiden, in *Friends* hatte es eine lesbische Hochzeit gegeben, in *Beverly Hills 90210* sprach Susan, wie ambivalent auch immer, über ihre Abtreibung – vielleicht hatte der Staatssozialismus nach unten geschaut, aber waren Amerikas »Konservative« nicht auch auf dem absteigenden Ast? Die Babyboomer waren liberaler als ihre Eltern, und Adams Generation galt, so schizophren sie auch war, als noch liberaler. Er hatte mehr als einen Menschen behaupten hören, der Umstand, dass all die »weißen Kids schwarz sein wollen«, belege, dass die alten Bruchlinien zwischen den Rassen sich auflösten. Eminem würde bald der erfolgreichste Rapper aller Zeiten sein (»In einem einzigen 15-Sekunden-Segment allein spuckt ›Slim Shady‹ 97 Worte oder 6,46 Worte pro Sekunde«). Die Wählerschaft, hatte Adam im *Economist* gelesen, werde zunehmend vielfältiger, und die Republikaner würden als landesweite Partei untergehen, selbst wenn Kansas ein Kapitel für sich bliebe; Evanson mochte als Verfasser reaktionärer Reden Karriere machen oder ein zweiter Rush Limbaugh werden, der sich über den Äther an Lkw-Fahrer auf Koffeinpillen wandte, aber bis dahin würde es einen schwarzen und/oder weiblichen Präsidenten geben; Adam wollte glauben, dass das Zeitalter der wütenden weißen Männer, die das Ende der Zivilisation verkündeten, zu Ende ging.

Seine Mom sagte immer, Oprah hätte bei einer Wahl gute Chancen, sie vermittle einer unglaublich vielfältigen Gruppe von Menschen das Gefühl, Gehör zu finden, und arbeite wie eine gute Therapeutin daran, Polarisierung zu überwinden, ohne Menschen bloßzustellen.

Sonderbar, mit der Distanziertheit eines Anthropologen, eines Gespenstes oder eines Psychologen auf Visite durch das Fenster der Klassenzimmertür zu blicken und diese beiden Männer – wenn sie das denn sind – zu sehen, wie sie acht Jahre nach dem Ende der Geschichte in einem ansonsten menschenleeren Raum in einer weitgehend menschenleeren Schule diskutieren, während um die Straßenlaternen vor dem Fenster Schneegestöber zu sehen ist. Einer, in dunkler Baggy Jeans, schlürft eine mysteriöse Flüssigkeit; der andere, in hoch sitzender Khakihose, erklärt ein paar Jahre vor Columbine die heikle Thematik der sogenannten vernünftigen Waffengesetzgebung. Einer von beiden wird, wenn die Geschichte weitergeht, zum Schlüsselarchitekten der rechtesten Regierung werden, die Kansas je erlebt hat, einer Regierung, die radikale Einschnitte bei Sozialleistungen und Bildung vornehmen, jegliche Förderung der Künste streichen, Medicaid privatisieren und eine der katastrophalsten Steuersenkungen in der Geschichte Amerikas verwirklichen wird, ein wichtiges Vorbild für die Regierung Trump. Und einer wird sich an dieser Genealogie seiner Rede, ihrer Schauplätze und Extreme, versuchen.

—

Einmal hatte Adam ihn im St. Francis besucht, wo Klaus unentwegt so tat, als befände er sich in der Foundation, Witze darüber riss, dass er gegen seinen Willen aufgenommen worden sei, und Adam mit »Dr. Gordon« ansprach – »Sie müssen mich hier rausholen, Doktor« –, doch binnen einer Woche war Klaus zu Hause, in Palliativbehandlung, und schlief mehr oder weniger ständig in einem Morphiumnebel. »Was für ein sinnloses Organ, die Bauspeicheldrüse.« Doch als seine Eltern ihn an Klaus' Bett allein ließen, damit er sich verabschieden konnte, und er mehrmals laut seine Anwesenheit kundtat, lächelte Klaus schwach und hob leicht die Augenbrauen, jedoch ohne die Augen zu öffnen. Wie amüsant, in diesem Amateurfilm die Rolle eines Sterbenden zu spielen, gaben die Augenbrauen zu verstehen. Ob in Berlin oder in Topeka, Adam wusste, es war ein Triumph, in seinem eigenen Bett zu sterben, in einem Zimmer, das nicht ausschließlich nach Urin und chemischem Reiniger roch, und nicht an Maschinen gefesselt, obwohl an einem Ständer mit Rädern eine Infusion hing: blassblaue Tropfen. Im Wohnzimmer hörte er die Hospizschwester mit seinen Eltern reden, konnte die Worte jedoch nicht verstehen.

Um nicht Klaus anzustarren, dem das Bewusstsein rasch aus dem Gesicht gewichen war, sah er sich im Zimmer um. Er suchte nach einer Uhr, damit er in Erfahrung bringen konnte, wann er lange genug da gewesen war, um ohne Schuldgefühle gehen zu können, aber es gab keine Uhr, obwohl eine der drei gerahmten Fotocollagen, die an der Wand hingen, das Zifferblatt einer Taschenuhr zeigte, deren Zeiger durch die beiden Enden eines Schnurrbarts ersetzt waren, vielleicht der des Kaisers. In der Collage war es zehn vor vier, das immerwährende Ende einer Klinikstunde. In der hinteren Ecke des großen Zimmers stand ein kleiner Schreibtisch; an der Wand darüber eine Ansichtskarte von Duccios *Madonna mit Kind*, befestigt mit einer einzigen silbernen Reißzwecke

205

(auf der Rückseite der Karte: eine in zittriger Handschrift geschriebene Mitteilung von Jonathan). Auf einer großen Kommode, zwischen Tablettenröhrchen: kleine Familienfotos in ovalen Rahmen – Fotos, die so alt waren, dass Adam selbst aus dieser Entfernung jene besondere Unschuld sehen oder spüren konnte, die Fotografierte in der Frühzeit des Mediums ausstrahlten; sie trugen einen Schleier von Ahnungslosigkeit; sie konnten sich nicht recht vorstellen, dass ihr Bild sie überleben, dass es zirkulieren würde und dass sie womöglich im Jahre 1997 in Topeka landen würden, während es vor dem Fenster schneite.

Er stellte sich vor, er säße, anstatt auf einem hölzernen Esszimmerstuhl, den man für Besucher ins Schlafzimmer gestellt hatte, auf dem Glaskubus im Keller des Glockenturms und könnte, wenn er sich konzentrierte, das elektromagnetische Feld um Klaus' Körper verändern. Vielleicht konnte er, wenn er es sich nur fest genug wünschte, Klaus beim Sterben helfen. Er schloss die Augen, um es so zu versuchen, wie es ein Kind versuchen würde – als eine Art ernsthaftes Spiel: man zerreibt einfach die Pflanze zwischen den Handflächen –, doch anstatt Klaus zu beeinflussen, begann Klaus durch den Kanal zu sprechen, den Adam mit seiner Psyche geöffnet hatte. (Über die schwarze Leinwand seiner Augenlider schwebten kleine Lichtnetze.) Er musste gewisse Geräusche ausblenden – Tupac, Evanson und verrauschte Klavieraufnahmen –, um zu verstehen, was Klaus sagte.

Von Freud wissen wir, dass die Identifikation mit dem Vater stets von prekärer Natur ist und selbst in den »echten« Fällen, wo sie fest etabliert zu sein scheint, unter dem Einfluss einer Situation, welche das väterliche Über-Ich durch eine kollektive Autorität faschistischer Prägung ersetzt, zusammenbrechen kann. Adam hörte, wie ein Schneepflug auf den Straßenasphalt traf, und stellte sich das Salz vor, das er hinter sich verstreute. *Hühner verfügen über ein breites Repertoire unterschiedlicher visueller Ausdrucksmöglichkeiten und mindestens vierundzwanzig deutlich unterscheidbarer Lautäußerungen; ihre Kommunikationsfähigkeiten sind denen vieler Primaten ebenbürtig.* Er hörte das Pfeifen eines in der Ferne vorüberfahrenden Zuges der Union Pacific; die Gleise verliefen zwei, drei Kilometer entfernt entlang des Kansas River; Adam fand, dass das Geräusch im Winter deutlich lauter war. *Als das Kind nun ins Grab versenkt und die Erde über es hingedeckt war, so kam auf einmal sein Ärmchen wieder hervor und reichte in die Höhe, und wenn sie es hineinlegten und frische Erde darüber taten, so half das nicht, und das Ärmchen kam immer wieder heraus. Das ist die Hartnäckigkeit der Geschichte.* Das alles sagte Klaus auf Deutsch, das Adam kurzzeitig zu verstehen gelernt hatte.

Adam öffnete die Augen, als Klaus zu sich kam und einen hörbaren Laut, ein Schmatzen der Lippen, von sich gab. Sein Mund sah unangenehm trocken aus. Klaus versuchte zu sprechen, vielleicht um Wasser zu bitten. Adam blickte auf den Nachttisch und sah dort einen kleinen Plastikbecher mit Wasser und ein paar blaue Schaumstofftupfer. Er erwog, die Schwester zu holen und das als Vorwand zum Gehen zu nutzen, doch dann ertappte er sich dabei, dass er nach dem Becher griff. Er tauchte einen der Tupfer in das Wasser, zögerte und strich dann damit über Klaus' leicht lila verfärbte Lippen. Unabsichtlich berührte seine Hand Klaus' schleifpapierraue eingefallene Wangen. Wie ein Fisch, der nach dem Angelhaken schnappt, versuchte Klaus, den Tupfer in den Mund zu nehmen, und Adam ließ ihn; Klaus sog das Wasser heraus. Erst jetzt bemerkte Adam, dass Klaus keine Zähne hatte, dass man ihm das Gebiss herausgenommen, zu diesem Zeitpunkt vielleicht schon weggeworfen hatte. Er wiederholte die Prozedur mehrmals, bis Klaus zufrieden zu sein schien und entspannt in sein Kissen sank.

Eine Reihe ungeheuerlicher Bilder blitzten vor ihm auf: wie er hier im Zimmer Amber vögelte, während Klaus da lag, bewusstlos; wie er Laken und Decken zurückschlug, um ganz ungeniert Klaus' Körper zu betrachten; wie er den Schlafenden mit einem Kissen erstickte; ihn voll auf die Lippen küsste; wie Klaus' Leiche im Camry auf dem Beifahrersitz mitfuhr, abgestützt, um lebendig zu wirken. Er stellte sich vor, Klaus wäre ein widerspenstiger Analysand auf der Couch, und er, Adam, müsste geduldig darauf warten, dass Klaus seinen symptomatischen Monolog fortsetzte. Dann fiel ihm ein, wie Klaus ihn nach seiner Gehirnerschütterung im Krankenhaus besucht hatte – Adam im Klinikbett –, eine Erinnerung, die er sich viele Jahre lang nicht mehr vergegenwärtigt hatte. Sie hatte eine seltsame Textur, diese Erinnerung, weil sie eine der ersten war, die er nach der Phase des Gedächtnisverlusts gebildet hatte. Ein Anschlussfehler: Er erinnerte sich, wie er sich zu Hause ins Bett gelegt hatte, dann erinnerte er sich, wie er in einem Krankenhausbett aufgewacht war, Gäste empfangen hatte und seine Eltern in eine Art Manie der Erleichterung verfallen waren. Alles, was er in der Zeitspanne dazwischen ausgestanden hatte, war weg, zumindest für die erste Person; er besaß Bilder, gestaltet aus den Geschichten, die man ihm erzählt hatte. Die Erinnerung – Klaus war an jenem Tag der letzte Besucher – war stellenweise verbrannt, am linken Rand schwarz.

Woran er sich deutlich erinnerte, war, was Klaus ihm bei diesem Besuch mitgebracht hatte: ein kleines Kästchen aus hellem Holz, etwa so groß wie eine Schachtel Küchenstreichhölzer. Es hatte ein geschnitztes Blumenmuster und silberne Scharniere. Adam klappte das Kästchen auf, um nachzusehen, was er geschenkt bekam, und begriff, als er es leer fand, zu seiner großen Beschämung, dass das Kästchen selbst das Geschenk war. Wahrscheinlich hatte Klaus beim Verlassen des Hauses irgendeine Kleinigkeit gegriffen, die gerade zur Hand war, dachte Adam. (Während er nun neben Klaus saß, fragte er sich, warum Besucher überhaupt Geschenke mitbrachten, Opfergaben für seine Verletzung.) Klaus bemerkte seine leichte Enttäuschung und nahm ihm das leere Kästchen aus den Händen. Und zog dann, unmöglicherweise, einen Silberdollar daraus hervor, den er Adam reichte. Einen Moment lang wurde Adam schwindelig – in seinem postkommotionellen Zustand war er nicht imstande, einen Taschenspielertrick von einer kognitiven Störung zu unterscheiden. Doch dann offenbarte Klaus rasch das Geheimnis, zeigte ihm, dass sich der vermeintliche Boden des Kästchens kippen ließ und dass darunter ein zweites Fach zum Vorschein kam; ein Kästchen mit einem Unbewussten, hatte Adams Mom beim Zusehen gescherzt. Dachte er an die bewegliche Trennwand hinter der Kühlvitrine mit den Milchprodukten, an die Männer in der Wand? Er liebte das Kästchen, überlegte, was er darin verstecken könnte: Süßigkeiten, wertvolle Baseball-Karten, einer seiner Wurfsterne würde vielleicht hineinpassen. (Er versuchte, sich zu entsinnen, wo das Kästchen jetzt war; vielleicht auf der Kommode seiner Eltern.) Das Kästchen sei sehr alt, hatte Klaus ihm damals gesagt; erst jetzt kam es Adam in den Sinn, sich zu fragen, was Klaus nach 1933 darin verborgen haben mochte. Eines dieser alten Fotos. Elkes Schmuck. Milchzähne. Eine Zauberpille.

Ein Ast der Waldkiefer vor dem Schlafzimmerfenster knackte unter dem Gewicht des angesammelten Schnees und versetzte ihn zurück in die Gegenwart, in der Klaus flach atmete. Adam wechselte die Haltung auf dem Glaskubus, schloss erneut die Augen, und diesmal lauschte er Klaus auf Englisch: *Es war einmal, da stieß ein kleiner Stern voller Wasser mit einem größeren Stern zusammen, sodass Eisstücke in die Weiten des Weltraums geschleudert wurden, aus denen dann das Sonnensystem entstand. Noch immer umkreisen Trabanten aus Eis die Planeten. In prähistorischer Zeit prallten Monde aus Eis auf die Erde und bestimmten so deren Geografie. Als ein mit »göttlichem Samen« gefüllter Meteor auf die Oberfläche unseres Planeten stürzte, entstand das Menschengeschlecht, der Beginn alles Geschaffenen. Eis ist das Urelement des Universums, grundlegender als Feuer, mit dem es sich im Konflikt befindet. Das alles offenbarte sich Hanns Hörbiger – dem mein Onkel einmal in Wien begegnete – in einem Traum. Als die Nazis an die Macht kamen, suchten sie nach einer unverfälscht germanischen Weltanschauung, welche die Physik ersetzen konnte, die von Juden und ihren Vorstellungen von Relativität verseucht war. Hörbigers Theorie, die bereits sehr populär war, bot Himmler und Hitler eine Möglichkeit, ihre Weltanschauung von jüdischer Wissenschaft zu säubern. Die Welteistheorie wurde an Schulen unterrichtet und fand Eingang in Lehrbücher. Deutsche glaubten sie massenhaft oder gaben vor, sie zu glauben. Sie erklärte alles, wohingegen die Physik einen Abgrund von Nicht-Glauben öffnete. Ereignisse, die für einen Beobachter zu einer bestimmten Zeit stattfinden, können für einen anderen Beobachter zu einer anderen Zeit stattfinden? Das hörte sich nach Freuds Traumatheorie an, nicht nach der Grundlage für eine überzeugende Kosmologie. Heute lautet die Frage, die wir uns stellen müssen: Sollen sich die Vereinigten Staaten bei dem bevorstehenden Umweltgipfel in Kyōto für eine Reduzierung von Treibhausgasen einsetzen?*

Nach meinem Dafürhalten ist die Antwort auf diese Frage ein überwältigendes Ja, und zwar aus den folgenden drei Gründen. Erstens: Da der »globale Äther« aus sehr feinen Eiskristallen besteht, könnte eine Erwärmung der Atmosphäre dazu führen, dass der Mond auf die Erde stürzt und die moderne Zivilisation vernichtet, so wie, laut Hörbiger, zuvor schon ein Mond Atlantis vernichtet hat. Zweitens müssen wir erkennen, dass der Begriff der globalen Erwärmung von den und für die Chinesen geschaffen wurde, um die Wettbewerbsposition der US-Industrie zu schwächen. Du widersprichst dir selbst, sagte Evanson in Adams Kopf, obwohl Evanson ein Hauptverbündeter der in Kansas ansässigen Koch Industries werden sollte, die zu den weltweit größten finanziellen Förderern der Leugnung des Klimawandels gehören. *Es gibt kein für das Unbewusste geltendes Nichtwiderspruchsprinzip, keinen Satz vom ausgeschlossenen Dritten,* erwiderte Klaus. *Und drittens, weil die Fichten wie Zacken stehen im fernen Glitzern. Wegen des »Eis« in »Sprechweise«. Die im Wald widerhallt, den Ast niederdrückt. Laut einer neueren Ausgabe des* Economist *flammt die Sonne darauf. Mein Liebchen ist gleich Eis und ich gleich Feuer. Kurz, Sohn. Experten stimmen darin überein, dass der Yukon von Eis verstopft ist. Der Japurá ist eine einzige Eisscholle. Der Loing ist von Eisstücken verstopft. Der Dnjepr ist immer noch zugefroren. Tatsächlich finden sich Eiskörnchen in den Molekülwolken, in denen sich Sterne bilden, obwohl die globale Erwärmung ein totaler und sehr teurer Schwindel ist! Wie die Mondlandung und der Holocaust. Wie Columbine, Sandy Hook, Parkland und die russische Einmischung. Wenn in Topeka,*

in Berlin, in Brooklyn der erste Schnee fällt und das Draußen in
ein riesiges Interieur verwandelt, muss man den Winter mögen,
muss den Kopf den Flocken zuwenden, die sich auf der Fenster-
bank ansammeln – Adam tat wie geheißen, sah einen Spatz
zwischen kleinen Zweigen umherhüpfen –, *und seine Erinne-*
rungen auf die Urszene seiner Kindheit richten.

Frost hatte das Gras verhärtet, und weil seine Muskeln in der Kälte steif geworden waren, stellte er sich in halb wachem Zustand vor, er habe sich in einem Netz verfangen und müsse sich rasch aufsetzen, um sich daraus zu befreien. Es dämmerte gerade erst. Er war etwa zwanzig Meter von dem nicht mehr schwelenden Feuer entfernt, und er war allein. Er roch sich selbst, ein Geruch aus Holzrauch, Bier und Erbrochenem. Der Teil von ihm, der angesichts der Frage, wie er nach Hause kommen würde, zu Panik neigte, wurde von dem Teil im Zaum gehalten, der damit beschäftigt war zu kalkulieren, ob seine Freunde ihn im Stich gelassen oder ob sie zunächst ernsthaft nach ihm gesucht hatten. Er dachte an den Fernsehausdruck: und für tot zurückgelassen. Aber, sagte er sich, sie hatten es bestimmt versucht und waren, als sie ihn nicht hatten finden können, davon ausgegangen, dass er eine andere Mitfahrgelegenheit gefunden hatte. Vielleicht hatten sie in ihrer eigenen Betrunkenheit auch vergessen, wer mit wem gekommen war. Er stand mit knackenden Gelenken auf und pinkelte auf das dunklere Gras, das sein Körper vor dem Frost geschützt hatte. Der schönste Abend seines Lebens.

Wo war seine Royals-Mütze? Seit Jahren hatte er sich vorgestellt, in der Halbwildnis zu überleben, hatte Orte wie das Gebüsch, wo er sich verstecken konnte, in seinem Kopf kartografierte Abkürzungen durch nicht eingezäunte Gärten; er hatte sich eingeprägt, dass Löwenzahn, Große Klette und Weidenröschen essbar waren, aber erkennen konnte er nur Ersteres. Obwohl er in frisch gewaschener Star Wars-Bettwäsche schlief, die

Mahlzeiten aß, die seine Mom für ihn zubereitete, und nichts, was er verbrauchte oder benutzte, selbst produzierte, hatte Darren das Gefühl, für einen künftigen Ernstfall, in dem sich die Relevanz einer Reihe schwer zu präzisierender Fähigkeiten herausstellen würde, trainiert oder zumindest im Training gewesen zu sein. Wenn er häufig behauptet hatte, er besitze den schwarzen Gürtel (neunten Dan) in irgendeiner komplexen Kampfkunst und könne geräuschlos über Hausdächer laufen, wenn man ihn hatte sagen hören, er sei heimlich von den Special Forces rekrutiert worden, dürfe eigentlich nicht darüber reden, wenn er bei den Pfadfindern lieber »ausgetreten« war, als seine eigenen Techniken des Feuermachens, der Trinkbarmachung von Wasser, des Stechens und Ausnehmens von Fischen preiszugeben, dann deshalb, weil imaginäre Fertigkeiten Strategien waren, schwache Zauber zwecks Neudefinition seines Ausgeschlossenseins als mannhafte Art, unter dem Radar zu leben. Wüstentarn verliert sich in Kansas nicht im Laubwerk, sondern deutet auf einen halb bewussten Wunsch hin, sich dem Militär eines Imperiums anzugleichen, dessen Feinde so unbestimmt sind, dass sie überall sind. Hatte Stan, ein Veteran des von ihm so genannten letzten echten Krieges, nicht gesagt, man habe sie kaum je zu Gesicht bekommen?

Seine Eltern, Lehrer, Ärzte, Altersgenossen verlangten ständig von ihm, zuzugeben, dass er log, Verantwortung für sich zu übernehmen, aber ein Zauber wird nicht wegen seiner Wahrheit, sondern wegen seiner Macht geschätzt, und was Darren von den Typen unterschied, war nicht, dass seine Identität eine Lüge war – das galt auch für den herrschenden Typ, den er beneidete, weiße Gangsta, viele davon die Söhne von Chirurgen, Anwälten, Gehirnschlossern, die durch Topeka gondelten und auf ihrer Anlage Tupac dröhnen ließen, ihre Art, sich zu kleiden und anzureden, die Art, wie sie Drogen und einander missbrauchten, dies alles,

wie unvollkommen auch immer, den Rap-Videos nachempfun-
den –, sondern dass sie keinen Halt in seiner sozialen Welt hatte.
Wenn Darren, nachdem er seine Tasche abgeklopft hatte, um sich
das Vorhandensein des Buck 55, das er stets mit sich führte, zu
bestätigen, nicht daran dachte, ein Feuer zu machen, sein Fas-
ten mit ungiftigen Herbstbeeren zu brechen oder die Himmels-
richtungen aus dem Sonnenstand abzuleiten, dann nicht nur
deshalb, weil er nicht dazu imstande war; sondern auch, weil
die Erfahrung des vorigen Abends bei aller Verworrenheit seine
Überlebenstrainings-Mythologie als noch so untaugliche Strate-
gie für sein soziales Überleben nebensächlich machte. Er fand
sich in einer Umgebung wieder, die einer Wildnis näherkam,
als er es je erlebt hatte, erwachte zig Kilometer von zu Hause
entfernt frierend und hungrig, und das genau dann, als er zum
ersten Mal seit der Pubertät einen Schimmer von Gemeinschaft
wahrnahm.

Er folgte Reifenspuren im Gras bis zu der nicht asphaltier-
ten Anliegerstraße und ging darauf entlang, bis er eine breitere
Schotterstraße erreichte. Ein Pick-up passierte ihn, während er
zu entscheiden versuchte, ob oder wie er ihn anhalten sollte. Er
schmeckte etwas von dem Staub, den der Wagen aufwirbelte, was
seinen Durst verstärkte. Auf seinen Instinkt vertrauend, der ihn
trog, bog er rechts ab und ging einen knappen Kilometer auf
der Bankette, ehe die Straße in einem Fußpfad endete. Er ging
denselben Weg zurück, vorbei an der Stelle, wo er auf den Schot-
ter getroffen war, und in südlicher Richtung, zu seiner Linken
Bäume, zu seiner Rechten offene Felder, hier und da ein Gehölz
entlang einem Bachbett, in der Ferne ein Farmhaus, dort mochte
er nicht hin. Das Gehen tat gut, der Tritt seiner geilen Stiefel
scheuchte Fasane auf, die Schmerzen ließen nach, obwohl das
mehr Raum für Hunger schuf; zuletzt etwas gegessen hatte er am

Vortag, drei Erdnussbutter-Sandwiches ohne Kruste zum Lunch. Bald erreichte er ein Wegedreieck, musste abermals raten, wohin er sich wenden sollte, und riet abermals falsch; er bemerkte seinen Irrtum fünfzehn Minuten später, als er von einer Steigung aus den See vor sich liegen sah, der inzwischen in vollem Tageslicht funkelte.

Er kehrte um, stellte sich vor, wie Davis und Nowak lachten – wir haben die Schwuchtel dort gelassen –, schüttelte dann jedoch leicht den Kopf, worauf das Gelächter zum Gezwitscher der Stare in den Bäumen am Straßenrand wurde. Etwa zu der Zeit, als er wieder bei der Kreuzung anlangte, wo er das letzte Mal falsch abgebogen war, dachte er an seine Mom. Wenn sie von ihrer Nachtschicht im St. Francis Hospital nach Hause kam und sein Bett leer fand, würde sie bestimmt denken, er wäre tot. Darüber musste er laut lachen, dabei fand er es gar nicht lustig und wünschte, er hätte irgendeine Möglichkeit, sie anzurufen, sprach die Nummer, die sie ihm als Kind eingetrichtert hatten, in die Luft: 601–226. Immerzu wiederholte er im Gehen die Nummer, eine Art Marschlied, bis er die East 250 erreichte. Hier standen mehrere kleine Getreidesilos und ein Büro, und obwohl der Parkplatz leer war, überquerte Darren die Straße und versuchte, durch das blind gewordene Fenster hineinzuspähen. Auf einem Schild an der Tür stand OTTAWA CO-OP, das sagte ihm nichts, und er beschloss, auf der E 250 weiterzugehen, was er die nächste Stunde auch tat. Irgendwann kam er an einem in die Bankette gehämmerten weißen Kreuz mit einem Strauß Plastikblumen vorbei und dachte: Das ist die Stelle, wo mein Dad gestorben ist, dabei wusste er, dass das nicht stimmte: Das ist die Stelle, wo sich Nowak gestern Nacht überschlagen hat, auf ölglatter Fahrbahn, nachdem sie mich alleingelassen haben.

Ein paar Laster passierten ihn, und einer, meinte er, hatte

abgebremst, als wollte der Fahrer anhalten und sich nach ihm erkundigen, hatte es dann aber doch nicht getan, warum auch. Er traf keine Mitwanderer, obwohl zwischen den eingezäunten Feldern in langen Abständen Häuser standen, und einmal sah Darren Bewegung hinter einem Fenster und dachte, er könnte, wenn er müsste, an eine Tür klopfen, obwohl er partout nicht wusste, was er sagen sollte. Wenn er ein Straßenschild sah, las er es laut: ÜBERHOLVERBOT. Auf den Telefonmasten saßen Rotschwanzbussarde und beäugten ihn. Als er neben der Straße ein trockenes Bachbett bemerkte, stieg er hinunter und suchte zwischen den Steinen nach Fossilien und Pfeilspitzen, womit er sich bewies, dass er sich weder fürchtete noch sich verirrt hatte, sondern auf Erkundungstour war. Er steckte etwas ein, was der Stil einer Seelilie gewesen sein könnte, und setzte seinen Weg fort. Er stellte sich vor, er wäre in die Welt von Legend of Zelda eingetreten, und versuchte sich wie in dem Spiel von oben zu sehen, bewegte sich durch die Oberwelt, die alle Level miteinander verbindet, seine Lebensenergie dargestellt als Leiste von Herzen. Dies war eine Landschaft voller verborgener Schlüssel, magischer Schwerter, Bumerangs, die Darrens Feinde töten oder lähmen konnten, nur dass sie es nicht war.

Als die E 250 auf die N 1600 traf, war er seit über zwei Stunden unterwegs, Durst verdrängte Hunger, Muskelschmerz eher aufgrund seiner ungünstigen Schlafhaltung als vom Marschieren, aber er spürte, wie sich Blasen bildeten. Auf der N 1600 passierten ihn mehrere Autos, zu seiner Linken stand ein verlassenes Backsteingebäude, zu seiner Rechten eine neuere, weiß verputzte Kirche, und das war ein Fortschritt. Doch als Darren die schwarzen Magnetbuchstaben auf dem Schild im Vorhof las – STULL UNITED METHODIST CHURCH –, traten um seinen Mund kleine mimische Zuckungen auf.

Jeder Jugendliche im Nordosten von Kansas wusste, dass Stull eines der sieben Tore zur Hölle war, dass sich irgendwo auf dem Friedhof der Stadt eine Treppe befand, die direkt in die Unterwelt hinabführte, dass es in die alte Steinkirche, die kein Dach hatte, auch bei einem schweren Unwetter niemals hineinregnete, dass Glasflaschen, die man so hielt, dass sie ein Kreuz bildeten, und dann gegen die Kirchenmauer schleuderte, nicht zersprangen; immer noch versammelten sich dort Satanisten, um ihre Rituale zu vollziehen, darunter auch Menschenopfer. Die Legenden zogen Touristen an, zu einer Mutprobe herausgeforderte Kids, verärgerte örtliche Grundstücksbesitzer und die Polizei, waren Thema von Lagerfeuer-Geschichten, Death-Metal-Songs und Albumcover-Kunst, und Darren hatte zwar den Großteil der Mittelschule in schwarzer Klamotte verbracht, Pentagramme in den Deckel seines Ringbuchs geprägt und seine Feinde mit Magie des Pfades zur Linken Hand bedroht, aber er war kein Teufelsanbeter. Er betete überhaupt niemanden an; allerdings befürchtete er seit dem Bright-Circle-Montessori-Kindergarten, dass man ihn gegen seinen Willen berufen hatte und dass sich nun ein sinistres Komplott offenbarte, dass der schönste Abend seines Lebens ein Rauchschleier gewesen war, Teil eines Plans, ihn hierher zu locken, und sei es nur, um ihn daran zu erinnern, dass er Kräfte sowohl besaß als auch von ihnen besessen wurde, Kräfte, die er beim besten Willen nicht beherrschen konnte.

Eigentlich wollte er links abbiegen, um nicht an der alten Kirche und am Friedhof vorbeigehen zu müssen, die er von seinem Standort aus sehen konnte – steinerne Ruine und ein, zwei Reihen Grabsteine –, aber er ahnte, dass Topeka rechts lag, und so rannte er auf dem Randstreifen der N 1600 in diese Richtung, bis er das Gelände hinter sich gelassen hatte, dann blieb er, die Hände auf die Knie gestützt, stehen, um wieder zu Atem zu kommen. Jetzt spürte er, wie Erschöpfung und Zweifel ihn überkamen, nahm in den erinnerten Stimmen des vergangenen Abends Spott wahr, stellte sich die Erklärungen vor, die sie von ihm verlangen würden – seine Mutter, Dr. J, sogar Stan. Derart entmutigt, setzte er seinen Weg fort und schätzte, dass ihm bestimmt noch mindestens zwei Stunden blieben, bis er Topeka erreichte, wo es in Wirklichkeit bei seinem normalen Tempo noch sechs Stunden dauern würde.

Das fast unmerkliche Dahintreiben von Zirruswolken über Darren, während er auf der Bankette durch die Jahrhunderte hindurch weitergeht, dann das Gras neben der Straße, wo sie eben verläuft. Im Gefolge eines vorbeifahrenden Autos vertieft sich die Stille, fernes Vogelgezwitscher wird hörbar. Es sind Häuser zu sehen, die Abstände zwischen ihnen verkleinern sich, aber auch Felder mit braunem Weizen, grünem Soja, weite Ausblicke, bis Büschelrosen-Hecken eine Zeitlang die Sicht verdecken. (Er kommt an keiner Schenke oder Gastwirtschaft vorbei, niemand wirft ihm von einem Heuwagen aus, den er anhalten könnte, um Brot oder Bier zu erbitten, einen Penny zu.) Er stellt Blickkontakt zu einer einsamen Kuh in der Nähe eines Stacheldrahtzauns her, ihre Ohren sind mit blauem Plastik markiert, der Rest des Viehs drängt sich in der Ferne zusammen, einige Tiere knien. Warum steht da, als er eine weitere Stunde gegangen ist, ein einzelner Baum, der schier explodiert von violetten Blüten? Im Geist klopft er an eine Tür, bittet um Wasser, darum, das Telefon benutzen zu dürfen, ich rufe meine Mom per R-Gespräch an, aber er kann die Demütigung schmecken, obwohl er sich ihre Form noch nicht recht vorstellen kann. Runter von meinem Grundstück, hat Darren oft zu hören bekommen. Aber inzwischen hat er Krämpfe, hauptsächlich vom Durst, und als er sieht, dass es an der Seitenwand eines Lagerschuppens nicht weit von der Straße einen gelben Wasserhahn für einen Schlauch gibt, kauert er schon davor, ehe er eine Risikobewertung vornehmen kann, und trinkt das köstliche Wasser in sich hinein, keucht, trinkt weiter. Erfrischt rennt er zurück zur Straße, der Wind brennt, wo sein Gesicht nass ist, Stull entschwindet, wie es ein Traum tut, vielleicht hat er schon immer gewusst, dass es in der Nähe des Clinton Lake liegt, warum das Entsetzen, ihre Finger fahren ihm durchs Haar.

Dass die Landschaft sich in Endlosschleife wiederholt, ist Darren ein Trost, auch wenn die Simulation in unterschiedlichen Geschwindigkeiten abläuft; an dem gelben Haus dort, der riesigen amerikanischen Flagge, ist er schon dreimal vorbeigekommen, weiß, dass jedes Mal, wenn die Straße bis zu einem bestimmten Punkt ansteigt, zu seiner Linken ein silberner Wasserturm sichtbar wird, dessen Position konstant ist wie die des Mondes, dass die Wolken stetig über den Bildschirm ziehen, in ständig wiederkehrenden Formen, genau wie die absteigenden Pfiffe der Vögel, rudimentäre elektronische Musik, und da ist wieder der explodierende Baum, Darren, Darren, Darren. Es erinnert ihn an die Fahrten zu seinem Onkel in Colorado, bei denen er auf dem Rücksitz immer wieder wegsackte, während seine Eltern Randy-Travis-Kassetten spielten, »Just waitin' on the light to change«, und Darren, wenn er alle hundert Kilometer oder so aufwachte, die gleiche Durchgangsstraße aus Restaurants, Tankstellen und Hotels sah, das Gefühl hatte, sie befänden sich jedes Mal, wenn sie vom Highway abfuhren, in der Stadt, die sie gerade verlassen hatten, obwohl jetzt alles von seinem Gang diktiert wird und er das, was er als das Band sieht, verlangsamen oder beschleunigen kann.

So verstreichen die Stunden oder verstreichen nicht: Indem sie zu einer einzigen Stunde zusammenschrumpfen, bis hohes

Gras den Rasenflächen von Reihenhäusern Platz macht, eine andere Art von Wiederholung, und bald betrachten ihn von bunten Plastikklettergerüsten oder Trampolinen aus kleine Gruppen von Kindern, ehe sich die Straße abermals zu neuerem Pflaster verbreitert, einer vierspurigen Avenue, flankiert von riesigen Warenhaus-Unternehmen und Autohäusern mit aufgeblasenen, vom Wind bewegten Ballonmenschen. Wonach er sich jetzt sehnt, ist ein McDonald's, heißes Wasser, die vertrauten Konturen der Formstühle, und obwohl die Wahrscheinlichkeit verfügt, dass es ganz in der Nähe einen gibt, sieht er die goldenen Bögen nicht und geht weiter, in der Überzeugung, dass seine Umgebung, die ihm so vertraut erscheint wie zwangsläufig alle Fertigbauten, bald zu einem Bereich von Topeka gerinnen wird, von dem aus er den Weg kennt.

Er kommt an Wohnkomplexen und Büroanlagen vorbei. Zwei Jogger wechseln die Straßenseite, um ihm aus dem Weg zu gehen. Nach der frühen Jugend mit dem Fahrrad unterwegs zu sein, ist in Kansas schon schmachvoll genug; zu Fuß zu gehen – sofern man nicht in entsprechender Kleidung zielgerichtet trainiert oder sich zu seinem Auto oder davon weg bewegt – heißt, sich zu einer Art Devianz zu bekennen; wie oft haben Männer ein Fenster heruntergekurbelt, um Darren daran zu erinnern, dass er eine Schwuchtel ist? Beinahe macht er bei einem Arby's Halt, beschließt dann aber, nicht auszuruhen, bis er zu Hause ist, nicht beim Sonic, nicht bei Burger King, Wendy's, Walgreens, Kwik Shop oder Dillon's, deren Reihenfolge Darren falsch erscheint, als wäre Topekas Syntax durcheinandergewürfelt worden, während die Begriffe gleichgeblieben waren.

Er beginnt zu humpeln, sein linker Knöchel kribbelt, vielleicht hat er ihn sich irgendwann in der Vergangenheit verdreht, und jetzt ist seine Fantasie, dass Topeka sich während seines

Fußmarsches in eine etwas andere Version seiner selbst verwandelt hat, eine, die um ihn vermindert worden ist. Sein Zuhause wird noch da sein, aber in einer anderen Straße, seine Mom wird im Haus sein, ihn aber nicht kennen, die Phelps' werden immer noch demonstrieren, aber an einer anderen Ecke und mit anderen Transparenten. Kann ich dir irgendwie behilflich sein?, würde Stan argwöhnisch fragen, falls es Darren gelänge, den Armyshop zu finden, sein Gebüsch wird im falschen Park sein, seine Rationen verschwunden, die Gespräche mit Dr. J aus dem Gedächtnis gelöscht, der Clown auf dem Gemälde in einen Engel verwandelt. Es ist, als ob die ganze Stadt oder er durch das Banner gesprungen ist, was auch bedeutet, dass sein Dad hier noch leben oder untot sein könnte, und das Schwindelgefühl, von dem er geglaubt hat, er hätte es in Stull zurückgelassen, ist wieder da, die Treppe führt hinab. Konnte man von dem einen Topeka aus per R-Gespräch im anderen anrufen?

Es müsste ein Wort geben für die Erleichterung, die er empfindet, als die Architektur um ihn herum so speziell wird, dass sie ihm unvertraut erscheint und nicht unheimlich auf die ganz eigene Art von Laden- und Restaurantketten, für seine Erleichterung darüber, sich verlaufen zu haben, aber in dieser Welt, nicht in einer, die ihr ähnlich sieht, und in die Zeit zurückversetzt. Alles passt wieder. Er ist in einer Geschäftsstraße angelangt, die aus miteinander verbundenen Mauerwerksbauten besteht, einer Hauptstraße. Er liest die Schilder: FREE STATE BREWERY, LIBERTY HALL, SUNFLOWER OUTDOOR SHOP, THE PARADISE CAFE, Geschäfte mit nur einem Sitz. Zu diesem Zeitpunkt schleppt sich Darren, den rechten Fuß mit dem anschwellenden Knöchel praktisch nachziehend, durch die Innenstadt von Lawrence, wie er allmählich begriffen hat, weil er als Kind oft hier war, besonders nach den Footballspielen der KU, zu de-

nen sein Vater ihn manchmal mitgenommen hatte, das Gebrüll, wenn einer unserer Running Backs sich löst, Cheerleader, die Pyramiden bilden, gefolgt von Pizza und Ms. Pac-Man in der Mass Street, der Straße, die er jetzt entlanghumpelt, auf der Suche nach einem Münztelefon, so viele Kilometer von zu Hause weg wie sechs Stunden zuvor, als er vom Boden aufstand. Eltern nehmen ihre Kinder an die Hand, wenn er vorbeikommt.

DIE
NEW YORKER
SCHULE
(JONATHAN)

Wir kreisten über JFK und warteten auf die Landeerlaubnis; die Verzögerung war wetterbedingt; wir befanden
uns in den Ausläufern eines Unwetters, in starken Turbulenzen. Immer wieder durchflogen wir Wolken. Unten waren die Lichter der Großstadt zu sehen, dann waren wir in
dunkles Grau gehüllt. Dann wieder die Lichter. Seltsam, in
der Nähe andere Flugzeuge kreisen zu sehen; es kam mir vor,
als betrachtete ich unser Flugzeug von außen, als könnte ich
womöglich einen Blick auf mich selbst in einem erleuchteten ovalen Fenster erhaschen, erste und dritte Person. Wir
beschleunigten und bremsten dann wieder ab, gewannen
Höhe und verloren sie wieder, vielleicht auf der Suche nach
ruhigerer Luft. Alle fünf bis zehn Minuten der Kapitän: Tut
mir leid, Leute; wir hoffen, in Kürze landen zu können. Die
Mitteilungen waren einander so ähnlich, dass sie zu einer
einzigen Mitteilung wurden, was die Zeit nur noch langsamer oder gar nicht verstreichen ließ. Die Flugbegleiter waren
längst durch die Gänge gekommen, um den restlichen Abfall
einzusammeln, hatten uns angewiesen, die Tische hochzu-
klappen und unsere Rückenlehne in aufrechte Position zu
stellen, und in Vorbereitung auf die Landung, zu der es nicht
kam, selbst ihre Plätze eingenommen. Ich hatte die Fantasie,
dass sie das Flugzeug zusammen mit dem Piloten und dem
Kopiloten irgendwie verlassen hatten und dass nur noch
wir Passagiere übrig waren und von einer aufgezeichneten
Stimme angesprochen wurden. Irgendwann würde uns der

Treibstoff ausgehen, und wir würden auf Queens stürzen. In der Kabine war es dämmrig; einige Leute schliefen wundersamerweise – darunter auch die schmächtige Frau neben mir, unter der blauen Decke der Fluggesellschaft, die einer Klinikdecke glich, einer Decke aus den Beständen der Foundation; sie schnarchte mit offenem Mund, das Schnarchen einer viel üppigeren Frau, was das Geräusch wie synchronisiert wirken ließ. Andere lasen unter ihren Deckenleuchten Zeitung oder dicke Hardcover-Thriller – aber wie konnten sie überhaupt lesen? Vielleicht taten sie ja nur so. (Ich hatte oft den Verdacht, dass Leute nur vorgaben zu lesen oder die Stille des Lesens nachahmten; tat ich als Kind auch nur so, als läse ich, vielleicht, um vor irgendetwas zu flüchten – dem Zorn meines Vaters? Jedes Mal, wenn ich im Studium durch die Bibliothek ging, dachte ich bei mir: Wenn ich euch das Buch zuklappte, wäre kein Einziger von euch imstande, mir zu sagen, was er gerade gelesen hat. Shadow-Reading. Und wenn ich selbst las, war ich mir sehr deutlich bewusst, dass andere Leute mich daraufhin beobachteten, wie ich Vertieftsein darstellte, was mich natürlich von der Seite ablenkte.)

Das Flugzeug wurde kräftig durchgeschüttelt – ein Rumsen in den Gepäckfächern; ein paar Leute sogen hörbar die Luft ein – und fing sich wieder. Ich hielt beide Armlehnen aus Metall gepackt. Normalerweise machte mir böige Luft nichts aus, und mein Unbehagen überraschte mich selbst, aber ich war fast nie allein in einem Flugzeug, war immer mit Jane und Adam zusammen, die das Fliegen beide hassten und sich vor Turbulenzen fürchteten. Vielleicht war ich nur entspannt, wenn ich in Gegenwart von jemand Nicht-Entspanntem war, wenn ich wusste, dass es nützlich wäre, wenn ich ruhig bliebe, beruhigend wirkte? Jetzt, wo ich unter Schlafenden und Pseudolesern allein über der Stadt kreiste, von der Crew verlassen, aus dem Gleichgewicht gebracht, weil niemand da war, der mich brauchte, verspürte ich etwas, was ich nur als Heimweh bezeichnen kann. In der Luft regredieren wir. Ich wollte zu meiner Mutter, Mom, Mami.

Als ich das erste Mal nach New York flog, saß sie zwischen mir und meinem Bruder, damit wir einander nicht ärgerten; ich war sechzehn, der künftige Revolutionär vierzehn. Wir hatten uns feingemacht; damals zog man zum Fliegen seine besten Sachen an. Als ginge man zum Tempel oder zur Kirche, berührte das Antlitz Gottes; heutzutage sieht man ganze Familien im Trainingsanzug, im Pyjama, mit diesen Nackenpolstern um den Hals; eine Form der Regression. Die ohrenbetäubenden Propeller. Die Kabine voller Zigarettenrauch, in jeder Armlehne ein Aschenbecher. Ich kann mich erinnern, dass die Bordmahlzeiten aufwändig waren: das Besteck echt, auf dem Tablett eine kleine frische Blume. Vielleicht flogen wir Business Class, wenn es das damals schon gab. Wir kehrten nach zwei Jahren in Taiwan, wo mein Vater ein niederrangiger Diplomat im Auslandsdienst war, in die Staaten zurück. Ich weiß nicht mehr, warum wir getrennt nach Hause flogen, welchen Vorwand er dafür nannte.

In den Fünfzigern lebte auch ein niederrangiger Diplomat in Taipeh wie ein König: Koch, Dienstboten, Fahrer. Wir wohnten in einem großen Bungalow amerikanischen Stils in einem Viertel aus nahezu identischen Häusern, die alle von Ausländern bewohnt wurden – hauptsächlich von Amerikanern, einige wenige von Briten. Frisch gemähte Rasen funkeln von Gift. Den einen Tag bin ich in Chevy Chase, schieße in unserem Garten mit einem Luftgewehr auf Eichhörnchen, übe mit Jackie Captain, die ein paar Häuser weiter wohnt, das Küssen, lerne in der Packard-Limousine das Fahren (mein Dad dirigiert mich langsam über Kaufhaus-Parkplätze, rares gemeinsames Lachen), und am nächsten Tag werde ich in einem glänzenden schwarzen Imperial, der Rikschas, Straßenhändler, Ziegen und Hühner auseinanderscheucht, durch die wimmelnden Straßen von Taipeh gefahren – zur Taipei International School, chauffiert von Chang, der niemandem die Hupe ersparte und mich, einen schlaksigen, pickeligen Jungen, mit »Mr. Sir« ansprach. (»Haben Sie bei der Betrachtung eines glänzenden neuen Automobils schon einmal überlegt, dass in all den zigtausend Generationen, die diesem Jahrhundert vorausgingen, nicht einmal die mächtigsten Könige auf Erden so ein Fahrzeug hätten besitzen können? Ebenso wenig hätten sie in einem Flugzeug fliegen können.«) In der American School gab es keine Chinesen, außer als Hausmeister oder vielleicht ein, zwei Sekretärinnen; Chinesisch wurde nicht einmal als Sprache angeboten, nur Französisch und Latein; die Schüler waren hauptsächlich die Kinder von Beamten. Mein augenblickliches Verknalltsein in Donna Selkie, die Wölbung, wo ihre Schulter in ihre Brust überging. Mein Taschengeld, ein von einem Gummiband zusammengehaltenes Bündel der schwachen, bunten Währung, für die Einheimischen ein kleines Vermögen. Wie der Diener Lin stumm in unserem riesigen, mit weißem Teppichboden belegten Wohnzimmer erschien und auf einem Silbertablett Gin Tonic für die Erwachsenen und Limonade für die Kids kredenzte. Rote Jadeskulpturen von sich bäumenden Pferden flankierten den Kamin; an den Wänden eine Hängerolle von einer Berglandschaft und eine von einem Vogel auf einem Zweig, eine rote Beere im Schnabel, aber auch ein paar nicht zusammenpassende impressionistische Billigkopien, die wir uns hatten schicken lassen, und der Chagall-Druck meiner Mutter. Hinten im Garten hatten wir einen Pool; da ist wieder Lin mit seinem Silbertablett, neben den Drinks kleine Holzschälchen mit kandierten Nüssen. Meine Mutter in einem einteiligen dunkelblauen Badeanzug und mit einer Cateye-Sonnenbrille, wie sie auf der Chaiselongue in einer Modezeitschrift blättert. (Einmal der flüchtige Anblick von Schamhaar am unteren Rand des Badeanzugs, eine Welle von Wut darüber, dass sie mich das hat sehen »lassen«.) Warum ging sie nie ins Wasser? Morgens wachte man auf und putzte sich die Zähne, und wenn man in sein Zimmer zurückkam, war das Bett gemacht. Während des mehrgängigen Essens – Ente, Roter Schnapper, gedünstetes Schweinefleisch – konnte eines von uns Bälgern jederzeit die Hand heben und einen Hamburger verlangen. Man konnte jeden Abend einen Eisbecher haben, dazu erschien eine Art Drehtisch mit Garnierungen: Mandelsplitter, Schlagsahne, Streusel. Lin setzte persönlich die Kirsche obendrauf.

Wir hoffen in Kürze zu landen, Leute. Ich glaube, die Arbeit meines Dads bestand hauptsächlich darin, Besuche von wichtigeren Versionen seiner selbst zu organisieren; ihm fiel es zu, dafür zu sorgen, dass Mr. X alles hatte, was er brauchte, das richtige Zimmer im Grand Hotel, eines mit Balkon, den verlässlichsten Fahrer, denjenigen, der gut Englisch sprach, und dass Mrs. X, wenn sie die unvermeidlichen Magenbeschwerden bekam, in die richtige Klinik gebracht wurde, dass das Paar für die richtigen Fotos posierte: Hier stehen wir vor dem Longshan-Tempel, hier sind wir in der Dalong Street, im Konfuzius-Tempel (der alt aussieht, aber 1939 wiederaufgebaut wurde; die Linie zwischen Gedenken und Auslöschung, Klaus' Stimme, ist ungeheuer dünn). Wir dachten, die Unbestimmtheit seines Jobs belege die Bedeutung meines Dads; vielleicht, flüsterten mein Bruder und ich, war er ja bei der CIA? Einige der anderen Leute um uns herum waren ganz sicher bei der CIA, müssen es gewesen sein, darunter auch Jim Selkie, der fließend Chinesisch sprach – das sagte ja wohl alles. Jim war fast nie da, sondern immer zu irgendwelchen nebulösen beruflichen Zwecken auf Reisen.) Der arme Paul Conway, irgendeine Art von Unternehmensberater, der alle mit seiner Entschlossenheit beeindruckte, die Sprache zu lernen; er zog sich ins stille Kämmerlein zurück, um aus Büchern Chinesisch zu lernen; als er nach ein paar Monaten wieder auftauchte, redete er wie ein Wasserfall – nur leider auf Kantonesisch, statt auf Mandarin; hoppla. Die Leute lächelten ihn einfach höflich an. Seine Aussprache wäre ohnehin unverständlich gewesen.

Die Silbertabletts, die Getränkewägelchen, wie das im Flugzeug, nur hübscher: Happy Hour war um fünf Uhr, außer am Wochenende, da war sie schon früher. Immer schauten Leute vorbei, oder wir schauten bei Leuten vorbei, saßen an einem Pool, der genauso aussah wie unserer, türkisblaues Wasser bei Fackellicht. Irgendjemandes Diener kam mit frischem Eis, Limonen, einer neuen Flasche Tonic oder Seltzer heraus. Leerte Aschenbecher und stellte neue hin. Ob wohl Musik lief? »Unchained Melody«? Jeder Erwachsene hielt eine Zigarette und ein Glas mit Highball oder Martini in der Hand. Ich bin mir nicht sicher, ob wir Kids die Erwachsenen als besoffen sahen, aber wir nahmen ihre Distanziertheit wahr, deren hysterische Note. Wie in diesen Peanuts-Cartoons, wo die Erwachsenenstimmen bloß eine Art »Wah-Wah«-Geräusch sind, wahrscheinlich eine Trompete oder Posaune; ab und zu richtete jemand das Wort an uns, aber wir erlebten das als sinnlosen, geformten Klang. Mein Bruder machte, vielleicht von mir aufgestachelt, voll bekleidet eine Arschbombe in den Pool eines Nachbarn, was einen Platscher gab, der die Gastgeber durchnässte; es sorgte nur für brüllendes Gelächter unter den beschwipsten Erwachsenen, darunter auch mein Dad, der meinen Bruder für ein solches Spektakel in Maryland mit einem Gürtel verprügelt hätte. Donna Selkie, das dunkelblonde Haar zu einem straffen Chignon geflochten, sitzt eines Abends neben meiner Mutter; Donna hat einen halb echten Drink bekommen, einen Fingerhutvoll Gin, gemixt mit Mineralwasser; was sie denn studieren wolle, fragt irgendein Diplomat, bemüht, nicht zu lallen, beugt sich näher heran, um sie besser zu verstehen, und eine Hand landet auf ihrem Oberschenkel. Mein Dad kommt eines Abends um die Hausecke, Arm in Arm mit irgendjemandes Frau – »die Glyzinie müssen Sie unbedingt sehen« –, bleibt dann stehen, um ihre Halskette zu bewundern, hebt den kleinen Anhänger von ihrem Schlüsselbein – und entdeckt mich im Gebüsch, wie ich eine von Lins Zigaretten rauche, die er nur widerstrebend herausgerückt hat. Mein Dad nahm sie mir einfach aus dem Mund, sagte, er werde sie fertigrauchen, und schickte mich zurück ins Haus; in den Staaten hätte ich einen Monat Hausarrest bekommen.

Wir waren die Vertreter des mächtigsten Landes der Welt, wir verkörperten diese Macht mit jeder Faser, man musste sich nur ansehen, wie sich die »Eingeborenen« vor uns verbeugten, wie dankbar sie uns für unseren angeblich zivilisierenden Einfluss waren: die Zukunft gehörte uns. Aber wir waren außerdem Juden, eine der beiden jüdischen Familien in unserem Viertel, unserem Komplex, unserer Straße, und die Öfen waren vor erst fünfzehn Jahren noch aktiv gewesen.

Später verzeichnete ich die fernen Verluste in einem Geno-gramm. Und wir waren weniger als anderthalbtausend Kilometer von Hiroschima entfernt und noch näher an Nagasaki. (Während wir über JFK kreisten, stellte ich mir vor, unser Flugzeug hätte einen Bombenschacht und wir warteten auf den richtigen Augenblick, um unsere Last abzuwerfen.) Weder von den Lagern noch von den Bomben war jemals die Rede – weder in den Häusern der Amerikaner noch in der Taipei International School. Die kollektive Verdrängungsbe-mühung war gewaltig, machte den Alkohol unverzichtbar. Ein intensiver, aber inhaltsleerer Zukunftsoptimismus war der einzige Schutz gegen die jüngste Vergangenheit, in der sämtliche Wertordnungen zusammengebrochen, verstrahlt oder vergast worden waren. Öffentliche Verdrängung, private Verdrängung: Was ich wusste und zugleich nicht wusste, war, dass meine Mom krank war; offiziell hieß es, sie sei in den Staaten krank gewesen, doch inzwischen gehe es ihr besser, die Jahre im Ausland würden ihr willkommene Erholung verschaffen; aber wir Kids wussten, sie war nicht kuriert, ob-wohl niemals – nicht einmal zum Ende hin – irgendwer in unserer Gegenwart das Wort »Krebs« in den Mund nahm. In diesen beiden Jahren sah meine Mutter normalerweise gut aus, aber ihr Gewicht schwankte, ihr Lächeln war zu unver-änderlich – glich zu sehr einer Maske, wie bei einer Mutter, die verbirgt, wie sehr sie sich vor Turbulenzen fürchtet.

Hier spricht ihr Kapitän. James Toomey, Sohn eines Kon-teradmirals, Kapitän der Taipei International Tigers, einer Basketballmannschaft, die nur gegen andere internationale Schulen auf der Insel spielte, hatte ständig diesen Robert Russell im Schlepptau. Russell war ein geistig beschränkter Riese mit Bürstenschnitt, ein Lenny für Toomeys George.

Nur dass Toomey ihn ständig zu irgendetwas anstachelte, ihn herausforderte, einen Blutegel zu essen, einem Mädchen an die Brüste zu fassen oder einem Lehrer ein Abführmittel in die Kaffeetasse zu tun. Eines Tages gab er Russell auf einem Hügel in der Nähe der Schule sein 22er-Gewehr in die Hand und wies das Mann-Kind an, fast sämtliche dürren Kühe aus der Herde eines örtlichen Bauern abzuschießen. Ich sah es zum Teil mit an, ehe ich mit Tränen in den Augen floh, Schwächling, der ich war; ein Knall, eher der Schuss einer Zündplättchenpistole als einer richtigen Waffe, und dann sank eine Kuh auf ein Knie und legte sich unheimlich ruhig hin, während Toomey Russell unentwegt Anweisungen zubellte wie ein kommandierender Offizier. (Jede sterbende Kuh sprach mit ihren Augen, »zwei großen braunen Augen. Sein stiller Blick redete Hoheit, Ergebung und Trauer, und gegen den Besucher« – den Amerikaner – »drückte er eine überlegen ernste Verachtung aus.«)

Der Bauer, dessen Leben oder zumindest Lebensunterhalt zerstört war, erschien zur allgemeinen Verblüffung am nächsten Tag in der International School und zeterte und weinte; was er verlangte, erfuhr ich, war nicht Entschädigung oder dass Russell bestraft wurde, sondern dass sich jemand entschuldigte, dass sich jemand vor ihn hinstellte und sich entschuldigte. Ich weiß nicht mehr, wie die Sache ausging, nur dass Kids sich auf Pseudo-Chinesisch, Jerry-Lewis-Kauderwelsch, über den Bauern lustig machten und nachahmten, wie er die Arme verschränkte und nicht von der Stelle weichen wollte, bis die Polizei ihn fortschleppte. (Die Hälfte von dem, was aus dem Mund amerikanischer Jugendlicher kam, war diese rassistische Travestie von Sprache.) Vielleicht zählte irgendwer ein paar bunte Scheine von einem Bündel ab und sagte ihm, er solle abhauen; vielleicht gaben sie ihm auch gar nichts; vielleicht verabreichten sie ihm eine Tracht Prügel. Jungs sind nun mal so, sagte mein Vater. Jungs sind nun mal so, sagt Konfuzius. (Es kursierten endlose Konfuzius-Scherze: Putz dir die Zähne, sagt Konfuzius, etc.) Auf der anderen Seite: archaische Regression. Ich erinnere mich an eine Pattsituation zwischen ein paar einheimischen Teenagern und ein paar Tigers, vielleicht Freunde von Toomey; irgendwer hatte irgendwem das Fahrrad gestohlen oder wurde jedenfalls dessen bezichtigt: Die Einzelheiten sind mir nicht mehr erinnerlich. Als Russell und noch ein Tiger anfingen, auf einen der Taiwanesen einzuprügeln, nahm dieser es einfach hin, duckte zwar hier und da ab, schlug aber nicht zurück. Und seine Freunde standen dabei und rauchten die einheimischen Banana-Zigaretten; nicht nur passiv, sondern teilnahmslos. Niemand würde einen weißen Jugendlichen schlagen. Gab es tatsächlich ein Schultheaterstück in asiatischer Verkleidung und Maske?

Wir konnten gehen, wohin wir wollten, doch wir konnten niemals das Bild durchdringen, das unsere Macht projizierte, also gingen wir in gewissem Sinne nirgendwohin; so vieles von dem, was ich sah, sah ich durch das Glas des imperialen Fensters, das Chang natürlich fleckenlos sauber hielt. Selbst wenn wir auf den Straßen umherstreiften, von denen wir uns eigentlich fernzuhalten hatten, machten die Leute uns Platz, wollten keinen Ärger. Wir waren nicht einmal Teil der normalen Wirtschaft; entweder man berechnete uns für Dumplings fünfhundert Prozent mehr als den Marktpreis, oder wir bekamen sie umsonst. Mit jeder Woche, die verstrich, entfernten sich die Erwachsenen weiter von uns. Mein bester Freund – Freundschaften fühlten sich nach Sommercamp an:

eine rasche und verzweifelte Nähe – wurde Frank Selkie, der viel abenteuerlustiger war als ich, sogar ein wenig Chinesisch konnte und mir half, ein bisschen herumzukommen. Dass ich von seiner Schwester besessen war, war eine Zugabe: wenn ich bei ihm übernachtete, schlich ich mich nachts ins Badezimmer, vergrub das Gesicht in ihrem Handtuch, atmete den Duft ihres Shampoos, die von ihrem Körper darauf übergegangene Feuchtigkeit ein; dann masturbierte ich so leise wie möglich und kam ins Waschbecken; ich achtete stets darauf, die Toilettenspülung zu betätigen, falls jemand lauschte.

Bald waren die Selkies die Familie, die uns in Taipeh am nächsten stand; sie schauten vorbei, ohne sich anzumelden und ohne dass das hieß, dass wir »Gäste hatten«; niemand musste sich zum Essen umziehen. Bald versteckte ich nicht einmal mehr meine Zigaretten. War es Eleanor Selkie, mit der mein Dad zusammen gewesen war, als er mich dabei erwischte, wie ich Lins Zigarette rauchte? Eleanor war die engste Freundin meiner Mutter. An drei Nachmittagen in der Woche boten sie Gratisunterricht im Maschineschreiben für junge Taiwanesinnen an. Sie gingen zusammen einkaufen und taten, was auch immer Diplomatenfrauen sonst noch tun – einmal, das weiß ich noch, nahmen sie Unterricht im Bambusflechten, und unser Wohnzimmer füllte sich mit Körben. Lin sorgte stets dafür, dass frisches Obst darin war. Ich sehe die Persimonen auf dem länglichen Couchtisch aus Rosenholz vor mir, dem Tisch, den mein Vater später mir und Rachel schenkte.

Frank war voller Energie; so überredete er etwa einen taiwanesischen Lkw-Fahrer, uns nach Hsinchu oder in eine andere Stadt in der Nähe mitzunehmen, wo wir auf einem Nachtmarkt Tintenfischsuppe aßen und Bier tranken und dann zurücktrampten; falls mich meine Erinnerung nicht trügt, konnte man fast jeden anhalten. Einmal schwänzten wir die Schule und fuhren mit ein paar Krabbenfischern in die Bucht von Quianshui hinaus; die See war ein bisschen rau – »mäßiger Wellengang«, nicht viel schlimmer als die Luft über JFK –, und ich verbrachte eine Stunde damit, über die Reling zu kotzen, während die Profis rauchten und mir mit jener Mischung aus Langeweile und Faszination zusahen, die ich mit Zoobesuchern assoziiere.

Dann gab es noch Beitou – Frank und ich dachten unentwegt an Beitou, redeten unentwegt darüber. Die Tänzerinnen von Beitou. Oder Peitou. Es war entweder eine andere Stadt oder bloß ein anderer Bezirk von Taipeh. Die heißen Quellen waren berühmt, man konnte sie als Ziel angeben, aber jeder wusste, dass einige der Badehäuser Bordelle waren, wo man für ein »Badevergnügen« bezahlen konnte. Frank behauptete, er habe seine Jungfräulichkeit bereits an eine der »gefallenen Frauen« verloren, eine so offensichtliche Lüge, dass ich mir gar nicht die Mühe machte, es anzuzweifeln. Mit mehr Angst als Erregung befand ich, dass ich letzten Endes dorthin musste, dass ich es auf keine Weise vermeiden konnte, dass ich es mir selbst schuldig war, als Mann in die Staaten zurückzukehren, dass das die einzig vorstellbare Möglichkeit war. Frank und ich fuhren mindestens zweimal in den Bezirk, zwecks Erkundung, wie wir es zu nennen beschlossen, nachdem wir gekniffen hatten. Wir gingen beide sehr ernst, fast grimmig, an die ganze Sache heran, als rüsteten wir uns zu einer Schlacht oder müssten uns einer Operation unterziehen.

Das eigentliche Ereignis, das am Ende meines ersten Schuljahrs stattfand, war schon damals nebelhaft dank einer Flasche Kinmen – Kornschnaps, der nach Lösungsmittel schmeckt. Das Zimmer war holzgetäfelt, das Bett sehr niedrig auf dem Boden. Räucherstäbchenduft. Das dünne Mädchen, etwa so alt wie ich, hatte langes Haar, frisiert in einem Stil, der westlich sein sollte, mit langen Stirnfransen, und sie legte sich in BH und Slip, beides sehr weiß, aufs Bett. Oder war sie in ein Handtuch eingewickelt? Ich war wie erstarrt. Irgendwann stand sie auf, kam zu mir, blies mir ein paar schwindelerregende Sekunden lang einen und machte sich dann sehr nüchtern und sachlich daran, mir einen runterzuholen. Ich weiß noch, dass ich auf sie hinabsah; ich starrte auf den Scheitel in ihrem Haar, ihre weiße Kopfhaut. Ich machte mir Sorgen, dass ich zu betrunken war. Dann wurde mir mit einem Mal klar, dass *ich* es war, der laut wurde, während mich so etwas wie Lust durchfuhr; ich schloss die Augen, um mir Donna besser vorstellen zu können. Es gab ein Waschbecken, wo das Mädchen sich Hände und Gesicht waschen ging. Dann kehrte sie zum Bett zurück, zündete sich eine Zigarette an und rauchte, während ich in einer Welle von Erleichterung und Schuldgefühlen Gott weiß welchen Unsinn redete. Dann rannten Frank und ich, vor Triumph völlig außer uns, durch die Straßen – es regnete oder hatte geregnet; immer wieder rutschten wir auf feuchtem Stein aus. Ich beschrieb in allen Einzelheiten, wie »meine« vor Lust geschrien habe, während wir gevögelt hätten.

Die Schuldgefühle kamen überraschend, ihre Heftigkeit, der Drang zu beichten – speziell meiner Mutter zu beichten, die mir, wie ich glaubte, Absolution erteilen konnte. All die Erinnerungen, wie ich mich ihr näherte und beinahe sagte, wo ich gewesen war, wenn auch nicht, was ich getan hatte. Wie ich zu dem üppigen grünen Polstersessel trat, in dem sie saß und las oder so tat, als läse sie. Wie ich auf der Schwelle ihrer Zimmertür stand, während sie über ihren Schreibtisch gebeugt dasaß und Postkarten nach Bethseda adressierte. Da gab es den Traum, in dem das Mädchen aus Beitou oder Peitou mitten während einer Dinnerparty an der Tür klingelte, ein kleines, in Geschenkpapier eingewickeltes Kästchen in der ausgestreckten Hand. Lin ließ sie ein, Schweigen senkte sich herab. Was war in dem Kästchen? Ein Trauring? Sperma? Irgendwie waren die Schuldgefühle für mich mit dem verquickt, was sich – wie mir zumindest halb bewusst klar war – zwischen meinem Dad und Eleanor abspielte. Ich hatte so etwas wie ein sexuelles Unrecht verübt, wurde zum Mann, während der Herr des Hauses, wie es Männer so an sich haben, meine Mutter betrog, die wir krank machten. Da gab es den Traum, in dem Frank und ich zu dem Badehaus zurückkehrten, wo wir, als man uns einließ, feststellten, dass es sich um mein Elternhaus in Chevy Chase handelte, dass meine Mom uns dort begrüßte und uns fragte, ob wir gern ein Rootbeer hätten, während wir warteten. Unterdessen *wollte* ich unbedingt, dass Donna es erfuhr, weil ich glaubte, es würde mich in ihren Augen erfahren, reif, mysteriös wirken lassen. Ich war immer stärker von ihr besessen, aber auf dunkle Weise, weil sie Eleanors Tochter war; jugendliches Verlangen verfing sich in einem Hin und Her von Beziehungen, deren Überdeterminiertheit fast jeden Austausch auflud. Und inzwischen stritten meine Mom und mein Dad, wir hörten es vom oberen Stock aus, erhobene Stimmen, ein in dem unbenutzten Kamin zerklirrendes Glas. Ich frage mich, wo sich mein Dad und Eleanor zu ihren Stelldicheins trafen. In einem Hotel? In der Botschaft? Was auch immer Donna wusste – über Badehäuser, über unsere Eltern –, sie begann sich tatsächlich für mich zu interessieren, oder sie ertrug mich, ob sie sich nun nach Toomey-Typen sehnte oder nicht. Wie wir auf der Beobachtungsplattform am Bamboo Lake knutschten. Ich mich während irgendeiner synchronisierten Nachmittagsvorstellung im künstlichen Dunkel des Kinos mit ihrem BH abmühte. Eines Abends steckte ich auf dem Rücksitz des Imperial, der in der Garage geparkt war, einen Finger in sie. Donna Selkie, die zwei Jahre nach dem Tod meiner Mutter meine Stiefschwester werden sollte, als Eleanor Jim wegen meines Vaters endgültig verließ. Sie heirateten in der City Hall, mit Frank als einzigem Trauzeugen. Im Jahr darauf lernte ich Jane kennen.

Eines der Flugzeuge, die über JFK kreisten, wartete 1961 auf die Landeerlaubnis, als ich mich der Stadt zum ersten Mal aus der Luft näherte, den Borstenkopf an das ovale Fenster gelehnt, dessen Scheibe vom Propeller vibrierte; die Russen hatten soeben die Zar-Bombe gezündet, die größte jemals von Menschen hervorgerufene Explosion; für mich sahen sämtliche Wolken wie Atompilze aus. Und eines der kreisenden Flugzeuge wartete im Winter 1991 darauf, landen zu können, als ich das letzte Mal in die Stadt geflogen war; das Rauchen in Flugzeugen war erst kürzlich verboten worden, Jane und Adam saßen zu beiden Seiten neben mir, Sima und ihre Familie zwei Reihen dahinter, die Bombardierung des Irak aus der Luft dauerte den zwölften Tag an. Ein Hauch von Simas Parfüm, wenn es denn Parfüm war, irgendwie sogar in der schlechten Konservenluft des Flugzeugs wahrnehmbar: Sandelholz, Regen. Eine kleine, schwebende Signatur aus einer anderen Welt. Dass die Turbulenzen, als ich sie bei unruhiger Luft an unseren Plätzen vorbei zur Toilette gehen sah, die Geschmeidigkeit ihres Gangs überhaupt nicht beeinträchtigten. Anstatt damit beschäftigt zu sein, mühsam das Gleichgewicht zu halten, greifen ihre Arme nach hinten, vergewissern sich, dass der Anhänger noch da ist, rücken ihn ein wenig zurecht. Bei dem Anhänger handelte es sich um eine alte, vielleicht griechische Münze, eine in Gold gefasste Drachme, die sie jedoch typischerweise hinten, knapp unterhalb des Halsausschnitts, verbarg, sodass es so aussah, als trüge sie nur eine dünne Kette. Wenn sie redete, konnte es sein, dass sie nach dem Anhänger griff und ihn nach vorn holte; wenn sie über etwas Ernstes, Intimes sprach, konnte es sein, dass sie ihn gedankenlos, einem kindlichen Gelüst folgend, zum Mund führte und sanft darauf biss, wie um die Metalle zu prüfen. Vielleicht passierte das auch nur ein, zwei Mal; vielleicht hatte ich das Bild im Kopf zur Schleife geschaltet.

Die Veränderung ergab sich bald nach der Veröffentlichung von Janes Buch, auf dem Campus der Foundation. Ich kam gerade von einer Besprechung mit Dr. Tom, ging, ohne sie zu bemerken, an Sima vorbei, die gegenüber dem Uhrenturm auf einer Bank saß und rauchte, und sie sagte meinen Namen. Sie sagte ihn leise, als gäbe sie mir die Erlaubnis, so zu tun, als hätte ich es nicht gehört. Und ich wusste augenblicklich, dass ich mich nicht umdrehen sollte; ein Gefühl tief im Bauch, halb Angst, halb Erregung; eine leise Stimme in meinem Kopf sagte: »Nicht.« Nicht was? Sie war die beste Freundin meiner Frau; unsere Familien waren an den meisten Wochenenden zusammen; wir hatten schon eine Million Mal miteinander geplaudert. Sie war unbestreitbar umwerfend, aber zwischen uns bestand keine besondere Spannung; wir passten nicht zueinander; sie war eine elegante Analytikerin, die über Wilfred Bion schrieb; ich war ein Spezialist für verlorene Jungs.

Es bestand keine Spannung, und dann ganz plötzlich doch; ich setzte mich, und wir machten Smalltalk, doch jetzt waren die wenigen Zentimeter zwischen uns komplett aufgeladen; meine Vorstellung, nein, meine Wahrnehmung ihres Oberschenkels unter der weißen Seide ihres Hosenbeins; ich konnte sie kaum ansehen; ich starrte auf die Uhr, die Bäume, jedes Blatt schärfer umrissen als noch vor ein paar Minuten. Der Inhalt des Gesprächs – es dauerte wahrscheinlich zwanzig Minuten – ist mir nicht mehr erinnerlich, aber es war das erste Mal, dass ich bemerkte, wie sie nach hinten griff und den Anhänger nach vorn holte. Das markierte einen Unterschied, signalisierte eine Veränderung. Und damit fing es an, unsere Begegnungen, unsere Spaziergänge auf dem Gelände. Privat, aber vor aller Augen.

Anfangs war Eric ein Thema, wahrscheinlich weil das zugleich unverfänglich und verfänglich war; eine Anerkennung unserer begrenzten Beziehung und eine Herausforderung dafür. »Habe ich dir eigentlich schon mal erzählt, wie wir uns kennengelernt haben? Seine damalige Freundin, die mich flüchtig aus einem Seminar kannte, das wir beide besucht hatten und in dem wir oft verschiedener Meinung waren, einem Seminar über Psychoanalyse und Literatur, hat auf einer Studentenparty, betrunken und mit Rotweinflecken an den Zähnen, unentwegt behauptet, ich würde ihm Augen machen (ein schöner Ausdruck, aber schon damals anachronistisch); tatsächlich hatte ich ihn kaum wahrgenommen und ganz sicher kein erotisches Interesse. Aber seine Freundin war so betrunken und so lästig, dass er, nachdem sie beleidigt mit Freunden abgezogen war, zu mir kam, um sich zu entschuldigen; so hat alles angefangen.« Was war die Moral dieser Geschichte, der Sinn dieser Vorgeschichte? Dass ihre

Beziehung zu Eric schwach war, auf Verkennung gründete? Dass alles Begehren in irgendeinem Lacan'schen Sinne mit Fehlinterpretation zu tun hat? Dass Menschen ihre eigenen Ängste und Begierden auf Sima projizieren? Zu grübeln, mich in analytischen Spiralen zu verfangen, sah mir eigentlich nicht ähnlich, doch eine Stunde mit Sima löste zweiundsiebzig Stunden zwanghaftes Nachdenken aus. Eines Abends, spät, als Jane Eric mit irgendeiner medizinischen Frage wegen Adam anrief, wurde mir klar, dass mein Bewusstsein am falschen Ende der Verbindung war: Ich war zwar bei meiner Frau und meinem Kind, doch mein geistiges Auge malte sich Sima aus, wie sie halb wach neben Eric lag: wie sich ihr Haar übers Kissen breitete, ihre Lippen leicht geöffnet, die Wölbung, wo ihre Schulter in die Brust überging.

Meine Rolle bestand darin, zuzuhören. Allen anderen hörte sie zu, mit mir aber sprach sie; angeblich war das meine Gabe, Leuten das Gefühl zu vermitteln, dass sie Gehör fanden, doch das hier war komplizierter, hatte mit Übertragung, Übertretung zu tun: Sie redete durch mich mit Klaus, begehrte ihn vielleicht durch mich, einen Körper ihres Alters. Ich konnte es spüren. Und sie erzählte mir, was sie ihrem Empfinden nach Jane nicht erzählen konnte, und bestrafte Jane für diese Empfindung, indem sie mir Nähe zugestand. Sobald ihre gemeinsamen »Konsultationen« Sima in die Position der Therapeutin und Jane in die Position der Patientin brachte, wurde es für Sima unmöglich, ihre eigene emotionale Erfahrung wie früher mit Jane zu teilen. Das nahm sie übel, sosehr sie teilweise selbst daran schuld war. Die Gespräche über Janes Dad rührten Simas eigene gestörte Vaterbeziehung auf. Jane war der Mensch, dem sich Sima vordem anvertraut hätte, was ebendiese Gefühle anging. Vielleicht wäre alles wieder in Ordnung gekommen, vielleicht hätten sie irgendwann einen Neustart hingekriegt, wenn Jane nicht berühmt geworden wäre. Doch als das Buch Furore machte, fühlte sich Sima, als wäre sie geopfert worden; sie war in der Rolle der Therapeutin verschwunden, um Jane gesunden zu helfen, und unterdessen wurde Jane die Art von Ruhm zuteil, die Simas Vater am Ende vielleicht doch beeindruckt hätte. Sie war, sagte Sima, eifersüchtig darauf, dass Jane mich hatte – jemanden, der zuhörte, der wusste, wie man Gefühle hegte, wohingegen es für Eric immer nur um Dopamin oder Serotonin ging. Man musste einfach nur das chemische Gleichgewicht richtig hinbekommen, die magische Pille finden. Deshalb war Simas Dad auch mit Eric einverstanden gewesen (»Eric ist die einzige Entscheidung von mir, die mein Vater guthieß, eine der wenigen, die er überhaupt zu bemerken schien«); das war mit ein Grund dafür, dass ihre Ehe zunehmend abkühlte.

Ich erkannte diese Dynamik und glaubte, dass sie zu erkennen mich irgendwie schützte, der typische dumme Fehler, den Psychologen machen, geradezu ein Foundation-Fehler; wir glaubten, wir könnten unsere Gefühle überwinden, wenn wir eine Sprache für sie fänden. Meistens nährten wir sie noch. Ich konnte unsere gegenseitige Objektbesetzung in Bezug auf Janes Erfolg erklären. Ich konnte meine plötzliche und ernsthafte Investition in Sima als Wiederholung des Verhaltens meines Vaters erklären. Und falls ich Jane betrog, musste ich mir eingestehen und mich ermahnen, dass mein Betrug an Rachel nicht so sehr auf eine einzige Kurskorrektur hindeuten, sondern Teil eines Musters bilden würde. Vielleicht war ich ein Mann, der Ersatzmütter suchte und sie dann verließ wie mein Vater. (Wir besuchten sie öfter in Maine, meinen Dad und Eleanor, und ich erwähnte niemals meine eigene Mutter, brachte es einfach nicht über mich, ihren Namen zu sagen, als ob ihr Name Krebs wäre.) Bald bearbeiteten Sima und ich die Überdeterminiertheit unserer Beziehung beim Mittagessen, dann trafen wir uns später am Nachmittag, um auf einem Spaziergang das Mittagessen zu bearbeiten. Und verheimlichten das Ganze, indem wir es nicht verheimlichten. Jane war wegen des Buches oft auf Reisen. Ich machte ihr gegenüber – absichtlich wie unabsichtlich – Andeutungen über die neue Nähe zu Sima und wurde wütend, wenn sie sich offenbar keine Gedanken machte (eine Wut, die ich verheimlichte). Dann wurde ich wütend, wenn sie sich doch Gedanken machte: Willst du ernsthaft unterstellen, dass ich etc. Bald schaute Sima bei mir im Sprechzimmer vorbei, wenn sie wusste, dass ich Zeit hatte. Unsere erste geschlossene Tür. Für alle Welt führten wir Konsultationsgespräche. Dann steht sie eines Tages am Fenster und schaut hinaus, während sie von einem Film erzählt, den sie gesehen hat, den sie mit mir sehen will, und hebt den Anhänger an ihre Lippen. Und vielleicht ist das der Tag, an dem ich aufstehe und zu ihr gehe. Ich schließe die Jalousie. Ich drücke mich von hinten an sie. Ich nehme ihr den Anhänger aus der Hand, aus dem Mund, drehe ihn nach hinten und ziehe leicht daran, sodass die dünne Kette Druck ausübt. Damit sie nicht reißt, wird Sima den Oberkörper nach hinten neigen, worauf ich sie küssen, die Zunge über ihre Zähne gleiten lassen werde.

Aber das Telefon klingelt, das Telefon klingelte, und es war augenblicklich vorbei, alles zwischen Sima und mir. Die meiste Zeit, die er bewusstlos war, saß ich auf einem plastikgepolsterten Krankenhausstuhl und betete um Vergebung.

Wenn jemand in der Familie sterben muss, dann lass es mich sein; wenn Adam gesund wird, verspreche ich, dass mich nie mehr etwas von meiner Frau und meinem Kind ablenken soll; niemals, nicht einen Augenblick lang, werde ich Jane ihren Erfolg missgönnen. Ich werde keiner von den *Männern* werden, werde nicht zulassen, dass er einer wird; lass ihn einfach gesund werden, und ich benehme mich anständig. Vergebung erbat ich nicht von Gott, sondern von meiner Mom. Und als Sima am nächsten Tag nach dem langen Alptraum ins Krankenhaus kam und sie und Jane einander umarmten, war ich verblüfft, wie komplett sie ausgelöscht war, die Energie zwischen uns. Sie und Jane waren in die richtige Position zurückbefördert worden, waren wieder beste Freundinnen. Eric beruhigte uns; wir waren dankbar für seine Gelassenheit, Kompetenz, Zuversicht. Wir waren ein sich gegenseitig unterstützendes Quartett, konzentriert auf unsere Kinder. Adam – der gerade anfing, sich zu erinnern, wer alle waren – gab mir einen Streifen Kaugummi aus dem Päckchen Baseball-Karten, das Jason ihm als Geschenk mitgebracht hatte. Ich nahm den Kaugummi entgegen wie eine Hostie, ein Zeichen der Absolution, von neuer Entschlossenheit.

Danach waren wir nie mehr zusammen allein, stellten alle unsere Gespräche ein. Verlangen und Schuldgefühle wegen meines Verlangens holten mich gelegentlich noch ein, aber nur noch in kurzen Schüben, nicht mehr als Obsession. Und dann war die Spannung auf einmal wieder da. Eine unwillkürliche Veränderung in dem elektromagnetischen Feld, das den Körper umgibt. Vielleicht hatte es mit einem anderen Sturz zu tun: Klaus, unser Ersatzvater, der aus Sima eine Version von Donna gemacht hatte, fiel die Treppe hinunter. Ein Oberschenkelhalsbruch, eine ganz leichte Gehirnerschütterung. Vielleicht hatte es auch damit zu tun, dass ich mit Verwandten mütterlicherseits, viele davon in Russland, in Kontakt trat, wieder Verbindung zu diesem Teil meiner Geschichte aufzunehmen versuchte, was alles Mögliche aufrührte. Vielleicht hatte es mit einer Million Dingen zu tun, darunter einfach eine rohe, elementare Gier, die von der Interpretation ebenso sehr verunklart wie verdeutlicht wird. Das verflixte x-te Jahr. Eine Midlife-Crisis. Doch 1991, als sie in böiger Luft zu ihrem Platz zurückkehrte und im Vorbeigehen ihr perfektes Lächeln lächelte, spürte ich eine Welle von schrecklicher Angst und Verlangen. In ihrem Windschatten ein ferner Hauch von Jasmin.

Tja, Leute, vom Flugdeck aus: Weil auf einem Familienausflug nichts passieren konnte, passierte eben doch etwas. Es war der Tag, nachdem Adam Jason in die Notaufnahme geschickt hatte. Es war der Tag, an dem Jane und ich abends zusammen essen gingen, so wie Eric und Sima am Abend zuvor zum Essen ausgegangen waren. Ich brachte ihnen – wahrscheinlich Janes Idee – ein paar Sachen aus der Apotheke ins Hotel: eine schmerzlindernde Spülung, die die Schwestern empfohlen hatten, ein Kühlpack. Jane hatte wohl angerufen, um mich anzukündigen, und sich vergewissert, dass sie da waren. Sima nahm ab, als ich an der Rezeption darum bat, auf dem Zimmer anzurufen, und sagte mir, ich solle heraufkommen. Als die Tür aufging, stellte ich fest, dass sie allein war. Bei Sima konnte man unmöglich sagen, ob sie zum Ausgehen angezogen war; sie war stets »vorzeigbar«, ein Ausdruck, den meine Mutter auf Frauen anwendete, die sie bewunderte; sie trug Ohrringe, goldene Halbmonde, die dezent das Muster auf ihrem Rock aufgriffen. Normalerweise fällt mir dergleichen nicht auf, aber sie schärfte meinen Blick. Sie war vorzeigbar, stets souverän, doch darunter ein Strom waghalsiger Energie. Aber vielleicht projizierte ich auch nur – so wie jeder andere, der sich auf sie fixierte – mein eigenes destabilisierendes Verlangen. Die Beherrschtheit und Eleganz ließen sie erwachsener wirken als uns andere, als spielten wir nur Erwachsene, doch die sexuelle Unterströmung bedrohte unsere gesamte spießige Routine; sie wirkte zugleich älter und jünger als ich.

Sie sagte nichts darüber, wo ihre Familie war. Sie bat mich weder herein, noch gab sie mir zu verstehen, dass ich gehen sollte. Wir machten die Tür nicht zu. So ließ sich leugnen, dass es passierte, während es passierte. In unserer Nähe stand ein verlassener Zimmerservicewagen, wie der Getränkewagen in einem Flugzeug, wie der von Lin, in dem mit Teppichboden belegten Flur. Jeden Augenblick würde jemand kommen, und wir würden uns sofort voneinander lösen müssen; das schränkte es ein. Und die Einschränkung ermöglichte es. Absicherung koexistierte mit einem Gefühl völliger Hemmungslosigkeit. Als befänden wir uns in unseren Körpern und schwebten gleichzeitig darüber. Ich war mir der Stelle bewusst, wo ich die Plastiktüte aus der Apotheke auf den Boden hatte fallen lassen, ein trübes Bewusstsein, das mich mit der Wirklichkeit verband, während meine Zunge über ihre Zähne und in ihr Ohr fuhr, Salz von ihrem Hals leckte. Wusste sie, dass Eric und Jason weit weg waren? Oder wollte sie ertappt werden und das ganze überdeterminierte Gefüge auf uns herunterkrachen lassen? 1961, 1991 hatte ich meine Finger in ihr, kein Schamhaar entlang dem seidenen Rand. Die Hitze schockte mich. Sie war ihre eigene Rechtfertigung. Das Verlangen war so heftig, dass es übertragen wurde, so wie man davon spricht, dass Schmerz übertragen wird: Sie packte mich durch die Jeans hindurch, doch die Lust – obwohl »Lust« das falsche Wort ist – verteilte sich über meinen Körper, eine Empfänglichkeit, die ich, zu Recht oder zu Unrecht, immer mit Frauen assoziiert habe. Vielleicht empfand ich wie eine Frau, wie Jane, als ob sie und Jane durch mich Kontakt herstellten. Wie das Geräusch, das anzeigt, dass der Kapitän das Anschnallzeichen eingeschaltet hat, ertönte vom Ende des Flurs das Pling des Fahrstuhls. Wir lösten uns voneinander, und sie ging ins Zimmer, ins Badezimmer. Im Kopf folgte ich ihr sofort; wir würden unter der Dusche vögeln, auf den schwarz-weißen Kacheln. Aber ich rührte mich nicht. Dann hob ich die Plastiktüte auf, legte sie aufs Bett und ging.

Jane und Adam waren in unserem Hotelzimmer; Adam sah sich ein Football-Spiel an, Jane tat so, als läse sie. Ich begrüßte die beiden und sagte zu Jane, ich würde unter die Dusche gehen, mich für unser Date fertigmachen. Ich ging unter die Dusche und holte mir einen runter. Dann setzte ich mich in die Wanne, wie ich es tat, wenn ich verkatert oder wenn mir übel war, und wartete darauf, dass ich zu weinen anfing. Stattdessen stieg unbeherrschbares Gelächter in mir auf, wie in einem Angsttraum: Ich masturbierte wie ein Teenager, während mein angehender Teenager im Zimmer nebenan war. Ich hatte es zur dritten Base geschafft. Ich konnte es gar nicht erwarten, Frank Selkie davon zu erzählen, der 1988 gestorben war. Ich konnte es gar nicht erwarten, der Männergruppe davon zu erzählen. Aber meiner Mutter oder Eleanor oder Rachel davon zu erzählen würde kein Kinderspiel werden, obwohl ich unbedingt wollte, dass Donna es erfuhr.

Jane und ich gingen ins Met. Duft und Geschmack von Sima waren in meinen Nebenhöhlen, ließen sich nicht vertreiben. Mir war bewusst, dass meine Redeweise manisch war; immer wieder ermahnte ich mich, langsamer zu reden oder die Klappe zu halten. Ich ertappte mich dabei, dass ich Jane den einzigen Film von meiner Mutter beschrieb. Kodachrome, 1960. Sie saß auf einem Pferd, vielleicht war es auch ein Pony. Es war eine Art Fest oder Rummel außerhalb von Taipeh. Ich erinnerte mich ganz deutlich, wie ich den Film gedreht hatte, erklärte ich Jane. Es war das erste Mal, dass ich eine Kamera in der Hand gehalten hatte. Meiner Erinnerung nach war das der Ursprung meines Interesses für das Medium. Doch nur wenige Monate zuvor, erzählte ich ihr, hatte ich die Spulen auf dem Dachboden gefunden und sie zur Foundation mitgenommen, um sie mir anzusehen. Alles war genau so, wie ich es in Erinnerung hatte, nur in verwaschenen Farben, nicht in Schwarz-Weiß; und natürlich stumm. Sie lächelte etwas schief, der Wind wehte ihr die Haare ins Gesicht, das gelangweilte Pony oder kleine Pferd wurde an einem langen, violetten Band herumgeführt. Ich erinnerte mich an das Gewicht der Kamera in meiner Hand, während ich versuchte, sie ruhig zu halten; ich erinnerte mich, dass ich ihr beim Filmen etwas zurief, damit sie zu mir hersah. Sie tat es, sie winkte. Doch plötzlich erscheint ein Teenager im Bild, scheint etwas zu meiner Mom zu sagen. Und während ich zusah, wie er aus dem Bild ging, wurde mir klar, dass ich das war.

—

1999 bekamen wir die Landeerlaubnis, die Frau neben mir schnarchte noch immer im Schlaf, die Lehne ihres Sitzes befand sich trotz der Aufforderung, sie aufrecht zu stellen, noch immer in Ruheposition. Unter uns in New York, das ein Logarithmus anderer Städte, anderer Zeiten ist, brach Adam, zwanzig Jahre alt, gerade zusammen oder befand sich am Rande des Zusammenbruchs. Zunächst widerstrebte es mir, ihn abzuholen und nach Hause zu bringen; ich befürchtete, dass wir ihm damit ein falsches Signal gaben, ihm die Kompetenz absprachen, ihm das Gefühl vermittelten, er könnte das Semester nicht bewältigen oder Jane und ich hätten Zweifel daran, dass er das konnte, aber inzwischen waren wir einfach zu besorgt – erschrocken trifft es eher – darüber, wie heftig sein Absturz war, als dass uns kümmerte, welches Signal wir gaben; wir wollten ihn im Blick haben.

Er hatte in New York nie richtig Fuß gefasst; schon vor dem Bruch seiner Beziehung, seinem Zusammenbruch, lag etwas leicht Manisches in seiner Stimme. Natalia war für das Semester nach Barcelona gegangen, und anstatt für einen Teil seines ersten Studienjahrs ebenfalls ins Ausland zu gehen, hatte er beschlossen, den Herbst an der Columbia zu verbringen – er hatte dort Freunde und wollte bei den Dichtern studieren, vielleicht eine Möglichkeit finden, einige seiner literarischen Helden kennenzulernen; wahrscheinlich hatte er auch Angst, seinen Sprachraum zu verlassen. Er und Natalia würden ein Paar bleiben, und sobald das Semester zu Ende war, würde er sich in Spanien mit ihr treffen, ein bisschen herumreisen, den Beginn des neuen Jahrtausends in der Alten Welt begehen – Feuerwerk an der Platja de la Nova Icària oder dergleichen –, dann würden sie beide nach Providence zurückkehren.

Er unterschätzte, wie sehr der Wechsel nach New York für ein Semester – ohne Natalia als stabilisierenden Faktor – einem erneuten Auszug von zu Hause gleichkommen würde. Sie hatten sich sehr früh in seinem ersten Studienjahr an der Brown University aufeinander eingelassen; sie war seine Ersatzfamilie. Er hatte keine richtige Erfahrung mit der Stadt, die überwältigend sein kann, zumal wenn man in Topeka aufgewachsen ist. Ihre Bipolarität: eben noch glitzernde Fülle, im nächsten Moment ein Abgrund. Ihre überlegene, ernste Verachtung. Und die Beziehung zwischen den beiden war chaotisch gewesen, wie für dieses Alter typisch; er kam in den Ferien nach Hause (je teurer die Uni, desto länger die Ferien) und ließ sich mit früheren Freundinnen ein; Natalia wartete darauf, dass er erwachsen wurde. Dann ging sie nach Spanien und hatte keine Lust mehr zu warten; sie verliebte sich in einen Spanier, irgendeinen Musiker, einen Underground-Rap-Star oder aufstrebenden Rapper, und zog von ihrer Gastfamilie in seine Wohnung. Ich stellte mir Joints auf einem kleinen schmiedeeisernen Balkon mit Blick auf eine schmale Straße vor. Dieses Zeug, das sie immer trinken: Coca-Cola mit Rotwein.

Von diesem Typen erzählte sie ihm nichts, vielleicht in der Hoffnung, dass er sich in New York für jemanden interessieren und sich von *ihr* trennen würde, vielleicht weil sie zumindest anfangs noch dachte, sie würde den Spanier fallenlassen, wenn sich das Semester dem Ende zuneigte und das wirkliche Leben sich wieder geltend machte. Doch ein paar Wochen vor dem Ende des Trimesters, vor dem Ende des Jahrtausends, bevor er nach Barcelona fliegen sollte, schickte sie ihm eine E-Mail: Komm nicht nach Spanien; ich war unehrlich; ich bin in einen Mann verliebt, mit dem ich zusammenlebe; ich werde dich immer mögen, aber es ist das Beste, wenn wir nicht mehr miteinander reden: Ich komme nicht nach Hause.

Als er uns das erste Mal von einem Münztelefon am Broadway aus anrief – nur Minuten nachdem er ihre E-Mail bekommen hatte, die er im Eingangsbereich des Fitnesscenters der Columbia gelesen hatte, wo es ein paar Computer gab –, stand er unter Schock. Kann man sich so einen Scheiß vorstellen?, fragte er immer wieder; er konnte es eindeutig nicht. (Dass es die alltäglichste Geschichte der Welt war – eine Beziehung unter Studenten, die an einer Affäre im Ausland scheitert –, tat nichts zur Sache; nichts ist ein Klischee, wenn man es selbst erlebt.) Jane und ich waren beide am Telefon – sie in ihrem Arbeitszimmer, ich in der Küche – und sagten mehrfach, wie leid es uns tat. Ich fragte ihn, was er den Rest des Tages zu tun gedachte, und er sagte: Ich muss sie finden, vernünftig mit ihr reden. (Dass er keine Möglichkeit hatte, sie zu erreichen, dass er nur die Nummer der Gastfamilie hatte, schien ihm nicht in den Sinn zu kommen.) Und später am Abend, erklärte er, sollte er eigentlich eine große Dichterlesung im Y in der 92nd Street besuchen; sein Professor, ein Dichter namens Stoke oder vielleicht auch Coke, werde lesen, außerdem John Ashbery, Adams Held. Es bestehe eine gewisse Chance, dass er zu dem Essen nach der Veranstaltung eingeladen wurde; von genau so etwas hatte er geträumt, als er sich für New York entschieden hatte. Wir sagten ihm, er solle uns später anrufen, sich nicht unterkriegen lassen, wir seien auf seiner Seite, und legten auf; unmittelbar danach ging ich nach oben in Janes Arbeitszimmer, um die Neuigkeit, die er erstaunlich gut verkraftete, mit ihr zu besprechen.

Als ich – weniger als eine halbe Minute später – in ihr Arbeitszimmer trat, klingelte erneut das Telefon. Jane nahm ab, sagte hallo, und dann, hörbar sogar von der Stelle aus, wo ich in der Tür stand: Schluchzen. Was soll ich nur machen, ich liebe sie, ich brauche sie, ich hasse sie, scheiß auf sie etc. Ich stand da, während Jane alles richtig machte: zuhörte, nichts kleinredete, sondern beruhigende Bemerkungen über seine Kraft, sein Unterstützer-Netzwerk machte. Dann ging ich wieder nach unten zum Telefon in der Küche und klinkte mich in das Gespräch ein. Hatte ich ihn je so aufgelöst erlebt? Ich stellte mir vor, wie er auf dem Broadway austickte, in seinen Trainingsklamotten, ohne die Kälte wahrzunehmen, obwohl mein Bild der Straße aus meinen früheren New Yorks stammte. Schneegestöber von 1969. Ein Exemplar *Sportliches Fahren* in einem Stapel ausgesonderter Bücher in der Nähe.

Irgendwann beruhigte er sich, was nicht heißen soll, dass er ruhig wurde. Ich fragte ihn, ob er immer noch vorhabe, zu der Lesung im Y zu gehen, und er sagte, eher nicht, er bezweifle, dass er sich zusammenreißen könne; ich sagte, es wäre vielleicht doch eine gute Idee, auch wenn er womöglich nicht ganz bei der Sache wäre, vielleicht helfe es ihm ja, sich an seinen Plan zu halten, zu versuchen, sich etwas abzulenken. Wir kannten einen seiner Freunde an der Columbia, Dan, der bei uns übernachtet hatte, als er im vorigen Sommer durchs Land gefahren war – und wir baten Adam, sich mit ihm in Verbindung zu setzen, sich von ihm zu der Lesung begleiten zu lassen. Außerdem baten wir ihn, die Finger von Rauschmitteln, Drogen oder Alkohol, zu lassen, nachdem er einen solchen Schock erlebt habe; er versprach es. Irgendwann sagte er, er müsse jetzt los – zweifellos würde er anfangen, in Barcelona anzurufen, so sinnlos diese Anrufe auch waren –, und wir sagten ihm, wir seien den ganzen Abend zu Hause, er könne jederzeit anrufen, solle sich jedoch unbedingt melden, bevor er schlafen gehe.

Wir waren besorgt, aber *so* besorgt nun auch wieder nicht; wir wussten, dass Gesundung ein langwieriger Prozess sein konnte, aber wir – oder zumindest ich – glaubten, dass er sich ziemlich bald berappeln würde; immerhin hatte er eigentlich erst dann beschlossen, sich fest an Natalia zu binden, als sie abreiste; die Vorstellung, mit Zwanzig eine langfristige Beziehung einzugehen, hatte eindeutig zwiespältige Gefühle in ihm geweckt. Etwa das Alter, in dem ich meine Mutter verloren und Rachel geheiratet hatte. Doch als er ein paar Stunden später anrief, gefiel uns überhaupt nicht, wie wirr und bruchstückhaft er inzwischen redete.

Aus den Bruchstücken bildete sich in meinem Kopf eine Montage. Er verlässt Morningside Heights, um zu der Lesung zu gehen, vergisst die Winterjacke in seinem Zimmer, geht in der Dämmerung mit Dan durch den Park. Ziemlich weit vorn sind Plätze für die Studenten seines Lyrikseminars reserviert, also sitzen er und Dan recht nahe an der Bühne. Es ist brechend voll. Sein Professor, Coke, steht als Erster auf dem Programm; Ashbery wird ihn vorstellen; dann wird Coke Ashbery vorstellen. Vor der Lesung hat Adam sich umgezogen, sich das Gesicht gewaschen, die Tränen unterdrückt; zwar ist ihm schlecht, und das schon seit Erhalt der E-Mail, aber er findet, wenn auch nur flüchtig und wie aus der Distanz, einen Zugang zu der Vorfreude auf das Ereignis – die Möglichkeit, den großen Mann zu hören und vielleicht kennenzulernen.

Die Saalbeleuchtung, die Kabinenbeleuchtung, wird heruntergedimmt, das Zeichen für den Beginn der Veranstaltung, des Landeanflugs. Und in der Dunkelheit, dem erwartungsvollen Schweigen, flippt Adam erneut aus: Paniksymptome, die nicht von Migränesymptomen zu unterscheiden sind; seine rechte Hand wird taub, seine Zunge fühlt sich an, als gehört sie jemand anders, er glaubt, sich vielleicht übergeben zu müssen. Er muss Natalia erreichen. Er probiert es mit ein bisschen Biofeedback, um seine Hände zu wärmen, doch ohne Erfolg. Inzwischen steht Ashbery auf dem Podium, sagt guten Abend, stellt das Programm vor. Adam muss hier raus, Kampf oder Flucht. Er steht auf, lautes Knarren seines Stuhls, muss sich durch ein Dickicht von Beinen bewegen, noch mehr Geräusche, während Leute sich zur Seite drehen, um ihn vorbeizulassen. Er muss direkt vor der Bühne vorbeigehen. Und in diesem Augenblick hält Ashbery inne, macht einen harmlosen Scherz (»So schlimm, was? Warten Sie, bis Sie unsere Gedichte hören«), und alle im Zuschauerraum lachen. Über meinen Sohn. Gelächter über seine Unfähigkeit, sich abzunabeln, Gelächter darüber, dass die Frau seines Lebens in diesem Augenblick in Barcelona auf dem Rücksitz eines Mopeds sitzt, sich an ihren Typen klammert, den echten Mann, mit dem sie vögelt, und eine magische Pille ihr Gehirn mit Serotonin flutet, während sie sich durchs Barrio Gótico schlängeln; Gelächter über die Vorstellung, er könnte es, was auch immer das für einen Dichter heißt, in New York jemals schaffen, ein cooler oder urbaner Autor werden, den Schutz seiner Mutter, Mom, Mami verlassen.

Die kalte Luft fühlt sich gut an in seiner Lunge, der Wind sticht, wo sein Gesicht tränenfeucht ist. Ohne auf Dan zu warten, geht er zurück in Richtung Columbia – und macht unterwegs an einem Münztelefon in der Madison Halt, um in Spanien anzurufen, obwohl er mit diesen Anrufen nur die zunehmend wütende Gastmutter weckt; die ersten paar Male hat er in gebrochenem Spanisch nach Natalia gefragt; jetzt legt er einfach auf. In Barcelona ist es sechs Stunden später; es könnten genauso gut sechzig Jahre sein; es ist eine Welt, die um ihn vermindert worden ist. (Man sieht ihn fluchen, weinen, mit dem schwarzen Plastikhörer auf das Metallbord einschlagen.) Jeder Gesprächsfetzen, den er auf der Straße zufällig hört, sogar Musik aus vorbeifahrenden Autos, kommt ihm vor wie ein Scherz auf seine Kosten. An jedem anderen Abend hätte er, obwohl er es nicht zugeben würde, Angst, im Dunkeln durch den Central Park zu gehen, dabei war das wahrscheinlich viel sicherer, als durch Topeka mit seinen bewaffneten verlorenen Jungs zu fahren, aber inzwischen ist ihm egal, was auch immer ihm zustoßen könnte; wenn jemand ihn erstechen oder erschießen würde, wäre das eine Erleichterung; nicht nur würde es seiner Qual ein Ende setzen, sondern es wäre auch eine Strafe für Natalia, die sich das niemals verzeihen und die erkennen würde, welch schrecklichen Fehler sie gemacht hatte. Sogar die Bäume haben sich gegen ihn verschworen, der Wind in den Blättern ist die Verlängerung des Gelächters aus dem Y, aber er trifft keinen Mitwanderer. Er kommt an keiner Schenke oder Gastwirtschaft vorbei, niemand wirft ihm von einem Heuwagen aus, den er anhalten könnte, um Brot oder Bier zu erbitten, einen Penny zu. Es fängt an zu regnen, dann wechseln sich Regen und Schneeregen ab.

Er rief uns an, als er ins Studentenwohnheim zurückgekehrt war, in sein Zimmer im achten Stock. Kahle Wände, auf dem Boden verstreut Bücher und Kleidungsstücke. Nachdem er uns von der Lesung erzählt hatte, verfiel er abwechselnd in Wut und Kummer. »Ich fliege wie geplant nach Spanien und hole sie nach Hause, ich habe keine Angst vor diesem Typen« etc. Dann: »Mom, ich liebe sie so sehr, ich werde damit nicht fertig. Das muss aufhören.« Adam, denkst du daran, dir etwas anzutun?, fragte ich, wie es meiner Ausbildung entsprach. Nein, sagte er, ohne zu zögern, aber auch ohne irgendein »Natürlich nicht«, irgendeine beruhigende Bekräftigung. Diesmal waren Jane und ich im Schlafzimmer, und Adam war auf Lautsprecher geschaltet. Ich stellte mir seine kindliche Version vor, wie er zwischen uns auf dem Bett saß, wäre aber auch mit 1997 zufrieden gewesen, als ihm noch die ganze Welt offenstand. An der Art seines Innehaltens, wenn er denn innehielt, merkten wir, dass er eine Zigarette rauchte, Zigaretten, eine nach der anderen. Diese Banana-Zigaretten aus Taipeh. Bald schlingert er innerhalb einzelner Sätze, interpunktiert nur durch Schluchzer, zwischen Zorn, Qual und Ungläubigkeit hin und her: »Spanien ich gehe da hin es ist wie ein flaues Gefühl im Magen das einfach nicht aufhört sie wird zur Vernunft kommen stimmt doch nie und nimmer.« Kaskaden solcher Sätze. Und er antwortete immer weniger auf unsere Fragen (»Wo ist Dan?«; »Hast du etwas gegessen?«; »Meinst du, es würde dir vielleicht helfen, ein paar Atemübungen zu machen?«; »Sollen wir für morgen einen Anruf bei Dr. Erwood vereinbaren?«; es war, als wären wir Eltern in diesen Peanuts-Cartoons.) Und dann sagte er, er glaube, er werde bestraft. Für was denn bestraft?, fragte ich. Für Darren Eberheart. Für Mandy. Natalia ist nur ein Teil davon, schluchzte er. Schatz, sagte Jane, du bist ein wunderbarer Mensch, und du wirst für gar nichts bestraft. Du machst gerade eine Trennung durch, einen schweren Treuebruch. Worauf es jetzt ankommt, ist, dass du dich auf das Atmen konzentrierst und dir von uns helfen lässt, dich zu beruhigen.

Aber er redete weiter, inzwischen weniger über Natalia als über die Sinnlosigkeit von allem, wobei Ausdrücke aus seiner College-Lektüre in seine Rede einflossen. Er sprach immer wieder von »instrumentalem Denken«, was mir passend erschien, weil ich fand, dass die Musik seiner Sprache deren Sinn überwältigte. Irgendwann war es, als gäbe er Nonsensreime von sich. Seine sämtlichen Vokabulare kollidierten miteinander und kombinierten sich neu, seine Harter-Typaus-Topeka-Sprüche, schnelles Debattieren, Formulierungen, die er von deprimierenden Deutschen entlehnt hatte, die vertraute Terminologie des gebrochenen Herzens. Und etwas, was sehr nach Babytalk, nach Regression klang. Er faselte nicht, aber von unserem Schlafzimmer in Topeka aus stellte ich ihn mir in New York vor, wie er Kopfhörer trug und über das linke Ohr 180 Wörter pro Minute empfing, Sprachmechanismen am Rande des Zusammenbruchs. Jane übernahm die Führung, versuchte ihn zu unterbrechen, in eine andere Richtung zu lenken, während wir einander immer wieder voller Sorge, mit einem Gefühl der Hilflosigkeit ansahen. Und dann sagte Jane sehr nachdrücklich seinen Namen, und er hörte auf und kehrte zu sich selbst zurück (von wo?). »Was?«, fragte er.

»Ich verstehe dich ganz schlecht«, sagte sie. (Ich warf ihr einen verdutzten Blick zu; wir hörten ihn laut und deutlich.) »Tut mir leid«, sagte sie, »die Verbindung ist nicht so toll. Kannst du uns von einem anderen Telefon aus anrufen?«

»Wieso?«, fragte Adam verwirrt.

»Es ist völlig verrauscht, und du bist einfach zu leise.«

»Vielleicht liegt es am Gewitter«, sagte Adam; mittlerweile regnete es in New York offenbar kräftig.

»Gibt es im Wohnheim oder in der Nähe ein Münztelefon?«, fragte Jane, und jetzt begriff ich, was sie da machte, und es verschlug mir den Atem.

»Ich glaube, es gibt eins im Keller, in der Nähe der Waschmaschinen«, sagte Adam. In der Nähe der Kupferwand. »Aber ich rede einfach lauter«, sagte er und tat es.

»Tut mir leid, wir verstehen dich einfach nicht«, sagte Jane, wie sie es bei den *Männern* zu tun pflegte. »Du musst uns von unten zurückrufen.«

»Okay«, sagte Adam schließlich und versuchte, sich zusammenzureißen. »Okay, ich rufe euch in ein paar Minuten
zurück.«

Er legte auf, nahm Schlüssel und Zigaretten an sich und
verließ sein Zimmer im achten Stock, dessen Fenster trotz
des Unwetters offen stand. Ohne es zu bemerken, kam er an
der Tür vorbei, in der Sima und ich es miteinander trieben,
und trat in den Fahrstuhl. Ich reiste im Dunkeln wie rasend
zu ihm. Ich war im Flugzeug, das endlich die Landeerlaubnis bekam, in der Ferne ein Blitzschlag. Die Metalltür glitt
zu, das Fahrwerk klappte heraus, und gemeinsam, erste und
dritte Person, setzten wir durch die Wolken hindurch zur
Landung an. Jane hatte uns heruntergelotst.

An der Decke hing eine rotierende Kugel mit einer Oberfläche aus tausend verspiegelten Facetten, die bunte Lichtovale auf die Wände, den Betonboden und die Körper der Skater warf, während sie zu ohrenbetäubenden Popsongs ihre Runden drehten. Manche Mädchen trugen Plastikschläuche mit grün schimmernden Chemikalien um den Hals. Skater, die sich ausruhten, oder solche, die sich nicht trauten, nahmen Zucker aus langen, trinkhalmförmigen Behältern zu sich oder aßen Zuckerwatte aus weißen Papierhütchen. Im Dunkeln müssen Aufpasser von der Schule da gewesen sein, um die Winter Skating Party für fortgeschrittene Anfänger der Randolph Elementary School zu beaufsichtigen, aber die Kinder nahmen ihre Anwesenheit nicht wahr, und ihre Eltern oder Erziehungsberechtigten hatten sie einfach vor dem Starlite am Nordwestrand der Stadt abgesetzt. Draußen auf dem riesigen Parkplatz schneite es auf ein paar dort abgestellte Autos.

Zwar könnte man damit rechnen, den jüngeren Darren allein im Gastronomiebereich vorzufinden, wo er die schnelleren Skater beneidet, während sie vorbeifahren, tatsächlich aber gehört er zu ihnen, hält ohne erkennbare Mühe das Gleichgewicht, seine Schritte kräftig und flüssig. Er kann eine Zweifußdrehung, einen Spreadeagle. Darren ist schon in jungen Jahren von einem Nachbarn unterrichtet worden, der ihm ein Paar schwarze Chicago-Skates geschenkt hat, und besitzt mittlerweile eine Leichtigkeit und einen Rhythmus, über die er nicht verfügt, wenn seine Schuhe keine Rollen haben. Eine verschwommene Ahnung, dass dies vielleicht das letzte Jahr ist, in dem Rollschuhfahren als cool gilt, verhilft ihm nun zu besonderer Anmut und Courage.

Fruktose fließt durch ihren Blutkreislauf, dazu Musik, die so laut ist, dass man sie als Berührung empfindet, und die Härte des Bodens, über den sie durch eine von Lichteffekten durchzuckte Dunkelheit gleiten. Wenn eine Anfängerin strauchelt, nimmt sie einen vielleicht bei der Hand. Risiko, Geheimnis und Gewalt, die kollektive Erinnerung an Nick Deweys Versuch einer Art von Drehsprung im Vorjahr, und wie ganz profanes Licht anging und ihn mit dem Gesicht nach unten und reglos zeigte, erschrockenes Luftholen, als die Erwachsenen ihn umdrehten. Dann ist da die Spannung zwischen der fließenden Kontinuität des Skatens und dem abgehackten Viervierteltakt der Musik, eine Inkommensurabilität, die die wilde sexuelle Hysterie noch verstärkt, denn was könnte repetitiven Rhythmus und reine Gleitfähigkeit miteinander versöhnen außer das Vögeln, ein Akt, der die junge Fantasie formt und sie zugleich übersteigt?

Was Darren, weil das Ereignis so intensiv war, von dieser Nacht zugleich in der ersten und in der dritten Person in Erinnerung behalten hat, ist der Snowball, angekündigt durch ein Weißwerden der Lichtflecken. Über die Lautsprecheranlage ertönt die DJ-Stimme – unklar, ob live oder als Aufzeichnung – und weist die Mädchen an, sich auf einer, und die Jungen, sich auf der anderen Seite der Halle in einer Reihe aufzustellen. In den Jahren zuvor hätte Darren wie viele der Unbeliebten die Rollschuhbahn verlassen und sich Zuckerkram oder eine Plastikschale Tortillachips mit einer Vertiefung voller gelbem Schmelzkäse gekauft und gewartet, bis das freie Skaten weiterging. Doch diesmal stellt sich Darren an der Wand auf, vielleicht weil er Bewunderung für seine Fahrkünste spürt. Als der DJ »Snowball« ruft, skatet er direkt auf Jessica Baker zu und nimmt ihre Hand, die sie nicht wegzieht. Langsam fahren sie zu »Lady in Red« miteinander im Kreis, bis der DJ abermals »Snowball« ruft, Stichwort für einen Wechsel der Musik, »I want to know what love is«, und bevor er sich entscheiden kann, zu wem er diesmal fahren soll, ist er selbst schon von Morgan Jensen ausgewählt worden. Wie sie sich vollständig auf ihn verlässt, was ihre Fortbewegung angeht, und der Schweiß ihrer beider Handflächen sich miteinander vermischt. Show me love is real, yeah / I want to know what love is.

Als er sich daher sieben Jahre später in einem trübe beleuchteten Keller wiederfindet, in dem es nach Marihuana, Bier und Katzenklo riecht und der Bass seine Brust zum Vibrieren bringt und das Halbblut Davis eine betrunkene Neuntklässlerin auf ihn schubst und sagt: Darren, der heiße Feger hier steht auf dich, komm aus dem Quark, Darren, und der heiße Feger, der schon fast völlig hinüber ist, einen Arm um ihn wirft und Wie sieht's aus, Süßer, lallt, da erinnert sich Darren an das Starlite, an das letzte Mal, dass er cool war und sich jemand für ihn entschieden hat. Und wenn der Zuckerkram jetzt fermentiert ist, die Gewalt absichtlich zugefügt wird und die Eltern weggefahren und ahnungslos sind, liegt er dann falsch, wenn er die Kontinuität spürt und dass sie beide, auch wenn sie still stehen, rasch über eine harte Oberfläche gleiten? Jetzt küss sie schon, Macker, küss sie, sagt Davis, aber Darren lächelt bloß, trinkt aus seinem roten Plastikbecher und rückt die nagelneue Raiders-Kappe zurecht, die er sich in der West Ridge Mall gekauft hat.

Darrens Kluft hat sich geändert. In der West Ridge hatte er sich bei JCPenney, wo seine Mom ihn abgesetzt und später wieder abgeholt hatte, außerdem zwei schwarze, extraweite Baggy Jeans und mehrere einfarbige Sweatshirts mit Kapuze und einem kleinen Nike-Swoosh über dem Herzen gekauft. Im Foot Locker hatte er sowohl Air Jordan IXs als auch braune Timberlands er-

wogen, aber das hätte trotz des Weihnachtsgeldes von seiner Mutter seine Ersparnisse aufgezehrt, und seine Stiefel repräsentierten für ihn noch immer eine Art Kampfbereitschaft, die aufzugeben er einfach nicht über sich brachte.

Als sie ihm auf seine Bitte das Haar auf eine Länge von anderthalb Zentimetern geschnitten hatte – er saß, ein Laken um die Schultern gelegt, an dem Küchentisch aus hellem Holz –, hatte sich Mrs. Eberheart noch eingeredet, sein gestiegenes Interesse an äußerer Erscheinung deute nur auf eine neue Reife hin. Selbst sie erkannte, dass sein Stil leicht daneben war, fremdartig: der schmale, beigefarbene geflochtene Gürtel beispielsweise, den er trug, um seine durchhängenden Hosen festzuhalten, stellte nicht so sehr eine einzelne schlechte Entscheidung dar, sondern offenbarte vielmehr ein tiefes Unverständnis des Sprachspiels, in dem er flüssige Beherrschung vorzutäuschen versuchte. Aber er sah tatsächlich besser aus, zugleich älter und jünger, mehr seinem Alter entsprechend. Und wenn man seinen zeitweise halluzinierenden Sohn, mit Schweiß, Dreck und Erbrochenem überkrustet, knapp vierzig Kilometer von seinem Bett entfernt aufliest, ist man erleichtert, wenn die unmittelbarste darauf folgende Veränderung seines Verhaltens darin besteht, dass er sich mit mehr Sorgfalt kleidet und pflegt. Seit dem Tag, an dem Darren per R-Gespräch aus der Innenstadt von Lawrence angerufen hatte, duschte und rasierte er sich regelmäßig; statt dass er spät am Nachmittag mit Gras- oder Ölflecken aus dem Park oder vom Parkplatz zurückkehrte, fand ihn Mrs. Eberheart im La-Z-Boy vor, wie er sich Musikvideos ansah oder zwischen Sets von Liegestützen ausruhte, tadellos gekleidet.

Als sie ihn abholen kamen und vorglühten, war sie im St. Francis, aber sie erkannte es an den Bierdosen und Glasflaschen, in denen alkoholhaltige Limonade gewesen war: Seagram's, Zima.

Die verschiedenen Arten von Überraschung hoben sich gegenseitig auf: dass irgendwer Darrens Gesellschaft aufsuchte, dass sie die Frechheit besaßen, Spuren ihrer Trinkerei zurückzulassen, aber auch, dass Flaschen und Dosen geleert, ausgespült und fein säuberlich im Abwaschbecken angeordnet worden waren und dass das Haus im Übrigen makellos sauber war. Und was auch immer sie getan und wohin auch immer sie in Mrs. Eberhearts Abwesenheit gegangen waren, nach jener Nacht lag Darren stets im Bett, wenn sie gegen Morgen erschöpft aus dem Krankenhaus zurückkam. Als Erstes stieg sie dann jedes Mal die mit Teppichboden belegte Treppe hinauf und öffnete seine Tür einen Spaltbreit.

Nachdem sie ihn aufgelesen hatte, war sie mit dem schnurlosen Telefon außer Hörweite von Darren gegangen, um sowohl Ron Williams als auch Laura Simms' Mutter anzurufen, mit der sie zur Highschool gegangen war. Ron bestätigte, dass er Darren auf ein Bier eingeladen hatte – mir ist es lieber, die Trinkerei findet hier statt –, und nannte die Kids, mit denen er weggefahren war; Laura, hatte ihre Mom bei ihrem umgehenden Rückruf berichtet, habe sich einfach schrecklich gefühlt, als sie erfahren habe, dass Darren keine andere Mitfahrgelegenheit bekommen hatte. Wir wollten ihn einbeziehen, es ist unser letztes Schuljahr. Man muss verstehen, dass Mrs. Eberheart diese jungen Leute schon ihr Leben lang kannte, zumindest von ihnen wusste. Adam Gordon, Martin Nowak, Jason Davis – allesamt Foundation-Kids. Sie wollte einfach nicht glauben, dass Jonathan Gordons Sohn – ein Junge, den sie im St. Francis gepflegt hatte – ihren Sohn drangsalieren würde. Die Owens waren Nachbarn und trotz allem, was geschehen war, fast schon Freunde. Diese Zwölftklässler, alle fürs College, vielleicht sogar in einem anderen Staat, bestimmt, mussten doch wissen, wie leicht Mrs. Eberheart ihre Eltern errei-

chen und, falls erforderlich, einen Mordskrach schlagen konnte. Müsste sie das in ihrem Verhalten nicht mäßigen?

Abgesehen davon war sie machtlos. Vor dem Gesetz, wenn auch nicht im Geist, war Darren erwachsen und ließ sich nicht einschränken. Sich eine lautstarke Auseinandersetzung mit Darren über, sagen wir, eine Uhrzeit vorzustellen, zu der er zu Hause zu sein hatte, hieße, sich nur Sekunden später das Klappen des hinteren Fliegengitters, dann Obdachlosigkeit, Gefängnis oder Tod vorzustellen. Im Kopf hörte sie das Telefon klingeln und irgendeinen Polizeibeamten fragen: Kann ich bitte Mr. oder Mrs. Eberheart sprechen? Ma'am, sitzen Sie? Sie war so weit davon entfernt, sich die wenigen Spezialprogramme leisten zu können, die Dr. J im Lauf der Jahre zu beschreiben versucht hatte, dass sie gar keine Details behalten hatte: irgendwas auf einer Farm, irgendwas an einem See; die Versicherung bezahlte nichts davon. Kann man es ihr verdenken, wenn sie ein Fünkchen Hoffnung gefasst hatte, dass die coolen Kids, ehe sie aufs College gingen, ihre Zeit an der Topeka High mit einem bleibenden Akt der Freundlichkeit beenden wollten, damit Darren, der die Schule mit sechzehn geschmissen hatte, das Gefühl bekam, er habe Freunde und Klassenkameraden? Der junge Gordon und der junge Davis kannten ihren Sohn schon seit dem Bright-Circle-Montessori-Kindergarten.

Jetzt küss sie schon, Macker, küss sie. Der heiße Feger löste sich von Darren, sagte erleichtert und lachend: Anscheinend ist er schwul, und wankte zurück in Richtung Kellermitte, wo ein Billardtisch stand, auf dem grünen Filz Getränke und Bongs. Davis lachte. Dem Schlucken der Beleidigung folgte Wut, aber Darren rührte sich nicht und behielt ungeachtet der kleinen mimischen Zuckungen sein Lächeln zunächst bei, während sich das Lachen um ihn herum verstärkte. Handlung und Zeit traten *jetzt auseinander, die Entfernung zwischen ihnen dehnte sich rasch, sodass er sich erst dann, als er den beißenden Dampf aus der Glühbirne inhaliert hatte, unter die Davis die Flamme hielt, entschloss, einfach nein zu sagen. Das lässt du dir gefallen, Darren? Ich würde der Bitch sagen, sie soll aufpassen, was sie sagt. Das Meth, das in einer reineren, gemäßigten Version wie vorgeschrieben durch viele der im Keller anwesenden Körper kreiste, löste die Gegenwart auf, und die Zukunft war die unmittelbare Vergangenheit; er hatte den Becher schon, nach dem er greifen würde, sah nicht so sehr voraus, welcher Titel als Nächstes kommen würde, als dass er ihn in der Erinnerung abgespielt hörte, Gotta grind, gotta get mine. Die Musik war schnell und langsam und in ihren Harmonien komplex, aber Darren konnte jede Schicht gesondert wahrnehmen, während er sich dem Billardtisch näherte, um der Bitch zu sagen, sie solle aufpassen, was sie sagte. Um sie beide bildete sich ein Kreis.*

PARADOXE
EFFEKTE
(JANE)

Reverend Fred Phelps war ein Geistlicher der Primitive Baptists und ein aus der Anwaltschaft ausgeschlossener Anwalt, der es sich zur geistlichen Mission und Ganztagsbeschäftigung gemacht hatte, die Homosexualität auf der Erde auszurotten. Jeden Tag versammelten sich Fred und seine Jünger – darunter die wenigen noch übriggebliebenen Mitglieder seiner Gemeinde, die meisten seiner dreizehn Kinder und viele seiner Enkelkinder, die teils noch unter zehn waren – auf einer Straße in Topeka und hielten riesige Transparente hoch, auf denen GOTT HASST SCHWUCHTELN, TOD DEN SCHWUCHTELN, SCHWUCHTELN=TOD etc. stand. Einige Transparente zeigten Strichmännchen, die in einer Art anatomisch abstrahiertem Analverkehr begriffen waren. Im Winter sah man die Phelps' mit Atemwölkchen vor dem Gesicht in Parkas oder bauschigen Daunenjacken auf dem Gage Boulevard, wo sie mit den Füßen aufstampften, um sich warm zu halten. (Fred, ein Mittsiebziger, hochgewachsen und schlank, war in seiner Jugend Amateurboxer gewesen.) Oder man sah sie in schweißdurchtränkten T-Shirts – zum Teil mit Hinweisen auf Verse aus dem Dritten Buch Mose individualisiert –, wie sie in einer Kühltasche nach einem Tab wühlten und sich die Dose in den Nacken drückten. (Unter dem für ihn typischen Cowboyhut trug Fred diese großen Kunststoffsonnengläser zum Aufstecken, die gleichen wie meine Mutter, die Sorte, die man beim Optiker bekommt, wenn sie einem die Pupillen erweitert haben, das optische Äquivalent orthopädischer Schuhe.) Bei ihren Demonstrationen waren die Phelps' oft heiter. So konnte man sie etwa zur Melodie von »Jingle Bells« »Schwuchteln raus, Schwuchteln raus« singen hören. Die Phelps' demonstrierten bei Festumzügen, vor dem Zentrum für Darstellende Kunst, bei den meisten Veranstaltungen der Washburn University und bei Beerdigungen – besonders, wenn sie einen Todesfall aufgrund von AIDS vermuteten. WIEDER EINE SCHWUCHTEL IN DER HÖLLE stand dann etwa auf einem Transparent. 1994, nachdem 20/20 einen Beitrag über Fred mit dem Titel »Evangelium des Hasses« gesendet hatte, wurden die Phelps' weltberühmt.

Fred hasste »Schwuchteln« und »Schwuchtelfreunde«, und die Einwohner von Topeka hassten Fred. Es gab regelmäßig Gegendemonstrationen und breite Unterstützung für die Opfer von Freds Belästigungen. Verfügungen wurden erlassen, die seine Demonstrationen bei Beerdigungen und vor Privathäusern einschränkten. Aber mir war die Art dieser Ächtung nie ganz geheuer. Eine Patientin erzählte mir einmal, wie sehr sie Fred hasste. Ihre Tochter tanzte bei einer lokalen Balletttruppe, und Fred und seine Jünger hatten gegen den *Nussknacker* protestiert. »Ich musste mich sehr beherrschen, um meinen Wagen nicht in die ganze Gruppe zu lenken. Warum muss meine Tochter wissen, dass es diese Leute überhaupt gibt?« Zuerst dachte ich, sie meinte die Phelps', aber es stellte sich schnell heraus, dass die erzürnte Mutter von »den Schwulen« sprach. Außer Ken Erwood und einem mutigen Professor an der Juristischen Fakultät der Washburn University kannte ich in Topeka keinen einzigen, der sich geoutet hatte. (Bei Klaus habe ich mich immer gefragt, ob er schwul war.) Plakatwände an der I-70 zeigten lächelnde Männer mit

Bürstenschnitt, die durch Bibelstudium »geheilt« worden waren. »Es gibt Hoffnung«.

Wenn man bedenkt, dass ich in Topeka berühmt war (Jonathan sagte immer, »Famous in Topeka« wäre ein toller Name für eine Band), dass ich mich für die Rechte von Schwulen und Lesben einsetzte, dass ich Jüdin war und bei der Foundation arbeitete, hätte ich eigentlich eines der bevorzugten Ziele der Phelps' sein müssen. Doch aus irgendwelchen geheimnisvollen Gründen schonten sie mich. Sie hatten mir die Faxe geschickt, Dokumente, die ich eher komisch als ärgerlich fand – eines hatten wir an unseren Kühlschrank geheftet (»Denk an Lots Weib!«) –, aber ich hatte Vorträge gehalten und Workshops gegeben, und die Phelps' hatten sich nicht einmal die Mühe gemacht, aufzutauchen. Wohingegen sie auf der Renaissance Faire, die knapp außerhalb der Stadt stattfand, von früh bis spät demonstrierten, weil dort angeblich das Crossdressing gefördert wurde. Und Familien an den Phelps' vorbeimussten, um ein Raffi-Konzert zu besuchen. Die Phelps' demonstrierten vor dem Parlamentsgebäude gegen offen homophobe Politiker, weil sie ihnen nicht homophob genug waren. Doch wenn sie mich irgendwo erkannten – wenn sie mich auf einer Veranstaltung sahen oder mich an einer Ecke, wo sie sich aufgestellt hatten, im Auto erspähten –, machten sie sich auf merkwürdig zahme, fast schon schmeichelhafte Weise über mich lustig. »Ah, da kommt die Intelligenzbestie«, sagten sie dann sarkastisch. (Sie hatten einstudierte Slogans und Spottverse für besonders »schwuchtelfreundliche« Bewohner von Topeka.) »Da ist die geniale Dr. Gordon.« Und das von Leuten, die trauernde Eltern auslachten und ihnen entgegenschrien: »Hoffentlich freuen Sie sich jetzt, dass Ihr Sohn in der Hölle schmort.«

Im Lauf der Jahre hatten Jonathan und ich viel Zeit darauf verwandt, eine Erklärung für die relative Nichtbeachtung – oder war es Schonung? – vonseiten der Phelps' zu finden. Vielleicht hatte es etwas damit zu tun, dass Jonathan für kurze Zeit eines ihrer Gemeindemitglieder, einen Teenager, im Rahmen einer gerichtlich angeordneten Therapie behandelt hatte. Aber das war nicht sonderlich plausibel; Jonathan und der Junge hatten sich nie sonderlich verstanden, und abgesehen davon, wieso sollte er die Macht haben, die anderen zu beeinflussen – sie dazu zu bringen, sich bei mir zurückzuhalten? Konnte es sein, dass die Phelps' mit meinem Artikel in *Mother Jones* – nachgedruckt im *Topeka Capital-Journal*, ganz bestimmt das einzige Mal, dass das passierte – einverstanden, vielleicht sogar dankbar dafür waren –, in dem ich darüber schrieb, dass die allgemeine Ächtung, die die Phelps' in Topeka erfuhren, etwas Heuchlerisches hatte, dass sie für extreme Ausprägungen von Überzeugungen denunziert wurden, die sehr viele Einwohner Topekas vertraten? Das erschien ein bisschen subtil.

Egal, zu meiner Grundsatzrede bei der Kansas Association of Women Conference erschienen sie jedenfalls in voller Stärke. Ich sollte dort sowohl einen Preis erhalten als auch ein neues Buch zum Thema Versöhnlichkeit vorstellen. Ich hielt relativ wenige Vorträge in Topeka, und die White Hall, der größte Saal auf dem Washburn-Campus, war in kurzer Zeit ausverkauft. (Die Einnahmen gingen an das Battered Women's Justice Project.) Zu meiner Überraschung schien Adam nicht nur unbedingt hinzuwollen – der Verband hatte eigens darum gebeten, dass meine Familie an der Veranstaltung teilnahm –, sondern er hatte auch gefragt, ob er Amber mitbringen dürfe, die zu dem Anlass so etwas wie ein

Ballkleid trug: rückenfrei, mit tiefem V-Ausschnitt. Ich freute mich, dass Adam meinen Vortrag für etwas hielt, womit er angeben konnte; vielleicht wurde er ja mit dem Näherrücken des College reifer, integrierte sich besser.

Wir fünf – meine Mom kam auch mit – gingen vor der Veranstaltung in dem neuen Sushi-Restaurant in der Southwest Ashworth essen, das früher das Rib Crib war. Bei California-Makis versuchte ich, ein Gespräch mit Amber anzuknüpfen, stellte ihr offene Fragen nach ihrer Familie, der Schule, ihren Plänen nach dem Schulabschluss. Aber es war schwierig, viel aus Amber herauszubekommen – einmal, weil sie still, wenn auch auf ihre Weise souverän war, zum anderen, weil Adam unentwegt über oder für sie sprach und ihr überhaupt keinen Raum ließ. Nachdem Jonathan leichthin sein Veto gegen Adams Versuch eingelegt hatte, ein Glas Wein zu bestellen, und zum Kellner sagte: »Mein Söhnchen ist erst achtzehn«, nahm Adams Ton eine gewisse Schärfe an, die nur verschwand, wenn er sich an meine Mutter wandte.

(Kurzer Moment der Verwunderung, als Amber auf einem Blatt in ihrem Eisbergsalat einen Marienkäfer entdeckte und auf ihrem Essstäbchen hochhielt. Der Käfer hatte sich von dem sämigen Ingwer-Dressing ferngehalten und erwies sich, als sie ihn anpustete, als flugfähig.)

Ein Teil meines Bewusstseins war damit beschäftigt, einzelne Sätze meines Vortrags zu proben (Das Manuskript würde auf dem Podium vor mir liegen, aber ich wollte so wenig wie möglich darauf zurückgreifen, damit es improvisiert wirkte); ein Teil von mir versuchte, den Betrunkenen an der Sushi-Bar auszublenden, der dem jungen, höchstwahrscheinlich koreanischen Koch erklärte, er verzeihe ihm Pearl Harbor; ein Teil von mir versuchte, nicht auf die mit Händen zu greifende Sorge meiner Mutter, wie viel das Essen wohl kosten würde, einzugehen. Der Rest meines Bewusstseins war mit dem Versuch beschäftigt, meinen Rüpel von einem Sohn als verletzlichen jungen Mann zu sehen, der gerade eine komplizierte soziale und hormonelle Phase durchmachte.

Das tat ich, indem ich mir irgendeine Episode aus der Vergangenheit, die diese Empfindsamkeit deutlich machte, in Erinnerung rief – mich zwang, sie mir in Erinnerung zu rufen. Das hatte ich in letzter Zeit öfter getan, eine Variante der *Metta*-Meditation; Erwood hatte das nicht vorgeschlagen, hätte dergleichen aber durchaus vorschlagen können. Während man uns an jenem Abend unsere mörderisch großen Portionen Grüner-Tee-Eis vorsetzte, entsann ich mich der Saga von *Space Camp*. (Vielleicht hatte es damit zu tun, dass der mit bloßem Auge sichtbare Komet in aller Munde war.)

Mitte der Achtziger waren wir mit Adam und mehreren seiner Freunde ins Kino gegangen, um uns den Film dieses Titels anzusehen, in dem die jugendlichen Teilnehmer eines NASA-Ausbildungscamps versehentlich ins All geschossen werden. (Adam war seit über einem Jahr regelrecht besessen gewesen von allem, was mit dem Weltraum zu tun hatte, und hatte sich scheinbar auch von der *Challenger*-Katastrophe nicht abschrecken lassen; die Produzenten hatten den Start von *Space Camp* um mehrere Monate verschoben, nachdem man die Explosion des Shuttles live im Fernsehen hatte verfolgen können.) Eric und Sima hatten sogar vorgeschlagen, wir sollten, anknüpfend an das gemeinsame Interesse der Kids, überlegen, Adam und Jason zu dem einwöchigen Camp in Huntsville, Alabama, zu schicken – »wo Kinder im Team zusammenarbeiten und es mit Einsatzszenarien zu tun bekommen, die dynamische Problemlösungsfähigkeiten und kritisches Denken erfordern«. Adam war von der Idee begeistert gewesen, und wir waren angenehm überrascht, dass er überhaupt in Erwägung zog, ohne uns längere Zeit von zu Hause weg zu sein, zumal so kurz nach seiner Gehirnerschütterung.

Nach dem Film war Adam ungewöhnlich still und sagte, er habe Bauchschmerzen. An jenem Abend kam er weinend in unser Zimmer gestürzt: er wolle nicht ins Space Camp, bitte zwing mich nicht, Mommy, er wolle nicht ins Weltall geschossen werden. Wir versicherten ihm, dass er nicht dorthin müsse; wir machten ihm aber auch klar, dass er, wenn er doch hinginge, auf gar keinen Fall versehentlich ins All gelangen konnte. Doch Adam war nicht restlos überzeugt; unser achtjähriger Junge lebte wochenlang in der Angst, wir würden es uns anders überlegen, ihn nach Alabama schicken, er werde in die Dienste der NASA gezwungen und müsste von einem einsamen Shuttle aus dem Erdaufgang zusehen. (Was konnte einsamer sein als ein Kind im Weltraum?) In dem Bemühen, ihn zu beruhigen, hatte Jonathan wiederholt erklärt, wie unglaublich schwierig es sei, Astronaut zu werden – Tausende von Menschen widmeten der Ausbildung Jahrzehnte, aber nur wenige würden jemals ausgewählt. Das sei, als hätte man Angst, man würde gezwungen, Baseball-Profi zu werden. Angst, man würde gezwungen, Präsident zu werden. Gegen den eigenen Willen könne es nicht dazu kommen. Aber Adam war nicht völlig beruhigt: Da war der Film, der etwas anderes sagte, da war die tote Lehrerin im Weltall, da war Laika, eine streunende Hündin von den Straßen Moskaus, Thema eines von Adams Kinderbüchern. (In dem Buch stand nichts darüber, dass die Hündin schon einige Stunden nach dem Start an Stress und Überhitzung gestorben war.) Klaus hatte vorgeschlagen, wir sollten über sämtliche Resonanzen des Wortes »Camp« nachdenken.

Ich betrachtete den jungen Mann, der am Tisch Reden schwang, und erinnerte mich, wie wir ihm wochen-, vielleicht monatelang (besonders zur Schlafenszeit) versprochen hatten, wir würden dafür sorgen, dass er auf diesem Planeten bleibe. Nicht darunter und auch nicht Hunderte von Kilometern darüber schwebend. Er musste kein Held werden, er musste keinen großen Schritt für die Menschheit machen, die Mannheit, die ständig anrief und ihn hinter den Wänden hervor beobachtete.

Obwohl ich dem Kellner meine Kreditkarte gegeben hatte, brachte er die Rechnung Jonathan; ich griff über den Tisch danach. Und obwohl ich die Quittung unterschrieb und die Karte von dem kleinen Tablett nahm, obwohl ich diejenige war, die mehr Geld verdiente, bedankte sich Amber bei Dr. Gordon – sie meinte Jonathan – für das Essen. Ich überlegte noch, ob ich so leichthin wie möglich fragen sollte, warum die Leute sich immer bei dem Mann bedankten, ob das ein gutes Modelling für Amber wäre oder ob sie das bloß in Verlegenheit bringen würde, da sagte Adam in einem kurzen Aufblitzen von Reife: »Und dir auch vielen Dank, Mom.« Mein Ärger über meinen Sohn war plötzlich verflogen, während wir alle zum Wagen gingen; das Glas Chardonnay und die frische Luft hoben meine Stimmung und beruhigten meine Nerven. (Der Vortrag fand zwei Blocks weiter statt; es war ein wunderschöner Spätfrühlingsabend, aber nur wenige Leute in Topeka wären auf den Gedanken gekommen, zu Fuß zu gehen.)

Was als Nächstes geschah, spielte sich ganz schnell ab. Wir parkten auf einem reservierten Parkplatz an der White

Hall. Wir passierten das Grüppchen von Phelps-Demonstranten, von denen einige anfingen, die Intelligenzbestie anzuschreien. Jonathan und ich reagierten überhaupt nicht, doch Adam schnauzte zurück, vielleicht weil er sich vor Amber produzieren wollte, sagte ihnen, sie sollten die Fresse halten, sie seien erbärmliche Vollidioten, Stücke Scheiße. Jonathan, erstaunt darüber, dass unser Sohn den Phelps' die Aufmerksamkeit schenkte, nach der sie gierten, sagte in strengem Ton Adams Namen und versuchte, ihn weiter in Richtung Eingang zu lotsen, doch Adam widersetzte sich. Eine der Phelps-Jüngerinnen sagte zu Adam, er sei eine Schwuchtel, und Adam nannte sie Bitch; ich konnte es nicht fassen. Inzwischen lachte die Frau gackernd und schrie mir zu: So einen Sohn haben Sie also großgezogen? Sie müssen ja mächtig stolz sein. Und obwohl ich wusste, dass es besser gewesen wäre, zu schweigen, sagte ich: Nein, ich bin nicht stolz. Ich schäme mich, dass er so redet. Adam wandte sich von einem anderen Demonstranten ab, vor dem er sich, wie er sagen würde, »aufgepflanzt« hatte, wandte sich voller Zorn mir zu und sagte: Du schämst dich für mich? Ich verteidige dich gegen diese Arschlöcher, und du schämst dich für mich? Und ich sagte zu ihm, befahl ihm: Mich braucht niemand zu verteidigen; geh sofort ins Gebäude. Amber versuchte, ihn in diese Richtung zu ziehen, zu Jonathan hin, der gerade meine Mom durch die Glastür des Auditoriums führte. Die Phelps' lachten hämisch, und der Mann, mit dem Adam sich angelegt hatte, schrie: Hör auf deine Mami, Schwuchtel. Hör auf die brillante Dr. Gordon. Geh ins Gebäude, setz dich neben deinen Schwuchtel-Dad und hör dir an, wie die Intelligenzbestie über ihr Schundbuch redet.

Und dann redete ich, von der Bühnenbeleuchtung geblendet, bekannte, wie geehrt ich mich fühlte, wie dankbar ich dafür sei, mit meiner Familie hier sein zu dürfen, meinem liebevollen Mann und frühreifen Sohn, meinem Fels von einer Mutter. Aber war Adam überhaupt im Publikum? Ja und nein. Er war eine flimmernde Präsenz, wechselte auf seinem reservierten Platz rasch das Alter: ein Baby in einer Korbwiege, beschützt vor meinem Vater, der an diesem Abend leider nicht bei uns sein konnte, so gern er es auch gewesen wäre. Ein Kind im Bright Circle, das spezielle Kräfte entwickelt. Bewusstlos, mit einer Gehirnerschütterung im St. Francis. Unfähig, »Die lila Kuh« aufzusagen. Und der stattdessen von Bitches und Blunts reimte.

—

Zuerst finden sie die Tiere mit dem größten Potential, erklärte meine Schwester. Hauptsächlich Affen, weil Affen die schlauesten sind, auch wenn sie nur mit den Augen sprechen. Aber auch bestimmte Arten von genialen Papageien. Afrikanische Graupapageien sind so schlau wie nur was. Sie können Opernarien singen. Sie können Bach singen, und das ist klassische Musik. Aber den Pinsel im Schnabel zu halten ist schwierig, und Affenhände sind wie unsere Hände. Papageien malen wahrscheinlich nur die Blätter. Die Rosen sind für die Affen, die außerdem wissen, wie man Farben mischt. Rosa Rosen sind am schwierigsten. Tiere werden in Zoos auf der ganzen Welt ausgewählt und auf eine tropische Insel gebracht, wo man sie in den Grundlagen ausbildet. Bevor man ihnen das Malen beibringen kann, muss man ihnen helfen, die menschliche Sprache zu verstehen, und das erfordert viel Geduld. Man muss die Tiere mit Leckerbissen belohnen, und wenn sie sich schlecht benehmen, muss man streng mit ih-

nen sein, aber darauf achten, dass man ihre Gefühle nicht
verletzt. Da gibt es also die weltberühmten Wissenschaftler,
Trainer und Künstler aus Frankreich, die mit den Tieren arbeiten. Paris, die Hauptstadt von Frankreich. Von der Schule
auf der tropischen Insel habe ich erfahren, als ich in Mrs. Mit-
cheners Klasse war und ein Mann vom Prospect Park Zoo
uns besuchen kam. Er erzählte uns, wie stolz es ihn mache,
dass einer ihrer Affen ausgesucht worden sei. Es fand eine
Schulversammlung statt, damals warst du noch ein Baby. Ein
Seidenaffe, ein winziges Tier. Aber er war auch nervös, denn
was, wenn der Affe nicht gut genug war und in den Zoo
zurückgeschickt wurde? Tiere können an Scham sterben. Sie
können auch an Traurigkeit sterben. Aber wenn sie auf der Insel sind, sind sie glücklich, weil sie nur die leckersten Sachen
zu fressen bekommen und wie kleine Filmstars behandelt
werden, und wenn sie nicht malen, dürfen sie frei herum-
laufen. Jedes einzelne Laub- und Blütenblatt auf dieser Box
ist das Werk eines erstaunlichen Geschöpfs. Deswegen war
ich auch sprachlos, als ich meine Box ausgepackt habe. Ich
weiß, du hast dir ein Fahrrad gewünscht, aber das hier ist viel
mehr wert als ein Fahrrad. Wahrscheinlich mehr als ein Auto.
Man kann nicht einfach ins Macy's gehen und eine Verkäufe-
rin danach fragen. Ganz egal, wie viel Geld man hat oder wie
berühmt man ist. Der Mann vom Zoo hat gesagt, das Metro-
politan Museum of Art wollte eine dieser Boxen kaufen, hat
aber keine gekriegt. Das Brooklyn Museum konnte sich das
auch abschminken. Die Leute auf der Insel entscheiden, wer
so eine bekommt, aber kein Mensch weiß, wie. Deswegen
habe ich auch geweint, als ich meine ausgepackt habe. Nicht,
weil ich traurig war, sondern weil ich nicht glauben konnte,
dass Mom und Dad nicht nur eine, sondern zwei von diesen

Kosmetiktuch-Boxen für uns bekommen haben. Dad muss jemanden kennen, der jemanden auf der Insel kennt, und muss sie überzeugt haben, dass wir uns wahnsinnig darüber freuen und für immer gut darauf aufpassen würden und dass es nicht fair wäre, wenn nur eine von uns eine bekäme, weil wir doch Schwestern sind. Wie gesagt, die Boxen sind nicht nur für reiche Leute. Du solltest deine von unten holen, dich bei Mom und Dad bedanken und ihnen sagen, dass es dir leidtut und dass die Schachtel sowieso besser ist als das Fahrrad. Ich wette, unsere Blumen sind identisch, weil die Tiere so schlau sind. Sie machen nie einen Fehler und verschmieren auch nie etwas. Von meiner erzähle ich auch niemandem. Ich stelle sie auf das Bord zu meinen anderen Schätzen und sage nichts davon, weil sonst alle neidisch werden und sie anfassen wollen, und die Leute haben fettige Hände, von denen alles kaputtgeht. Identisch heißt genau gleich.

Das Bemerkenswerte ist, dass ich die Geschichte meiner Schwester über die Kosmetiktuch-Box noch jahrzehntelang glaubte, nachdem ich die Box selbst längst ausrangiert hatte. Vielleicht ist »glauben« auch nicht das richtige Wort; während die Macht der Box mit der Zeit nachließ, unterwarf ich die Geschichte nie der Vernunft, setzte sie nie den Elementen, den schädlichen Fetten aus. Es war eine kleine, aber vitale Geschichte, die am Rand des Bewusstseins überlebte, wo sie ein Scharnier bildete. Dann, im November 1969, gab es einen Platzregen, und Jonathan und ich stellten uns im Woolworth in der 79th unter, um zu warten, bis er vorbei war. Auf einem Tisch mit Sonderangeboten, die wir mit halber Aufmerksamkeit durchgingen, eine Kosmetiktuch-Box aus Blech, identisch mit derjenigen, die ich als Kind bekommen hatte. Identisches Muster aus rosa und weißen Rosen. Was ist los?, fragte mich Jonathan, während wir triefend in dem hell erleuchteten Gang standen? So eine hatte ich als Kind. Nur war die, die ich hatte –

Das Gefühl, dass in einem eine Fiktion zusammenbricht. Eine Fiktion, deren Existenz man vergessen hatte. Tragwerk, Querbalken, Latten, Streben, Verbindungsstücke. Sodass das weichere Splintholz zum Vorschein kommt, das Brandflecken von Kerzen aufweist. Eine halbe Stunde später saßen wir beim Griechen in der 98th, die kitschige Billigbox zwischen uns; ich weinte ganz offen, wenn auch leise, und Jonathan hielt unterm Tisch meine beiden Hände, eines der ersten Male, dass wir uns richtig berührten. Du glaubst bestimmt, dass ich spinne. Nein, ich finde, es ist eine wunderschöne Geschichte. Über Familie, Kunst, Erinnerung und Bedeutung, wie das alles entsteht und vergeht. (Tatsächlich kannst du nicht hören, was wir sagen; es ist ein Stummfilm.) Das ganze Schärfen, Formen, Trocknen. Hast du mal etwas von Hermann Hesse gelesen?

Es war die zweite Kosmetiktuch-Box, die ich in meinem Sprechzimmer in der Foundation stehen hatte, und sie enthielt richtige Papiertücher für meine Patienten. Hergestellt von speziell dressierten Spinnen, die die Fasern synthetisieren. Die Hässlichkeit der Box war mit den Jahren verblasst, und sie nahm das Aussehen einer Antiquität an. Die ursprüngliche Box, die von den Tieren bemalte, fand sich nie wieder, obwohl ich meine Mom danach fragte – meine Mom, die nichts wegwarf. Bei dieser Gelegenheit erfuhr ich mehr darüber, warum Deborah und ich anstelle der Fahrräder, die man uns so gut wie versprochen hatte, an jenem Weihnachtsmorgen identische Kosmetiktuch-Boxen bekamen. (Warum wir in Flatbush Weihnachten feierten, kann ich nicht genau

sagen; meine Mom hasste jede Form von religiöser Orthodo-
xie – vielleicht wollte sie auf diese Weise dafür sorgen, dass
wir nicht »zu jüdisch« wurden.) Weil mein Vater, ohne sich
mit meiner Mom abzustimmen, die Hälfte des Geldes, das
sie für unsere Geschenke gespart hatte, für »Geschäftskos-
ten« ausgegeben hatte, die er nicht genauer erläutern konnte.
(Ein Angestellter des Arbeitsamtes hatte keine »Kosten«.) Als
meine Mom zwangsläufig daraufkam, versicherte er ihr, er
werde wunderbare Ersatzgeschenke besorgen. Überlass das
mir. Er muss die Boxen auf den letzten Drücker an Heilig-
abend gekauft haben. Als ich die Box an jenem Morgen quer
durchs Wohnzimmer pfefferte, war das eines der wenigen
Male, dass ich Tränen in den Augen meiner Mutter sah.

Eine Meditation: mich erinnern, wann ich Adam die Geschichte von der Kosmetiktuch-Box erzählt habe. Er muss
zehn gewesen sein. Gedacht hatte ich das Ganze als süße
Geschichte über die Macht der Fantasie und die Bindung
zwischen Kindern, doch ihn verstörte der Gedanke an mich
als armes Kind in Brooklyn – nicht der Gedanke, sondern
das lebhafte Bild. Er hatte geweint, als er sich mich als kleines Mädchen weinend vorstellte. Da waren wir also wieder
beim Space Camp. (Manche Affen werden ins All geschickt,
andere lernen malen.) Und obwohl ich weglie">, dass mein
Dad das für die Geschenke bestimmte Geld genommen hatte,
war Adam wütend auf meinen Vater gewesen, weil er das ver-
sprochene Fahrrad nicht besorgt hatte. Warum hat er nicht
gespart? Warum hat er nicht ein bisschen mehr gearbeitet?
Warum hat er dich denken lassen, du bekommst ein Fahrrad,
wenn er gar nicht wusste, wie er es kaufen soll? Adam hatte
sich verletzlich gefühlt, und sein Beschützerinstinkt war erwacht. (Brachte er damit eine unbewusste Ahnung zum Aus-

druck, dass mein Vater viel Schlimmeres getan hatte?) Genau diese Empfindungen hatte er auch, als er die Phelps' anschrie. Das entschuldigte nicht sein Verhalten, aber es verschaffte mir einen Fundus von Empathie.

Diesen Fundus brauchte ich auch. Während sein Weggang aufs College näher rückte, arteten auch die beiläufigsten Unterhaltungen mit Adam in politische Debatten und lautstarke Auseinandersetzungen aus. Ich weiß nicht mehr genau, ob Jonathan und ich trotz oder wegen Adams innerer Spannung beschlossen, uns über seine Einwände hinwegzusetzen und das Meisterschaftsturnier der National Forensics League in Minneapolis zu besuchen, das im Juni, nur wenige Wochen nach dem Schulabschluss, stattfand. Außerdem war ein Besuch bei Jonathans russischen Cousinen überfällig – die er im Zuge seiner Bemühungen, Verbindung mit diesem Teil seiner Geschichte aufzunehmen, hatte aufspüren lassen und hierher bringen helfen. Am wichtigsten aber war, dass wir uns inzwischen ein bisschen schuldig fühlten, weil wir dem »wettbewerbsmäßigen Reden« nie so viel Aufmerksamkeit geschenkt hatten – außer dass wir Adams Streitlust beklagten; und weil wir seine eigene zynische Beschreibung, das Ganze sei ein alberner Zeitvertreib, der ihm helfe, aufs College zu kommen, mehr oder weniger akzeptiert hatten. Wir erkundigten uns ab und zu danach, wir gratulierten ihm zu seinen ganzen Siegen, aber wir fragten nie genauer nach; der Gedanke, dass wir nie ein Interesse daran geäußert hatten, einen Wettkampf von ihm zu sehen, beunruhigte uns. Vielleicht war Adams Zorn teilweise Zorn über Nichtbeachtung.

Wie dem auch sei, für mich war klar, dass Adam vor dem Turnier graute, dass es seine diversen Ängste bündelte. Man rechnete allgemein damit – es stand sogar im *Topeka Capi-*

tal-Journal –, dass er die Landesmeisterschaft in Extemp gewinnen würde, der Höhepunkt seiner Highschool-»Karriere«
(Zusätzlich könnte er in der Wertedebatte einen der vorderen
Plätze belegen.) Er hatte gleichermaßen Angst davor, es in die
Endrunde zu schaffen wie vorher auszuscheiden. Er fürchtete
sich davor, Migräne zu bekommen, fürchtete sich davor, dass
die Angst Migräne hervorrufen würde. Das alles verschränkt
mit dem unmittelbar bevorstehenden Wegzug von zu Hause,
dem Umzug an die Ostküste. Auch wenn er es nicht wollte,
wir waren fest entschlossen, hinzufahren und ihn zu unter-
stützen.

Und so fand ich mich zwischen meinem Mann und dem
jungen Trainer Evanson auf einem unbequemen Holzstuhl
in einem viel zu stark klimatisierten Highschool-Klassen-
zimmer in Minneapolis wieder und ließ die Finger über die
Sterne und Initialen gleiten, die in das Hartplastik der Tisch-
platte eingeritzt waren. Das war eine Anfangsrunde, bei der
es um nicht viel ging, und außer uns schauten nur wenige
Leute zu: eine Handvoll Kids und Trainer. Pro Runde gab es
sechs Wettbewerbsteilnehmer, und Adam kam als letzter an
die Reihe. Ich war merkwürdig nervös, als fieberte ich mit
allen mit.

Eine hochgewachsene, langgliedrige junge Frau kam ins
Klassenzimmer geschritten. Trotz zu dick aufgetragener
Grundierung fand ich sie in ihrer blauen langen Hose recht
hübsch. Eine anachronistische Schönheit, mit der ihre Altersgenossen wahrscheinlich nicht viel anfangen konnten;
deutlich Zwanzigerjahre. Selbstbewusst nahm sie ihre Position vorne im Raum ein und forderte die Punktrichter mit
munterer Wetterfee-Stimme lächelnd auf: Bitte sagen Sie
mir, wenn Sie so weit sind. Die dann folgende Rede über

die Aussichten auf eine Wiedervereinigung Koreas war repetitiv und langweilig; was auffiel, waren die Gesten der jungen Frau – oder vielmehr, dass sie nur mit der rechten Hand gestikulierte, als hätte sie keine Kontrolle über den Rest ihres Körpers. Sie machte den Clinton-Daumen, sie öffnete die Hand, sie zeigte verschiedene Analyseebenen an – aber nur mit einem Arm. Sie machte keinen einzigen Schritt in irgendeine Richtung. Von ihrer Lähmung gelähmt, stellte ich das Zuhören ein; ich malte mir aus, wie sie ihren anderen Arm durch Willenskraft dazu zu bringen versuchte, sich zu bewegen, jedoch nicht dazu imstande war. Hatte sie einen Schlaganfall? War es eine alte Kriegsverletzung? Der zweite Wettbewerbsteilnehmer – zu meiner Erleichterung erwachte der Körper der jungen Frau zum Leben, als sie den Raum verließ – war ein zu salopp gekleideter dicker Knabe (dunkelblauer Pullover über hellblauem Button-down-Hemd, Khakihose ohne Gürtel), der eine Schnellfeuerrede voller Statistiken über die chinesische Wirtschaftsmacht hielt; die Qualität seiner Vortragsweise schien ihm gleich zu sein. Er stellte nur zu einem einzigen Punkt richter Blickkontakt her. Er ließ zwei Minuten der ihm zugebilligten Zeit ungenutzt. Sogar aus dieser Entfernung konnte ich eine Mischung aus Schweiß und Old Spice riechen. (Evanson flüsterte mir zu, der Sprecher sei ein hochklassiger politischer Debatter aus Kalifornien, der Extemp eindeutig nur pro forma durchexerziere.) Als Nächstes kam eine starke Rede über die Finanzierung der Vereinten Nationen – gehalten von einer jungen Frau mit Südstaatenakzent, der einzigen farbigen Person in dieser Runde –, die in der letzten Minute schiefging. Bei der Zusammenfassung ihrer Rede fiel ihr der erste Hauptpunkt nicht mehr ein, und sie brachte plötzlich keinen Ton mehr heraus, wurde nervös, wiederholte sich und machte Witze auf ihre eigenen Kosten, während die Zeit ablief. Es mitanzusehen war qualvoll. (Warum hatte ich das Gefühl, dass Evanson es genoss?) Das Mädchen stürzte mit verlegenem Lächeln aus dem Zimmer, vielleicht um zu weinen. Ich hörte zu, wie die Kugelschreiber der Punktrichter über ihre Bewertungsbögen kratzten, stellte mir grausame Kommentare und Diagnosen vor – Borderline-Persönlichkeit, Penisneid. Dann folgte das verwirrende – zugleich unheimliche und komische – Erlebnis zweier Reden zum selben Thema, gehalten von zwei ähnlich aussehenden Jungen in schwarzem Anzug und roter Krawatte, die beide auf langweilige und kompetente Weise argumentierten, dass, jawohl, das Nordamerikanische Freihandelsabkommen gut für Mexiko sei. (Diese Wiederholung von Themen innerhalb derselben Runde sei ein Fehler der Wettkampfleitung, sagte mir Evanson, ein Regelverstoß.) Sie machten ähnliche Gesten, um den reibungslosen Strom von Waren und Dienstleistungen über die Grenze zu unterstreichen. Beide schlossen mit demselben, leicht anstößigen Zitat von P. J. O'Rourke über die mexikanische Politik. Beide hatten oberhalb des Kragens rote Quaddeln auf der Haut. Ich musste mich sehr beherrschen, um Jonathan nicht anzusehen, sonst wären wir losgeplatzt.

Nachdem der zweite der identischen Redner den Raum verlassen hatte, hörte ich einen der Punktrichter zu einem anderen sagen: Der nächste ist Gordon. Und dann, als Adam eintrat, beugte sich Evanson zu mir hin und flüsterte mit seinem wölfischen Grinsen: Jetzt passen Sie mal auf.

—

Ja, du gewinnst diese Runden spielend, sagte Evanson zu Adam, und das mit einer Eindringlichkeit, die er, dachte ich, vielleicht uns zuliebe an den Tag legte, aber du gewinnst sie auf die falsche Weise. (Das war zwei Tage später; wir befanden uns in einem anderen Klassenzimmer, das jetzt, nach Abschluss der Nachmittagswettbewerbe, leer war. Es war Mittwoch, das Turnier zur Hälfte vorbei. Mit uns im Zimmer waren Spears, Mulroney und, als Beobachter, ein paar Schüler. Ich hatte das Gefühl, dass nur Evanson die Autorität besaß, so mit Adam zu reden.) Du lieferst schnelle und flüssige Reden vom linken Rand des Spektrums aus, und damit überzeugst du mit Leichtigkeit Punktrichter, die diese Ausrichtung teilen. Liberale Kosmopoliten. Punktrichter aus San Francisco und New York. Von denen es jede Menge gibt. (Mein Blick traf den von Jonathan; vielleicht war ich ja paranoid, aber ich rechnete halb damit, dass Evanson kein Blatt vor den Mund nehmen und »die Juden« sagen würde.) Aber stell dir vor, du kandidierst für die Präsidentschaft, und jetzt befindest du dich in einem Wechselwählerstaat. Du bist ein, zwei Stunden weit weg von Pittsburgh und musst zwar intelligent sein, aber ebenso sehr wie die Köpfe musst du auch die Herzen gewinnen. Dein Pluspunkt ist Kansas. Amerikanisches Englisch des Mittleren Westens. Ich will kurze Schlenker ins Rustikale. »Man kann einem Schwein die Lippen schminken, aber es bleibt trotzdem ein Schwein.« Solche Sachen. Ich will, dass du, gleich nachdem du irgendein hypereloquentes Riff über Jelzins Wortbruch geliefert hast, sagst: »Also, in Kansas nennen wir das *eine Lüge*.« Nachdem du dich über einen Vertrag zu Bohrrechten in der Arktis ausgelassen hast: »Also, in Kansas würden wir uns auf so was nicht die Hand geben.« Mir egal, ob das echte Redensarten sind, bring sie einfach so, als wären sie altbewährt. Sag »altbewährt«. Sag »nie nicht«, wenn du willst. Du kannst ruhig Grammatikfehler machen, solange denen klar ist, dass sie Absicht sind, dass sie in Zitaten vorkommen. Unterbrich deinen hochgestochenen Redefluss mit schlichten Einsprengseln von ländlicher Redlichkeit. Was glaubst du, warum die Leute Texaner wählen, die in Yale waren, Rhodes-Stipendiaten aus Arkansas? Egal, bring kleine Tautologien, als wären es Sprichwörter. Dinge, die deine Großmutter Rosie immer gesagt hat. Damals auf der Farm. Damals, als Amerika noch Amerika war und nicht der Spielplatz der Eliten an den Küsten. Und während du das tust, will ich ausgebreitete Arme sehen, Handflächen nach oben. Mach mal. Nein, schau her; meine Schultern entspannen sich, sind entspannt, fast schon ein Achselzucken. Als ob du ganz kurz aus der Rolle fällst, die vierte Wand durchbrichst, wenn du verstehst, was das heißt. (Eine fiktive hölzerne Brüstung.) Und dann, *zack!*, will ich, dass du wieder ganz bei der Sache bist, bei der Wunderkind-Analyse und den Bewegungen, die wir geübt haben. Aber du bist der einheimische Wunderknabe, du spielst für die Hiesigen, okay? Du bist nicht der Sohn von Jane Gordon (ein rasches Grinsen in meine Richtung), der immer damit gerechnet hat, hier zu sein. Und du musst alles einen Tick abbremsen. Ach so, und ich will, dass du den *Cleveland Plain Dealer* zitierst. Ich habe nicht gefragt, ob du ihn in deinen Unterlagen hast, ich habe gesagt, ich will, dass du ihn zitierst. Für jedes Zitat aus *Le Monde* will ich den *Cleveland Plain Dealer*. Sag einfach: »Wie im *Cleveland Plain Dealer* berichtet«, wenn das vermutlich so war. Die mexikanische Wirtschaft hat ein starkes Wachstum erlebt, wie im *Cleveland Plain Dealer* berichtet. Roman Herzog ist weniger einflussreich als Helmut Kohl, wie im etc. Du kannst so allgemein werden, dass man dich nicht widerlegen kann. Und schließlich, dieses Kopfgewackel muss aufhören. Das haben wir besprochen. Ich weiß, du denkst, du machst das nicht, aber glaub mir, du bewegst den Kopf zum Rhythmus deiner eigenen Rede, wenn du in Fahrt kommst, wenn du in deine Zone kommst. Frag deine Eltern; die werden es dir bestätigen. Habe ich recht, Dr. Gordon? (Er meinte Jonathan, der bloß unverbindlich lächelte.) Das hier ist kein Haufen Kids, die herumhocken und rappen. Du bist nicht Tupac Shakur. Er ruhe in Frieden. Du sollst hier nicht zu deinem eigenen Beat grooven. (Darüber lachten die anderen Trainer und Schüler – alle Anwesenden waren weiß.)

Das Nicken. Plötzlich war ich wieder in New York, 1969, bei der Nachbesprechung mit Dr. Porter, meinem Supervisor und – eine Zeitlang – Analytiker. Wandhohe Bücherregale, Geruch von Pfeifentabak, obwohl ich ihn nie rauchen sah. Nachdem er mich durch einen Einwegspiegel bei einer Therapiesitzung beobachtet hatte, verbiss er sich in meine »nervöse Angewohnheit«, den Kopf zu bewegen, und bestand darauf, dass ich das abstellte. Es stimmte, dass ich während meiner Sitzungen zum Rhythmus der Worte des jeweiligen Patienten leicht nickte. Die Geste sollte nichts bestätigen, außer dass ich zuhörte. Das Nicken war fast unmerklich, mir war kaum bewusst, dass ich es tat; jedenfalls schien es keinem Patienten je etwas ausgemacht zu haben. Aber Porter war eisern gewesen, hatte eine seltsame Nachdrücklichkeit an den Tag gelegt – als wollte er mir an den Karren fahren, hätte aber nichts anderes zu kritisieren gefunden. (Nichts außer meiner gesamten theoretischen Orientierung; wenn ich Analytikerin wäre und hinter dem Kopf eines liegenden Patienten Notizen machte, wäre mein Nicken von vornherein kein Problem.)

Doch als ich mit Nicken aufhörte, den Impuls zu unterdrücken versuchte, geriet irgendetwas in meinem Denken aus dem Gleichgewicht. Zu meiner Überraschung wurde die physische Bewegung nicht ausgeschaltet, sondern verschoben: Ich begann, leicht mit dem linken Bein zu wippen, was einen Patienten auf den Gedanken bringen konnte, ich sei zappelig, unruhig, unkonzentriert. Doch als ich die Bewegung meines Beins unterließ, ohne dass ich mir erlaubte zu nicken, begann ich, mit meiner Schreibhand einen Stift herumzuwirbeln – wie ein Highschool-Debatter. Als ich den Stift loswurde – was bedeutete, dass ich keine Beobachtungen mehr notierte –, wurde ich mir auf störende Weise meiner Hände als solcher bewusst, wechselte damit immerzu zwischen meinem Schoß und den Armlehnen des Stuhls hin und her. Ich kam mir vor, als versuchte ich, für ein Foto zu posieren, als würde ich noch supervidiert, als unterläge ich einem Druck, meine Rolle auf eine Weise auszuüben, die mich daran hinderte, sie auszufüllen.

Dann machte ich den Fehler, diese fast schon komischen Kämpfe in der Analyse bei Porter, als ich auf der Couch lag, zur Sprache zu bringen. Worauf meine Übertragung in den Fokus rückte, mein Vater, und dass es einen feigen Rückzug von meiner eigenen Psychodynamik darstellen würde, wenn ich mir erlaubte, das Nicken einfach wieder aufzunehmen. (Was machte Porter eigentlich mit seinen Händen, während ich redete?) Ja, es widerstrebte mir, meinen Körper von einem berühmten Analytiker (berühmt auch dafür, dass er mit seinen Studentinnen schlief) disziplinieren zu lassen. War das pathologisch? Warum nicht analysieren, warum er die-

sen harmlosen Tick zu einem bedeutsamen Problem aufge-
bauscht hatte?

Und plötzlich wurde es bedeutsam. Während ich das
Nicken unterdrückte, vergaß ich wichtige Aspekte der Geschichte meiner Patienten und musste daran erinnert werden; ich sprach zu wenig oder zu viel, ging falsch mit Schweigen um; es gelang mir nicht mehr so gut, die Zeit im Auge
zu behalten, und oft musste ich zu meiner Überraschung
feststellen, dass die Sitzung fast vorbei war. Und so weiter.
Schließlich hörte ich einfach auf, mich selbst zu überwachen,
und alles normalisierte sich wieder. Ich entwickelte sogar so
etwas wie Stolz auf das fast unmerkliche Nicken, wie etwa
ein Sportler – ein kleines Ritual, das einem hilft, an der Frei-
wurflinie seinen Rhythmus beizubehalten, zum Beispiel,
eine Analogie, die ich niemals verwenden würde. In dieser
Hinsicht hatte ich mich geweigert, mich dressieren zu lassen.
Ich weigerte mich, ein dressierter Affe zu sein. Oder ein ge-
nialer Papagei.

Jetzt war ich wieder in Minneapolis und hörte zu, wie
Evanson meinen Sohn dressierte. Plötzlich weckte Adams
Kopfgewackel meinen Beschützerinstinkt, sein Nicken, was
auch immer es war, seine halbbewusste Bestätigung, dass sich
ein Kanal gebildet hatte, dass ihn Sprache durchfloss. Denn
obwohl das geschah, während er sprach, war es auch eine
Form des Zuhörens, des Sich-zum-Medium-Machens. Das
war der Dichter in ihm. Während Jonathan und ich ihm
beim Wettkampf zusahen, waren wir sowohl fasziniert als
auch entnervt von seiner Sprachgewandtheit, seiner Domi-
nanz; der junge Evanson verkörperte, was uns störte – die
choreographierte Spontaneität, alles im Dienste der Manipu-
lation, des Gewinnens. Doch die kleine Geste, die Evanson zu

eliminieren versuchte, stand für etwas Anderes. Sie war wie Glenn Goulds Summen bei den *Goldberg-Variationen*. Sie war ein Zeichen dafür, dass der Künstler sich einer Kunst hingab, die größer war als er. Nur dass diese Kids, anstatt Bach in Angriff zu nehmen, über die Realisierbarkeit einer europäischen Währung debattierten.

Sieh dir meinen Jungen an, unterteile ihn in verschiedene Zonen. Erwood bearbeitete die Spannung in seinem Nacken und in seinen Schläfen sowie seine allgemeine Gefäßverengung, doch Evanson arbeitete daran vorbei und machte selbst das Entspannen der Schultern zu einer flüchtigen Geste in einer sprachlichen Kampfkunst. Vielleicht hätten wir ihn unter den liberalen Kosmopoliten von San Francisco und New York großziehen sollen. Vielleicht hatte ich meinen Sohn der falschen Anleitung geopfert, die Intelligenzbestie hatte ihn den *Männern* geopfert und geglaubt, er würde es irgendwie besser wissen. Und jetzt war er Absolvent der Topeka School. Wie im *Cleveland Plain Dealer* berichtet.

Obwohl Adam und Evanson die Lincoln-Douglas-Debatten nicht sonderlich wichtig nahmen, sah ich sie mir lieber an. Adams Gesten und seine Haltung waren weniger routiniert, seine Beredtheit schien mehr Substanz zu haben, und in den Momenten, in denen er tatsächlich für etwas argumentierte, wovon er überzeugt war – wie etwa die Umverteilung von Vermögen –, konnte ich die Fantasie hegen, seine Sprachgewandtheit werde irgendwann für wichtige gesellschaftliche Zwecke nutzbar gemacht. Beim Kreuzverhör war er höflich – höflicher, wenn wir anwesend waren? – und neben seiner beeindruckenden Fähigkeit, Argumente zu formulieren und feine Unterschiede zu machen, oft auch sehr charmant. Zwar lag sein Fokus auf Extemp, aber er gewann auch in L-D mühelos, und am Donnerstagmorgen des Turniers sahen wir ihm bei der Viertelfinal-Debatte zu. (Sämtliche »Ausscheidungsrunden« fanden in dem Veranstaltungszentrum in der Mall of America statt.)

Hundert Menschen saßen dichtgedrängt in einem Tagungsraum. Es gab Podien mit Mikrophonen. Fünf Punktrichter saßen in der ersten Reihe. Thema: Die Vereinigten Staaten sollten ein universelles Grundeinkommen einführen. Adam war der Pro-Redner; ich war begeistert von den poetischen Passagen seiner Rede, seinem Beharren darauf, dass wir dem allgemeinen Gedeihen Vorrang vor der Konzentration von Reichtum in den Händen weniger geben sollten; anstatt einfach den Wohlfahrtsstaat zu verteidigen, zog er in wuchtig jambischer Prosa (und nickte dabei) sämtliche Register gegen die Profitmaximierung als Ordnungsprinzip einer Gesellschaft. Es war aberwitzig, und es gefiel mir, wie mein Mann-Kind vor einem Haufen künftiger Wirtschaftsanwälte oder ihrer Lobbyisten im Schatten des größten Einkaufszentrums der Welt Rosa Luxemburg zitierte. Die zweite Hälfte der Rede war gemäßigter, skandinavischer, und beschrieb die konkreten Vorteile des demokratischen Sozialismus, aber insgesamt wirkte Adam erfrischend schräg – wer war dieses rote Wickelkind aus einem roten Staat, dieser wenig zimperliche Poet (mit albernem Haarschnitt), der sich, die Krawatte abgenommen, mit vergilbtem Hemdkragen vor Nerds und seinen Eltern wortgewaltig über den Satz vom Eigentum als Diebstahl und über die Freiheit des Gattungswesens ausließ? Trotz seiner Dressur war er am Ende doch eklektizistisch; ich strahlte, während ich ihm zuhörte. Evanson hatte sich nicht die Mühe gemacht zu erscheinen.

Adam schien überrascht davon, wie wenig sein Gegner, ein

Junge aus Austin in einem taubenblauen Anzug, während des Kreuzverhörs fragte: ein paar Klarstellungen, wer wann zitiert worden war, eine Bestätigung von Adams Position, dass Reichtum aus moralischer Sicht willkürlich sei – dass kein Mensch es verdiene, zehn Milliarden Dollar zu besitzen, während ein anderer hungere. Eine kurze Diskussion über die Vorstellung des »moralischen Zufalls«. (Das kürzlich geschnittene schwarze Haar seines Gegners bedeckte die Stirn, was sowohl schick aussah als auch dazu diente, unreine Haut zu verdecken, wie ich bemerkte, als er sich den Schweiß davon abwischte.) Dann setzte sich Adam und griff nach seinem Notizblock, und der junge Texaner gab, ehe er mit seiner Rede begann, eine Art Übersicht, die ich merkwürdig fand. »Nur ein kurzer Fahrplan«, sagte er. »Zuerst werde ich auf das Rawls'sche Bezugssystem eingehen, dann auf die marxistische Analyse; dann werde ich einen utilitaristischen Gegenentwurf präsentieren, der sich meiner Meinung nach für diese Debatte besser eignet, und von dort aus werde ich aufzählen, was daraus folgt – moralisch und empirisch.« Jonathan und ich sahen uns verwirrt an; im Saal wurde ein Raunen hörbar. Wir konnten erkennen, dass Adam überrascht war; seine Haltung hinter seinem Notizblock änderte sich. Denn dieser »Fahrplan« signalisierte – wie im Saal allen außer uns klar war –, dass Adams Gegner versuchen würde, ihn zu schnellsen. Offenbar hatte es bereits Gerüchte gegeben, dass das Schnellsen auf die Wertedebatte übergriff, wenn auch nicht in Kansas.

Ich wusste von den Hochgeschwindigkeitsrunden beim politischen Debattieren, ich hatte Adam demonstrieren hören, mit welch verrückter Geschwindigkeit er reden und lesen konnte, aber was ich nun erlebte, traf mich dennoch unvorbereitet. Nach seinem »Fahrplan« ging der Redner dazu über, einen »Beleg« nach dem anderen gegen Theorien von »Gerechtigkeit als Fairness«, »Verteilungsgerechtigkeit« und »romantische marxistisch-hegelianische Theorien von Gemeinwesen« vorzulesen, wobei er die Blätter eines nach dem anderen auf den Boden fallen ließ. Von der Sprache verstand ich sehr wenig, aber ich wusste, es war ein Schatten von Rede, von Vernunft. Das Atmen, das Luftschnappen – ähnliche Geräusche kannte ich von hyperventilierenden Patienten; ein bisschen klang es wie das Bellen einer Robbe. Zwar produzierte sich der junge Mann durchaus gekonnt, aber ich nahm hauptsächlich einen Körper in Not wahr. Oder einen besessenen Körper. Ich beobachtete Adam, der sich rasend schnell Notizen machte, aber auch wiederholt aufblickte, um zu versuchen, das Verhalten der Punktrichter zu deuten: Machten sie diesen Wahnsinn mit und notierten sich jedes Argument? Oder würden sie die Integrität der L-D-Debatte schützen, die, wie Adam erklärte hatte, entwickelt worden war, um genau solches Geplapper zu vermeiden? Ich konnte es nicht sagen. Als der Kontra-Redner zum Schluss kam und sich abermals den Schweiß von der Stirn wischte, gab es unter den Beobachtern ein Raunen, aus dem ich Zustimmung herauszuhören meinte.

Nach einem kurzen Zögern, das wahrscheinlich nur eine Mutter wahrnahm, erhob sich Adam zur Frage-und-Antwort-Runde. Lächelnd fragte er: »Führen wir hier eine quantitative oder eine qualitative Debatte?«

»Sowohl als auch«, sagte sein Gegner.

»Ich denke, meine eigentliche Frage lautet: Wenn das hier eine Debatte über Logik, Ethos, Pathos ist – warum dann diese Hetze, um mehr Argumente vorzubringen, als wir ernsthaft behandeln können?«

»Ich finde, wir können viele Argumente ernsthaft behandeln. Vielleicht sollten wir gleich damit anfangen, anstatt weiter Zeit zu verschwenden« (Gelächter).

»Okay, aber bist du mit mir der Meinung, dass übergangene Argumente keine zugestandenen Argumente sind, wie in der politischen Debatte?«

»Also, ich finde es problematisch, Werte und Politik voneinander zu trennen, wie es deine Frage impliziert. Findest du, man sollte Politik machen, ohne dabei über Werte –«

»Ich habe eine Frage nach unserem jeweiligen Verständnis dessen gestellt, was wir hier –«

»Ich finde, wir sollten die Punktrichter entscheiden lassen, wer auf bessere Weise die besseren Argumente vorgebracht hat.«

»Es ist klar, dass du politischer Debatter gewesen bist, also weißt du, dass häufig Auseinandersetzungen darüber geführt werden, was in die Bewertung eingeht – Themenbezogenheit etc. –, und dass das auch einen Teil der Debatte bildet. Eigentlich müssten wir hier doch etwas Ähnliches tun können.«

»Okay, klar.«

»Heute sind meine Eltern hier. Sie sind den ganzen Weg von Kansas hierhergekommen, um ihrem Sohn beim Debattieren zuzusehen. Das ist sehr rührend.« (Gelächter). »Es sind intelligente Menschen, aber das Schnellsen kennen sie nicht. Für mich haben sie ziemlich verwirrt geguckt, während du geredet hast.« (Gelächter). »Kannst du meinen Eltern erklären, warum das Debattieren mit derartigen Geschwindigkeiten der sorgfältigen Beurteilung von Wertfragen förderlich ist?«

»Na ja, ich würde« – auf diese Frage schien er nicht vorbereitet zu sein – »zu deinen Eltern sagen, dass ich für Leute, die das Debattieren kennen, durchaus zu verstehen war.«

»Die das politische Debattieren kennen, meinst du wohl. Auf Highschool- oder College-Level. Für sonst niemanden. Da das hier eine Wertedebatte ist, möchte ich dich bitten zu erklären, worin der *Wert* des Schnellsens besteht. Nicht bloß jetzt, in dieser Frage- und Antwortrunde, sondern in deinem nächsten Redebeitrag; ich bin der Meinung, dass du uns das schuldest.«

Adam nutzte die komplette Zeit, die einem zur Vorbereitung zugestanden wird, und machte sich wie wild Notizen, ehe er aufs Podium zurückkehrte. Die Atmosphäre war aufgeregt; die Spannung spürbar. Würde er demonstrieren, dass er sich mit dem Tempo seines Gegners messen konnte, versuchen, auf sämtliche Argumente einzugehen, und seinerseits einen Schwall von Argumenten vom Stapel lassen?

Nein: Adam verwendete den größten Teil seiner Rede darauf, eine Analogie zwischen dem Schnellsen und einer blinden Festlegung auf wirtschaftliches Wachstum zu entwickeln – er argumentierte, dass es tatsächlich einen Zusammenhang gebe zwischen der Begeisterung seines Gegners für Geschwindigkeit und seinen Behauptungen, der Wettbewerb werde erstickt, wenn die Gesellschaft zu viel Nachdruck auf Gleichheit lege. Eine Krise von Inhalt und Form. Denn beide hingen von der Überzeugung ab, dass mehr stets auch besser sei: Akkumulation um jeden Preis. Adam sprang – elegant, wie ich fand – zwischen Argumenten hin und her, in denen es einerseits darum ging, dass sich die Gesellschaft, um die menschlichen Fähigkeiten zur Entfaltung zu bringen, von der Gewinnsucht befreien, und andererseits darum, dass genau hier, in dieser Debatte, ein neuer

Umgang mit Sprache einsetzen müsse. Und nun wollen wir uns den wichtigsten Argumenten meines Gegners zuwenden, die sich ohne weiteres in drei Hauptbereiche gliedern lassen ...

Als der Junge aus Austin aufstand – diesmal ließ er sein Jackett auf dem Stuhl und krempelte sich die Ärmel hoch –, verteidigte er tatsächlich, wie von Adam gefordert, das Schnellsen, aber er tat es mit einer Geschwindigkeit von mehreren hundert Wörtern pro Minute und einem schwindelerregenden Aufgebot von Argumenten, angefangen mit den positiven kognitiven Effekten schneller Informationsverarbeitung (er führte Belege von Psychologen an) bis hin zu der Bedeutung, die dem Einbeziehen möglichst vieler verschiedener Gesichtspunkte bei Wertedebatten zukomme, damit nicht bestimmte Aspekte dominierten. (Die Verdrehtheit dieses letzten Arguments störte mich besonders – dass es beim Reden am äußersten Rand der Verständlichkeit tatsächlich um Inklusivität gehen sollte.) Nicht, dass der Inhalt seiner Rede eine Rolle spielte. Dann machte er sich daran, die verschiedenen Argumente aus seiner früheren Rede »aufzuzählen«, die Adam »übergangen« habe, und behauptete, Adams Versuch, sie zu gliedern, sei bloß eine Strategie, mit der er sich um das herumdrücke, was er nicht widerlegen könne.

Dass mein Sohn mit seiner Ablehnung des sprachlichen Overkills – unter seiner eigenen Version hatten sein Dad und ich oft zu leiden gehabt – ein eher humanes Verständnis von Gedankenaustausch verteidigte, bewegte mich. Mir gefiel der Gedanke, dass er uns nacheiferte, uns vielleicht eine Art Tribut zollte; hätte er die gleichen Argumente vorgebracht, wenn wir nicht im Raum gewesen wären, oder hätte er sich auf das Niveau seines Gegners herabgelassen – oder beschleunigt? Wie auch immer, wir gratulierten ihm mit echter Wärme zu seinem Auftritt, während wir alle in der mit Teppichboden belegten Halle vor dem Saal auf die Bekanntgabe des Ergebnisses warteten. Ich hatte das Gefühl, mein eigenes Beispiel habe zumindest für den Augenblick das von Evanson verdrängt.

In der letzten Debatte seiner Karriere verlor Adam 4:1.

—

Sonia Semenovs Pflegeheim lag ganz in der Nähe unseres Hotels; wir würden uns dort mit Sonias Tochter Nina und ihrem Mann Leon treffen, eine Zeitlang dort bleiben und dann quer durch die Stadt zu Nina und Leons Haus fahren, wo wir alle essen würden. Dass sich Adam uns anschließen würde, freute mich; er konnte eine Abwechslung von den Mahlzeiten mit anderen Debattern im Applebee's, im Olive Gardens oder im Hard Rock Café in der Mall of America gut gebrauchen. Und vielleicht hatte auch seine zunehmende Aufregung wegen der Meisterschaftsrunde in Extemp damit zu tun, dass er unbedingt in unserer Gesellschaft sein wollte, wo er offen über seine Ängste sprechen konnte und wir ihn beruhigen konnten.

Es gewitterte, als wir Adam mit unserem Mietwagen in seinem Hotel abholten – wir hatten von den anderen Wettbewerbsteilnehmern getrennt gebucht –, und gemeinsam fuhren wir langsam, mit auf Hochtouren arbeitenden Scheibenwischern und, obwohl es noch Tag war, eingeschaltetem Licht zum Somerset Nursing Home. Adam bat darum, ihm auf die Sprünge zu helfen, wer jeweils wer und wer mit wem verwandt war, denn er war den Russen erst einmal begegnet. Jonathan erklärte, Sonia – eine ehemalige Ärztin, inzwischen in den Neunzigern – sei eine Cousine zweiten Grades seiner

303

Mutter. Jonathans Mutter war ihr nie begegnet, aber Jonathan hatte Ende der 1980er Kontakt mit ihr aufgenommen und Sonia und ihrer Familie letztlich dabei geholfen, von Moskau nach Minneapolis zu ziehen, wohin schon Freunde von ihnen ausgewandert waren; die Semenovs kamen 1991 an. Sonia war noch nicht lange im Pflegeheim; ihre Demenz, wahrscheinlich Alzheimer, hatte sich im Laufe des vergangenen Jahrs rapide verschlimmert. Obwohl körperlich in hervorragender Verfassung, hatte sie angefangen, außer Haus umherzuirren – einmal auch im Bademantel an einem Januarabend –, und Nina und Leon fanden, dass ihnen keine Wahl blieb. (Während Jonathan das alles Adam erklärte, stellte ich mir die hochbetagte Frau vor – die Ärztin in Afghanistan gewesen war, Hungersnot und Repression überlebt und zwei Ehemänner zu Grabe getragen hatte –, wie sie bei Temperaturen unter null den künstlichen See umrundete und dabei auf Russisch vor sich hin plapperte.)

Wir hielten an einer roten Ampel. Der Regen hatte nachgelassen, und Jonathan schaltete die Scheinwerfer eine Stufe herunter. Durch mein Fenster sah ich im Westen eine Wolkenlücke, ein Stückchen strahlend blauen Himmel.

»Mom«, sagte Adam vom Rücksitz aus, »du hast mir mal erzählt, du hättest, als dein erstes Buch erschienen ist, irgendwo, vielleicht in New York, einen wichtigen Vortrag halten müssen, und du wärst richtig nervös gewesen, fast schon in Panik. Und dann hättest du eine deiner Tabletten gegen Angst bei turbulenten Flügen genommen. Und das hätte die Angst gelindert, dich aber nicht umgehauen oder so was, stimmt's? Hast du davon welche mitgenommen – hast du nicht immer welche dabei, wenn du verreist?«

Einen Moment lang erwog ich zu lügen. »Ich habe ein

uraltes Rezept für Valium. Oder Lorazepam. Ich nehme fast nie eine.«

»Wenn ich ins Finale komme, kann ich dann eine haben? Ich stelle mir andauernd vor, dass ich mir vor Angst in die Hose mache. Und gestern Abend ist mir klargeworden, dass ich mir keine Sorgen mehr machen müsste, wenn ich eine von diesen Tabletten haben könnte. Oder wenigstens nicht mehr so viele Sorgen. Dass ich mir eine Migräne verpasse oder sonst wie zusammenklappe.«

»Aber du kommst ohne prima zurecht«, sagte Jonathan. »Und man kann die Dinger nicht ständig nehmen – das heißt, du musst andere Strategien entwickeln. Biofeedback. Atemtechniken.«

Ich machte mich darauf gefasst, geschnellst zu werden. Auf fünfzig Gründe, warum Erwood Quatsch war, warum Jonathans Logik große Schwachstellen hatte. Warum unser Glaube an solche Praktiken unsere eigene Scharlatanerie offenbarte. Doch Adam sagte ganz ruhig: »Ich sage nicht, dass es andere Dinge ersetzen könnte. Dass es so etwas wie eine magische Lösung wäre. Aber das hier ist eine einzigartig angsterregende Situation, findet ihr nicht? Es bedeutet, vor einem riesigen Publikum ohne Notizen zu reden, ohne Netz. Übertragung im Fernsehen. Aufzeichnung für Klassenzimmer im ganzen Land.«

»Aber ich würde dir nicht raten, ein Medikament zum ersten Mal zu so einem Großereignis auszuprobieren«, sagte ich. »Tabletten können paradoxe Wirkungen haben – manche Leute werden von einem Tranquilizer noch ängstlicher. Noch aufgedrehter.« Und wenn er nun in der Zeit, bevor er wegen des Studiums zu Hause auszog, abends eine haben wollte? Dann eine, um mit den unvermeidlichen Belastungen des Studiums fertigzuwerden? Anfing, Alkohol dazu zu trinken? Nicht, dass es ihm schwerfiele, sich die Medikamente selbst zu besorgen.

»Außerdem ist es eigentlich nicht richtig«, sagte Jonathan, »dass wir rezeptpflichtige Medikamente verteilen.«

»Wir sind gar keine richtigen Ärzte«, sagte ich im Scherz oder halb im Scherz.

»Und sie könnten dich dämpfen. Für Extemp ist das nicht gut«, sagte Jonathan. »Evanson würde uns umbringen.« Wieder machten wir uns auf etwas gefasst, und wieder blieb er ruhig:

»Wenn ihr euch wegen einer negativen Reaktion Sorgen macht, dann gib mir heute Abend eine halbe, mal sehen, wie sich das anfühlt. Ich verstehe, was ihr meint, aber ich bin kein Junkie, ich werde nicht damit anfangen, sie aus Moms Handtasche zu klauen. Nur dieses eine Mal. Für meine letzte Rede. Wir könnten Erwood anrufen oder sowas, wenn ihr euch Sorgen macht. Nach Nebenwirkungen fragen. Vielleicht nehme ich sie ja nicht mal, aber zu wissen, dass ich es *könnte* – Bitte denkt einfach darüber nach.«

»Du gewinnst das Ding auch ohne«, sagte Jonathan.

»Wenn ihr nein sagt, respektiere ich das. Aber denkt einfach darüber nach, okay?«

»Okay«, sagte ich. Bevor ich drei Themen aus einem Hut ziehen und vor einem Publikum aus lauter Evansons sprechen könnte, bräuchte ich garantiert ein Valium. Vielleicht würde ich bloß zum Zuhören eins nehmen.

Als wir vor dem Pflegeheim parkten, hatte es zu regnen aufgehört. Die Feuchtigkeit war verflogen, die Luft kühl und frisch. In der Richtung, in die das Gewitter abgezogen war, sah man Wetterleuchten. Ich holte tief Atem, wie immer, bevor ich in das ganz eigene Medium von Pflegeheimen eintauchte.

Durch die Eingangshalle dudelte Berieselungsmusik, was Summerset in meiner Vorstellung mit der Mall of America verknüpfte, wo Jonathan und ich an jenem Nachmittag herumspaziert waren. Von einem braunen Sofa erhoben sich Nina und Leon, die uns mit russischem Überschwang begrüßten; Adam ließ verlegen Leons Küsse über sich ergehen. Besonders bewegt – wie schon früher und auch in Zukunft immer – waren die Russen von der Begegnung mit Jonathan, den sie für einen Helden hielten. (Er hatte mit den Visa geholfen; er hatte – oder vielmehr wir hatten – Leon Geld für sein Autohaus geliehen, das florierte, hauptsächlich dank seiner loyalen russischen Kundschaft.) Als Nächstes überhäuften sie Adam, »unseren Mr.-Champion-Redner«, mit kräftig akzentuiertem Lob; sie konnten es gar nicht erwarten, zu der großen Rede zu kommen. Ich sah Adam leicht blass werden, während er erklärte, er werde es vielleicht gar nicht bis ins Finale schaffen, es werde ohnehin langweilig, sie sollten sich nicht die Mühe machen, Einwände, die die Russen allesamt händewedelnd abtaten. Während wir uns dem Empfang näherten, wo Besucher sich anmelden mussten, ehe sie die eigentliche »Einrichtung« betraten, fragte ich Nina, wie es Sonia ihrer Meinung nach gehe, und Nina erwiderte: »Meine Mutter ist am glücklichsten hier, als ich habe sie je erlebt«, was in meinen Augen Sarkasmus, ein makabrer Ausdruck ihres Widerwillens, sich mit solchen Fragen zu beschäftigen, oder ein Versagen ihres Englisch sein musste.

Durch eine automatisch aufgleitende Tür gelangten wir in das eigentliche Heim. Ich bemerkte den kleinen schwarzen Kasten an der Wand, die Alarmanlage, die automatisch anschlug, falls ein Patient zu entlaufen versuchte, ausgelöst von dem Armband, das jeder trug. Es war wie jedes andere Pflegeheim, das ich kannte, wenn auch eines der netteren. Rollstühle waren um einen großen Fernseher gruppiert, wo weißhaarige Köpfe vor einer stummgeschalteten Episode von *Seinfeld* vor sich hin dämmerten. Es gab eine Cafeteria, wo ein paar Bewohner aßen oder aus Abteiltellern gefüttert wurden. Aus den einzelnen Zimmern hörte ich weitere Fernsehgeräte, gelegentlich auch Laute von alltäglicher Not, wenn ein Bewohner etwas dagegen hatte, bewegt oder umgezogen zu werden; am Ende eines Flurs schrie ein tief in seiner neurodegenerativen Krankheit befangener Mann etwas in einer Privatsprache. Es gefiel mir besser als Rolling Hills: Die unvermeidlichen unerfreulichen Gerüche waren unaufdringlich; das mit Patienten interagierende Personal wirkte durchaus herzlich; laut den Aushängen an den Wänden – die Dekorationen vom Unabhängigkeitstag, Flaggen und Wunderkerzen, waren noch nicht abgebaut – würde in dieser Woche ein Kinderchor zu Besuch kommen, zusammen mit Welpen aus einem örtlichen Tierheim. (Ich versuchte, nicht an die Analogie zwischen den Einrichtungen zu denken.) Ich entspannte mich nicht vollständig, ließ jedoch die Schultern sinken, während ich stehen blieb und damit rechnete, meinen Vater zu sehen, der rasch abbaute, wo auch immer man seinen Rollstuhl zuletzt abgestellt hatte.

Anstatt uns zu einem Zimmer zu führen, bedeutete uns Nina, auf beigefarbenen, zu einer Sitzgruppe zusammengestellten Stühlen Platz zu nehmen, während sie ihre Mutter holen ging. Auf einem kleinen Tisch lagen alte Ausgaben von *Time* und *Newsweek*. Titelgeschichten über die Roswell Files, die Generation X. An der Wand ein Gemälde von Sonnenblumen; wo kauften Pflegeheime eigentlich ihre Bilder? Bald kam Nina mit einer kleinen, lächelnden alten Frau wieder, die, wie es aussah, einen weißen Arztkittel trug. Unter einem Schwall von Russisch gab die Frau rasch der Reihe nach jedem von uns etwas; es war ein rotweißes Pfefferminzbonbon; ich hatte die große Schale auf dem Tresen des Stationszimmers gesehen. Nachdem sie die Geschenke verteilt hatte, wollte sich die Frau offenbar wieder verabschieden – doch Nina nahm sie beim Arm und sagte etwas, um sie aufzuhalten. Während die beiden Frauen sich höflich auseinandersetzten, erklärte uns Leon, Sonia wisse nicht, wer Nina war; sie glaube, wir alle besuchten einfach das »Krankenhaus«. Sonia sagte, sie habe keine Zeit zum Plaudern, weil so viel zu tun sei. (Sie hatte ein Stethoskop um den Hals hängen; war das ein Spielzeug?) Wir sind deine Familie, erwiderte Nina. Das sind deine Cousins, die extra hierhergekommen sind, um dich zu besuchen; wir alle lächelten verlegen, während Leon übersetzte. Sonia ließ sich herab zu warten, während Nina sich der Reihe nach hinter jeden unserer Stühle stellte und uns erneut mit ihrer Mutter bekanntmachte – zuerst Jonathan, dann mich, dann Adam. (Irgendwie hörten sie sich nicht wie unsere richtigen Namen an, als Nina sie sagte.) Während Sonia zuhörte, warf sie einen Blick auf ihr Handgelenk, an dem sie keine Armbanduhr trug. Doch irgendetwas, was Nina über Adam sagte – sie hatte ihm die Arme auf die Schultern gelegt –, interessierte Sonia, und sie kam zu ihm herüber, kniff ihn in die Wange, zog ihn an einem Ohr und betastete einen seiner Bizepse, wobei sie ein Gesicht machte, das zu verstehen gab, wie beeindruckt sie von seinen Muskeln war. (Die agile Ausdruckskraft der Pantomime erinnerte mich an Klaus.) Nina sagte: Meine Mom glaubt, Adam wäre Jonathan, der Cousin, der uns geholfen hat, nach Amerika zu kommen. Sie glaubt, sie ist nach Amerika gekommen, um hier als Ärztin zu praktizieren. Sonia gab meinem Sohn, dem jungen Jonathan, abermals einen Kuss. (Das Kind ist des Mannes Vater.) Dann warf ich einen Blick auf den wirklichen Jonathan, sah, wie sehr es ihn bewegte, dass eine Verwandte mütterlicherseits sich auf Anhieb mit seinem Kind verstand. Adam sagte mit seinem Midland-Akzent immer wieder *spasibo*.

Sonia war noch nie so glücklich gewesen. Gegen Ende ihres Berufslebens hatte man ihr in der Sowjetunion aus politischen Gründen verboten, als Ärztin zu praktizieren, doch nun war sie hier und arbeitete; als sie nach Minneapolis gezogen war, blieb sie trotz aller Bemühungen Ninas vollkommen isoliert. Nun hatte sie etwas zu tun – Nina sagte, sie beschwere sich über die dünnen Decken, das Fehlen bestimmter Medikamente, unfähige Mitarbeiter –, doch den größten Teil ihrer Zeit verbrachte sie damit, echte und fiktive Aufgaben zu erledigen, die verinnerlichten Erinnerungen an ihre Ausbildung. Die Pflegerinnen – eine war Russin – ließen ihr die Illusion, solange sie sich darauf beschränkte, Kissen aufzuschütteln, Leute mit Apfelmus zu füttern und gelegentlich jemanden mit ihrem vermeintlichen Stethoskop abzuhorchen. (Mit einem vermeintlichen Stethoskop kann man gleichwohl einen echten Puls hören; mit ihrer vermeintlichen Behandlung verschaffte Sonia manch echten Trost.) Manchmal erinnerte sie sich, wer Nina und Leon waren, normalerweise aber nicht; so oder so war sie immer etwas verärgert über ihre Besuche, darüber, dass die beiden reden und reden wollten, wo sie sich doch um Patienten kümmern musste.

Da Nina sie nicht überreden konnte, an einem Ort zu verweilen, bat sie sie, uns das Haus zu zeigen. Wir folgten

Dr. Semenov durch das Pflegeheim und nickten, als ob wir begriffen, was sie sagte, während sie auf diesen oder jenen Patienten hinwies. (Sonia schien jede Vorstellung von sprachlichen Unterschieden eingebüßt zu haben und war überzeugt, dass jeder sie verstehen könne, als ob sie in ihrer Vergreisung Esperanto spräche.) Verschiedentlich zwinkerte sie Adam zu, um damit ihre besondere Zuneigung zu bekunden, aber ich stellte mir auch vor, dass das Zwinkern bedeutete: Natürlich tue ich nur so, als bilde ich mir ein, Ärztin zu sein; ich weiß, dass ich bloß eine demente alte Frau in einem Pflegeheim bin: ich tue das für meine Tochter, damit sie glaubt, ich bin hier glücklich. Mir ist klar, dass die Blumen auf dieser scheußlichen Tapete nicht von Affen gemalt worden sind.

An der automatischen Schiebetür angekommen, verabschiedete sich Sonia, gab der Reihe nach jedem von uns einen Kuss, drückte mir die Hand, betastete abermals Adams Bizeps. Wir sahen ihr nach, wie sie zum Schwesternzimmer ging, ein Klemmbrett zur Hand nahm und anfing, auf eine der Schwestern einzureden, die zur Antwort lächelte und nickte, ohne aufzublicken. Dann verließen wir das Summerset Home und stiegen wieder in unsere Autos. Nach einem Augenblick fassungslosen Schweigens brachen wir vor Staunen über Sonias triumphalen Niedergang zusammen in Gelächter aus.

Während wir Leons Heckleuchten durch die Stadt folgten, begann Jonathan mehrere Sätze über seine Mutter und brach jedes Mal ab. Ich legte ihm die Hand auf den Oberschenkel, um ihm zu zeigen, dass mir klar war, wie viele Emotionen der Besuch aufwühlte. Nachdem wir eine Zeitlang schweigend gefahren waren, brachte Adam erneut ganz gelassen die Tablette zur Sprache, und ich ertappte mich dabei, dass ich sagte: Na schön, ich gebe dir jetzt eine halbe, damit du siehst, wie sich das anfühlt. Es sah mir gar nicht ähnlich, so eine Entscheidung kurzerhand oder einseitig zu treffen; ich spürte, wie sich Jonathans Beinmuskeln unter meiner Handfläche anspannten. Ist das okay?, fragte ich ihn, und er zuckte die Achseln, wie um zu sagen: Das ist jetzt zu spät.

In der Einfahrt des Hauses der Semenovs, das, wie Adam sagte, dem von Ambers Eltern ähnelte, machte ich in meiner Handtasche das Fläschchen mit den gelben Tabletten ausfindig und brach eine davon entzwei; meine impulsive Antwort tat mir bereits leid, während ich Adam das Bruchstück gab. Was mir leidtat, war nicht die halbe Tablette – ohnehin eher eine Zauberfeder als eine wirksame Dosis –, sondern dass ich ganz beiläufig eingewilligt hatte, ihm das Medikament zu geben, nachdem sowohl Jonathan als auch ich Vorbehalte geäußert hatten.

Das Haus wirkte wie ein Hotel, mit serienmäßig hergestellten Drucken an den Wänden, die auch im Summerset hätten hängen können – ich rechnete halb mit Berieselungsmusik –, aber es roch ganz eigen, nach Fisch, Kohl und was immer Nina sonst noch hatte vor sich hin köcheln lassen, während wir ihre Mutter besucht hatten. Leon bot uns dreien von einem Silbertablett kleine Gläser mit Wodka an. Doch ehe Jonathan oder ich intervenieren mussten, sagte Adam, er trinke bloß Wasser. Ich sah ihm zu, wie er die Tablette nahm. Als Leon ihn nötigte, zur Garage mitzukommen, um sich sein getuntes Auto anzusehen, und Nina sich in die Küche zurückzog, sagte ich:

»Das war total unangebracht von mir, dass ich Adam das Medikament gegeben habe, ohne dass wir weiter darüber geredet hatten. Es tut mir wirklich leid.«

Untypischerweise sagte Jonathan nichts.

»Ich finde, er kann bei diesem ganzen Wahnsinn ruhig etwas nehmen, aber ich weiß, darum geht es nicht, und ich entschuldige mich. Wenn du dir deswegen Sorgen machst, könnten wir Eric anrufen –«

»Wir rufen Eric nicht an«, fauchte Jonathan. »Um ihm zu sagen, dass wir unser Kind ruhiggestellt haben. Wir rufen Eric und Sima nicht an, um zu verkünden, dass wir –«

»Sprich leiser.«

Jonathan sprang auf und stürmte in die Richtung davon, in die Adam und Leon verschwunden waren. Es ging hier eindeutig nicht um 0,25 Milligramm Lorazepam. Ich holte tief Atem. In meinem Kopf fragte meine Mutter, wie viel das schwarze Ledersofa, auf dem ich saß, gekostet hatte. Dann versuchte ich mir für den Fall, dass sie in Rolling Hills landete, eine Märchenform von Demenz für sie auszumalen. Aber dieser Gedanke wurde sofort von der – zwar auf der Hand liegenden, aber darum nicht weniger tiefen – Erkenntnis überwältigt, dass meine Mom, wenn sie das Gedächtnis verlöre, auch die Erinnerung daran verlöre, was mein Vater mir angetan und was er schließlich eingestanden hatte, ehe sie aus Phoenix nach Topeka gezogen waren. Und dann wüssten nur noch Jonathan und Sima Bescheid. »Bescheid wissen« – im Kopf horchte ich dem Ausdruck nach. Das Trauma währte ewig, wenn man damit allein gelassen wurde. Ein Kind in einem Zug, im Weltraum, außerhalb der Zeit. Würde ich es meinem Sohn jemals sagen?

Beim Essen war Adam zugänglich und charmant; schwer zu sagen, ob das an der Tablette lag oder eher auf ihre Wirkungslosigkeit hindeutete. Jonathan war zurückhaltend, lächelte allerdings, und ich war plötzlich erschöpft, fast schon groggy, als hätte ich etwas genommen. (Dass sich im Gehirn Ablagerungen und Tangles bilden und, wenn man Glück hat, alles, was übrigbleibt, Spuren der eigenen Ausbildung sind. Dass ich vielleicht mit dem Wissen allein bleibe und es dann selbst einbüße.) Ich versuchte Leon zuzuhören, dann nur noch, den Eindruck zu erwecken, als hörte ich ihm zu, während er sich endlos über Audis ausließ und dass sie viel besser seien als Volvos. Ich musste meinen Teller in die Küche tragen, damit Nina aufhörte, mir unmögliche Mengen von Stör und Kartoffeln aufzutun.

Leon hatte Jonathan überredet, etwas Wodka zu trinken. Jonathan wirkte nicht beschwipst, doch als das Essen vorbei war und Leon Jonathan zum Abschied mehrfach unter Tränen umarmt hatte, obwohl sie sich am nächsten Tag sehen würden, schlug Adam vor, dass er fuhr, zumindest bis zu seinem Hotel; klar, sagte Jonathan und gab ihm die Schlüssel. Sonderbar, meinen Mann und meinen Sohn vom Rücksitz aus zu sehen, zumal Adam am Steuer saß, so als hätte Sonias Verwechslung alle Rollen durcheinandergebracht. (Eigentlich durfte Adam den Mietwagen nicht fahren. Ihn ans Steuer zu lassen war ein bisschen so, wie wenn man ihn ein Medikament nehmen ließ, das für jemand anderen bestimmt war; in einer Auseinandersetzung konnte ich das gegen Jonathan verwenden. Die Debatter färbten bereits auf mich ab.)

Als Adam auf dem Parkplatz seines Hotels angehalten hatte, drehte er sich zu mir um und sagte, die Tablette habe leicht beruhigend gewirkt und er fände es nett, wenn ich ihm am nächsten Tag eine geben würde. Ich nickte, und er öffnete die hintere Tür, um mich dort zu umarmen, wo ich saß, wo ich sitzen blieb, wie von einer geheimnisvollen Kraft dort festgehalten, während Jonathan auf die Fahrerseite wechselte.

Ich wusste nicht, was mir bevorstand, nur dass mir etwas bevorstand, wusste ich, und nach kurzem Schweigen, während Jonathan vom Parkplatz zurück auf die Straße steuerte, begann er mit so etwas wie gedämpftem Zorn davon zu reden, dass ich Adam das Medikament gegeben hätte, ohne ihn vorher zu fragen: Ich bin genauso ein Elternteil wie du etc. Ich beeilte mich, ihm recht zu geben, bemerkte aber auch die für ihn untypische innere Anspannung, die ihn noch wütender machte. Es war, als wendete er sich nicht an mich, sondern an irgendein schemenhaftes Wesen auf dem Beifahrersitz. »Und dann willst du auch noch, dass ich Eric anrufe –«

»Was war daran so verrückt?«

Weil du keinen Respekt vor Grenzen hast. Weil Eric weder Adams Arzt noch unser Hausarzt, ja nicht einmal ein unmittelbarer Kollege ist. Sondern der Ehemann einer Freundin, die du zu deiner Therapeutin gemacht hast, und was uns das gebracht hat, sieht man ja nun. Weil (sagte er nicht) du im Museum nicht über das Seil hinweg nach einer Pille, die Darren oder Adam beredt macht, greifen oder beim Essen in Taipeh in Simas Keller Donnas Bein berühren kannst.

»Durchaus möglich, dass es die falsche Entscheidung war«, erwiderte ich. »Und abgesehen davon habe ich das Ganze völlig falsch gehandhabt, das habe ich kapiert. Es tut mir leid, Punkt. Aber ich weiß nicht, ob es am Pflegeheim oder am Alkohol liegt, jedenfalls –«

Aber Jonathan war Adam – die Aggressivität, das Tempo, die Spannung in den Schläfen –, der demonstrierte, dass die Weitergabe der Tablette ein unwiderleglicher Beweis meiner Unfähigkeit war, Grenzen zu wahren. Dass ich alles zu einem unentwirrbaren Kreuzundquer von Beziehungen machte. Ich war die Intelligenzbestie, die Verfasserin der lila Kuh, die

Darren von einem nahe gelegenen Hügel aus erschossen hatte, und nun musste Jonathans Mom in dem ersten Film, den er je gedreht hatte, für immer darauf reiten. Ich hoffe, du bist stolz auf dich, Familienzerstörerin. An Penisneid leidende Xanthippe. Fotze. Isebelhafte, den Schalter umlegende Hure aus Beitou oder Peitou, sagte er nicht. Ist es ein Wunder, dass deine Freundschaft mit Sima –

»Ich will nicht über Sima reden, okay? Das hat überhaupt nichts mit –«

Wir fuhren in eine Parklücke vor unserem Hotel. Er schaltete den Motor aus, blieb jedoch sitzen und schaute unverwandt geradeaus. Als wäre die Windschutzscheibe ein Teleprompter, von dem er mit zunehmender Geschwindigkeit seinen Text ablas. Warum wir es nicht mal einen einzigen Scheißabend lang hinkriegten, nicht aneinander vorbeizureden, die Unterschiede nicht zu verwischen. Zwischen dem Privaten und dem Beruflichen. Zwischen Arzt und Patient. Echten Ärzten und falschen mit ihren Spielzeugstethoskopen. (Besonders respektierte Ziegler die Krebsforschung.) Politischer Debatte und Wertedebatte. Mein Blick war auf die Kopfstütze gerichtet. Dann schloss ich die Augen. Ich konnte ihn kaum verstehen; es war, als müsste ich aus einer fremden Sprache übersetzen, die ich einmal fließend beherrscht hatte. Es erforderte immer mehr Anstrengung, so positiv die kognitiven Effekte auch waren. Und dennoch wusste ich paradoxerweise schon, was er sagen würde. Dass er mir ein Geständnis machen müsse. (Jonathans Ton hatte sich verändert.) Dass er das Bild gestohlen habe. Er hatte die *Madonna mit Kind* in ihrem verbrannten Rahmen gestohlen. Es war das Schlimmste, was er je getan hatte. Und dann brachen die Fugen auf und offenbarten das weichere Splintholz seiner

Stimme, und der Zorn war verraucht. Es tat ihm so leid (Er hatte zu weinen begonnen.) Und ich versuchte immer noch, ihn aufzuhalten – »Ich will nicht über Sima reden« –, aber es war zu spät. Es tut mir so leid, schluchzte er und warf sein Stöcklein, den Hut und die Krawatte von sich.

—

Als die Saalbeleuchtung erlischt, ist der Zuschauerraum im Veranstaltungszentrum der Mall of America bis auf den letzten Platz mit Wettbewerbsteilnehmern, Trainern, Familienangehörigen und Reportern gefüllt, die über die Meisterschaftsrunden des National Speech & Debate Tournament 1997 berichten. Rechts von mir sitzt Jonathan; links von mir Nina; in der Reihe vor uns: Evanson und die anderen Trainer und Schüler aus Kansas. Ein riesiges blaues Banner (DIE ZUKUNFT DER REDE) bildet einen Bühnenprospekt. Darunter stehen auf Tischen, die mit blauem Tuch bedeckt sind, die Reihen der großen Zinntrophäen, um die die Teenager konkurrieren. In den Gängen sind Kameras aufgebaut; Männer mit Kopfhörern haben sie auf die Bühne gerichtet. Im Zuschauerraum herrscht eine unverkennbar zunehmende, ominöse Spannung – als ob viele im Publikum hauptsächlich gekommen sind, um jemanden unter dem Druck zusammenbrechen zu sehen. Amerikaner berichten durchweg, dass sie am meisten Angst davor haben, in der Öffentlichkeit zu reden – mehr Angst als vor einem Atomkrieg, vor dem Fliegen, dem Ertrinken, vor Schlangen oder Spinnen, laut den Untersuchungen sogar mehr Angst als vor dem Tod selbst. Aber warum genau? Liegt es auf der Hand, dass es wirklich beängstigender sein könnte, als schnell zu fahren oder durch die Atmosphäre zu sausen? (Nicht einmal die mächtigsten

Könige auf Erden hätten ein glänzendes neues Automobil fahren oder in einem Flugzeug …)

Weil es eine sprachliche Urszene ist: Klaus' Stimme im Dunkeln. Die Versammelten, die Gemeinschaft, verlangen, dass der Redner zugleich individuell (um einen Preis zu gewinnen, muss deine Rede originell sein) und ganz und gar sozial ist (deine Rede muss für den Stamm verständlich sein). Aus dem individuellen Mund müssen wir *die Allgemeinheit sprechen* hören. Oder: Du sprichst nicht einfach, sondern du übst rituell die menschliche Fähigkeit zur Rede als solche aus; siegreich zu sein heißt, ein Dichter zu sein, der das Medium der Sozialität auffrischt, der außer sich ist, während ihn Sprache durchströmt – wie der vor sich hin summende Glenn Gould oder ich und mein Sohn, wenn wir nicken; bei diesem Unterfangen zu scheitern heißt, deinen Status als soziales Wesen einzubüßen – in die Infantilität (von lateinisch *infans*, ohne Sprache) oder, schlimmer noch, auf den Status eines Tiers zu regredieren. Dass das Sprechen hier angeblich spontan erfolgt – keine Notizen, kein Netz –, erhöht nur den Einsatz bei dem archaischen Wettbewerb. In Wirklichkeit hat sich der Redner vorbereitet, ist darauf trainiert worden, Natürlichkeit nachzuäffen, doch dabei läuft man Gefahr, als Affe entlarvt zu werden. (Ein Tier kann an Scham sterben.)

Ein kleiner Mann mit Glatze, in dessen glänzender Kopfhaut sich die Beleuchtung spiegelt, betritt die Bühne. Das ist Arthur Naylor, der Vorsitzende der National Forensics League. Das Licht fängt sich in einer kleinen Anstecknadel mit einem Diamanten im Revers seines dunkelgrauen Jacketts; jeder Trainer, dessen Schüler eine Landesmeisterschaft gewonnen hat, bekommt eine. Er zieht eine Karteikarte aus der Brusttasche und liest Kennziffer, Namen, Highschool und Thema des ersten Finalisten vor. Er wiederholt die Themenfrage langsam: Was kann die kolumbianische Regierung tun, um den Konflikt mit der FARC zu beenden? Im Dunkeln höre ich, wie Hunderte von Menschen sich die Frage notieren, ein Kratzen, das ich weniger mit Sprache als mit der hektischen Aktivität von Mäusen assoziiere. Wenn man einem Tier das Malen beibringen kann, warum dann nicht auch das Schreiben? Naylor geht zur linken Bühnenseite ab. Ich versuche mich zu erinnern, wer die FARC ist. Eine Guerillagruppe. Eine Gruppe von Steinböcken, Gemsen, Lamas, Gnus und Wildsäuen.

Man sehe sich an, wie der erste Redner, das als Mann verkleidete Kind, die Bühne betritt. Er stellt Blickkontakt zu den Punktrichtern her, die vor dem Publikum auf einem Podium sitzen – darunter ein Senator und ein unbedeutender Botschafter –, und als die Zeitnehmerin durch ein Nicken anzeigt, dass sie so weit ist, tritt er auf das Hochseil. Trotz meiner Aversion gegen Klaus' Schwulst, die sich seit seinem Tod noch gesteigert hat, nehme ich hinter der Tünche des aktuellen Geschehens tatsächlich etwas Urszenenhaftes wahr: ein Junge, der die Sprache von Politik und Strategie, die Sprache der Männer nachahmt. Bald erklärt dieser hier, wie gefährlich es sei, einer paramilitärischen Gruppe Lösegeld zu zahlen, weil das nur weitere Entführungen und Geiselnahmen zur Folge habe, aber vielleicht versucht der junge Redner ja mit seinen theatralisch hochgezogenen Augenbrauen auf subtile Weise mitzuteilen, dass er selbst gefangen ist – ein an die Erwachsenen im Publikum gerichteter Hilfeschrei? Doch es gibt keine Erwachsenen; um eben das völlig zu begreifen, musst du erwachsen werden; deine Eltern waren einfach nur zwei weitere Geschöpfe, die Landschaft und Wetter erlebten, vibrierenden Luftsäulen einen Sinn abzugewinnen versuchten, mit Hilfe von Religion, der Welteistheorie oder der jüdischen Wissenschaft Kontingenz zur Notwendigkeit umdeuteten und tiefe Wahrheiten mit ihrem Gegenteil verschnitten, während die Bedeutungssysteme im Schnellsen zusammenstürzen.

Während der erste Redner mit einem Scherz schließt und das Publikum lauthals lacht, beginnen die Wesenheiten neben mir in der künstlichen Dunkelheit zu flimmern: jetzt werde ich flankiert von Porter – Spuren von Tabakrauch –, Caplan und all den anderen Männern, die mich beobachtet, mich ausgebildet haben; sie sind hier, um meinen Sohn zu bewerten (der natürlich noch kein Mann ist, sondern ein Junge, ein ewiger Junge, Peter Pan, ein Mann-Kind, da Amerika Jugend ohne Ende ist). In wenigen Wochen wird er sich meiner Aufsicht entziehen und Jonathan und mir ein leeres Nest hinterlassen. Was ist die Zukunft seiner Rede? Ich wechsle auf meinem gepolsterten Stuhl die Haltung, blinzle die Wesenheiten weg, nur um festzustellen, dass ich auf die Hinterköpfe von Jonathan und Sima schaue, ein paar im Jet gerade noch wahrnehmbare silberne Strähnen, der Anhänger in den Nacken gedreht, eine Sandelholznote, wo eben noch Tabak war. Sie tuscheln; sie glauben, ich höre sie nicht. Jonathan sagt: Der verliert das Turnier garantiert, nein, Evanson sagt das, hat sich umgedreht und zeigt das wölfische Grinsen, in seinem Atem gebratene Zwiebeln.

Im Dunkeln nimmt Jonathan meine Hand. Seine Hand ist warm, beredt: Ich bringe das in Ordnung; ich tue alles, was nötig ist, solange es nötig ist. Naylor kehrt auf die Bühne zurück. Rednerin 433NN von der Apple Valley High School, Minnesota – auf einer Seite des Zuschauerraums werden ein paar Anfeuerungsrufe für die Lokalmatadorin laut, die ein strenger Blick von Naylor umgehend unterbindet. Die Frage lautet: Hat das Embargo Castro genützt oder geschadet? Die Frage lautet: Hast du schon immer gewusst, dass du Psychologin werden wolltest? Wie fühlt es sich an, weltberühmt zu sein (deine Rede zugleich originell und für den Stamm verständlich)? Wie ein Puzzleteil einer dieser Freundschaftshalsketten steckt die andere Hälfte von Adams Tablette in meiner Tasche. (Heute Morgen habe ich ihm eine ganze gegeben.) Während die junge Frau aus Apple Valley ihre Rede damit einleitet, dass sie einige der fehlgeschlagenen CIA-Attentate auf Castro aufzählt (explodierende Zigarren, vergiftete Stifte), stecke ich mir – einem kindlichen Gelüst folgend – diese Hälfte in den Mund.

Die Pille hat eine paradoxe Wirkung. Die Rednerin bewegt immer noch die Lippen, zählt etwas an ihren Fingern ab, aber ich kann ihre Rede nicht hören. Zunächst höre ich nur das durch meinen Kopf zirkulierende Blut, das Rauschen der inaktiven Hörnerven. Dann nehme ich eine Art leises Flöten unklaren Ursprungs wahr, wie eine kaum hörbare Berieselungsmusik. Von der Bühne aus breitet sie sich in die Mall of America aus, in das Summerset Home, Rolling Hills, den Hypermart, die Foundation und zu Dillon's in der Huntoon Street. Das weiße Rauschen am Ende der Geschichte. Unverständlich, wenn auch geformt. Die junge Frau geht ein paar Schritte nach rechts, markiert einen Übergang zwischen zwei Punkten, aber ihr Mund ist geschlossen. Sie spricht nur mit den Augen.

Ich mache meine zu. Nach einigen Minuten zeigt hörbarer Applaus an, dass die stumme Rede zu Ende ist. Dann bilde ich mir ein, dass der Zuschauerraum um mich herum sich geleert hat, bis auf Jonathan zu meiner Rechten, der immer noch meine Hand hält. Der nächste Redner ist XN722, Adam Gordon, Topeka High. Die Frage lautet: Kannst du das Alphabet von Holly Eberhearts Brust ablesen, die Muttersprache von Milch und Menschen? Die Frage lautet: Kannst du sie dazu verwenden, ein Gedicht zu schreiben? Über Familie, Kunst, Erinnerung und Bedeutung, wie das alles entsteht und vergeht? Ich mache die Augen auf.

Ich erkenne, dass Adam anders geht als sonst, dass er Geradheit vorführt, Natürlichkeit nachäfft, trotz seiner Anspannung Gelassenheit darstellt, ganz unabhängig vom Benzodiazepin. Im Zuschauerraum herrscht jetzt völlige Stille. Ich höre das Klacken seiner Anzugschuhe, der harten Gummisohlen auf dem Vinylboden. Sobald er in Position ist, sich zum Publikum umdreht, sich vor den Punktrichtern aufpflanzt, erkenne ich, dass die Bühnenbeleuchtung ihn leicht blendet; Evanson hat ihm beigebracht, trotzdem Blickkontakt vorzutäuschen, so zu tun, als könnte er (hinter der Brüstung) Gesichter erkennen. Plötzlich, obwohl ich weiß, dass das unmöglich ist, scheint mich Adam direkt anzusehen und lächelt leicht und höflich, jedoch ohne mich zu erkennen. (Weißt du, wer diese netten Leute sind?) Er steht reglos da, als hielte er meinen Blick fest und wartete darauf, dass ich die Stoppuhr in Gang setzte.

Darren betrachtet sie als schon da, wird sie immer so betrachten, die Billardkugel, einen schweren, glänzenden Himmelskörper, bestehend aus Rollschuhbahn, einen unendlich dichten, am Kellerfirmament schwebenden Mond oder toten Stern, eine rotierende Discokugel, die kein Licht wirft, sondern es nur schluckt. Darren spürt, dass er sich umgedreht und sie in Richtung Tisch zurückgeschleudert hat, ehe er sie aus der Ecktasche gepflückt, ihr Gewicht und die Kühle und Glätte des Kunstharzes gespürt hat. Ehe der heiße Feger Schwuchtel schreit, Spast kreischt, ehe Darren nach ihrem Haar greift, aber – ihre Freunde gehen dazwischen – sich dann mit der Kugel zufriedengibt, bevor er von ein paar Zwölftklässlern in seine ursprüngliche Position an der Wand zurückgedrängt wird, ist sie schon da, dreht sich in der Luft, auf der Stelle, die Billardkugel, der Schneeball, der Baseball, mit dem ihn Brett Nelson eines Sommers »gepeggt« hat, ihm einen Zahn ausgeschlagen hat, die Zahnkugel, bestehend aus seinen Zähnen und denen des armen Nick Dewey, verkalkt, Emaille, so dreht sie sich langsam um seine Achse, aus jedem Blickwinkel deutlich sichtbar, sodass den Leuten reichlich Zeit bleibt, ihr auszuweichen, der Party Zeit, sich aufzulösen, alles aufzuräumen, den Lufterfrischer mit Zitronenduft zu versprühen, den Eltern Zeit, vom kinderfreien Abend in Kansas City zurückzukommen, zu müde, um sie auf Augenhöhe schweben zu sehen, wenn sie herunterkommen und gute Nacht sagen, Zeit für die Zwölftklässler, von der Schule ab und aufs College zu gehen, für Darren, es noch einmal bei Dillon's zu probieren, den Instantkaffee auszuzeich-

nen, sodass sich Bargeld in seiner Schublade ansammelt, bis er den silbernen Fiero von der Party am Clinton Lake nach Hause fährt, alle schauen auf mich, und auf dem Highway an einer Version seiner selbst vorbeikommt, das Fenster herunterkurbelt, um ihn Schwuchtel zu nennen, Spast zu nennen, auf dem Beifahrersitz Mandy, die Billardkugel durch das Fenster links von ihm sichtbar, ihre Position konstant. Man muss sich klarmachen, dass er sie niemals geworfen hätte, nur hatte er sie eben schon immer geworfen. Wenn ich ein Kreuz schlage, prallt sie von mir ab. Bleibt an dir kleben.

OLDE
ENGLISH
(ADAM)

Im Traum war die Siegestrophäe, der griechische Redner aus Zinn, so schwer, dass er ihn an seinen erhobenen Armen den mit Teppichboden belegten Flur entlangzerren musste, während er allein nach dem Zimmer seines Großvaters suchte, doch in Wirklichkeit hatte seine Mom gerade eine Ausgabe des *Topeka Capital-Journal* ins Rolling Hills mitgebracht, mit einem Foto von Adam, wie er seinen Preis an sich drückte, oben auf der Seite.

Er, seine Mom und seine Großmutter warteten in der Spätjulihitze in dem Patio mit dem Zementboden. Außer ihnen war niemand draußen. Sie saßen an einem Metalltisch, vor der Sonne geschützt von einem großen roten Schirm, der in den immer wieder auftretenden Windböen klapperte. Schlecht positionierte Sprinkler färbten den Zement dunkel. Er sah zu, wie ein Jet Kondensstreifen über einen ansonsten wolkenlosen Himmel zog. Schließlich rollte sein Dad den kleinen Mann durch die automatische Tür ins Freie und parkte ihn zwischen Adam und seiner Großmutter. Wie immer war sein Großvater mit einer Art dünnem Trainingsanzug bekleidet, bekleidet worden, diesmal mit einem beigefarbenen mit weißen Paspeln. Seine Knie waren dicht beieinander und zeigten stark angewinkelt nach rechts oben. Wie bei einem Skifahrer oder Skateboarder, der in der Luft eine Position beibehält, dachte Adam: Erforderte das nicht eine starke Rumpfmuskulatur? Die ganzen Bauchpressen, das ganze Pulver. Die Füße seines Großvaters sahen in den braunen Pantoffeln unmöglich klein aus. Wie die Lotosfüße, die er auf einem Schwarz-Weiß-Foto gesehen hatte, wahrscheinlich in einem Lehrbuch.

Rose nahm eine Reihe rascher Korrekturen am Körper ihres Mannes vor: strich das schüttere weiße Haar glatt, das vorne hochstand (es stellte sich gleich wieder auf), schob seine Knie in Richtung Stuhlmitte, half, ihm leicht die Beine zu strecken, und wischte ihm mit ein paar zusammenge-knüllten Papiertaschentüchern, die sie dann zu Adams Be-unruhigung wieder in ihre Handtasche steckte, die weißen Flecken am Mundwinkel ab. Diese Gesten vollführte sie ohne Zuneigung oder Geringschätzung, als räumte sie einen Schreibtisch auf.

Daddy, schau dir mal diesen Artikel über Adam an, er ist Landesmeister geworden in – in so einer Art Debatte. Rhe-torik. Sein Großvater schien tatsächlich einen Blick darauf zu werfen, streckte eine zitternde, halb geöffnete Hand nach Adams Mom aus, wie um die Zeitung entgegenzunehmen, fuhr stattdessen aber nur über das Papier. Er drehte den Kopf zu Adam und öffnete den Mund weniger, als dass er den Un-terkiefer herunterklappte, der leicht zitterte. Alle warteten ab, ob er vielleicht etwas sagen würde. Adam spürte unwillkür-liches Gelächter in sich aufsteigen, hustete es weg. Schließlich schloss sich der Mund seines Großvaters wieder, und Adam sah, wie die Aufmerksamkeit in den Augen des alten Mannes, die blassblau, gerötet und wässrig waren, erlosch.

»Dein Enkel ist ein Nerd«, sagte Adam langsam, laut und lächelnd und zwang sich, eine Hand auf die schmächtige, ge-rundete Schulter seines Großvaters zu legen; er fühlte sich verpflichtet, eine Anzahl heiterer Äußerungen an den Kör-per im Rollstuhl zu richten und zu demonstrieren, dass er den Kontakt mit diesem Körper nicht scheute. Inzwischen schwitzte Adam, roch sein eigenes Deodorant. Es war schwierig zu entscheiden, was man zu jemandem sagen sollte, der einen vielleicht verstand, vielleicht aber auch nicht (das genaue Gegenteil des Gesprächs mit einem Analytiker). »Leider war ich als Pitcher nicht talentiert genug.« Sein Großvater war Baseball-Fan gewesen – so halbherzig, wie er alles Mögliche gewesen war; Anfang des Jahrhunderts war irgendeine Norm von Baseball-Fan-Dasein in ihm verankert worden. Adam nahm die Hand von der Schulter des alten Mannes und streifte dabei unabsichtlich die Haut an dessen Hals, die irgendwie kühl und trocken war; vielleicht schwitzen alte Leute nicht mehr.

Erinnerst du dich, wie du Adam hast Baseball spielen sehen, Daddy – als du aus Phoenix zu Besuch gekommen bist? Sein Großvater sah seine Mutter an, und über sein Gesicht huschte so etwas wie ein Ausdruck des Wiedererkennens, ein Welleneffekt, bei dem sich die Muskeln leicht anspannten, wodurch auch das Schweigen an Spannung gewann: War er kurz davor, etwas zu sagen, oder bildete er zumindest innerlich Sätze? Wieder warteten sie unbehaglich ab, ob er vielleicht sprechen würde, obwohl ihnen das zunehmend wie eine Formalität vorkam; sein Großvater hatte seit fast einem Jahr kein Wort mehr gesagt. Adam horchte auf den Highway-Verkehr jenseits der Sprinkler, lauschte dem Zwitschern der Stare auf dem niedrigen Dach des Pflegeheims. Er versuchte sich an die Stimme seines Großvaters zu erinnern, sie in seinem Kopf zu hören, konnte es jedoch nicht. Eigentlich war sich Adam gar nicht sicher, ob er irgendjemandes Stimme »hören«, etwas innerlich erklingen lassen konnte. Aber redeten die Leute nicht ständig so, als könnten sie tatsächlich etwas in ihrem Kopf hören – nicht nur wissen und sich erinnern, was sie über Stimmen, Musik, Geräusche wussten, sondern tatsächlich Eigenheiten von Tonhöhe und Timbre nacherleben? Sein Kopf war immer voll von Sprache, aber Geräusch war nie dabei. Die Stimmen waren stimmlos. Er fragte sich, ob das bedeutete, dass irgendetwas mit ihm nicht in Ordnung war.

Inzwischen redete sein Dad, nur um etwas zu sagen, über die Little League – über die Brutalität anderer Dads, die ihre Kinder regelmäßig zum Weinen brachten, auf der Tribüne in Prügeleien gerieten –, doch Adam versuchte, in seinem Kopf zuzuhören; er hatte erst vor wenigen Stunden mit Amber gesprochen, und nun versuchte er ganz bewusst, ihre Stimme zu hören, was ihm so vorkam, als versuchte er, einen Muskel anzuspannen, den er gar nicht besaß, einen Phantomsinn zu trainieren. Eine Sekunde lang schloss er die Augen, wischte sich mit dem Unterarm den Schweiß von der Stirn; vielleicht konnte er ein fernes Echo ihres Tonfalls auffangen; das half, sie sich beim Reden vorzustellen, von ihren Lippen abzulesen. (Sich die Bewegung ihrer Lippen und ihrer Zunge, die schmalen Lücken zwischen ihren Vorderzähnen vorzustellen würde dazu führen, dass er eine Erektion bekam; was für ein Perverser, fragte sich Adam, kriegt einen Ständer, wenn er einen Familienangehörigen im Pflegeheim besucht?)

Evansons Stimme, wurde ihm zu seiner Beunruhigung klar, war ihm näher als die von Amber – vielleicht, weil sein Körper wusste, wie er sich ihr annähern, sie nachahmen, sie seinem Kehlkopf und seinem Gaumen entströmen lassen konnte; war eine Stimme erst dann wirklich präsent, wenn man sie imitieren konnte, zu ihrem Medium wurde? Vielleicht war Evansons Stimme ihm nahe, weil er sie so oft als Aufnahme gehört hatte, als hätte sein Gehirn bereits gelernt, sie von ihrem verkörperten Ursprung abzutrennen. Das würde auch erklären, warum er sich die Konturen von Tupacs Stimme leichter vorstellen konnte als die von Jasons, warum er sich die Stimme von Verwandten, mit denen er – und sei es noch so kurz – telefonierte, eher vergegenwärtigen konnte als die vieler Menschen, mit denen er oft und von Angesicht zu Angesicht sprach. (Welche Stimmen in einen gelangten, eingepflanzt wurden, lag nicht auf der Hand; es folgte keiner Hierarchie von Nähe; man hatte es nicht unter Kontrolle.) Doch selbst die Stimmen, die sich nach seinem Empfinden ganz fest in ihm eingenistet hatten, machten kein Geräusch. Klaus zum Beispiel, kraft Wahlverwandtschaft sein Großvater, war oft in seinem Kopf, doch Klaus' Stimme – ihre literarische Syntax, sein ständiges Zitieren – »klang« wie Geschriebenes. Es war genau so, wie wenn er für sich ein Gedicht las: die Reime waren weder Klang noch Stille. Ungehörte Melodien im geistigen Ohr. Die stummgeschaltete Musik des Bewusstseins. Vielleicht war es bei jedem so – dass vom Stimmenhören zu sprechen metaphorisch gemeint war; wenn man tatsächlich Stimmen hörte, gehörte man in die Foundation.

Plötzlich gab sein Großvater ein Geräusch von sich. Es war ein Ächzen oder Krächzen – tief, heiser –, und es dauerte zwei, drei Sekunden lang. Am Beginn und am Ende bemerkte Adam kleine Modulationen, die Ansätze von Phonemen, von Sinn, von Sprache gewesen sein mochten. Kleine sprachliche Phosphene. War es ein Wort, eine Wortverbindung, eine Äußerung von Schmerz oder ein asemantisches, unwillkürliches Luftausstoßen, sinnleere Vibrationen, die ihn durchliefen? Das Gesicht seines Großvaters war ausdruckslos, lieferte keinen Hinweis, obwohl er den Kopf zu Rose gedreht hatte. Adam wusste nicht, ob sich hier die Stimme des alten Man-

nes oder ihre keinerlei Bedeutung tragende Negation bekun-
dete. Was auch immer es war, es war grässlich, unanständig:
vielleicht hatte er sich in die Hose gemacht. Gegen seinen
Willen stellte Adam es sich als Begleitgeräusch eines Orgasmus vor. Sein Ekel, sein Zorn, seine Scham überraschten ihn.
Redest du mit uns, Daddy? Möchtest du uns etwas sagen?

Dieses längere Geräusch, das beinahe Sprache war – nicht
prä-, sondern postverbal –, setzte sich in seinem Kopf fest. Es
hallte immer noch in ihm nach, als sie alle, mit Ausnahme
seiner Großmutter, auf Wiedersehen sagten und seinen nicht
reagierenden Großvater der Reihe nach umarmten. Von
seinem Vater begleitet, rollte Adam den Körper wieder ins
Gebäude und parkte ihn im Gemeinschaftsbereich, wo der
Körper aufs Mittagessen warten würde. Er trat an den Tresen,
wo einige Pflegerinnen saßen, und bedankte sich, dem oft
erlebten Beispiel seiner Eltern folgend, dafür, dass sie sich
so toll um seinen Großvater kümmerten. Wir wissen Ihre
ganze Arbeit wirklich zu schätzen, die Fürsorge, die sie unserer Familie zukommen lassen, sagte er, hörte er sich sagen,
aber dem, was er sagte, folgte in seinem Geist unmittelbar die
obszöne Klage seines Großvaters. Schauen Sie mal, mein be-
rühmtes Söhnchen, sagte sein Dad und reichte der Pflegerin
in der grünen Krankenhauskluft die gefaltete Zeitung; er hat
eine Landesmeisterschaft im Redenhalten gewonnen! Die
Frau nahm die Zeitung, schaute von dem Foto zu Adam, lächelte höflich. Adam sagte irgendetwas Selbstironisches und
nahm darunter abermals das Ächzen seines Großvaters wahr.

Bis sie Rose abgesetzt hatten und nach Hause zurückgekehrt waren, war das Geräusch in die Erinnerung zurück-
getreten; es kam ihm nicht mehr so vor, als entspringe es
seinem Körper. Anstatt sofort sein Zimmer oder den Fern-

seher im Wohnzimmer anzusteuern, um sich auf BET *Rap City* anzusehen, oder ans Telefon zu gehen oder draußen in seinen Camry zu steigen, setzte er sich mit seiner Mom an den Küchentisch, während sein Dad in dem silbernen Espressokocher Kaffee zubereitete.

»Wie ist das für dich«, fragte er seine Mutter mit einer Stimme, die er fürs College übte, »ihn so zu sehen? Stumm. Das muss hart sein.«

»Na ja, es wäre besser, wenn er loslassen könnte. Besser für alle. Ich finde, es ist nicht gut für ihn, dass er so kräftig ist. Er war nie krank. Nicht mal erkältet.«

»Meinst du, er weiß, wer wir sind, wo er sich befindet?«

»Ich glaube schon. Jedenfalls meistens.«

»Du meinst also, er kann zuhören, aber nicht antworten?«

»Ja.«

»Das stelle ich mir am schlimmsten vor. Der reinste Alptraum. Wenn man nicht antworten kann.«

»Ja.«

Sein Dad stellte einen angestoßenen blauen Becher vor seine Mutter und setzte sich zu ihnen.

»Wann hast du das letzte Mal ein richtiges Gespräch mit ihm geführt?«, fragte er.

»Letztes Jahr hat er noch ziemlich viel geredet«, sagte seine Mom.

»Ich meine ein gehaltvolles Gespräch, nicht bloß, dass er ab und zu ein paar Worte herausbringt.«

»Das ist Jahre her«, sagte sein Dad.

»Wir hatten ein paar richtige Gespräche, als du in der Mittelschule warst und als du in die neunte Klasse gekommen bist«, sagte seine Mom.

»Worüber?«

»Wir haben vieles bearbeitet.« Sie nahm einen Schluck von ihrem Kaffee. Nahm noch einen. »Die Familiendynamik in meiner Kindheit. Dass er meine Schwester bevorzugt hat, zum Beispiel.«

»Meinst du, er hat deine Bücher jemals gelesen?«

»Zumindest überflogen, glaube ich. Er hat gesagt, er hätte sie gelesen. Er hat immer gesagt, sie seien ›sehr interessant‹. ›Jane schreibt Bücher für Frauen mit Problemen‹, hat er immer gesagt.«

»Wahrscheinlich fühlte er sich bedroht«, sagte Adam.

»In welchem Sinn?«

»Von deinem Erfolg.«

»Vielleicht. Ich weiß nicht recht. Es schien ihm gleichgültig zu sein.«

»Hast du ihn jemals wegen der Kosmetiktuch-Box zur Rede gestellt?«

Seine Mom lachte. »Nicht richtig.«

»Ich kann mich nicht erinnern, wie sie klang, seine Stimme.«

»Dein Dad hat Aufnahmen.«

»Und was sagt er da so?«, fragte Adam.

»Er erinnert sich zurück«, sagte sein Dad. »Nichts Besonderes. Ich habe ihn einfach zum Reden gebracht. Ich habe das mit vielen Leuten gemacht – ich habe Bänder von Dr. Tom. Von Klaus, wie er auf Deutsch seine Stücke vorliest. Ich weiß, ich habe noch Bänder aus Phoenix. Aus der Zeit nach seinem ersten Schlaganfall. Kannst du dich an diese Reise erinnern?«

»Irgendwie schon. Können wir sie uns anhören?« Adam bemerkte, dass seine Dad seine Mom ansah und ihre Antwort abwartete.

»Klar«, sagte Jane.

»Wie wär's mit jetzt gleich?«, fragte Adam. Vielleicht würden die Aufnahmen der Stimme die Spuren des Ächzens auslöschen.

»Jonathan, weißt du, wo sie sind?«

Sein Vater ging die Tonbandkassetten aus dem unaufgeräumten Kellerraum holen, den sie sein Studio nannten. Vielleicht wäre es zu unangenehm für seine Mom, sich die Stimme ihres Vaters anzuhören, wie sie zugleich aus dem Dies- und aus dem Jenseits kam. Jedenfalls spürte Adam eine atmosphärische Spannung. »Wir müssen uns die Kassetten nicht anhören, wenn das komisch für dich ist.«

»Nein. Ich bin ja selbst neugierig. Er war übrigens sehr eloquent. Er hätte einen guten Extemper abgegeben.«

»Ich hätte ihn fertiggemacht«, scherzte Adam.

»Aber keinen guten Debatter.« Sie hatte ihm gar nicht zugehört. »Er sprach sehr langsam. Das konnte einen zur Verzweiflung bringen.«

»Ich hätte ihn total fertiggemacht.«

»Ich kann nur eine finden«, sagte sein Dad, der mit einem grauen tragbaren Kassettenrecorder an den Tisch zurückkam. »Ich habe da unten auch die Tonbänder von meinem Rigorosum«, sagte er zu Jane. »Die müsste ich mal für Adam auf Kassette überspielen. So was von ›Schnellsen‹.« Sein Dad legte die Kassette in den Recorder ein, drückte aber keine Knöpfe. Schließlich langte seine Mom herüber und drückte Play.

Die ersten paar Sekunden hörten sie nichts als das Rauschen des Bandes. Dann kam Jonathans Stimme, blecherner, jünger (es war schwierig, die Jugend der Stimme vom Alter des Mediums zu trennen): *Okay. Okay, los geht's. Wir haben gerade, du hast gerade über das Haus in Brooklyn geredet, in der Avenue J. Und gesagt, du hast fast –*

335

– die meisten Möbel und viele Spielzeuge der Mädchen selbst gebaut. Obwohl die Hand hier, die rechte Hand, sich nie komplett öffnen oder richtig schließen ließ. Heutzutage würde man das als Behinderung bezeichnen, und ich könnte wahrscheinlich mein Leben lang Sozialhilfe beziehen, müsste keinen Tag mehr arbeiten. Aber das war damals, da hat man sich eben beholfen. Außerdem hat mich das –

Die Stimme war ein bisschen höher, als er erwartet hatte, vielleicht aufgrund des Tonbandes. (Oder wurden Stimmen in der Erinnerung tiefer?) Der *r*-Laut nach Vokalen wurde verschluckt – wie bei jemandem aus Brooklyn, der danach trachtet, wie ein Brite zu klingen. Adam nahm das als Überheblichkeit wahr. Verstärkt wurde es noch durch die Langsamkeit: ein Patriarch, der Reden schwingt, überzeugt, dass alles, was er sagt, von Interesse ist. Die Aussprache war – trotz der kürzlich erfolgten Blockade des Blutflusses zum Gehirn und der leichten Gesichtslähmung – deutlich.

– beim Schreinern nie behindert. Wir haben einen beträchtlichen, einen nicht unbeträchtlichen Geldbetrag gespart. Was ich nämlich nicht selbst gebaut habe, konnte ich reparieren, und Rose brachte immer Stühle und andere ausrangierte Stücke mit nach Hause, und diese Stücke habe ich dann restauriert. Wahrscheinlich hätte ich daraus sogar ein lukratives Geschäft machen können. Rose spricht gern davon, wie wenig Einkommen wir damals hatten, aber wenn man mal berechnet, was ich alles selbst gebaut und vor dem Weggeworfenwerden gerettet habe, standen wir eigentlich sehr gut da. Wir haben wenig für das Haus ausgegeben, hatten aber ein schönes Zuhause. Den Mädchen hat es jedenfalls an nichts gefehlt. Ich kann mich sogar daran erinnern, dass Deborah mich ständig gebeten hat, Spielzeug für ihre Freundin Alice zu bauen, die in der Carroll Street wohnte, eine wohlhabende Familie,

und ich habe ihr ein sehr hübsches Schaukelpferd gebaut, mich
aber geweigert, dafür –

»Das ist gelogen«, sagte seine Mom über das Tonband hinweg, »diese Schaukelpferde hat er etlichen Leuten versprochen; gebaut hat er nie eins.«

– dafür Geld zu nehmen von, wie hieß doch gleich ihre Mutter?
Ihr Mann war im Krieg gefallen. Ein Berufsoffizier. Auf dem asia-
tischen Kriegsschauplatz. Ich hätte unter gar keinen Umständen
eine Bezahlung dafür angenommen. Irgendwas mit S. Und ich
habe sämtliche Reparaturen selbst erledigt. Und ich habe viele
von den Rahmen für Rose' Bilder gebaut. Ich hatte ein paar gute
Disston-Sägen. Ich konnte die Führungsbohrungen abmessen,
ohne ein Bandmaß zu benutzen. Damit verhindert man, dass das
Holz splittert. Einige von den Kunstwerken, die in eurem Haus
in Topeka hängen, sind, wie du weißt, von mir gerahmt worden.
Ich glaube, sie hieß Sarah. Ich habe den Rahmen ein klassisches
Aussehen verliehen, sie gealtert. Ein Anstrich mit roter Farbe, nur
eine Schicht, und wenn die getrocknet war, habe ich sie mit zwei
Schichten Hellgrau oder Gold überstrichen. Dann habe ich das
Ganze mit sehr feinem Papier geschliffen, sodass ein bisschen was
von dem Rot durchkam, besonders an den Ecken und Kanten. Ein
unehrlicher Mensch hätte sie als Antiquitäten verkaufen können.
Eigentlich hatte ich vor, ein paar Rahmen für die Drucke zu bauen,
die Rose in der Garage hat, aber mittlerweile kann ich nicht mal
mehr die Gehrungssäge bedienen. Ich frage mich, ob Deborah mit
Alice Kontakt gehalten hat. In vieler Hinsicht gehörte sie prak-
tisch zur Familie. Ein Schatz. Sie tat mir schrecklich leid, weil
sie keinen Vater hatte. Ich weiß nicht, woher das Geld dafür kam,
aber sie fuhren einen Chevy Bel Air, ein fantastisches Auto. Den
Viertürer-Hardtop. Der hatte diese Chrom –

Seine Mom stoppte abrupt das Band. Die drei sahen den

Recorder auf dem Tisch an, als handelte es sich um eine Urne. Die Stimme fuhr in Adam fort und verklang dann, doch er wusste, sie war irgendwo in ihm, war schon immer dort gewesen und würde es immer sein. Wie wird man eine Stimme los, verhindert, dass sie ein Teil der eigenen wird? Er wollte das Schweigen brechen, an dem sein Großvater noch immer beteiligt war. Er stellte sich vor, wie er den Recorder zerstampfte, das Magnetband aus der zertrampelten Kassette zog. (Er wusste, er konnte die Heftigkeit seiner Reaktion nicht erklären, was sie nur noch verstärkte.) Er wollte etwas zu seiner Mutter und für sie sagen. Na los, Mr.-Champion-Redner. Aber was, wenn er den Mund öffnete und heraus käme die Stimme seines Großvaters? Oder noch schlimmer: das widerliche Geräusch von ihrem Besuch? Oder Evanson, wie er den *Cleveland Plain Dealer* zitierte? Oder Reime über Bitches? Mit diesem Mund gibst du deiner Mutter einen Kuss?, hörte er einen Little-League-Trainer in seinem Kopf stumm sagen. Er hasste diesen Ausdruck.

»Und bestimmt seh ich auch nie eine«, sagte Adam. Und seine Mutter reagierte, ohne zu zögern, korrigierte ihn, nun lächelnd: »Und sehe bestimmt auch nie eine.« In seiner Vorstellung spulte er das Band zurück und drückte den roten Knopf an dem Recorder, sodass sie seinen Großvater überspielten. Er zitierte die Zeile erneut falsch, als versuchte er, sie richtig hinzukriegen. »Jonathan«, sagte Jane, und ihre Augen begannen zu leuchten, »nicht zu fassen, dass unser Sohn, ein Dichter, ein Landesmeister im Debattieren, eine einzige simple Zeile nicht behalten kann.« Sie korrigierte ihn abermals, seine falsche Wortfolge, diese kleine kaputte Zukunft, und nun war sein Großvater nicht mehr im Zimmer; nur noch sie drei waren da, die engere Familie. Adam wusste,

338

wenn er sich jemals ihre Stimme vergegenwärtigen musste, dann brauchte er nur sein Falschzitat zu zitieren, ihrer beider rituelle Verweigerung einer generationenübergreifenden Wiederholung, ihre nachgesprochene Textstelle, ihren schwachen Zauber, und dann würde seine Mutter in seinem Kopf antworten und die *Männer*, wie kurz auch immer, überwältigen. (»Verzeihung, aber die Verbindung ist nicht besonders.«)

—

Zunächst absorbierte der Traum die Stimme – eine Frau, die in dem kleinen Flugzeug ein paar Plätze hinter ihm saß, begann zu schreien –, doch bald überwältigte sie die Fiktion, und er erwachte, setzte sich jäh auf. Vielleicht war das Gebrüll ja Teil eines Films. Nein, es war zu laut, und außerdem würden sie so spät nicht fernsehen; laut dem roten Display des Weckers war es 2:17. Unter der Woche. Jetzt erkannte er die Stimme seiner Mutter, obwohl sie zugleich nicht wiederzuerkennen war; natürlich hatte er sie schon öfter schreien hören, doch das hier war ein Urschrei. Einen Moment lang fragte er sich, ob die Laute mit Sex zu tun hatten, obwohl er seine Eltern seines Wissens niemals hatte »miteinander schlafen« hören. (Der Ausdruck stand, selbst wenn er ihn dachte, in ironischen Anführungszeichen.) Das war irgendeine Art von Auseinandersetzung oder war eine Auseinandersetzung gewesen, ehe es zu etwas noch Schlimmerem geworden war: wenn seine Mom nicht schrie, konnte er seinen Dad reden hören; dessen Stimme war gleichfalls erhoben, allerdings in dem Bemühen, sie zu beruhigen. (Wie viel affektive Information dringt durch die Wände, selbst wenn die Worte unverständlich sind.) Dann abermals das Schreien, vielleicht auch ein Schluchzen; Adam war sich nicht sicher.

Er blickte sich in seinem Zimmer um. Nun, da er in wenigen Tagen zu Hause ausziehen würde, schienen seine Besitztümer der Vergangenheit anzugehören, eine Kindheit zu betreffen, die er abgeschlossen hatte. Auf dem Schreibtisch stand neben dem Räucherstäbchenhalter und Stapeln von CD-Hüllen eine große Plasmalampe, die ihm vor Jahren jemand geschenkt hatte, vielleicht zu seiner Bar Mizwa. Wenn man sie einschaltete, bewegten sich zwischen der inneren Elektrode und dem äußeren Glas veränderliche Strahlen aus blauem und rosafarbenem Licht (»Lichtenberg-Figuren« hatte Klaus sie genannt). Ein Terrarium für Phosphene. Wenn man die Glaskugel berührte, bog sich der Strom zur Hand, die Elektrizität summte unter der Handfläche; er hatte sich oft Sorgen gemacht, dass ihre Berührung irgendwie eine Migräne auslösen würde. Jetzt erschien sie ihm kindisch, diese Neuheit aus den Achtzigern; er hatte sie seit einem, vielleicht zwei Jahren nicht mehr eingeschaltet; er sollte sie loswerden. Während das Geschrei seiner Mom wieder losging, überlegte er – zwang er sich zu überlegen –, wie man so ein Ding entsorgen würde. Konnte man es einfach in den Müll werfen? Was für Edelgase sind in der Kugel gefangen? Wenn sie zerbrach, was wurde dann freigesetzt? Vielleicht wollte Erwood sie haben.

Die Lampe, fiel ihm ein, hatte auch eine akustische Einstellung; das Pulsieren des Stroms wurde auch durch Geräusche ausgelöst. Er stellte sich vor, dass die Lampe, wenn er sie einschaltete, die Stimmen seiner Eltern aus dieser Entfernung registrieren würde und dass die elektrischen Muster, flackernde Hieroglyphen, ihm irgendwie den Inhalt des Streits vermitteln würden. Aber er wollte nicht, dass der Inhalt offenbar wurde; er wollte bloß, dass das Geschrei aufhörte. (Eben noch war er älter gewesen als er selbst, sein Zimmer; jetzt war er ein kleines Kind, das sich vor dem Lärm fürchtete.) Er hustete, so laut er konnte, trat gegen die Wand neben seinem Bett.

Aber seine Mom schrie weiter, ein leidendes Tier. Er stand auf und stellte sich mitten im Zimmer neben den Keil aus Mondlicht auf dem eierschalenfarbenen Teppich. Er trug Boxershorts und das Unterhemd, das man »Muskelshirt« nannte. Beruhige dich, sagte er sich: Eltern streiten eben manchmal; Mom ist total gestresst wegen ihres (hoffentlich) im Sterben liegenden Vaters; sie machen sich über ein »leeres Nest« Sorgen; Übergänge in mehreren Generationen. Vielleicht könnte er seinen Körper in Kaugummi wickeln und in ihr Zimmer gehen, »Er ist mir einfach aus dem Mund gefallen«, sie ablenken. Vielleicht seinen Debattieranzug anziehen und vernünftig mit ihnen reden, politische und Wertfragen beurteilen. Er beschloss, ins Bad zu gehen und dabei im Flur viel Lärm zu machen.

Er bewegte sich mit übertriebener Unbeholfenheit, Buster Keaton, und er bewegte sich rasch, um nicht viel Gesprochenes zu verstehen. Er hätte seinen Wunsch, nicht mitzukriegen, worum es bei dem Streit ging, nicht erklären können. Vom Flur aus hörte er seine Mutter das Wort »Flatbush«, das Wort »Museum« benutzen, doch gleich darauf betätigte er die Toilettenspülung und betätigte sie dann ein weiteres Mal. Aber sie hörten ihn nicht, oder sie war schon jenseits von Gut und Böse, und es war ihr egal. Er ging zurück zur Badezimmertür und knallte sie zu, das werden sie hören, dann stellte er sich vors Waschbecken, drehte die Hähne auf, starrte sein Bild im Spiegel an.

Wie sein Dad ihm immer geholfen hatte, sich das Gesicht

einzuschäumen, und sich dann den Rest des Schaums selbst auf die Wangen gestrichen hatte. Damals hatte Adam seinen eigenen Rasierhobel ohne Klinge, der neben dem seines Vaters in dem kleinen Halter stand. Er stellte den Tritthocker neben seinen Vater, und dann »rasierten« sie sich vor dem Frühstück miteinander, wobei Adam das Abziehen des Schaums in gleichmäßigen Strichen sehr ernst nahm und dazwischen immer wieder seinen Rasierhobel abspülte; er liebte den Geruch von Barbasol. Selbst wenn er auf dem Hocker stand, war Adam nicht groß genug, um sich im Spiegel zu sehen, aber er konnte hochschauen und im beschlagenen Glas das Bild seines Vaters sehen. Er stimmte seine Bewegungen auf die seines Vaters ab, bis das Kind zum Mann wurde; Adam glaubte, die Klinge über seine raue Wange schaben zu spüren, musste darauf achten, um den Schnurrbart herum zu rasieren, den er inzwischen trug. Ein Kollektivgesicht. Bis sie mit kaltem Wasser abspülten und er wieder er selbst wurde. Wie sein Dad die Schaumreste mit einem Handtuch abwischte und ihn zum Lachen brachte, indem er leicht an seinen Ohrläppchen zog. Dann fuhren sie zum Bright Circle und holten unterwegs oft Jason ab.

In die Gegenwart zurückgekehrt, hörte er nun nicht mehr nur Geschrei, sondern auch, wie Gegenstände umgestoßen, vielleicht geworfen wurden. Er konnte sich nicht vorstellen, was da vor sich ging; er hatte noch nie erlebt, dass sein Vater oder seine Mutter im Zorn irgendetwas kaputt machten.

Vom Badezimmer bis zur Tür seiner Eltern waren es weniger als drei Meter. Er ging langsam, trat im Flur mit Absicht kräftig auf, sodass der Fußboden knarrte. Inzwischen redete sein Dad: über den schmerzhaften Prozess des Sich-Aussprechens, über das Nicht-Erfüllen von Erwartungen, über Muster, über jemanden namens Rachel, doch Adam versuchte wegzuhören. (Wegzuhören kam ihm vor, als versuchte er einen Muskel anzuspannen, den er nicht besaß.) Er wollte sich durch Rufen bemerkbar machen – Hey, was ist denn los, jetzt entspannt euch mal wieder –, damit sie sich auf seine Anwesenheit vorbereiten konnten, fühlte sich jedoch sprechunfähig. Er bezweifelte, dass die Laute, die er von sich gab, sich durch die Luft fortpflanzten; er befand sich in einer anderen Dimension als seine Eltern, ein Gespenst, in den Wänden. Jetzt hörte er seine Mom antworten, aber sie sagte nicht viel – ein Fluchen, irgendetwas Verächtliches über die Männergruppe, dann Geräusche, die keine Worte waren. Sein Vater war verstummt.

Adam klopfte laut an die halb geöffnete Tür, dann stieß er sie ganz auf. Er versuchte, seine Stimme leicht sarkastisch klingen zu lassen, ein Scherz darüber, dass er hier der Erwachsene war, die Elternfigur: Nun holen wir mal alle tief Luft. Das einzige Licht im Zimmer kam von einer Leselampe auf dem Nachttisch. Sein Dad stand in Unterhosen da, die Adam und seine Altersgenossen als »weiße Eierkneifer« bezeichnet hätten, die Arme verschränkt; ohne seine Brille wirkte er immer leicht blind und verletzlich. Seine Mom hatte Jeans und einen dunklen Sweater angezogen (was widersinnig war; auch nachts lag die Temperatur bei um die dreißig Grad), das Haar wirr und von einer Klemme nur halb gebändigt; auf dem Boden sitzend, zog sie sich gerade ein Paar Stiefel an. Das war etwas, was sie normalerweise nicht tun würde – auf dem Boden ihres Zimmers sitzen, es sei denn, sie machte Gymnastik. Die Schuhe, die sie üblicherweise trug, standen unten in der Nähe der Tür; sie musste die Stiefel aus dem Schrank genommen haben. Mit einer Bedächtigkeit, die seine Aufregung verriet, sagte sein Dad schließlich: »Alles ist in Ordnung, Adam; geh wieder schlafen. Wir haben bloß eine Meinungsverschiedenheit.« Doch seine Mom starrte Adam an, als wäre sie nicht nur von seiner Anwesenheit, sondern von seiner Existenz entsetzt. In ihrer Erschütterung erkannte sie ihn gar nicht. Dann schrie sie: »Kümmer dich um deinen eigenen Scheiß, okay?« Verblüfft hörte er sich – hörte einen viel jüngeren Burschen – sagen: »Mom, wo willst du denn hin?« In der darauffolgenden Stille das Pulsieren des Besetztzeichens von dem Telefon neben dem Bett.

»Frag deinen Vater.« Sie rappelte sich hoch; ihre Bewegungen hatten etwas Kindliches, das ihn noch stärker aus der Fassung brachte. Dann zwang sie sich zu lächeln und sagte in bemühter Annäherung an ihre normale Stimme: »Es tut mir leid, Schatz, ich brauche ein bisschen frische zum Nachdenken – Luft, meine ich.« Ihre Not hatte ihr die Prädikate durcheinandergebracht. Sie ging an ihm vorbei und die Treppe hinunter; er hörte, wie sie ihre Schlüssel von dem Haken an der Haustür nahm, die sie dann so kräftig hinter sich schloss, dass die Vorderscheiben klirrten. Schritte auf der Veranda, das Zuschlagen der Wagentür, das Anspringen des Motors. Er trat an das Fenster in seiner Nähe, zog die Lamellen der Jalousie auseinander und sah zu, wie sie aus der Einfahrt zurückstieß und in Richtung Sixth fuhr.

Adam drehte sich um und sah zu, wie sein Dad die Brille von der Kommode nahm, sie aufsetzte und anfing, einige von den Gegenständen aufzuheben, die seine Mom geworfen haben musste. Er barg die Tischuhr aus Messing, stellte sie wieder auf den Nachttisch, dann die kleine, aber schwere Inuit-Skulptur aus Stein, die Rose irgendwo gekauft hatte. Sie kam auf die Kommode. Adam hatte die seltsame Empfindung, dass die verschiedenen auf dem Boden verstreuten Gegenstände nicht so sehr von seiner Mutter durcheinandergeworfen, als vielmehr von einer Magnetkraft in ihre Position gebracht worden waren, irgendeinem Anziehungsprinzip, gegen das sein Vater nun ankämpfen musste, während er sie an ihren Platz zurückstellte. Er stellte sich vor, dass das Wasserglas, das sein Dad vom Boden aufhob – aufgrund der Dunkelheit des Flecks konnte er sagen, dass es Wein enthalten hatte –, dreißig Pfund wog, wie eine der Hanteln, mit denen Adam im Popeye's trainierte. In der Ecke sah Adam zusammen mit ein paar Büchern, die von der Deckplatte der Kommode gefegt worden waren – darunter eines von seiner Mutter, eine neue Übersetzung in irgendeine osteuropäische Sprache –, das helle Holzkästchen, das Klaus ihm geschenkt hatte. Wir bearbeiten in letzter Zeit vieles, und heute Nacht ist es aus dem Ruder gelaufen, und es tut mir wirklich leid, dass wir dich geweckt haben. Eigentlich ist alles in Ordnung; deine Mom wird bald wieder da sein; sehen wir zu, dass wir ein bisschen Schlaf kriegen. Das Verlangen, mehr zu erfahren, und das Verlangen, weniger zu wissen, bekämpften sich in Adam bis zum Stillstand, sodass es ihm schwerfiel, sich zu bewegen. Er spürte, dass sein Dad sich darauf einstellte, die schwierigen Fragen zu beantworten.

Aber Adam sagte gute Nacht, drehte sich um. Leise schloss er die Tür hinter sich. Seine Beine trugen ihn an seinem Zimmer vorbei zum Arbeitszimmer seiner Mutter am Ende des Flurs, wo der Teppichboden Holzdielen Platz machte. Er schaltete kein Licht an. Große Fenster ohne Jalousien gingen auf den Garten hinter dem Haus. Die Äste des Walnussbaums, um den herum die hintere Terrasse gebaut war, bewegten sich im Wind, warfen Schatten auf den Boden. Er

345

stand so still wie möglich, lauschte auf das Geräusch eines zurückkehrenden Wagens. Auf dem hinteren Zaun schlich ein Tier entlang; war es eine große Katze oder ein Waschbär? Es war eine Katze. Er wandte sich vom Fenster ab, ging zum Schreibtisch und setzte sich auf den mit Rollen versehenen Stuhl. Rechts von ihrem Computerbildschirm ein paar Alebrije-Schildkröten aus Oaxaca mit leicht zitternden Köpfen. Ein Triptychon aus klappbaren Fotorahmen, darin er und seine Mutter in unterschiedlichen Altern. Das leise Summen des Gehäuses unter dem Schreibtisch verriet ihm, dass sie den Computer angelassen hatte. Nur der beigefarbene Röhrenbildschirm war ausgeschaltet. Er fand den viereckigen Schalter auf der Rückseite und drückte ihn.

Word für Windows, 1995. Sie hatte noch kein Office 97. Das geöffnete Dokument bestand aus Notizen, die seine Mom gerade machte, vielleicht für einen Artikel: »Abgeschnittensein von der Primärfamilie – siehe Bowen, Veränderung als Prozess«; »Beschäftigungszyklus und Angst« etc. Er hatte die Fantasie, alles, was er in das Dokument tippte, würde in einem ihrer Bücher enden, sie würde es später fälschlich für ihre eigene Sprache halten und in ihr Werk einarbeiten, sodass es sich auf der ganzen Welt verbreiten und vielleicht die Beziehungen ihrer Leser beeinflussen würde. Er wusste, die Vorstellung war absurd, aber sie machte ihm trotzdem Angst.

Er öffnete ein neues Dokument. Er tippte Fragmente dessen, was sein Dad gesagt hatte, doch nun ordnete und gliederte er sie grob nach Silbenfall und Betonung, ein Verfahren, mit dem er seit einiger Zeit in seinen Gedichten experimentierte:

Es ist schmerzhaft, sich auszusprechen
Über Erwartungen, die ich nicht immer erfüllt habe
Zumal da es so vieles gibt

Er ließ den Cursor viermal blinken. Dann fuhr er fort:

Veränderung als Prozess wird
Zwei Schichten aus Hellgrau oder Gold
Elektrizität unter der Handfläche

Und so weiter. In der Umfunktionierung der Sprache, der Neuverteilung der Stimmen, der Veränderung des Strukturierungsprinzips lag eine besondere Macht, sachte Funken alternativer Bedeutung im Schatten des ursprünglichen Sinns, des Narrativs. Diese Macht war zugleich wirklich und sehr schwach, ein fernes Signal. Er schrieb noch ein paar Dreizeiler, keiner davon besonders gut, doch sie zu verfassen oder irgendeine andere Kraft durch ihn verfassen zu lassen war ein Vorgang, der ihn ein wenig entspannte, eine Art Meditation. Er schloss das Dokument und klickte auf »Nicht speichern«.

Er zögerte, dann klickte er auf das Netscape-Icon und lauschte auf den Wählton. Dann das automatische Einwählen, die Piep- und Zischtöne, das Geräusch, mit dem das Modem über das Festnetz mit einem anderen Modem kommunizierte, die Sprache der Maschinen. Als Adam verbunden war, tippte er »ALS Scan« in die Suchleiste und wartete darauf, dass die Ergebnisse angezeigt wurden, worauf er auf den entsprechenden Link klickte. Es dauerte eine Weile, bis die Vorschaubilder erschienen. Es war nicht seine Lieblingsseite, aber er war zuversichtlich, dass der Name »ALS Scan«, falls er von wer weiß welcher Überwachungsinstanz irgendwie entdeckt würde, harmlos anmutete. War ALS nicht eine Krankheit? Er könnte behaupten, er habe irgendetwas recherchiert.

Er klickte mehr oder weniger aufs Geratewohl das kleine Bild einer jungen Frau an, die wahrscheinlich ungefähr in seinem Alter war und einem rosa Dildo, den sie in einer Hand hielt, einen blies, während sie mit der anderen ihre Schamlippen spreizte. Das Bild wurde langsam geladen; die gedämpften Geräusche, die aus dem Computergehäuse drangen, erinnerten an von weitem gehörten Baulärm. Ein Sägen und Hämmern, als wohnten im Computer kleine Männer, die das Bild von Hand anfertigen mussten. Es begann von oben nach unten auf dem Bildschirm zu erscheinen, ein Vorhang aus Farbe, der sich millimeterweise herabsenkte. Um vollständig zu erscheinen, würde es eine volle Minute brauchen, der Striptease der langsamen Übertragungsgeschwindigkeit.

Der Teil des Bildschirms, den das Bild noch nicht erreicht hatte, war dunkel, und er konnte sein Spiegelbild im Glas sehen. Dann, ohne Vorwarnung, spiegelte sich darin ein anderes Gesicht, jemand, der ihm über die Schulter schaute; erschrocken bückte er sich ungeschickt nach dem Computer unterm Schreibtisch und drückte den Netzschalter; als er sich wieder aufrichtete, wusste er bereits, dass es falscher Alarm, dass außer ihm niemand im Zimmer war. Wenn jemand gekommen wäre, hätte er es gehört. Er atmete tief durch die Nase ein, atmete hörbar durch den Mund aus. Mittlerweile erschöpft, stand er auf, um schlafen zu gehen.

Doch auf der Schwelle des Arbeitszimmers blieb er stehen: Würde das Bild immer noch geladen werden, wenn seine Mom am Morgen den Computer einschaltete? Er wusste, das konnte nicht sein, aber die Vorstellung war verstörend, und vielleicht gab es irgendeine andere Spur davon, seinen Such-verlauf. (Das Bild würde überall auf Bildschirmen erscheinen, und irgendwie würden die Leute wissen, dass das sein Werk war, dass er das zu verantworten hatte; Amber würde es auf ihrem PC sehen, Rose würde es sehen, wenn sie das nächste Mal an der Elektronikabteilung des Hypermart vorbeikam, es wäre auf den Transparenten der Phelps' zu sehen, sind Sie stolz auf Ihren Sohn, es würde irgendwie in den Rahmen neben dem Schreibtisch seiner Mutter hochgeladen werden, auf die Schutzumschläge ihrer Bücher übergreifen, aber es würde auch auf Bildschirme und Oberflächen von früher ge-laden werden, *Fritz the Cat*, das George-Brett-Poster und seine *Star Wars*-Bettwäsche; es würde den Chagall im Sprechzim-mer seines Vaters ersetzen und seine Praxis ruinieren. Und das Beweismaterial würde auf den Displays der Zukunft erschei-nen: auf seinem iPhone, auf dem Schutzumschlag dieses Bu-ches. Das Vorwissen von der Demütigung hatte seine Mom zur Flucht veranlasst. Die Hartnäckigkeit der Geschichte.)

Er kehrte an den Schreibtisch zurück und schaltete den Computer wieder ein. Er hörte den von Brian Eno kompo-nierte, sechs Sekunden dauernde Windows-Start-Jingle. Er musste den Zwischenspeicher finden und leeren. Erst jetzt fragte er sich, ob die Änderungen seiner Mutter gespeichert worden waren.

———

Er parkte den Wagen ein paar Häuser von der Party entfernt und schaltete den Motor in dem Moment aus, als die Stra-ßenlaterne, die ihnen am nächsten war, anging. Meinst du, die haben Zeitschalter, fragte er Amber, oder meinst du, sie sind lichtempfindlich? Ich glaube, in jeder Laterne sitzt ein kleiner Vogel, wie in *Familie Feuerstein,* antwortete sie. Sie zündeten sich Zigaretten an und sahen zu, wie einige ihrer Klassenkameraden eintrafen, die meisten mit Flaschen oder Kästen. Sie spielten ein Spiel, bei dem es darum ging, aus dieser Entfernung die Markennamen der Getränke zu erkennen: Zima, Mad Dog 20/20 Coco Loco, Mickey's Fine Malt Liquor. Amber hielt sich ein Auge zu wie bei einem Sehtest, wenn man Buchstaben von der Tafel ablesen muss.

Sie rauchten ihre Zigaretten auf, stiegen aus und gingen zum Kofferraum, dessen Verriegelung er geöffnet hatte, um ihre von Ambers Eltern geklauten Getränke herauszuholen: eine angebrochene Flasche Absolut und eine Flasche Weißwein. Als er den Kofferraumdeckel zuknallte, erlosch wie von dem Geräusch die Straßenlaterne. Amber schob sich vor ihn, sodass sie zwischen ihm und dem Wagen stand, und zog ihn an sich: Schnell, bevor das Licht wieder angeht. Er schmeckte das zuckrige Lipgloss und den Tabak, die Spuren von Minze und Metall, die ihn, wenn er sie küsste, an Blut denken ließen; es war schön, seiner hellrosa Lunge eventuell Schaden zuzufügen; es war schön, zwei junge Leute zu sein, die nach Lancôme und Philip Morris, synthetischen Pheromonen und krebserregenden Stoffen, schmeckten, im Moment ihres intimsten Kontakts, ihrer größten Austauschbarkeit, zu sein, Verkörperungen; Klischees, Typen.

Ich habe eine Cousine in Joplin, sagte sie und löste sich von ihm (immer löste sie sich plötzlich von ihm), die behauptet, die Dinger gehen aus, wenn sie drunter herläuft. Sie glaubt, das ist wie so eine Art Superkraft oder wie man eine böse Superkraft nennt. Ein Fluch – dass irgendwas mit ihr nicht stimmt.

Vielleicht, sagte Adam, hat es mit dem elektromagnetischen Feld um ihren Körper zu tun.

Aber das Abgefahrene (sie ignorierte ihn) ist, dass wir – mein Bruder war auch dabei – alle stoned waren, als sie uns das erzählt hat, und wir haben uns über sie lustig gemacht und von Stull und *Der Exorzist* geredet, und sie so: Dann kommt mal mit. Und wir sind alle in die Innenstadt gelatscht, einen knappen Kilometer vom Haus meiner Tante entfernt und komplett verlassen. Das war morgens um eins an einem Sonntag. Da gab es diese ganzen altmodischen Straßenlaternen. Und sie hat gesagt, wir sollten abwarten und aufpassen, und dann ist sie auf einer Straßenseite langsam drunter hergegangen, und nichts ist passiert. Wir haben uns kaputtgelacht. Dann ist sie auf der anderen Seite wieder auf uns zugekommen, und eine ist tatsächlich ausgegangen. Wir so: Ach du Scheiße, aber wir haben auch gesagt, dass das Glück war. Also macht sie es nochmal, und wieder ist eine ausgegangen, ich schwör's. Es war total abgefahren. Als hätte sie das mit ihren Gedanken gemacht. Sie ist ziemlich durchgeknallt und mittlerweile auf Prozac, und sie unterrichten sie zu Hause. Ich glaube, sie ist vielleicht eine Hexe oder so was.

Sie ist deine Cousine väterlicherseits – die Tochter seiner älteren Schwester, vergewisserte er sich.

Ja, sagte sie lachend.

Hört sich ganz so an, als wärt ihr lauter durchgedrehte Kiffer, sagte er, für den Fall, dass sein Wunsch, ihre Familie zu kartieren, das System im Kopf zu behalten, ihn schräg oder soft erscheinen ließ.

Sie gingen händchenhaltend auf das Haus von Jasons Eltern zu, ließen einander jedoch los, als sie näher kamen; kein Mensch hielt Händchen, es waren schließlich nicht die fünfziger Jahre. Weitere Leute trafen ein, und Adam wunderte sich über all die Autos – weder er noch Jason waren jemals Gastgeber einer ausgewachsenen Hausparty gewesen; Sima und Eric hätten genau wie Jane und Jonathan nichts gegen ein bisschen Alkohol, nähmen keinen Anstoß an ein bisschen Gras, aber härtere Drogen, sturzbetrunkene Unterstufenschüler oder eine Prügelei würden sie nicht tolerieren; jedes derartige Vorkommnis hätte ein, vielleicht mehrere Jahre der »Bearbeitung« zur Folge. Jasons Eltern waren über Nacht in Kansas City, aber es könnte schwierig werden, eine Party unter Kontrolle zu halten, wenn sie erst einmal angefangen hatte, und dafür zu sorgen, dass das Ganze sich rechtzeitig auflöste. Jason würde in anderthalb Monaten nach Stanford gehen; vielleicht war es ihm egal, wenn er Ärger kriegte.

Stimmen und Musik (die Fugees, *The Score*) verrieten ihnen, dass die Leute hinten waren. Eine Holzpforte neben dem Haus führte auf einen von kleinen Lichtern flankierten Pfad aus Steinplatten und in den Garten, wo sich andere Schulabgänger rauchend und trinkend zwischen den Gartenmöbeln verteilten. Da und dort ein Kasten Natural Light; Nowak trank Evan Williams aus der Flasche; eine Karaffe Carlo Rossi etc. Nach den üblichen Begrüßungen, in die sich nun auch spöttische Gratulationen zu seinem Triumph mischten – »Hey, trinken wir einen auf den Deppenchampion« –, ging Adam ins Haus, um einen Mixer zu suchen.

Warum war es an jenem Abend seltsam, das Haus von Jasons Eltern zu betreten, ein Haus, das er kannte, so lange er zurückdenken konnte? Warum durchstöberte er wie ein Anthropologe oder ein Gespenst den Kühlschrank und die Küchenschubladen? Warum stellte er den Orangensaft neben der Flasche auf dem Tresen ab, ging, anstatt die Drinks zuzu-

bereiten, ins Wohnzimmer und betrachtete die gelbe Leder-
couch und die Bilder an den Wänden – darunter auch ein
kleiner Lassiter in einem antiken Rahmen, ein Geschenk von
Jane? Er machte die Zahnabdrücke auf dem Couchtisch ausfindig, die er, wie er wusste, vor etwa zehn Jahren hinterlassen
hatte, ein Sturz, als sie miteinander gespielt hatten; er strich
mit den Fingern über die Einkerbungen und erinnerte sich,
wie er ein paar Jahre später im Hotel seinem Dad zugesehen
hatte, als der vorsichtig Jasons Lippe von der Zahnspange
löste. (Was war eigentlich mit ihren Milchzähnen passiert,
fragte er sich plötzlich. Hatten ihre Eltern sie einfach weggeworfen? Er stellte sich vor, wie er wieder zur Party stieß
und die Zwölftklässler und -klässlerinnen beim Lächeln
kleine Milchzähne entblößten, mit Lücken hier und da, wo
sie ausgefallen waren, und die fehlenden unter Kopfkissen
versteckt, für die Zahnfee, die sie gegen Silberdollars eintau-
schen würde.) Ohne ein bestimmtes Ziel im Kopf stieg er
die Treppe hinauf, unter seinen Füßen knarrte das Hartholz.
Jasons Zimmer und das Fernsehzimmer lagen rechts von ihm,
doch er wandte sich nach links und öffnete die Tür zum El-
ternschlafzimmer, in dem er noch nie gewesen war. Er roch
einen Duft, den er mit Sima assoziierte. Auf der Kommode
stand eine große, offene Schmuckschatulle mit Intarsien
aus Silber und Perlmutt, und er nahm einige Armreifen in
die Hand, betrachtete die Ringe. Es gab ein Medaillon ohne
Kette, das er zu öffnen versuchte, aber er schaffte es nicht;
vielleicht war es gar kein Medaillon, sondern bloß ein Anhänger, doch er spürte, dass es etwas verbarg, ein altes Foto, einen
Splitter Welteis. Die großen Fenster gingen auf den Garten,
und er stellte sich davor, schob vorsichtig die Lamellen der Jalousie auseinander und schaute hinab auf sein Milieu. Schau

her, da kommt Darren in Gesellschaft von Cody und Laura. Die übertriebene Begeisterung, mit der Darren begrüßt wird, grenzt ans Hysterische. Was läuft, Alter? Yo, jetzt ist das 'ne richtige Party. Adam stellte sich vor, er sähe sich auf einem der Rohrsessel sitzen mit Amber auf dem Schoß und würde ihr blondes Haar in einem Pferdeschwanz so über ihre rechte Schulter ziehen, dass die straffen Muskeln ihrer gebräunten Arme zur Geltung kämen.

Aber es war Amber, die ihn am Rücken berührte, sodass er erschrocken von der Jalousie zurückfuhr. Mensch!, sagte er; wie hatte sie es geschafft, geräuschlos die Treppe heraufzukommen? Was machst du denn hier oben?, fragte sie. Weil er nicht wusste, was er sagen sollte, lächelte er verschwörerisch, ging zur Tür, schloss sie ab, indem er den Knopf in dem silbernen Knauf herunterdrückte, kehrte dann zu Amber zurück und führte sie zu dem großen, sorgfältig gemachten Bett. Hier?, fragte sie. Unerwartete Festigkeit der Matratze, Schaum mit Formgedächtnis. Vor dem Fenster noch mehr Stimmen, die Party wurde rasch größer. Sie knutschten eine Weile, während sie auf ihm lag, dann drehte er sie auf den Rücken und küsste sich langsam bis zum obersten Knopf ihrer Jeans hinunter, den er öffnete.

Man muss sich klarmachen, dass sein sexuelles Wissen, soweit vorhanden, eine Synthese oder ein tragfähiges Spannungsverhältnis zwischen Porno und *Unser Körper, unser Leben* darstellte, die Lektüre, die von allem, was er je im Besitz seiner Eltern gefunden hatte, einem Porno noch am nächsten kam; er hatte seine eigene Mutter über die Löschung der Klitoris aus der psychoanalytischen Theorie reden hören, und natürlich hatte er Jungen und Männer endlos vom weiblichen Körper als bloßem Spielzeug reden hören, das man zur Befriedigung der männlichen Lust auch kaputtmachen durfte. Wie sollte er mit Amber auf eine Weise agieren, die seine positive Andersartigkeit als Dichter, Protofeminist und demnächst an einer Elite-Uni studierende Alternative zu den Typen bestätigte, ohne dass er sich dabei zugleich entmännlichte? Cunnilingus, Zungenfertigkeit, wie die scherzhafte Umschreibung lautete, eine Umschreibung, die auf ihn gemünzt sein könnte, der versuchte, den Körper mit Sprache zu überziehen. (Der Kaugummi, Klaus' Stimme, deutet auf eine Verschiebung des Oralen zum Genitalen hin.) Er konnte schwerlich der einzige Junge in Topeka gewesen sein, der »leckte«, aber er war vielleicht der einzige in der Klasse von 97, der sich Kenntnisse über entsprechende Techniken anlas, die berühmte Sexpertin befragte, wenn sie auf der Durchreise war, und ein ehrliches Feedback von seiner Partnerin erbat. (Nach anfänglicher Schüchternheit schien schon dieses Reden darüber fast so stark auf Amber zu wirken wie der körperliche Kontakt selbst.) Statt der Zungenspitze die flache Seite benutzen. Die Dialektik von kreisenden und vertikalen Bewegungen. Die Choreografie seiner Finger. Als Reaktion auf wachsende Lust nicht instinktiv schneller werden, nicht dem Instinkt zum Schnellsen nachgeben. Im College würde er sich von dem schönen jugendlichen Mythos verabschieden müssen, dass es ein universeller Code für den weiblichen Orgasmus war, mit der Zunge das Alphabet zu »schreiben«, aber dieser Mythos erweiterte zumindest sein Bewegungsspektrum. Man konnte trainieren, indem man mit einem Stift im Mund laut zu lesen versuchte. Die Anforderungen für diese Form der Ausdrucksfähigkeit waren absurd niedrig. Den für die Bildung von alveolaren Plosiven wie *t* und *d* wesentlichen Zungenrand benutzen. Was er konnte, beschränkte sich auf zuhören, reagieren und stabil bleiben, aber das war – in Verbindung mit gewöhnlichem Vögeln – nach Ambers Dafürhalten mehr als genug, um ihn zum bei weitem tollsten ihrer zahlreichen Liebhaber zu erklären. Doch während er hoffte, dass sie dieses Ranking publikmachte, wollte er nicht, dass sie die zentrale Bedeutung der oralen Stimulation preisgab, weil das seinen Ruf bei den Typen gefährden würde. Abermals war seine Zunge sowohl seine Stärke als auch seine Schwäche.

Sie zog sich eines der großen Kissen übers Gesicht, um die Geräusche zu dämpfen, die sie von sich gab, wenn sie kam oder zu kommen schien. Als sie nicht mehr zitterte, brachte er sich behutsam in eine neue Position, nahm das Kissen weg, und sie schmusten eine Zeitlang träge. Dann lagen sie beide auf dem Rücken und starrten zu dem bewegungslosen weißen Deckenventilator hinauf, der im Dunkeln gerade noch über ihnen zu sehen war. Anstatt sich sofort zu revanchieren und Adam einen zu blasen, begann Amber zu sprechen.

Meine Mom will zwar nicht, dass ich allzu weit weg gehe, aber ich wette, sie ließe sich überzeugen, dass ich an die Ostküste ziehen muss, um die richtige Mischung aus Tanz und Uni zu finden. Eine Nichte von ihr ist nach Swarthmore gegangen, das liegt praktisch in Philadelphia, und von dort ist es eine lange Fahrt bis Providence oder eine kurze bis New York. Ich weiß nicht, ob ich da reinkäme, weil in meinen Zeugnissen von der West ein Haufen Cs steht, weil ich rumgegammelt habe, aber seither bin ich Spitze, 790 SAT-Punkte in Mathe, und ich bin zwar kein bescheuerter Debattenchampion, aber ich kann einen guten Essay schreiben, oder du schreibst ihn für mich, oder es gibt auch noch andere Unis. (Weißt du, dass es auf den Bahamas eine medizinische Fakultät gibt, wo man hingehen kann, und wenn man zurückkommt, ist man gleich Arzt? Das wäre doch super. Dort gehe ich nach dem College hin, lerne, wie man operiert, und chille dann am Strand, bis obenhin zugekifft. Das mache ich, wenn es mit dem Tanzen nicht klappt. Vielleicht Pädiatrie, so wie sie bei meinem Bruder die Arterien repariert haben, weil die bei seiner Geburt vertauscht waren. Deswegen hat er nicht Football spielen dürfen, obwohl er richtig gut ist.) Ich sage nicht, dass wir immer so was wie ein Paar sein werden, aber ich möchte mal ein Wochenende mit dir in New York sein, ich will ins Museum gehen und mit einem dieser Pferdekutschendinger durch den Park fahren, wie es dein Dad nach seinem schlechten Trip gemacht hat, und dort noch ein paar andere Erinnerungen schaffen. Nicht zu fassen, dass sie dir einfach erzählen, wie es für sie war, zusammenzukommen und Drogen zu nehmen und auszuflippen. Meine Mom kann sturzbesoffen sein und voller Pillen, schwört aber trotzdem, dass sie bloß ein halbes Glas Wein getrunken hat. Wir könnten uns zum Beispiel Kunst ansehen oder Musik oder Gedichte hören oder so oder in die Clubs gehen oder nach dem Kino einfach durch die Straßen laufen. Mein Bruder sagt, als er das letzte Mal da war, haben sie sich ein paar Flaschen Olde E besorgt, sind auf eine Fähre, die ganze Nacht hin und her gefahren und haben sich dabei volllaufen lassen und vom Wasser aus die Großstadtlichter betrachtet, was total cool klingt, finde ich, das könnten wir doch auch mal zusammen machen, okay? Du weißt gar nicht, wie gern ich mit dir zusammen bin, wenn du dich nicht gerade wie ein Arschloch aufführst, wie es sich anfühlt, die Gleichheit und die Verschiedenheit zu kennen, obwohl du dir meine Stimme nicht vergegenwärtigen kannst, das Problem anderer Denkarten, Phosphene, Phoneme. Jetzt zum Beispiel verdichten sich die weiten, leeren Trübungen

357

meiner frühen Jahre in meinem Gedächtnis. Wir brauchen einfach gefälschte Ausweise. Selten weiß ich zu irgendeiner Zeit, ob ich dir Wirkliches oder die unwirklichsten Träume erzähle. Wenn du diese Pflanze zwischen den Händen zerreibst, gehen die Straßenlaternen aus und die Sirenen an. Hale-Bopp wird demnächst das Perihelion durchfliegen, ein blauer Gasschweif, der von der Sonne wegzeigt. Blaues Eis. Du siehst es, wenn du die Augen zumachst und drückst. In mir zerschmelzen die festesten Dinge immer zu Träumen und Träume zu Festigkeiten. Dahinter ist ein Raumschiff, und während wir hier liegen, mischen die Mitglieder von Heaven's Gate Phenobarbital mit Apfelmus und Wodka, steigen in ihre Etagenbetten und bedecken sich die Köpfe mit purpurroten Tüchern, um ihren Körper und diesen Planeten verlassen zu können, Klasse von 97.

In der Küche gaben sie Eiswürfel in die größten Gläser, gossen Wodka und Orangensaft darüber und kehrten in den Garten zurück, wo es inzwischen ziemlich laut zuging. Eine Welle von Unterstufenschülern war eingetroffen. Binnen Minuten stand Adam wieder in der Küche, um ihre beiden Gläser aufzufüllen, diesmal mit weniger Orangensaft, und bekam dann übergangslos ein drittes, vielleicht viertes von Amber in die Hand gedrückt. Er hätte nicht sagen können, wie sich die Cypher bildete, aber er hatte mit einem Mal die Arme um die Schultern von zwei Zwölftklässlern gelegt, während sie versuchten, über Bitches, Schießereien und so weiter zu reimen. Wenn du diese geheimnisvolle Pille nimmst, kannst du von der Absurdität und Anstößigkeit ihres Vokabulars abstrahieren und ein Gefühl der Ehrfurcht vor der bloßen Tatsache zurückgewinnen, dass irgendeine Art von förmlichem Hochdrucksprachspiel soziales Gewicht besaß, dass die maskulinen Typen sich auf diese von anderen angeeignete Weise eine Bühne schufen, auf der sich Sprache, wie plump oder abwegig auch immer, wiederverwerten und neu kombinieren ließ. An diesem Abend gelang es Adam, über die dumme Gewalttätigkeit der Battles und misogynen Klischees hinauszuwachsen und in einen Bereich vorzustoßen, in dem sich Sätze mit einer Geschwindigkeit entfalteten, die er nicht bewusst kontrollieren konnte. Zu diesem Zeitpunkt spielte es keine Rolle, was für Wörter er in die Maschinerie der Syntax einspeiste (ein Erhabenes von Austauschbarkeit), es spielte keine Rolle, ob er über Bitches, Koks oder das Stingray-Überwachungsprogramm reimte; es spielte keine Rolle, dass er wie ein Idiot aussah; worauf es ankam, war, dass Sprache, das grundlegende Medium von Sozialität, in ihrer abstrakten Fähigkeit präsentiert wurde und dass er, wie flüchtig auch immer, einen Blick auf die Grammatik als reine Möglichkeit erhaschen würde.

Wer kam auf die Idee, Darren einzubeziehen? Darren bewegte sich, wurde bewegt, auf einem Strom von Alkohol und gemeinsamer Energie ohne Surplus in den Kreis; wie bei einem Football-Huddle legten ihm die Typen brüderlich die Arme um die Schultern und reichten ihm das unsichtbare Mikro oder Schneckenhorn oder Redeholz, und während er beim ersten Mal noch vollkommen stumm, zu keinerlei Vokalisierung imstande war, siehe das verstörte Lächeln, kamen sie irgendwann wieder auf ihn zurück, und diesmal sprach er, wenn auch stockend. Sein Beitrag war zwar nur ein plumper Versuch, Wort für Wort zu wiederholen, was Adam über Faust in die Fresse und wummernde Bässe skandierte, aber seine Brüder feuerten ihn verblüfft und lautstark an und nickten zu dem nicht vorhandenen Takt mit den Köpfen, als offenbarte Darren neue Denk- und Gefühlsbereiche, neue Welten, als wäre er ihr Caedmon. Denn man hatte ihnen immer gesagt, sie sollten ihn einbeziehen, und das hier stellte den Zenit der Einbeziehung dar, die Assimilation Darrens an eine gemeinsame Sprache, an ihre kaputten Prosodien, und wenn darin eine Ironie lag, so war sie nicht durchweg grausam.

Doch hinten im Garten war es zu laut; die Nachbarn würden sich beschweren. Irgendwann löste Jason die Cypher auf und sagte, sie müssten ins Haus gehen, runter in den Keller mit dem großen Fernseher, den Sitzsäcken, der Kupferwand und dem Billardtisch, den Eric mit Jonathans Hilfe und Ron Williams' Pick-up vor ein paar Jahren von Klaus hergeschafft hatte. Es war Zeit, ihre Positionen um die unmerklich rotierende Billardkugel, den Eissatelliten, einzunehmen. Es eilte, eilt, nicht; die Assistenten müssen ihre Kameras aufstellen, die Schauspieler ihr Kostüm in Ordnung bringen, ihre Kopfbedeckungen zurechtrücken, ihre Pager befestigen, ihre geheimen Lasuren und Lacke auftragen. Es ist 1909; es ist 1983; es ist der Vorfrühling von 1997, gesehen von 2019, vom Stockwerk meiner Töchter aus, matter Schimmer des Laptops, in einem eigenen Fenster läuft »Clair de Lune«, während im Keller Bone Thugs-N-Harmony läuft. Von außen, denn der heutige Abend rollt gerade abermals ab, höre ich das Geräusch von Leuten, die Glas einsammeln; von innerhalb des Romans Gelächter und verwaschene Sprache, die Mechanismen kurz vor dem Zusammenbruch. Die Bierkästen sind an der Wand aufgereiht worden; die Bongs sind auf die grüne Filzfläche gelegt worden; McCabe zeigt Jason die Plastiktüte mit den Kristallen und wie man die Unterseite der Birne erhitzt, aus der sorgfältig die Glühfäden entfernt worden sind. Es brauchte Tausende von Generationen des technischen

Fortschritts, die jeweils auf den Leistungen der vor ihnen Lebenden aufbauten, um diese alltäglichen modernen Artikel möglich zu machen. Tempera auf Holz. Kodachrome-Marmor. Gummi und Kleber.

Als in dem überfüllten Keller alle in Position sind, geht das Licht aus. Hier und da der Schimmer eines an eine Schale gehaltenen Feuerzeugs, das blaue elektrische Display der tragbaren Stereoanlage. Klicke die Billardkugel an, ziehe sie an den Rand des Tischs und platziere sie neben Mandy Owens Gesicht, das im Profil zu sehen ist; als die Maustaste losgelassen wird, trifft die Kugel Mandy sieben Zentimeter unterhalb der Schläfe, zerschmettert den Kiefer an mehreren Stellen, bricht ihr zahlreiche Zähne aus, schlägt sie bewusstlos und verändert für immer ihre Sprechweise. Als die Lichter wieder angehen, liegt sie mit dem Gesicht nach unten auf dem Boden; Geschrei angesichts der Geschwindigkeit, mit der sich der Blutfleck ausbreitet; die Musik wird endlich ausgeschaltet. Einige eilen zu Mandy, drehen sie langsam um (neuerliches Geschrei); andere eilen zu Darren, halten ihn fest, als ob er zu fliehen versuchte, kleine mimische Zuckungen um seine Mundwinkel; viele flüchten aus dem Keller, rennen in Panik die Treppe hinauf. Mach die Billardkugel ausfindig, die unter den Tisch gerollt ist, klicke sie erneut an, ziehe sie nach links. Blut und Zähne kehren in Mandys Kopf zurück, während sie wieder auf die Füße kommt, ihr Kiefer fügt sich wieder zusammen; die Lichter gehen aus, Rauchwolken strömen in Münder zurück, die Musik läuft rückwärts, während der kleine Mond durch das Kellerfirmament wirbelt, das alles in einer Zeitspanne, die vielleicht nicht länger ist, als / ein Pfeil braucht, um zu treffen, zu fliegen, den Bogen / / zu verlassen. Wie viel einfacher es wäre, wenn die Texte, langsam rückwärts abgespielt, tatsächlich, wie von einigen hysterischen Eltern befürchtet, satanische Botschaften offenbarten; wenn es eine derart maskierte geheime Ordnung, wie finster auch immer, anstelle von Wut auf Leere gäbe. Jetzt füllt sie seine Hand.

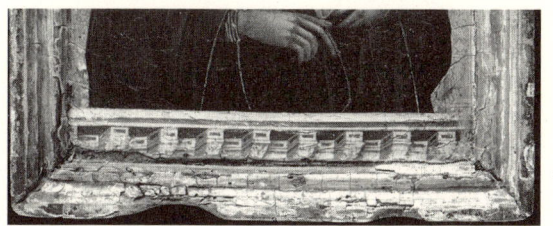

THEMATISCHE
APPERZEPTION
(ADAM)

Von Doña Alanas Einzimmerwohnung Ecke 108th und Amsterdam Avenue aus, einer Wohnung, die sich seit 1942, als Doña Alana aus Vieques eingetroffen war, nicht wesentlich verändert hatte, der Wohnung, in der sie allein zwei Töchter großgezogen hatte und in der das sorgfältig gemachte Doppelbett, in dem die Mädchen schliefen, immer noch neben dem sorgfältig gemachten Bett in Überbreite stand, daneben ein kleiner Tisch mit einem Wählscheibentelefon, dem letzten Wählscheibentelefon in meinem Leben (dass meine eigenen Töchter niemals Festnetztelefone kennen werden, aus familiensystemischer Sicht ein tiefgreifender Wandel), einer Wohnung, die einem wie der einzige Ruhepunkt vorkam, um den sich das Viertel ständig neu ordnete, schoben wir, Natalia und ich, den Zwillingsbuggy durch untypische Novemberwärme in Richtung Riverside Drive. Vor unseren Mädchen versuchten wir unsere Traurigkeit angesichts der neuesten Anzeichen der fortschreitenden Demenz ihrer Urgroßmutter zu verbergen: dass sie Natalia während des Besuchs meistens mit dem Namen ihrer Mutter angeredet hatte; dass sie glaubte, Luna, unsere Älteste, wäre ein Junge, obwohl Natalia Lunas braunes Haar zurückgestrichen hatte, um ihr die kleinen goldenen Ohrstecker zu zeigen; dass Bisi, wie die Kinder sie nannten, der kleinen Amaya mit plötzlicher Verzweiflung einen Kühlschrankmagneten in Form eines Coquí aus der Hand gerissen hatte, *Es mío,* wie es ein anderes Kind getan hätte, und den Magneten in ihrer

Hand dann betrachtet hatte, verwirrt über ihr eigenes Tun, während Amaya zu heulen anfing. Am Broadway blieben wir auf der Verkehrsinsel stehen, warteten darauf, dass die Fußgängerampel auf Grün sprang, und Natalia begrüßte die Senioren auf der Bank links von uns, das Spanisch wegen der verschluckten Vokale für mich unverständlich, im Windschatten eines vorbeifahrenden Busses Vogelgezwitscher, während ich so tat, als beobachtete ich den Obdachlosen nicht, der den grünen Metallabfallbehälter rechts von uns durchwühlte, und mir bestätigte, dass er keine Bedrohung für die Mädchen darstellte, außerstande, nicht in diesen Begriffen zu denken, inzwischen schlief Amaya, den Schnuller im Mund, Luna sang ein Lied über Nilpferde vor sich hin, Wolken zogen rasch durch den Raum zwischen den Gebäuden, als ich aufblickte, aus einem in zweiter Reihe geparkten Auto kam Musik von Cardi B. Wenn wir nicht wollten, dass die Mädchen unser Gespräch verstanden, sprachen Natalia und ich in vielsilbigem Jargon, in Zehn-Cent-Wörtern, etwas, was ich nur auf Englisch konnte und was uns ermöglichte, ernste Themen in einer Art Spiel abzuhandeln – wir kamen uns vor wie Kinder, die sich über Erwachsenensprache lustig machten –, und so sagte ich: »Neurodegeneration mit anzusehen, ist bedrückend, aber ihre grundlegende Persönlichkeit ist intakt«, oder was auch immer; Natalia sagte: »Ich habe die Hoffnung, dass sie den Endpunkt erreicht, ohne in eine Einrichtung umziehen zu müssen«, oder dergleichen. Die Ampel wurde grün, wir überquerten die Straße, Luna zeigte auf den Mister-Softee-Wagen: Dada, du hast Eis versprochen; nein, ich habe gesagt, ihr könnt bei Bisi Kekse haben oder warten und dann Eis bekommen, Schuldgefühle angesichts vermuteter Zuckerspiegel in ihrem Blut. Luna begann zu quengeln,

Natalia, die nur Spanisch mit den Mädchen sprach, nannte die Konsequenzen, die das Quengeln haben könnte; Luna ließ es gut sein, setzte ihren Nilpferd-Freestyle fort, in den sie nun das Wort »bedrückend« aufnahm, das sie »brückend« aussprach, die Sprache Wachs in ihrem Mund, sie klatschte in die Hände, um ein paar Tauben aufzuscheuchen, während wir hügelabwärts Richtung Riverside spazierten, Luna begeistert von einem Mann, der am Gerüst Klimmzüge machte, Kannst du das auch, Dada? Was für ein Leben deine Großmutter gehabt hat, sagte ich zu Natalia, wie ich es immer tat, und über was für ein besonders verrücktes Jahrhundert ihre Lebenszeit sich erstreckt: in der Frühzeit der Automobile und Flugzeuge geboren zu werden und sich jetzt über FaceTime (auf Natalias Telefon) mit einem Cousin auf der Insel unterhalten, wo die Stromversorgung gerade provisorisch wiederhergestellt worden ist, während ihre Urenkel um sie herumtollen. Natalia nickte angesichts der Plattitüden, *Sportliches Fahren*, lächelte das spezielle Lächeln, das darauf angelegt war, Tränen zurückzudrängen, einen nach oben gerichteten Druck auf die Tränengänge auszuüben, Trump warf nach dem Wirbelsturm Maria Papierhandtücher in die Menge, die FEMA verteilte Skittles und andere großindustrielle Süßigkeiten, während ich den Buggy über den Bordstein auf den Hauptweg der Durchgangsstraße schob; wir bogen links ab und steuerten den Hippo Playground in der 91st an.

Dort angekommen, hüpfte Luna vom Buggy, damit Natalia und ich ihn die Steintreppe hinuntertragen konnten, dann schnallte ich Amaya los, hob sie heraus (warum kommt es mir gefährlich vor, die Namen meiner Töchter zu fiktionalisieren?), begann sie zu wecken (warum ist sie schwerer, wenn sie schläft?), indem ich mein eigenes Lied über Nil-

pferde sang, die als »gefährdet«, aber nicht als »vom Aus-
sterben bedroht« klassifiziert sind, Dada will dich auf der
Schaukel anschubsen, mein kleines Nilpferdchen, zog ihr
irgendwann den Schnuller, den sie ihren Bobo nennt, aus
dem Mund, worauf sie ihre Augen mit den langen Wimpern
aufschlug und sprach, wenn auch nur, um ihren Bobo zu-
rückzufordern: »Dada, Bobo noch ein bisschen.« Ich gab ihn
ihr, stellte sie ab, zog am Bund ihrer buntgestreiften Hose,
um ihre Windel zu überprüfen, ließ sie dann los und sah ihr
nach, wie sie auf ihre Schwester zuwatschelte, die auf ihre
zaghafte Art auf eine der kleinen, steinernen Nilpferd-Skulp-
turen geklettert war und mir lächelnd zuwinkte. Ich suchte
halb bewusst den Spielplatz ab, konnte wegen potenzieller
Rabauken oder Glasscherben auf dem Asphalt nicht anders,
überschlug im Kopf die relative Höhe der Spielgeräte und
welche Art von Verletzungen dieser oder jener Sturz mit sich
brächte. Dann checkte ich mein Telefon auf Nachrichten, die
aus dem Rahmen fielen, klinkte mich in den beruhigenden
Strom von Schlagzeilen, Skandalen, archaischen Regressio-
nen, dem Neuesten in Sachen Welteis ein, ehe ich es ausschal-
tete, Teil meiner verstärkten Bemühungen, bei meinen Mädchen präsent zu sein. Außerdem bemühte ich mich verstärkt,
nicht andauernd einzugreifen, in dieser Hinsicht nicht allzu
präsent zu sein, und so ließ ich Luna und Amaya, ohne sie zu-
rückzupfeifen, die kleine gelbe Metallleiter (ein Sturz würde
wahrscheinlich keine Gehirnerschütterung nach sich ziehen)
zum Klettergerüst hochsteigen, wo Kinder unterschiedlichen
Alters von Gerät zu Gerät rannten und sich von der Hangelleiter schwangen; es gab eine breite Metallrutsche. Natalia
war ein Stück entfernt und holte die Wasserflaschen aus der
Büchertasche, die in dem Korb unter dem Buggy verstaut war.

Luna stellte sich hinter ein paar größeren Mädchen an der Rutsche an; Amaya stellte sich in eifriger Nachahmung hinter ihrer Schwester an. In diesem Augenblick wurde ich auf den Jungen aufmerksam – er war vielleicht sieben oder acht, ein paar Jahre älter als Luna; er rutschte nicht, sondern saß oben auf der Rutsche und hämmerte mit den Füßen gegen das Blech. Als eines der älteren Mädchen den Jungen bat, Platz zu machen, damit sie rutschen konnte, sagte er: Die Rutsche ist nur für Jungs, keine Mädchen auf dieser Rutsche, verschwinde. Das Mädchen rief nach ihrem Vater, der ganz in der Nähe war, damit er ihr bei dem Jungen half, der niemand anderen rutschen lassen wollte, und Luna und Amaya warteten aufmerksam ab, wie sich das Ganze weiterentwickeln würde, und stellten sich, so kam es mir vor, darauf ein, eine wie auch immer geartete Lebenslektion zu verinnerlichen. (Dieser besondere Blick in den Augen eines Kindes, eine Mischung aus An- und Abwesenheit, wenn es im Begriff ist, sich beeindrucken zu lassen, einen Eindruck zu empfangen wie Wachs, und welchen Druck das auf Sprache und Gesten derjenigen von uns ausübt, die vorgeben, erwachsen zu sein.) Der Vater, seinem Akzent nach Franko-Afrikaner, bat den Jungen sanft und mit einem Lächeln, die anderen Kinder auch rutschen zu lassen, und der Junge blaffte zurück: Nein, keine Mädchen auf dieser Rutsche, nein, verschwinde. Worauf der Vater, immer noch lächelnd, fragte: Und wo ist dein Daddy oder deine Mommy heute? Nach einem Augenblick des Zögerns, in dem er an den verschorften Stellen an seinen Knien kratzte, deutete der Junge mit einer widerwilligen Kopfbewegung auf einen Mann, der etwa zehn Meter entfernt auf einer Bank saß und die Szene auf der Schaukel von dort aus zu beobachten schien. Ich versuchte, Luna und

Amaya abzulenken, habt ihr die Hangelleiter gesehen, aber sie waren ganz gebannt und folgten mit dem Blick dem Vater, der, nach wie vor lächelnd, zu dem Vater auf der Bank ging, während der Junge weiter die donnernden Geräusche produzierte und die älteren Mädchen geduldig, wenn auch unzufrieden, Schlange standen und auf erwachsene Intervention warteten. Ich tat so, als verfolgte ich den Austausch zwischen den beiden Vätern nicht, doch bald kehrte der Vater des Mädchens verdutzt, ja leicht erschüttert zurück; er sagte zu seiner Tochter, es sei Zeit, zu den Schaukeln zu gehen, sie müssten ohnehin bald nach Hause. Der Vater und ich stellten Blickkontakt her, und er hob die Augenbrauen, um anzudeuten, dass der Vater auf der Bank Ärger bedeutete. Ich schaute ganz offen zu der Bank hinüber, um dem schlechten Vater, der nicht gekommen war, um seinen Sohn in die Schranken zu weisen, zu vermitteln, dass ich zu dem guten Vater hielt, während ich zugleich die Gelegenheit ergriff, den schlechten Vater zu taxieren, gar nicht anders konnte: Er war größer und dünner als ich; er war förmlicher gekleidet als jeder andere Erwachsene auf dem Spielplatz, als wäre er von der Arbeit gekommen, obwohl es Sonntag war; er trug Khakihosen, ein Jackett und ein fliederfarbenes Button-down-Hemd, keine Krawatte; ich stellte mir vor, dass er in der Finanzwirtschaft arbeitete, mit irgendwelchen Wertpapieren handelte. Er war eindeutig kein harter Bursche; er trug wie ich, wie eine Million anderer Väter in der Stadt, eine Brille mit schwarzem Gestell. Er war ein Weißer, sodass jene komplizierte politische Dynamik, wie auch immer sie seine Interaktion mit dem anderen Vater bestimmt hatte, zwischen uns keine Rolle spielte. Ich blickte zurück zu meinen Mädchen, die immer noch leicht verstört warteten, und wir alle beobachteten den Jungen, der die Rutsche nicht freigeben wollte und immer noch diesen metallisch donnernden Lärm produzierte, in meiner Vorstellung mittlerweile ein nahender Sturm, ein großes Tiefdruckgebiet mit warmem Kern. Ich sagte zu Luna, dass jetzt Schaukeln für uns frei wären, holen wir uns was zu trinken bei Mama, die sich bei den Kinderwagen mit einer Frau unterhielt, die sie offenbar kannte, aber Luna und Amaya rührten sich zusammen mit dem älteren Mädchen, das vor ihnen in der Schlange stand, nicht vom Fleck: Ich will rutschen, Dada, der Junge lässt uns nicht.

Wie wär's, wenn wir jetzt mal die Mädchen rutschen lassen?, sagte ich lächelnd, wie schon der Vater vor mir gelächelt hatte, zu dem Jungen, doch der trat weiter auf die Rutsche ein und brüllte: Nein, die Mädchen sind doof, die Mädchen sind hässlich, doofe hässliche Mädchen dürfen hier nicht rutschen. Das war meines Wissens das erste Mal, dass meine vier und zwei Jahre alten Töchter so genannt worden waren. Unwillkürlich stellte ich mir vor, wie ich den Jungen am Kragen von der Schaukel hob; stattdessen sagte ich, nicht mehr lächelnd, aber in ruhigem Ton: So was zu sagen ist aber nicht sehr nett. Das größere Mädchen fing zu weinen an, gefolgt von Luna und dann von Amaya, die zum Heulen ihren Bobo aus dem Mund nahm. Siehst du, wie du sie gekränkt hast?, sagte ich und schaute zu dem schlechten Vater auf seiner Bank, dem schlechten Vater, der zweifellos mitbekam, was hier vor sich ging. Bitte komm jetzt von der Rutsche herunter, sagte ich, aber der Junge trat bloß wieder gegen das Metall, und bevor es mir bewusst wurde, ging ich auf den schlechten Vater zu, im Kopf die Stimme meines eigenen Vaters: Tu das nicht, nimm deine Mädchen und geh zu den Schaukeln, lass dem Jungen die Rutsche (Jungs sind nun mal so), das solltest du deinen Mädchen vermitteln, dass sich mit Konfrontation nichts gewinnen lässt. Während ich den Abstand zu dem schlechten Vater verkürzte, achtete ich darauf, wieder zu lächeln, und versuchte im Näherkommen mit den Worten: Hey, wie geht's denn so?, die Stimme meines Vaters heraufzubeschwören, eine Stimme, die andere Männer irgendwie entwaffnete, ihnen die Erlaubnis gab, sich anders als ihren Macho-Skripten entsprechend zu verhalten; der schlechte Vater hatte kaum ein Nicken dafür übrig. Können Sie mir vielleicht helfen?, sagte ich so ruhig wie möglich; Ihr Sohn spielt auf der Rutsche, und ein paar andere Kinder, darunter auch meine Töchter, würden auch mal gerne rutschen, und er hat ein bisschen Probleme damit, den Platz mit anderen zu teilen. Der schlechte Vater antwortete wütend: Nein, ich mische mich da nicht ein; auf keinen Fall; die Kinder sollen das untereinander ausmachen.

Mein Vater sagte: Adam, der Bursche hat eindeutig eine Menge um die Ohren, sieh dir nur an, wie er zittert; vielleicht fühlt er sich außerstande, mit seinem Sohn fertigzuwerden, und weiß nicht, was er machen soll, vielleicht geht seine Ehe gerade in die Brüche, vielleicht hat er eine schreckliche Diagnose bekommen – wer weiß; was wir wissen, ist, dass ein weiteres Gespräch zu nichts führen wird. Und ich bin zwar nicht seiner Meinung, sagte mein Vater, und finde sein Verhalten armselig, aber die Kinder werden es tatsächlich unter sich ausmachen, das heißt, Luna und Amaya werden sich einfach einen anderen Platz zum Spielen suchen. Ich nickte, vielleicht unmerklich, meinem Vater zu, Dr. J, seiner Vernunft, während meine Stimme – die ruhig klang, obwohl mein Atem inzwischen schneller ging – antwortete: Ich kann nicht zulassen, dass ihr Sohn meine Töchter tyrannisiert. Bitte

374

kommen Sie und kümmern Sie sich um ihren Sohn. Und der schlechte Vater sagte: Nein; ich nehme keine Befehle von Ihnen entgegen; dieses Gespräch ist beendet. Der schlechte Vater ergriff seine rechte Hand am Handgelenk und drückte sie sich unbeholfen gegen die Brust, wie um ein Zittern, Spätdyskinesie, zu unterdrücken oder um die Hand davon abzuhalten, mich aus eigenem Antrieb zu schlagen; ich konnte nicht sagen, ob das Getue war, das mich einschüchtern sollte, oder ob es auf einen drohenden Nervenzusammenbruch hindeutete. Wir waren zwei privilegierte Weiße mit gegensätzlichen Erziehungsstrategien; wir waren zwei Männer ohne Souverän in einem Hobbes'schen Naturzustand kurz vor einer elementaren Konfrontation. In gemessenem Ton, obwohl ich spürte, wie brüchig meine Selbstbeherrschung war, sagte ich: Worum ich Sie bitte, ist, dass Sie kommen und den Kindern helfen, miteinander zu spielen; ich weiß, dass Sie bereits ein anderer Vater angesprochen hat; ich weiß, Sie fühlen sich wahrscheinlich außerstande, mit Ihrem Sohn fertigzuwerden, und wissen nicht, was Sie tun sollen, oder vielleicht geht ja auch gerade Ihre Ehe in die Brüche (warum machte ich die Empathie meines Vaters zur Waffe?), aber ich lasse nicht zu, dass Ihr Sohn meine Töchter beschimpft. Gehen Sie weg von mir, sagte der schlechte Vater, nahm die Brille ab und verstaute sie in der Innentasche seines Jacketts, Gehen Sie sofort weg von mir. Nahm er sie in Vorbereitung auf eine Prügelei ab? Oder weil es ihm irgendwie half, sich zu beruhigen? Ich zwang mich, tief durch die Nase einzuatmen, hielt den Atem an, atmete hörbar aus.

Ich ließ den schlechten Vater auf der Bank sitzen und ging zurück zur Rutsche, wo sämtliche Kinder, auch der Junge, uns schweigend zugesehen hatten. Kommt jetzt, sagte ich zu meinen Mädchen, und als Luna nein sagte, fauchte ich sie an: Sofort, zischte ich; ihr kommt jetzt sofort, oder wir gehen gleich nach Hause; ich bin der Vater, ich bin das archaische Medium männlicher Gewalt, das die Literatur überwinden soll, indem sie Körperlichkeit durch Sprache ersetzt. An dieser Stelle kam Natalia und fragte, was los sei, und ich erklärte mit gezwungener Nonchalance, der Junge – der junge Mann – habe Schwierigkeiten, mit anderen zu spielen, ich hätte mit seinem Vater und Väter hätten durch mich gesprochen und es sei Zeit, dass die Mädchen sich eine andere Beschäftigung suchten. Natalia merkte, dass ich aufgebracht war, und schaffte es auf ihre elegante Art, die Mädchen zu den Schaukeln zu lotsen; der Junge startete eine weitere Runde Gedonner; ich spürte den Blick des schlechten Vaters, spürte sein Siegesgefühl. Ich ermahnte mich, mich nicht umzudrehen und sein Lächeln zu sehen.

Ich drehte mich um, sah sein Lächeln. Dann, als hätte ich die Distanz mit nur einem Schritt zurückgelegt, war ich nur Zentimeter von ihm, dem schlechten Vater, entfernt, schaute auf ihn hinab, auf die sehr weiße Kopfhaut, wo sein schwarzes Haar schütter wurde, mit kalten Händen, ein vertrautes Anzeichen von Migräne und/oder Zorn, einem im Körper zusammenbrechenden symbolischen System. Er war groß, hatte einen Reichweitenvorteil, läge beim sogenannten Affenindex sicher deutlich über 1, während mein Habitus von Ärzten eingehend auf ein genetisches Syndrom überwacht wurde – ich betete jede Nacht, dass ich es nicht an meine Mädchen vererbt hatte –, wobei es darum ging, die Erweiterung der Aorta an ihrem Ausgangspunkt am Herzen im Auge zu behalten; trotzdem hatte ich das Gefühl, es mit ihm aufnehmen zu können, nicht dass ich seit meiner Zeit in Topeka in eine echte körperliche Auseinandersetzung verwickelt worden wäre. Anders als in Topeka war es unwahrscheinlich, dass er bewaffnet war; durch seine Kleidung zeichnete sich keine Handfeuerwaffe ab. Instinktiv setzte ich auf ein Element diskursiver Überraschung: Ich habe mich bemüht, Ihre Unterstützung zu gewinnen, sagte ich, ein Einstieg mit Foundation-Vokabular, das ich jedoch so vortrug, als redete ich Scheiß; ich habe Sie gebeten, mir dabei zu helfen, den Spielplatz zu einem sicheren Ort für meine Töchter zu machen; ich sehe ein, dass es bei meiner Reaktion auf Ihren Sohn nicht bloß um Ihren Sohn geht; es geht auch ums Pussy-Grabbing; es geht um meine Ängste, was die Welt angeht, in die ich sie gesetzt habe. Der schlechte Vater, deutlich verblüfft von der Mischung aus Leidenschaft und Leidenschaftslosigkeit, dem Durcheinander von Vokabularen, antwortete: Die Kinder sollen das selber rausfinden. Mein Sohn spielt auf einer Rutsche; er drangsaliert niemanden. Er ist sieben Jahre alt, okay? Nein, sagte ich, es ist nicht okay; das Kind ist des Mannes Vater, was die Kinder »rausfinden« werden, ist, dass sich da etwas wiederholt. (Ich habe sie miterschaffen, Ivanka, meine Tochter, Ivanka, sie ist eins achtzig groß, sie hat den tollsten Körper, sie hat einen Haufen Geld verdient. Denn wenn du ein Star bist, dann lassen sie dich. Du kannst alles tun. Du hast die Autorität. Ein Mond oder unendlich dichter Stern am Kellerfirmament.)

Der Vater sagte nichts; er zückte sein Telefon, fing an, etwas einzutippen, und zeigte sich von meiner Anwesenheit demonstrativ unbeeindruckt. Ignorieren Sie mich etwa?, fragte ich törichterweise. Der Vater blickte zu mir auf, wir waren jetzt beide schlechte Väter, und sagte: Ich rede nicht mehr mit Ihnen; ich habe Sie gebeten, mich in Ruhe zu lassen, jetzt sage ich Ihnen, Sie sollen sich verpissen. Erst als ich es auf den Asphalt klappern hörte, wurde mir voll bewusst, dass ich ihm das Telefon aus der Hand geschlagen hatte.

—

Unser Flug hatte sich aufgrund eines technischen Problems mehrfach verschoben – wir waren mit den Mädchen auf dem Laufband hin und her gegangen, hatten sie mit sündteuren Lebensmittelprodukten aus den Flughafenläden traktiert und sie auf unseren Telefonen immer wieder Videos von sich selbst beim Tanzen anschauen lassen. Bis wir in Kansas City landeten (kräftige Turbulenzen während des Landeanflugs; ich verbarg meine panische Angst vor den Kindern, indem ich ihnen währenddessen vorlas, bis mir Amaya, die die böige Luft gleichgültig ließ, das Buch aus der Hand nahm), den am Gate eingecheckten Buggy geholt, meine Eltern getroffen, das Gepäck vom Band gehoben, die einstündige Fahrt nach Topeka hinter uns gebracht hatten (Rotschwanzbussarde auf den Telefonmasten, Grandma und Grandpa sangen den Kindern Lieder vor – »Billy Broke Bolts«, »The Golden Vanity« –, Luna musste in der Nähe von Lawrence spucken, Umziehen auf dem Rastplatz) und schließlich in der Einfahrt hielten, wo ich so oft betrunken meinen Camry geparkt hatte, blieben mir bis zu meiner Lesung in der Washburn University nur noch ein paar Stunden. Unter der Dusche kam ich mir vor, als wären zwanzig Jahre gelöscht, von mir abgewaschen worden, als wäre ich beim Herauskommen wieder achtzehn, ein beunruhigendes Gefühl, das noch dadurch verstärkt wurde, dass Natalia mit den Mädchen einen Spaziergang durch das aus viktorianischen Häusern und Kopfsteinpflaster bestehende Viertel machte, kein Geräusch von der Familie, die ich gegründet hatte, es war alles ein Traum, dass meine Mutter in ihrem Arbeitszimmer irgendetwas tippte und Anrufe auf dem Festnetz vom Anrufbeantworter entgegennehmen ließ, und dass mein Dad zu Dillon's gegangen war, um ein paar Sachen einzukaufen, Vollmilch und Maccaroni, nach Möglichkeit bio, etc. Ich machte mich ein bisschen fein, verzichtete aber auf den Anzug aus der West Ridge Mall – schließlich würde ich Gedichte lesen und bereitete mich nicht auf eine Debatte vor, obwohl meine Trainer womöglich kommen würden – und sagte meiner Mom, ich würde vor der Veranstaltung ein bisschen herumfahren, würde sie und Dad dann dort sehen; sie sagte mir, wo ich die Schlüssel zu dem weißen Prius fand; Leon Semenov hatte ihnen einen guten Preis gemacht. Ich schrieb Natalia eine Nachricht, dass ich sie und die Kinder später am Abend sehen würde, Jahrzehnte in der Zukunft, dann schaltete ich mein Smartphone aus, das noch nicht erfunden worden war.

Die fast vollkommene Geräuschlosigkeit des Autos trug zu meinem Gefühl bei, ein Gespenst oder zumindest kein Zeitgenosse meiner selbst zu sein, zu schweigen von der Landschaft, in der die Geschichte nicht zu Ende, sondern nur angehalten war. Ich kam an Klaus' Haus vorbei, das Weiß hellblau überstrichen, davor ein Fremder beim Rasenmähen; ich winkte, und er nickte argwöhnisch. Ich fuhr an der Gasse vorbei, wo ich mir auf bestimmte Weise den Kopf stieß, dann am St. Francis in der 7th, wo ich kurz im Koma lag, ein Kind im All, mein Verstand ein Kästchen mit falschem Boden. Bald war ich am Bright Circle in der Oakley Avenue, wo Darren und ich zuerst unsere Kräfte entwickelten; ich kurbelte die Fenster herunter und schlich an dem einstöckigen Vorschulgebäude vorbei; ich bildete mir ein, im Garten dahinter Kinder spielen zu hören, obwohl die Kinder inzwischen bestimmt alle zu Hause waren. Ich konnte, obwohl das nur Erinnerung war, einen Basston aus Matsch und verrottendem Laub und einen Hauch von Ozon riechen, der auf ein nahendes Unwetter hindeutete.

Von der Oakley Avenue, im Radio lief Cardi B, fuhr ich zum ehemaligen Campus der Foundation in der Sixth. Der Campus stand leer, seit die Foundation, oder was davon übrig war, 2003 nach Texas umgezogen war. 2005 sollte ein Großteil der Gebäude als Büroraum vermietet werden, und der Uhrenturm war zu diesem Zweck aufwändig renoviert worden, doch dann schlugen Vandalen zu; die Schäden waren so schwer – oder vielleicht so beunruhigend –, dass die Vermietung auf unbestimmte Zeit verschoben wurde. Ich stellte mir vor, dass man der Foundation, wie damals dem Topeka Zoo, den Ehrentitel »Weltberühmt« offiziell aberkannt und aus den Annalen gestrichen hatte. »In meinen 29 Jahren als Polizeibeamter habe ich es meiner Erinnerung nach nie erlebt, dass ein Gebäude derart brutal demoliert wurde«, sagte Randall Listrom dem *Topeka Capital-Journal*. »Da war offenbar jemand sehr, sehr wütend. Jemand hat richtig viel Zeit da drin verbracht. Das waren nicht nur ein paar Jugendliche, die sich eine Stunde lang amüsiert haben.« Laut dem *Berliner Lokal-Anzeiger* warfen die Täter, die nie gefasst wurden, »in der Bibliothek des Gebäudes ein Bücherregal um, legten in einer Toilette Feuer, zerstörten Badezimmerarmaturen, hinterließen in einem Zimmer Haufen von menschlichen Ausscheidungen, zerstörten die Bedienungstafel eines Fahrstuhls und sprühten im ganzen Gebäude Obszönitäten an die Wände.« Verunstalteten sie die Kupferwand?

Ich schaltete das Radio aus, wie ich es etwa beim Durchfahren eines Friedhofs täte, und stellte den Prius auf dem leeren Parkplatz ab, der dem Turm am nächsten lag. Ich fand
die schmiedeeiserne Bank, die Dr. Tom gewidmet war, warf
einen Blick auf die stehengebliebene Uhr – sie zeigte 3:50,
das immerwährende Ende einer Klinikstunde –, die mich
jedes Mal an *Zurück in die Zukunft* erinnerte, berührte mit
der Zunge meinen Gaumen, in der Ferne ein Pressluftham-
mer, in den Bäumen, die in der einbrechenden Dämmerung
zu schimmern begonnen hatten, absteigendes Pfeifen. Ich
versuchte mir die Hände zu wärmen, inzwischen nahm die
Angst vor der Lesung überhand. Ich stellte mir vor, alles Ge-
sprochene, das in der Foundation jemals geäußert worden
war, läge irgendwie immer noch in der Luft, wenn es mir nur
gelänge, mich darin einzuklinken, so wie alte Radiosendun-
gen nach und nach aus dem All zurückkehren, wo sie von
Himmelskörpern aus Eis zurückgeworfen werden, sodass
ein Amateurfunker 2014 Herbert Morrisons Übertragung der
Hindenburg-Katastrophe von 1937 empfängt, *Oh, the humanity,*
elektromagnetische Strahlung, die zur Erde zurückfällt. Ich
schloss die Augen und lauschte, aber es gab zu viele Störge-
räusche, Rauschen vom Urknall, das Knistern von Funken,
Blitz, Sternen, einen aufgeladenen Körper unter weißer Seide,
Missverständnisse.

Meine Hände am Lenkrad waren nach wie vor kalt, als
ich den Campus und seine Gespenster verließ und die Southwest Wannamaker Road am Starlite und am Hypermart vorbei zum Lake Sherwood nahm. Facebook verriet mir, dass
Amber – Dr. med. (American University of the Caribbean),
Facharztausbildung an der Medizinischen Fakultät der KU –
inzwischen in Omaha lebte, zwei Söhne und einen Ehemann

hatte, der Versicherungen verkaufte, ein großer Huskers-Fan und überzeugte Paleo-Anhängerin war, aber sie war auch im Haus ihrer Eltern, in allen Häusern, bewegte sich hinter den Vorhängen, während ich durch die Planstadt, eine grün beflockte Platte, steuerte und mich ein Echo jugendlichen Begehrens überraschte, Zunge über die Zähne, erste Intensität, Wind vom künstlichen See her, eine Stimme, die ich mir nicht vergegenwärtigen konnte. Als ich Sherwood verließ und an der Ampel an der 21st hielt, warf ich einen Blick auf Rolling Hills, das vorgefertigte Stull, aber es hatte seine Macht verloren: Mein Großvater, mittlerweile Asche, war in einer kleinen Pappschachtel zurück in Potwin. (Während ich darauf wartete, dass die Ampel grün wurde, erinnerte ich mich an die Szene im Bestattungsinstitut, dem Penwell-Gabel Funeral Home, als ich zum ersten Mal vom College nach Hause gekommen war, eine meiner liebsten Erinnerungen an meine Großmutter, die inzwischen auch Asche ist, jedoch eines Frühlings zur Kirschblütenzeit heimlich und liebevoll im Brooklyn Botanic Garden verstreut wurde. Der Beerdigungsunternehmer zeigte Rose aus einem dicken Ordner unentwegt »Gefäße für die sterblichen Überreste des lieben Dahingegangenen«, wie er das nannte, aber Rose fand sämtliche Angebote zu teuer; nach fast einstündigen Verhandlungen, in denen sie den Beerdigungsunternehmer wiederholt aufforderte, die sterblichen Überreste in eine Plastiktüte zu geben, »Ich kann ihn in meiner Handtasche mitnehmen«, was, wie er behauptete, illegal sei, erklärte er sich schließlich bereit, ihr – für vierzig Dollar in bar – die Kiefernholzkiste zu verkaufen, in der eine seiner Marmorurnen geliefert worden war. Zunächst hatte sich meine Mom über die Sturheit ihrer Mutter aufgeregt; am Ende lachten wir alle brüllend, kathartisch, über ihre Weigerung, auch nur einen Zentimeter nachzugeben. Wenn sie nur eine Urne aus bemaltem Blech angeboten hätten.)

In die Stadt zurückgekehrt, fuhr ich durch Westboro, mied jedoch Jasons Elternhaus, aus Angst, Sima oder Eric wären am Kommen oder am Gehen oder würden im Garten arbeiten, würden mich sehen, mich zum Anhalten, zum verlegenen Erzählen nötigen, vielleicht auch, weil ich nicht in der Nähe ihres Kellers sein wollte, wo eine Version meiner selbst war, ist und für immer darauf wartet, ihre Position einzunehmen. Stattdessen kaufte ich im Kwik Shop in der 17th ein Päckchen Marlboro Reds, parkte so weit wie möglich von der White Hall entfernt auf dem Parkplatz der Washburn University, setzte mich auf die Haube und rauchte zwei, die eine an der anderen angezündet, während ich meine Bücher durchblätterte, eselsohrige Seiten, die ich vorlesen könnte, während es um mich herum dunkel wurde. Wie die Lichter im Zuschauerraum des Foundation-Theaters. Wer würde zu einer solchen Lesung kommen? Eine Handvoll lokaler Dichter. Mehrere Englischseminare der Washburn hatten es zur Pflichtveranstaltung erklärt. Viele ehemalige Stars des Ziegler-Films und andere aus dem erweiterten Bekanntenkreis meiner Eltern. Diverse Lehrer von Bright Circle, Randolph, Robinson Middle School und Topeka High. Auch ein paar Freunde, darunter Mandy, die mir eine SMS gesendet hatte, dass sie es gar nicht erwarten könne, hinterher ein bisschen mit mir zu plaudern. Erwood, falls er die neuen Knie, Kobalt-Chrom und Titan, schon belasten konnte. Die Phelps' würden da sein, waren da, wie ich sah, als ich mich schließlich der White Hall näherte, zwischen verschiedenen Altersstufen flimmerte, der Tranquilizer zu wirken begann, nicht weil ich ein »berühmter Dichter«, sondern weil ich der Sohn der Intelligenzbestie war.

Jetzt zeige ich dir ein Bild von einem der Demonstranten. Darren hat zugelegt, seit du ihn das letzte Mal gesehen hast, trägt einen Bart, ist ziemlich sicher bewaffnet, obwohl sich auf dem Bild nichts durch die Kleidung abzeichnet; er trägt die rote Baseball-Kappe, hält schweigend sein Transparent. Falls eure Blicke sich träfen, würden nur die kleinen mimischen Zuckungen auf ein Wiedererkennen hindeuten. Was geschieht in diesem Augenblick? Was denken und empfinden die handelnden Figuren? Sag mir, was zu dieser Szene geführt hat.

—

Es war bedeckt, als wir in den U-Bahn-Tunnel hinunterstiegen, doch an der Station City Hall traten wir in hellen Sonnenschein hinaus. Wir gingen die wenigen Häuserblocks nach Norden zum Foley Square, der nach der Räumung des Zuccotti-Parks zum Ausweichort der Occupy-Wall-Street-Demonstranten geworden war. Um uns herum ragte die klassische Architektur der Verwaltungsbauten auf. Luna bat mich, ihr die Inschriften auf den Steinfassaden der Gerichtsgebäude vorzulesen, und ich tat es, doch meine Paraphrasierungs- und Erklärungsversuche waren schwach und stockend. »Wer hat ihnen erlaubt, auf die Häuser zu schreiben?«, fragte Luna.

Luna wollte eine Münze in den Brunnen mit der großen schwarzen Granitskulptur in der Mitte werfen, die an den Sklavenhandel erinnern soll; ich hatte keine Pennys bei mir, also gab ich ihr einen Dime. Sie überlegte lange, was sie sich wünschen sollte, bevor sie die Münze warf, in der sich, kurz bevor sie ins Wasser fiel, das Sonnenlicht fing. »Denk nicht mal dran, mich zu fragen was ich mir gewünscht habe, Dada.« (»Denk nicht mal dran« war eine neue Redewendung, zweifellos von irgendeiner müßigen elterlichen Drohung abgelauscht; sie wendete sie meistens falsch an, zumindest ein wenig: »Denk nicht mal dran, was für einen Hunger ich habe«, wenn sie etwas zu essen wollte, etc.) Über uns zog ein anachronistisch aussehendes Flugzeug ein rotweißes Banner hinter sich her, das für eine Autoversicherung warb, eine Art von Reklame, die Luna noch nie gesehen hatte. »Was passiert, wenn sie wieder runterkommen, die Flugzeuge?« Ich hatte keine Ahnung; klinkten sie die Banner in der Luft aus, bevor sie landeten? Konnte sich so ein Banner nicht im Fahrwerk verfangen? »Tolle Frage, Schatz.« Wir gingen weiter, und Luna blieb hier und da stehen, um Flügelnüsse vom Bürgersteig aufzuheben, eine der Kapseln, die ich als Kind in Topeka »Helikopter« genannt hatte. Bald näherten wir uns dem Jacob Javits Building, 26 Federal Plaza, einem imposanten Glasklotz, der die Büros des ICE, der Polizei- und Zollbehörde des Ministeriums für Innere Sicherheit, beherbergt, während Natalia mit anderen Demonstranten chattete, die inzwischen hier zusammenströmten. Was hatte sich Luna gewünscht?

Als wir uns vor der Sicherheitskontrolle anstellten, taten wir wie vorher vereinbart so, als kennten wir die anderen beteiligten Familien nicht, aber Luna begrüßte ein paar Kinder, an die sie sich von früheren Aktionen erinnerte; wir hatten sie nicht aufgefordert, sich zu verstellen. Obwohl wir ihr gesagt hatten, dass wir zu einer Demonstration gingen, fragte sie sich – wegen der Metalldetektoren und der Plastikbehälter für unsere Habseligkeiten – ständig, ob wir in ein Flugzeug steigen würden. »Ein Flugzeug mit einem von den Dingern, das die Leute hier unten lesen können?« Trotz des plötzlichen Zustroms von Besuchern wollten die Sicherheitsleute sehr wenig von uns wissen; wir sagten, wir hätten in einem der Verwaltungszentren, die das vierzigstöckige Gebäude beherbergte, Sozialversicherungsformalitäten zu erledigen; als ob das die Frage des Sicherheitsmannes beantwortete, verkündete Luna, sie sei schon fast fünf, und streckte die Finger für den Fall, dass er die Jahre nachzählen wollte. »Meine Schwester ist nicht da, sie ist zwei.« Wir hatten es für das Beste gehalten, Amaya bei Freunden in Brooklyn zu lassen.

Ruhig sammelten sich die Familien vor der großen Aufzugsanlage in der Haupteingangshalle, Choreografie der friedlich Empörten. Wir warteten, bis wir zwei Fahrstühle gleichzeitig mit Beschlag belegen konnten, damit wir alle zusammen bei der ICE ankommen würden. Luna drückte den Knopf für den achten Stock und begann, während die Türen zuglitten, fröhlich mit dem bestrumpften Fuß eines Babys zu spielen, der aus der Trage der Mutter hervorschaute. Es war unangenehm heiß. Ich roch Schweiß, Deo-Puder, trocknende Muttermilch und den Watermelon-Kaugummi des sichtlich nervösen Vaters neben mir. Während wir hinauffuhren, bedankte sich einer der Organisatoren bei allen für ihr Kommen, »Glückwunsch, dass ihr es hier reingeschafft habt«, und erklärte der Gruppe rasch, wir würden uns am ersten Wachmann »vorbeidrängen« müssen; das machte Luna nervös: »Aber man darf doch nicht drängen?« Tolle Frage. Natalia erklärte ruhig, alles sei in Ordnung, es werde nichts passieren, wir würden bloß wohin gehen, wo wir uns Gehör verschaffen könnten. Ich sah Natalia mit hochgezogenen Augenbrauen an; dass wir uns gewaltsam Einlass verschaffen mussten, war uns nicht klar gewesen; ich hatte gedacht, wir würden lediglich den Raum vor den Fahrstühlen besetzen, unsere Lieder singen, unsere Slogans skandieren, unser Anliegen vortragen, ein kleines, peppiges Teach-in für die Kinder, dann gehen, wenn wir zum Gehen aufgefordert wurden, und darauf achten, jede Art von Konflikt zu vermeiden, die ein Kind verstörend finden könnte.

Ein metallisches Ping meldete unsere Ankunft; die Türen der beiden Fahrstuhlkabinen öffneten sich gleichzeitig, und unsere aus etwa fünfzehn Familien bestehende Gruppe ging in Richtung Korridor, wo ein einzelner Wachmann an einem Schalter saß. Von unserem entschlossenen Vorgehen verwirrt, stand er auf, dann streckte er die Arme aus, um uns aufzuhalten. Hey, nein, Sie müssen sich anmelden, sich eintragen, sich ausweisen, Sperrbereich, aber die Eltern ignorierten ihn, schoben sich links und rechts an ihm vorbei. Es kam zu einem kurzen Gedränge, und Luna sagte verängstigt zu mir: »Hoch, hoch, hoch«, also hob ich sie hoch, und sie vergrub das Gesicht an meinem Hals, während wir uns unter den Armen des Wachmanns hindurchduckten; ich roch das Mr. Bubble vom vorigen Abend in ihrem Haar, die Sonnencreme, mit der ich ihren Nacken dick eingeschmiert hatte. In dem kleinen Korridor, von dem die Büros des ICE abgingen, formierten wir uns neu. Durch eines der wenigen Fenster sah ich eine Frau mit einem weißen Hidschab an einem Schreibtisch, flankiert von Männern in blauen Anzügen. Der Raum musste gründlich schallisoliert worden sein; sie bemerkten offenbar nichts von dem Menschenauflauf. Die neuformierte Gruppe begann zu singen (»This little light of mine«; wie immer musste ich meine Verlegenheit angesichts des Klangs meiner eigenen Stimme überwinden), während einige Eltern Transparente aus Rucksäcken und Tragetaschen zogen.

Inzwischen wurde mit mehreren Handys gefilmt; von act.tv war jemand mit einer Kamera da, ein Livestream. Ein paar Erwachsene, die ohne Kinder gekommen waren, versuchten, in die Räume einzudringen, in denen ICE-Vorgänge stattfanden, wurden jedoch von Wachmännern gewaltsam zurückgedrängt, und die Türen wurden zugeknallt; die Handgemenge regten Luna noch stärker auf, und sie sagte mir immer wieder ins linke Ohr: »Ich will hier weg.«

»Wir singen einfach hier im Flur unsere Lieder, schicken den Kindern Liebe und gehen«, sagte ich, aber mir war nicht wohl dabei, sie einer so aufgeladenen Situation auszusetzen, obwohl die anderen Kinder großenteils lachten und mitsangen wie auf einem Schulausflug, bei einem Besuch des Museum of Natural History. Eine Mutter mit einem Baby, das durch den ganzen Tumult hindurch schlief, hielt eine kurze Rede darüber, was es hieß, Kinder ihren Müttern zu entreißen, über Kinder in Käfigen und dass man sich von der Präsidentenverfügung des heutigen Tages nicht täuschen lasse; die Stimmen und das Gejohle hallten in dem kleinen Flur wider. Luna drückte mir das Gesicht kräftiger gegen den Hals; ich beruhigte sie, obwohl sie wahrscheinlich eher die Schwingungen meiner Stimme spüren als meine Worte verstehen konnte.

Ich erlebte eine Empfindung, die ich seit mindestens einem Jahr nicht mehr verspürt hatte. Als Kleinstkind war Luna untergewichtig gewesen – »Gedeihstörung«, eine Reihe ergebnisloser Tests –, obwohl sie mittlerweile prächtig wuchs. In Phasen besonderer Besorgnis, oft wenn ich sie in den Schlaf wiegte, bildete ich mir ein, sie würde in meinen Armen immer leichter, bis ich das Gefühl ihres physischen Vorhandenseins schließlich vollends einbüßte, als ob sie verdampfte. Es war wie eine alptraumhafte Version des Tricks mit dem »schwebenden Arm«, dem ich zum ersten Mal im Bright Circle begegnet war: Man drückte die Arme seitlich gegen einen Türsturz und zählte langsam bis zehn; wenn man dann darunter hervortrat, hoben sich die Arme wie von alleine (Der Kohnstamm-Effekt, Klaus' Stimme; ein erstes Erlebnis von Automatismus). Ich war dankbar für den Druck von Lunas Gesicht an meinem Hals.

Natalia stimmte einen Sprechchor auf Spanisch an. Das Geschubse hatte aufgehört, doch inzwischen trafen von anderen Stockwerken Polizisten ein, viele davon in kugelsicheren Westen, schwerer Schutzausrüstung. (Wie mochte es sein, sich so ausgestattet einem singenden Kollektiv von Familien entgegenzustellen?) Im Flur war es inzwischen ebenso warm wie im Fahrstuhl; wahrscheinlich hatten sie die Klimaanlage ausgeschaltet, die übliche Erstmaßnahme gegen Hausbesetzungen. Die Polizisten marschierten absichtlich, bedrohlich, durch unsere Gruppe hindurch, einer rempelte im Vorbeigehen mich und einen anderen Vater an. Bald standen an beiden Enden des Korridors Polizisten; offenbar warteten sie ab, ob sie räumen oder uns bloß aufhalten sollten. Angesichts der Babys und kleinen Kinder und angesichts des Umstandes, dass niemand versuchte, weiter in die Büros vorzudringen, waren wir davon ausgegangen, dass Verhaftungen eher unwahrscheinlich waren, aber ich spürte, dass sogar eine erfahrene Demonstrantin wie Natalia nicht mehr recht wusste, welche Regeln galten und wozu die Vertreter des Staates imstande waren, nun, da Amerika wieder groß war. Luna gefielen die Polizisten gar nicht, und sie fragte ihre Mom, die mit dem Sprechgesang aufgehört hatte, wer von den Männern der ICE sei. »Ist das der ICE?« Natalia erklärte erneut, dass uns überhaupt nichts passieren werde, dass wir hier seien, weil andere Familien von der Regierung und der Polizei schlecht behandelt würden. Der ICE sei kein Mensch, sondern eine Gruppe von Menschen, die Befehle des Präsidenten befolgten und nicht fair seien. (Eis ist das Urelement des Universums, Schatz, grundlegender als Feuer.) *¿Somos activistas, verdad, Luna?* Sie versuchte mir Luna abzunehmen, damit sie sich zu ihr auf den Boden setzte und ein Transparent malte – wenn sie wolle, könne sie es einem Polizisten geben –, aber Luna wollte partout nicht; ich fand es beinahe körperlich unmöglich, sie loszulassen, und sei es, um sie ihrer Mutter zu übergeben.

War es falsch von uns gewesen, sie mitzunehmen? Luna war keineswegs in Panik oder hysterisch, aber sie war beunruhigt, und ich machte mir Sorgen, dass einer der aggressiveren Demonstranten erneut versuchen würde, in ein Zimmer einzudringen, worauf die Polizisten sich auf uns stürzen würden und Luna noch mehr Angst bekäme. Erneuter Sprechgesang: »Familien und Kinder brauchen Sicherheit«; dazwischen sagte ich mit übertriebener Aussprache, weil wir im Wesentlichen von den Lippen lasen, zu Natalia: Ich gehe mit ihr raus, okay? Ich finde, sie kommt hier klar, antwortete Natalia, sie wird sich schon beruhigen. FAMILEN UND KINDER, schrien wir, dann die anderen: BRAUCHEN SICHERHEIT, und in den kurzen Pausen zwischen den einzelnen Rufen versuchten wir uns zu entscheiden, ob Luna und ich gehen oder bleiben sollten; Luna war inzwischen still, weigerte sich jedoch, das Gesicht von meinem Hals wegzuziehen, der von Tränen und Schweiß feucht war. Schließlich hob sie doch den Kopf, aber nur, um zu sagen – und zwar sehr entschieden, mit einer Stimme, auf die wir fast immer hörten –, dass sie gehen wolle. Okay, sagte ich, Natalia stimmte mit einem Nicken, vielleicht ein bisschen widerstrebend, zu, und ich bahnte mir einen Weg durch die Demonstranten zu den Polizisten, die uns demonstrativ kaum Platz zum Passieren ließen. Als sich die Fahrstuhltüren schlossen, beruhigte sich Luna und lächelte. Sie verlangte Trockenobst.

Vor dem Gebäude machten wir die Gruppe von Demonstranten ausfindig, die aus Solidarität erschienen waren – entweder Familien, denen bei dem Gedanken, ein Gebäude zu besetzen, nicht wohl war, oder Nicht-Eltern, die gekommen waren, um ihre Unterstützung zu zeigen. Hier würden die Demonstranten von drinnen zusammenkommen, wenn sie das ICE-Büro verließen. Ein Kamerateam hatte sich eingefunden und versuchte, Luna zu interviewen, aber sie lächelte schüchtern (man sah die abgesplitterte Stelle an ihrem linken vorderen Schneidezahn) und rannte zu ein paar anderen Kindern, die auf der Plaza im Spiel von einem großen Pflasterstein zum nächsten sprangen, ohne eine Ritze zu berühren. Jemand hatte Kreide mitgebracht, ein kleiner Junge malte bereits auf den Bürgersteig, und bald tat Luna das auch; sie malte einen »Herzbrunnen«, wie sie das nannte; er werde, sagte sie, den ICE aufhalten, dann fragte sie mich erneut, was der ICE sei, wo die Kinder in den Käfigen seien und ob Käfige nicht für Zoos, für Tiere seien (»Die nur mit den Augen sprechen«); ich antwortete so gut ich konnte. Ich bekam eine Nachricht von Natalia, dass sie bald herauskämen, keine Festnahmen, dass es inzwischen ruhiger zugehe und einige der Kinder Reden hielten: »Wünschte, Luna wäre hier.«

Ich schaute immer noch auf mein Smartphone, als ein Polizist in schwerer Schutzausrüstung, eine militärspezifische Waffe am Riemen vor dem Oberkörper, auf mich zutrat und mich mit deutlicher Verachtung fragte, ob ich einer der Organisatoren der Demonstration sei: »Ist das Ihre Show?« Ich lächelte unverbindlich, das Lächeln eines Menschen, der die Sprache nicht spricht. Der Polizist – kräftig, breitschultrig, weiß – sagte zu mir: »Wir haben euch eure kleine Demo veranstalten lassen – aber das hier geht nicht, das ist verboten.«

»Was geht nicht?«, sagte ich. Und er deutete auf Luna und den Jungen, die mit gelber und roter Kreide Herzen und Spiralen auf den Boden malten. »Die Kinder verunstalten Staatseigentum.«

»Ich verstehe nicht«, sagte ich unschuldig.

»Was verstehen Sie nicht?«, fragte der Polizist gereizt.

»Ich schätze, ich verstehe nicht, was Staatseigentum ist«, trollte ich. »Ist ›Staatseigentum‹ so was wie ›öffentliches Eigentum‹? Ich weiß nämlich, dass wir diese Kreide auf Bürgersteigen benutzen dürfen – sie wird vom Regen abgewaschen.«

»Sagen *Sie* den Kindern, sie sollen aufhören, oder soll *ich* das tun?« Luna und der kleinere Junge blickten zu uns auf, hörten zwar die Worte nicht, registrierten aber die Hitzigkeit.

»Ich glaube, sie sind fast fertig mit ihren Bildern«, sagte ich. »Kommt, Kinder, macht mal zu Ende.« Sie malten weiter, und Luna schrieb jetzt ihren Namen.

»Sie unterbinden das jetzt, oder ich muss es unterbinden« – fast schon ein Zischen. »Haben Sie verstanden?«

»Nein«, sagte ich und senkte die Stimme. »Das habe ich leider nicht. Sie verstanden. Wie sähe denn dieses Unterbinden aus? Wollen Sie ihnen Handschellen anlegen? Sie in Käfige stecken?«

»Sie werden Ihren Kindern jetzt augenblicklich –«

»Meine Tochter«, unterbrach ich ihn, um einen möglichst leichten Ton bemüht, obwohl ich sowohl Wut als auch Angst

empfand, »hört sowieso kaum auf mich.« Luna malte inzwischen Sterne um ihren Brunnen. »Heute Morgen zum Beispiel, bevor wir zur Bahn gegangen sind, habe ich ihr gesagt,
sie soll die Stiefel mit den Klettverschlüssen anziehen, nicht
die mit den Schnürsenkeln, aber –«

»Das ist das letzte Mal, dass ich Sie dazu auffordere.«

»– Sie sehen ja, welche Schuhe sie trägt. Haben Sie Kinder?
Ich habe nämlich keine Autorität, das versuche ich Ihnen
klarzumachen. Ich habe keine Autorität über diese Kinder.
Haben Sie Autorität? Woher kommt gleich nochmal Ihre
Autorität?«

Die Demonstranten in der Nähe begannen zu johlen, als
die Gruppe, die das Gebäude besetzt hatte, herauskam. Luna
hörte auf zu malen und zog an meinem Hemd: Los, wir gehen für Mom klatschen. Der kleinere Junge hörte ebenfalls
auf und schloss sich uns an. Dann hielten sie dem Polizisten
ihre Kreidestücke hin, als hätte er gefragt, ob er auch einmal
malen dürfe.

Wir gingen zu Natalia, Luna umarmte sie und bat sie, sie
auf ihre Schultern zu heben, was Natalia auch tat. Einer der
Organisatoren stellte sich auf eine Steinbank und schrie: »Mi-
kroprobe«, und wir alle schrien es zurück. Das »menschliche
Mikrofon«, das »Volksmikro«, bei dem die um einen Sprecher
Versammelten wiederholen, was der Sprecher sagt, um eine
Stimme auch ohne genehmigungspflichtige Ausrüstung ver-
stärken zu können. Mir war das wie jedes Mal peinlich, aber
ich zwang mich, daran teilzunehmen, Teil einer öffentlichen
Rede zu sein, einer Öffentlichkeit, die mitten im allgemeinen
Schnellsen langsam wieder zu reden lernte.

DANKSAGUNG

Duccios *Madonna mit Kind* ist ein echtes Gemälde mit einer fiktiven Brüstung, eingefasst von einem verbrannten Rahmen, obwohl das Met es erst 2004 erwarb. Sein anachronistisches Erscheinen im gesamten Buch kann für die instabile Mischung aus Fakten und Fiktion stehen.

Einige der Szenen und Sätze in diesem Buch hatten ihren ersten Auftritt in dem Essay »Contest of Words«, erschienen in *Harper's Magazine*. Auszüge aus dem Roman sind in *Granta* und *The New Yorker* erschienen. Die Anfangsseiten von *Paradoxe Effekte* funktionieren Passagen aus Harriet Lerners Artikel »Hating Fred« um, der 1994 in *Psychotherapy Networker* erschien.

Danke, Ari. Dank an meine Lektorin Mitzi Angel und meine Agentin Anna Stein.

Für Ermutigung und Kritik stehe ich in der Schuld von: Harriet Lerner, Stephen Lerner, Matt Lerner, Annie Baker, Michael Clune, Joshua Cohen, Cyrus Console, Stephen Davis, Jeff Dolven, David Grubbs, Michael Helm, Violaine Huisman, Aaron Kunin, Rachel Kushner, Maggie Nelson, Jenny Offill und Ed Skoog. Dank an Susan Goldhor für die Geschichte mit der Kosmetiktuch-Box. Geoffrey G. O'Brien hat dieses Buch so oft und so genau gelesen, dass unsere Gespräche darüber einer Gemeinschaftsarbeit nahekamen.

Lucía und Marcela, ich liebe euch.

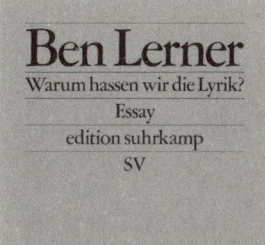

Ben Lerner
Warum hassen wir die Lyrik?
Essay
Aus dem Englischen von
Nikolaus Stingl
es 2768. 100 Seiten
(978-3-518-12768-1)
Auch als eBook erhältlich

**»Eine der besten Abrechnungen mit Lyrik.
Und eine ihrer verblüffendsten Verteidigungen.«**
The New Yorker

Die Lyrik wird heftig denunziert wie keine andere Kunstform sonst. Sogar die Dichter:innen selbst scheinen sie zu missbilligen. Ben Lerner nimmt die Argumente der größten Lyrikfeinde in Augenschein, er lässt die besten und die schlechtesten Dichter:innen zu Wort kommen und erschließt uns beiläufig neuartige Perspektiven auf die Werke von Keats, Dickinson, McGonagall, Whitman und etlichen anderen. Und dabei versucht er, den grundsätzlich ehrenwerten Anspruch im Kern eines jeden Gedichts zu veranschaulichen – an dem die wahrhaft guten und die sagenhaft schlechten letztlich gleichermaßen scheitern.

Hassen wir die Lyrik, weil wir sie nicht verstehen? Oder hassen wir die Lyrik, weil sie Lyrik ist? Ben Lerner hat die originelle, aufschluss- und voltenreiche Verteidigung einer Gattung geschrieben, die seit 2500 Jahren inkriminiert wird.

— **suhrkamp** —